JN046630

こんや　ここでの　ひとさかり

高遠信次

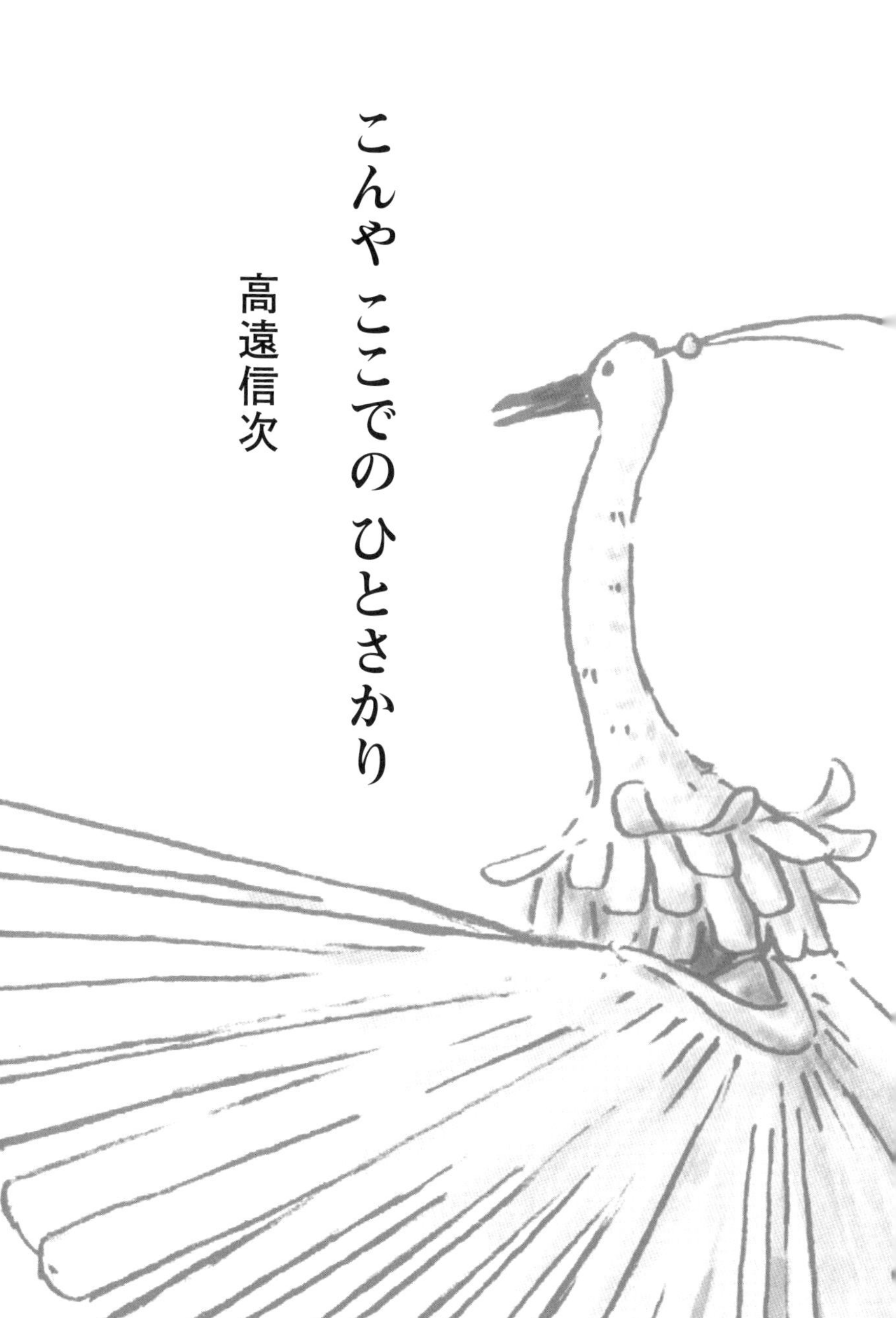

結婚は打算と妥協と惰性のスリーDではない。

目次

登場人物一覧

門脇　千鶴	津和野高校卒・山陰共和銀行津和野支店窓口係 隠岐西郷支店主任・本店営業部融資チーム主任
修三	千鶴の父・源氏巻の土産物店「かどわき」を開業 平成23年１月に交通事故死・享年76
早苗	千鶴の母・平成13年３月に病死・享年60
真一郎	千鶴の弟・下関市立大学卒・北九州にて就職
間所　俊明	益田で歯科医院を経営する家の次男・西南学院 大学卒・共銀入行９か月で退職・千鶴の婿 津和野町役場商工観光課勤務
中原　中也	千鶴と俊明の恋のキューピット
高橋	「かどわき」パートの女性
村岡	俊明の親友・県会議員の息子
海野	石見水道開発㈱会長・修三の保証人
寺本　響子	俊明の姉・勤務医と見合い結婚
俊明の兄	地方国立大学歯学部卒・間所歯科医院の後継者
友池	益田の弁護士事務所の筆頭弁護士
福原	益田の興信所所長・国司を探し出す
錦織	松江の弁護士・海野が信頼を寄せる
国司　武彦	第一勧銀山口支店勤務・千鶴の元婚約者
水沢	津和野警察署生活安全課捜査係刑事
楠木	共銀隠岐西郷支店支店長
浜崎・田中	共銀隠岐西郷支店支店長代理
藤原	共銀隠岐西郷支店パートタイマー
白髪の老人	共銀会長前頭取・上皇と陰で呼ばれる

平成21年度　津和野小学校卒業文集

将来の夢

六年一組　門　脇　恭　平

ぼくは大人になったら、やぶさめの射手になりたいです。馬に乗るのは気持ちいいし、的に矢があたったらうれしいと思うので、射手になりたいです。ぼくは射手ざの生まれだから、ちょうどいいねと母さんがいいました。わし原八まん宮の桜がきれいにさくころ、やぶさめがあるけど、ぼくは毎年、見ています。馬にも乗りました。ぼくがやぶさめが好きだというと、父さんはさぎまいに出ているので、さぎまいもいいぞといいます。でも鳥の頭をつけて、白い板をひらひらさせておどるのは、はずかしいので、したくないです。でもうちはおみやげものやだから、やぶさめやさぎまいがあると、お客さんがいっぱい来ると母さんがいいます。おじいさんは、津和野は森おう外というえらい作家のふるさとで、コイが泳いでて、太こ谷のお稲成さんがあって、マリアさまの教会があって、ＳＬが走ってて、お城のあとがあって、江戸時代のはん校があって、安野光雅先生という有名な画家の美じゅつ館もできた。小さな町なのに、こんなにいっぱいあるところは、日本中どこをさがしてもないぞと自まんします。ぼくは津和野が大好きです。一生ぼくは、津和野に住むつもりです。

山陰日日新聞石見版２０１１年（平成23年）１月６日（木）社会面

５日、午後7時ごろ、鹿足郡津和野町後田イ１２３番地の県道13号の横断歩道を青信号で渡っていた門脇修三さん（76）が、赤信号を無視して交差点に進入してきた黒いプリウスにはねられた。門脇さんはすぐに記念病院へ救急搬送されたが、病院に到着後、間もなく死亡した。死因は全身打撲による失血死。プリウスはそのまま現場を立ち去ったため、津和野署はひき逃げ事件として捜査したが、目撃者がナンバーを覚えていたので、容疑者Ａ（19）を同日午後10時に逮捕した。Ａは無断で父親の車を持ち出したが、飲酒運転の疑いもあり、鋭意調査中である。通夜は同町稲成丁の土産物店「かどわき」にて６日午後６時より行われる。喪主は長女の門脇千鶴さん（47）。葬儀の日時・場所は未定。

七日、葬儀の夕刻、千鶴は喪服姿のまま、夫の俊明と中学一年生になる息子の恭平とともに、遺品整理のために修三の居室へ入った。まず俊明が父の遺骨を仏壇に供え、千鶴が遺影を母の隣に並べ、恭平が位牌を置き、三人は順に線香をあげてリンを鳴らし、合掌した。

「少し、一人にしてくれない？」

千鶴が俊明と恭平に告げたため、二人は部屋を出て行った。千鶴はぼんやりと両親の遺影を眺めていたが、座卓の上に置かれたノートパソコンが眼の端に映るや、その前に座った。千鶴が電源を入れると、パソコンはロックがかけられていなかったので、簡単に立ち上がった。

父は商工会主催のパソコン教室に一年間通い、パソコン操作を一から学び、文書作製ソフトであるワードをほぼマスターし、昨年の四月から一念発起して自分史に取り組んでいた。初期画面に「門脇修三一代記・目次」というショートカットを見出した千鶴は、その大仰なタイトルに事故を聞いて以来はじめての笑みを思わずもらしつつ、クリックした。

すると「第一章：幼少期、第二章：戦争、第三章：学校、第四章：就職、第五章：結婚、第六章：千鶴、第七章：真一郎、第八章：開店、第九章：俊明、第十章：妻の死、最終章：初孫恭平」と箇条書きに並び、末尾に「見出しのタイトルは仮である。後に変更する」と書かれた画面が現れた。

そこで千鶴がこの画面を閉じ、初期画面に戻ると、第一章から第六章まで六個のショートカットが見つかった。さらに年譜と登場人物一覧のショートカットも見出した。父はまず目次を作り、各章ごとに自分史を書き込んだのだと、千鶴は判断した。

しかし不慮の事故に遭ったため、九か月では最後まで書きあげることができず、「第六章：千鶴」の最後または途中までしか書けなかったのだと推理したものの、千鶴はすぐに読み始めることができなかった。それは父から自分史に「おまえの悪口をいっぱい書くからな」と冗談交じりに脅かされたからではない。母の七回忌のあと「自分史は亡くなった早苗に捧げるために書く」と、父が千鶴へ宣言したのを覚えていたからだ。父がそう告げたとき、千鶴はいささかも違和感を覚えなかった。

千鶴は再び目次をクリックし、「第十章：妻の死」を凝視した。

（父さんはこの章が一番書きたかったんだろうな。書いて、母さんに詫びたかったんだろうな）

その思いにとらわれると、父の無念が偲ばれ、涙が込み上げてきた。

母は乳ガンだった。千鶴は夫の俊明から母の病を知らされ、副支店長を務めていた山陰共和銀行（略称：共銀）出雲支店から津和野へ戻った平成十二年の冬の日のことが忘れられない。雲が重く垂れこめ、いまにも雪が降ってきそうな師走の一日だった。駅からタクシーで記念病院に乗り付けた千鶴は父と夫の二人と病院のロビーで合流し、主治医の部屋を訪ねた。主治医は正面に座った父、その背後に立った千鶴夫婦へ時候の挨拶をぎこちなく述べるや、重々しく告げた。

「今日、お越しいただいたのは、門脇早苗さまの病状について、ご家族に告知するためです」

誰も返事ができず、主治医の次の言葉を待った。主治医は四枚のレントゲン写真をアルミニウムの伸縮棒で指しながら説明した。

「早苗さまは右乳房に顆粒状の腫瘍が見られ、この腫瘍は左乳房にも転移しています。この乳房だけなら手術による切除が可能ですが、ＭＲＩ検査の結果、胃とすい臓にも転移が見られ、手術はきわめて困難です。ステージ４にあたります。抗ガン剤でガンの進行を遅らせるしかありません」

千鶴は夫の肩に顔を埋めた。

「もっと早く来ていただければ」

主治医はその言葉の先を飲み込んだ。部屋は重い沈黙に包まれた。

「あと、どれくらいですか」

父がようやく口を開き、質した。主治医はしばらく返答をしなかった。

「もってあと半年、早ければ三か月とお考えください」

主治医は窓の外を見やり、葉をすべて落とした桜樹を眼にするや、誰に言うでもなく呟いた。

「……来年の桜は見られないかもしれません」

それから三人に顔を向け、ややあって頭を垂れたままの父へ質問した。

「ご本人に告知しますか。それとも知らせぬまま、お見送りしますか」

お見送りという婉曲的な表現ながら、それが死の確実を意味するものだっただけに、千鶴は目眩を覚えた。

父は長い沈黙のあと、声を震わせて答えた。

「家族で相談して、お返事します」

その後、病院のロビーで千鶴は人目もはばからず、感情のまま父をなじった。

「どうしてもっと早く、母さんを病院に連れて行かなかったの。そうすれば助かったかもしれないじゃない」

父はただ項垂れていた。俊明が千鶴の肩に手を置き、怒声を浴びせた。

「いい加減にしろ。ずっと津和野におらんかったおまえに、父さんを責める資格があるんか」

千鶴は沈黙するしかなかった。それは俊明が千鶴に発した初めての厳しい言葉だった。俊明が千鶴を「おまえ」と呼ぶことはなかった。

千鶴と俊明の別居結婚は十二年に及ぶ。

千鶴は産休・育休の一年間を除き、ずっと単身赴任を続けた。結婚後、夫は津和野に残り、妻が隠岐・松江・米子・出雲の各地で勤務した。職場結婚だったが、男性が辞職し、女性が残るという前例はなかったため、千鶴は当時勤めていた津和野支店長から「前代未聞」とまで言われた。

ロビーで千鶴がやや落ち着きを見せたので、それから三人は早苗を見舞った。病室には千鶴の弟の真一郎とその婚約者、千鶴夫婦の息子の四歳になる恭平がいた。三十五歳の真一郎も主治医の告知を共に聞くために、俊明が若松で勤務する彼を呼び寄せていたが、「とてもおれは聞く勇気がない」と固辞し、甥の恭平を婚約者と母の病室で遊ばせていた。千鶴は初対面の婚約者と挨拶を交わした。

「真一郎の奥さんになってくれる物好きな人に会いたいから、きょうは帰って来たのよ」

千鶴は帰省の理由をごまかした。

早苗は千鶴との二か月ぶりの再会を大いに喜んだ。千鶴には早苗は元気そうで、とても余命半年を宣告されるような病人には見えなかった。見舞の五人は努めて明るく振舞った。恭平はずっと千鶴に手を握られていた。

その後、病院から家へ帰る店名の入った軽ワゴンを真一郎と婚約者が見送った。

「兄貴を見てたから、おれは結婚なんかする気にはなれなかった」

真一郎は晩婚の理由を、婚約者へ弁解した。

帰途の車中で、恭平をはさんで後部座席に座った千鶴が修三へ質した。

「父さん、まさか先生に言ってもらうつもりじゃないでしょうね？」

修三は力なく、首を横に振った。運転中の俊明は無言だった。何も知らない幼い恭平が祖父と母を見あげた。

「そうよね。先生からお話があるなんて、……とても言えないよ。言えないよね」

千鶴は再び涙にくれた。恭平が千鶴を見あげたまま、首を傾げた。

「おかあちゃん、何で泣きよるん？」

恭平の問いかけに千鶴は答えられなかった。

ややあって修三が恭平の頭をやさしく撫で、代わりに答えた。

「おかあちゃんはな、恭平が病院でお利口さんにしよったけえ、うれしゅうて泣きよるんぞ」

褒められた恭平は照れ笑いを浮かべた。

このとき、千鶴は決意した。両親と夫に預け、ずっとさみしい思いをさせている恭平のためにも、津和野へ帰ろう、銀行も辞めようと。恭平は母にかわいがられている。だから母が亡くなれば、嘆き悲しむだろう。そして六十七歳の父へ、母と過ごす時間を少しでも多く取ってもらおう、父に母を看病させるために店を手伝おうと、心に決めた。

修三は地元銘菓である源氏巻を生産・販売する土産物店を営んでいた。修三と早苗の二人で切り盛りしていたが、母が倒れたら、店が立ち行かなくなるのは眼に見えている。俊明は町役場に勤め、外国人観光客誘致係の係長を任されているので、多くは期待できない。それに女手も必要になるだろう。千鶴は共銀初の女性支店長という夢を勤続二十年、三十八歳であきらめた。

だが、この行為が早苗に自らの死期を悟らせることになる。早苗は夫の修三・娘の千鶴・娘婿の俊明・息子の真一郎あてに、それぞれ遺書を書いた。千鶴への遺書には「俊明さんに償うつもりで、俊明さんをもっと愛してください」と記されていた。

翌平成十三年二月、真一郎は太鼓谷稲成神社で式を挙げた。だが早苗の病は篤く、出席は叶わなかった。新郎新婦は花婿・花嫁衣裳のまま、病室の早苗を見舞い、早苗を喜ばせた。

翌三月、早苗は桜の花を見ることなく、享年六十で他界した。早苗の叶わなかった最後の願いは「お店で死にたい」だった。

葬儀には俊明の親族や近所の人だけでなく、早苗はボランティア英語ガイドを長年にわたって務めていたので、その仲間や外国人英語教師も遠方から駆け付け、参列してくれた。

早苗の逝去は、昭和四十六年に開店した「かどわき」の三十年ローンの完済とまったく同時期であった。喪主を務めた修三はその偶然に耐えきれず、肩を震わせて泣きじゃくり、挨拶がまともに出来なかった。千鶴を制して、喪主挨拶を俊明が代行した。

第Ⅰ章　婚約破棄

昭和六十三年四月、俊明は千鶴の勤めていた津和野支店へ、宍道湖畔の研修センターで行われる二週間の合宿研修を終えて赴任した。なお総合職の新人は令和二年現在では、四月の十五日間の研修以外に七月と九月に四日間、一月に一日間の研修を受ける。その内容は社会人マナー・コンプライアンス・企業倫理・業務研修と多岐にわたる。

総合職の新人は四月の研修を終えると島根・鳥取県内の各支店に配属され、翌年の四月からはその成績によって、本店へ配属されるか、あるいは別の支店または出張所へ異動する規定だった。すなわち、この一年は本人の能力や適性を見極めるための現場研修、言い換えれば〝仮免許〟のようなもので、支店にすれば〝預かり物〟でしかなかった。しかしこの規定はあくまで名目に過ぎず、真に優秀な新入社員は研修後すぐに本店勤務となるし、それに準ずる者は規模の大きな支店勤務になっても、支店長が優秀と見なせば、翌年度も同じ支店で勤務する（これを継続と称した）。本店人事部としても、継続は新たな赴任先を探す必要がないので、ありがたかった。もっとも継続がほとんどで、一年で転勤を命じられる新人は少なかった。

俊明は津和野支店へ送り込まれたが、津和野支店の規模から考えて、彼の社内評価は五段階の2に相当すると考えてよいだろう。だから彼が成績優秀と支店長が認めれば、継続して津和野支店にて勤務するが、そうでない場合は津和野と同規模かそれ以下の支店、あるいは出張所に転勤させられる運命だった。法人取引があるのが支店、ないのが出張所である。

なお新人の採用は千鶴が入行した時点では特に分類されていなかった。しかしその後、総合職と一般職に区分され、さらにエリア職が加えられて三種類になったが、令和二年現在は総合職とエリア職に分けて採用している。給与も入行時点で異なる。島根・鳥取県内をはじめ全国および海外どこにでも転勤させられるのが総合職、自宅近辺の通勤可能な複数の支店や出張所に転勤を命じられるのがエリア職（千鶴の場合でいえば津和野支店・日原出張所・六日市支店・益田支店および益田市内の出張所）、転勤のないのが一般職である。これは昭和六十年に成立した男女雇用機会均等法に即するための区分だが、総合職は男性が多く、一般職・エリア職は女性が多かった。

千鶴は昭和五十六年の入行だが、四年目にエリア職の認定試験を受けさせられた。転勤を可能にするためだが、退職勧奨の意味合いもある。これに合格し、基本給も上がったが、千鶴の通勤時間は徒歩十分程度だったので、千鶴は結婚するまでは津和野支店で勤務したかった。もし他の店舗に異動を命じられたら、通勤に車を利用しても片道一時間前後かかるし、車も購入し、駐車場も借りねばならない。異動の発表がある三月が憂鬱でならなかった。

しかし入行六年後には総合職への昇格試験の受験を半ば命じられた。有能でかつ上昇志向の高い女性に昇進の門戸を開くというのが建前だったので、上昇志向の希薄だった千鶴は受けたくなかったが、支店長に「私の顔を立てると思って」と懇願され、受験して合格した。基本給もそれなりに上がったが、転勤の辞令は下りず、そのまま津和野支店で勤務することになり、安堵した。

銀行は現地の得意先と癒着し、不正を働くのを恐れて、二年から四年で管理職や主任以上を異動させるのが通例だった。だから役職の就かない行員、特に女子の転勤は少なかった。

千鶴は高卒で入行したため、俊明と出会った段階では入行八年目にあたる。窓口係から始めたが、現在は役職こそ就かなかったものの銀行業務に精通していたため、昨年度より新人の教育担当を任されていた。しかし千鶴に任されたのは一般職の女性ばかりで、大卒の総合職ははじめてだった。

山陰共和銀行は令和二年現在、島根・鳥取県内および全国に81の本支店と69の出張所を有する。しかし津和野支店は男性3名・女性8名の行員11名の小さな支店だったため、総合職の新人が配属されるのは十数年ぶりだった。津和野支店長はこの預かり物を、四か月ごとに教育担当を千鶴・主任・支店長代理の順で、交代してあたらせることに決めた。なお支店長代理は係長職に相当し、課長職の下である。支店長が長期入院等の理由で不在の場合に、支店長の業務を代行するのは副支店長である。ただ副支店長のポストは規模の大きな支店しか置かれていなかった。

千鶴は教育担当になったが、二歳下の俊明に接しても男性を意識することはなかった。三歳下の真一郎という弟がいたから、年下は子どもに見えて、恋愛対象として一度も交際したことがなかったし、当時、千鶴はある男性と深い仲になっていたので、まさかこの新人と結婚し、門脇家の婿として迎えることになるとは、予想だにしなかった。

俊明が津和野支店へ配属されて三か月経ったころ、俊明から「相談したいことがある」と千鶴は持ちかけられた。その相談とは自分は銀行に向かないから辞めたいという内容だった。千鶴は（遅い五月病にかかったかな）としか思わず、俊明を慰め、励ました。それで俊明も取りあえずは辞めることは思い留まった。この相談はもちろん銀行内の応接室で扉を開けて受けた。銀行には「異性間に於いて特定の個人と親密になることを禁ず」という暗黙のルールがあり、社内恋愛は喜ばれないので、誤解を生じるような行為を千鶴はしたくなかった。

しかしその年の師走、千鶴は〝運命の一日〟を迎える。読者諸賢におかれては、人間を長くやっていれば「もしもあの日、あの時、あの場所で違う選択をしていれば、いまとはまったく別の人生を送っていたかもしれない」という三叉路に立ったような、あたかも小田和正の「ラブ・ストリーは突然に」の歌詞の一節を体験したような瞬間がないだろうか。筆者にはある。

千鶴が交際していた男性に別れを告げられたその夜、千鶴は俊明と津和野駅で出会ってしまった。千鶴はその男性からプロポーズを受け、それを快諾して、相手の両親の山口の実家まで挨拶に行き、次はこの男性にいつ自分の家へ挨拶に来てもらおうかという段階で、その翌週、千鶴は男性から山口の喫茶店まで再び呼び出され、いきなり別れを告げられた。「親が反対している」というのである。千鶴は激怒し、相手をなじった。

「わたしのどこが気に入らないと言うの？」

千鶴は相手に詰め寄った。

「いや、きみじゃなくて、きみは土産物屋さんの長女だから」

千鶴は相手に最後まで言わせなかった。

「土産物屋だから何？　土産物屋の娘は嫁にもらいたくないってわけ？」

「いや、そういう訳じゃない」

それから男は押し黙った。

「同居でしょ？　それとも親が中卒だから？」

相手の家に挨拶に伺った際、相手の両親から同居を持ち掛けられた。相手は長男である。しかも父親は一部上場企業の重役を務め、先祖は長州藩の家老だったそうで、家もかなり広かった。家というより屋敷と呼んだほうがよさそうな家だった。大きな庭があって、庭石と石灯籠、夜間照明まであった。千鶴の家に庭はない。修三は店舗付き住宅を設計する際、庭の必要性を一顧だにしなかった。

しかし、同居については相手から何も聞いていなかったので、千鶴は戸惑い、「二人でよく相談してお返事します」としか答えなかった。農家に嫁いだ母から、自分が経験した十年間の同居の苦労を「同居はね、他人の家に一人で入るわけだから、ちいちゃんにはさせたくないわ」と聴いていた千鶴も、望んではいなかった。だが相手の両親が望むならそれもやむを得ないとも考えていた。

挨拶の帰り、千鶴は男に車で津和野まで送ってもらったが、その車中でちょっとした口喧嘩になった。

「ぼくは長男だから、結婚して子どもができたら、いずれはあの家に住もうと思う。部屋はいくらでもあるし。ただ転勤があるから、その場合はきみと子どもだけであの家に住むことになるかもしれない。だから母親が、同居するなら最初から同居したほうがいいという意見なんだ」

「何で言ってくれなかったの？」

「きみだってぼくに言わなかったことがあるじゃないか」

「何？」

「ご両親が中学しか出てないってこと」

「聞かれなかったから、言わなかっただけよ」

「きみはぼくが聞かなければ、まだぼくに隠していることがあるんか？」

「何それ、どういう意味？」

「いや、それだけの意味だ」

　それから車中は重い沈黙に包まれた。長渕剛のカセットテープが流れていた。曲目が「乾杯」に移ると、男はイントロが終わらぬうちに、無言で音楽を止めた。

　千鶴は二十六歳である。同期入行は千鶴を含めて三人だが、短大卒と専門学校卒だから年上だった。しかし二人とも寿退社していた。昭和の終わりには結婚適齢期は二十四歳までで、二十五歳からは〝売れ残り〟、イブを過ぎたクリスマスケーキのように安くなるといった女性蔑視の感覚が地方ではまだ生きていた。女性社員を「職場の花」と呼んでも、誰もセクハラとは思わなかった。いや、そもそもセクハラという言葉をほとんど誰も知らなかった。セクハラが流行語大賞の金賞に輝くのは平成元年である。ただしこの段階ではセクシャルハラスメントと略さずに呼ばれ、この言葉を知らない人も多かった。〝腰かけ〟という言葉、これはいまも使われるが、当時は就職してもすぐ辞めるという意味で、女性に対して多く使われた。〝花嫁修業〟という言葉もあった。これには結婚するためにお茶や生け花のほかに、数年間、社会人を経験するという意味も含まれていた。短大を花嫁学校と勘違いしている者もいた。〝オールドミス〟という差別語は死語になりつつあったが、〝お局さま〟という表現はいまも使われている。千鶴はそんな時代の地方在住の二十六歳である。津和野支店の女性行員としては、いつの間にか最年長になっていた。

厚生労働省が平成二十年度に発表した「婚姻に関する統計」によれば、女性の初婚の平均年齢は昭和六十年25・3歳、平成二十七年29・0歳と晩婚化が進んでいる。これは全国平均だから、地方はもっと早婚だった。国立社会保障・人口問題研究所の発行する２０２０年度版の統計によれば、女性の平成二十九年の初婚の平均年齢は全国29・4歳、島根29・1歳、東京30・4歳である。晩婚化が特に都市圏で顕著である。

千鶴はこの男と全国銀行協会が山口で開いた金融セミナーで出会った。と書くと、もっともらしいが、要はナンパされたのである。昭和六十年の秋、そのセミナーが終わったあと、男が千鶴に近づき、声をかけた。発言の趣旨はセミナーの感想や内容に関する意見だったため、千鶴も丁寧に応対した。すると男が名刺を渡したので、千鶴も名刺を出して、交換した。千鶴は窓口係だが、名刺を支給されていた。男の名刺にはこの都銀の社章である赤字に白のハートが印され、山口支店の住所が明記されていたが、肩書はなかった。

千鶴はこの男に誘われて中原中也記念館に行くのだが、ここでやや脱線するが昭和の終わりから平成に至る銀行再編と名称変更の概略を書く。

金融業界には明確なヒエラルキーが存在する。都銀を頂点とし、次いで地銀、その下が第二地銀（島根銀行と鳥取銀行はこれにあたる）と、ここまでが銀行と称し、信用金庫・信用組合・商工中金・労働金庫・農協あらためＪＡバンクなどの金融業を銀行業界の隠語では「雑金」と蔑称で呼んでいた。雑菌の同音異義語である。金融業界はオリンピックと異なり、銀が金より上である。

また金融界において、銀行の最大のライバルが郵便局である。郵便局は金融界の独立峰である。郵便局は全国に敷いた支店網・特定郵便局を通じて国民から潤沢な郵便貯金を集め、これは民間への融資ではなく、高速道路などを造る財政投融資の原資となっていた。だが、郵便局は郵政民営化により、ゆうちょ銀行・かんぽ生命・日本郵政の三事業に分割され、弱体化する。なお現金を郵便局に預けるのは「貯金」、それ以外の金融機関に預けるのは「預金」と区分される。

さらにこの都銀を頂点とするピラミットに入れない金融業として、カード会社や住宅ローン・事業者向け融資などのノンバンク・サラ金・街金・闇金がある。だが賢明な読者はカード会社やサラ金がメガバンクと呼ばれる都銀から資金調達していることに留意すべきであろう。超エリートからヤクザまでいるのが、金融業である。

平成の話だが、都銀は三井住友・みずほ・三菱東京ＵＦＪの三つのメガバンクを含む五行に再編され、第二地銀は相互銀行という名称を改め、トマトやもみじといった、どの県にあるのかわからない名称を使用するようになった。都銀と第二地銀の中間層である地銀の多くは合併もせず、名称もそのまま、多くが県の名称を冠に載せている。この理由は銀行の多くがバブル崩壊の後遺症として不良債権という時限爆弾を抱え、護船団方式という政府による手厚い政策により、銀行が甘やかされていたため、その代償として政府の言いなりにならざるを得なかったからである。

銀行業界は昭和六十一年から始まるバブル経済の寵児として、そのあり余ったカネを不動産業や何やら得体の知れない黒い組織へもジャブジャブと融資し、不動産屋は地上げ、土地ころがしを経て一夜にして成金と化す。やがてその多くは焦げ付かせて不良債権となり、拓銀と長銀は破綻し、多くの銀行は再編と合併の憂き目を見る。そんな祭りのような、銀行員が肩で風を切って歩く、俗な表現を用いればブイブイ言わせる時代を迎えるが、その前夜、千鶴は都銀の男と出会った。千鶴にとって都銀は憧れの対象だった。

セミナーは午後三時に終わった。

「これから津和野に帰られるんですか。まだ早いから、よかったらお茶でもしませんか」

「いえ、行きたい場所があるので、失礼します」

「どこです？　ぼくは山口の生まれだから、どこだって案内しますよ」

「いえ、結構です。一人で行きます」

千鶴はテーブルの上に置かれていた金融商品に関する資料をカバンに入れようとしたが、そのとき「詩集　中原中也」と題した文庫本が手元から床に落ちた。セミナーが始まる前、時間つぶしに読んでいたものだ。千鶴は高校時代に中也を知り、中也の大ファンになった。津和野はよく雪が降る。雪が降るたび、千鶴は暗唱していた中也の「汚れっちまった悲しみに」や「生い立ちの歌」といった雪をモチーフにした詩の一節を口ずさむこともあった。中原中也記念館はＪＲ山口駅の隣の湯田温泉駅から徒歩十分の中也の生家跡地に建てられ、千鶴は何度も訪れていたが、行くたびに新しい発見があり、今日も行くつもりだった。

「わかった。中原中也記念館でしょ」

文庫本を拾い上げた男が、千鶴へ文庫本を手渡しながら、言った。

「ええ、まあ」

「中也記念館かあ。しぶいなあ。ぼくは山口に住んでいながら、中也のことはぜんぜん知りません。記念館にも行ったことがありません。記念館で中也のことを、ぼくに教えてくれませんか」

この「教えてくれませんか」が千鶴の優越感をくすぐった。

「わたしでよかったら」

「じゃあ、決まりだ。ぼくは車で来てるから、これから地下駐車場へ行きましょう」

二人は男の運転するホンダの真っ赤なプレリュードで中原中也記念館へ向かった。男が都銀の名刺を渡さなかったら、中也の詩集が床に落ちなかったら、千鶴は見ず知らずの会ったばかりの男の運転する車の助手席に座ることはなかったかもしれない。しかしその日は夕食の誘いを「遅くなるから」と振り切って、千鶴は津和野へ帰った。

その翌日、男から千鶴の勤務する津和野支店へ電話が入った。携帯電話は昭和六十年にＮＴＴがショルダーフォンという名称で、肩にかけて持ち運ぶタイプを発売する。これはその年の話だ。

「困ります。職場に電話されたら」

千鶴は声をひそめた。

「だって、門脇さんが家の電話番号を教えてくれないから、職場にかけるしか連絡の方法がないじゃないですか」

千鶴はやむなく、家の電話番号を教え、午後九時にかけるように求めた。家と店の電話番号は同じだったため、千鶴が電話の前で待っていると、午後九時きっかりに電話がかかって来た。そして次の日曜日、男が津和野まで来るので駅で会おうということになり、二人の交際が始まった。最初のデートは男の運転する車で山口まで戻り、瑠璃光寺の五重の塔と常栄寺の雪舟庭園を鑑賞した。そして三年が過ぎた。

「何も聞かず、ただ黙ってこれを受け取ってほしい」

男が胸ポケットから膨らんだ封筒を取り出し、喫茶店のガラステーブルの上に置いた。相手の男も千鶴も銀行員である。バブルの頃である。男は都銀・大卒・総合職の二十九歳、勤続七年目にも関わらず、年収は八百万円を超えていた。地銀・高卒・総合職の二十六歳、勤続八年目の千鶴の年収は三百万円である。お互い年収を口にしたことはなかったが、同じ業界だから大体の察しはつく。都銀で主任・三十歳なら年収一千万円を超えると言われていた時代である。しかし地銀は最大の取引先である地方自治体に忖度（そんたく）して、山陰共和銀行の場合は島根県庁・松江市役所に準じて、給与は地方公務員をわずかに上回る程度に抑えられていた。

高校三年時の進路相談で担任から、「門脇だったら、島大・山大は問題ない。がんばれば広大、さらに九大だって受かる」と太鼓判を押されていた千鶴が「家庭の事情で就職します」と告げると、担任はしきりに奨学金を勧めたが、千鶴の意志が固いと知るや、「だったら、先生が津和野で一番の就職先を探してやる」と言われ、就職したのが共銀である。おそらく千鶴と同年齢の高卒で、千鶴より高収入の女性は津和野にはいなかったかもしれない。しかも二人とも銀行員である。封筒の厚さを一目見れば、大体の見当はつく。

（たぶん三十万だろう）

急に相手への思いが冷めてしまった。三十万はこの男にとって、はした金とは言わないが、痛ずだ。

くも痒くもない金額だろう。さらにこの男は実家暮らしである。生活費はあまりかかっていないは

（そう、来たか）

銀行がトラブルをカネで片づけるということを、見たり聞いたりすることも少なくなかった。

（手切れ金として一年十万、相場かな）

計算したら、ますます冷めてしまった。しかも、その封筒は男の勤める銀行のＡＴＭの側に置かれ、誰でも持ち帰ってよいものだった。何も考えず、男はＡＴＭで預金を下ろしたのかもしれないが、千鶴には「おれは都銀だぞ。おまえは地銀だろ」というメッセージが込められているように思えてならなかった。

「これで、きみとのことはなかったことにしてほしい」

男が深々と頭を下げた。「馬鹿にしないで」と突き返し、男にビンタを食らわすか、「わかった」と言って受け取り、やはりビンタを食らわすか。そのどちらかの選択で一瞬、千鶴は悩んだが、後者を選んだ。カネを受け取れば、この男と未練なく別れられると思ったからだ。千鶴に「別れたくない」と泣き喚くことや、「わたしを捨てないで」と言って縋り付くという選択肢は毛頭なかった。それはプライドが許さない。千鶴は封筒を受け取り、ハンドバッグにしまった。

「ありがとう」

男が千鶴の行為に謝辞を述べた。

（何がありがとう、だ）

千鶴はむかっと来たが、それを抑えて微笑んだ。

「最後にお願いがあるの。ちょっと立ってくれる？」

「何？」

「いいから、立って」

三年付き合った仲である。男は千鶴がこれから何をしようとしているのかを察し、眼鏡をはずして立ち上がり、眼をつぶった。それであなたの気が済むなら、どうぞご自由にと言わんばかりの余裕綽々（しゃくしゃく）な態度は、千鶴の怒りの炎に油を注いだ。千鶴も立ち上がり、右拳を固く握りしめ、全体重をかけて、男の腹にパンチを食らわせた。男は呻（うめ）いて倒れ込んだ。その弾みでコーヒーカップが倒れ、飲みかけのコーヒーが男にかかった。店内にいた客が何事かと、一斉に視線を向けた。「さよなら」と告げるや、千鶴は振り返ることなく喫茶店をあとにした。

駅に向かう途中、ふと左手の薬指に婚約指輪をはめていることに気づき、千鶴は立ち止った。喫茶店のあった方向を振り返ったが、物に罪はないと思い、ハンドバックから指輪ケースを取り出すと、外した指輪をそれに収め、再びハンドバックにしまった。質屋かどこかに叩き売るつもりだった。

ＪＲ山口線の車中で、千鶴は額を窓ガラスにつけ、暮れなずむ山々を見ていた。疲れた女の顔が映っている。

（泣くもんか、泣くもんか）

千鶴は懸命にこらえた。

（あんな親のいいなりになるような男のことで、泣くもんか）

男との楽しかった日々が脳裏をよぎった。

（あんな男と結婚して、同居したって、嫁いびりされるだけだ）

懸命にこらえたが、涙が頬を一筋つたった。

（源氏巻がいけなかったかも）

千鶴は男の実家へ挨拶に伺う際、手土産として自分の店の源氏巻を贈答用として母に詰めてもらった。代金はもちろんちゃんと母へ払った。その際、「これ、どうするの？」と聞かれたので、すでに婚約指輪を見せていた母に「ご挨拶」と答えると、母はそれだけで理解し、「がんばって」とガッツポーズを示してくれた。

源氏巻を相手の両親に手渡すと、店のことをずいぶん聞かれた。父と母の学歴も聞かれた。隠してもいずれバレると思い、「二人とも中学卒業です」と正直に答えると、両親が一斉に男へ視線を向けた。男はすぐさま首を振った。

「聞いていたのか」

「いや、知らない。初めて聞いた」

親子の無言の会話が聞こえるようだった。両親はそれ以上、学歴の話題をしなかった。千鶴が高卒なのはたぶん聞いていたのだろう。何も聞かれなかった。

車中でふと、千鶴は婚約指輪を母へ見せてしまったことを思い出した。嬉しいことはいつも一番に母に報告していた。高校に受かったときも、まず母に知らせた。母は指輪を手に取り。「よかったねえ。おめでとう」と顔をくしゃくしゃにして、喜んでくれた。「どういう人？」って聞かれたけど、「今度、連れて来る」としか、答えなかった。あの男は山口大学経済学部の卒業で背も高く、金回りも良かった。いわゆる三高（高学歴・高身長・高収入、平成の表現ならハイスペック）で、そこそこのハンサム（同上イケメン）である。母を驚かせたかった。「父さんにはまだ内緒よ」と頼んだから、父はまだ知らないだろう。破談の原因をどう言おう。あの男には社会人と大学生の妹がいた。きっと妹たちに「お兄ちゃん、高卒と結婚するんだってね。それに相手の親はどっちも中卒だそうじゃない。お兄ちゃんなら、もっといい人がいくらでもいたでしょうに」とか何とか言われたのだろう。それで「妹に示しがつかない」と考え、婚約破棄を決めた。「妹に示しがつかない」はあの男の口癖だった。

（あの男にはわたしより妹なんだ）

だから千鶴は、「二人とも中学卒業です」と答えたことだけは、秘密にしようと決めた。それが原因かもしれないが、それを言ってもどうしようもない。父と母を傷つけるだけだ。同居を断ったからにしようか。それだと母はわかってくれると思うけど、父が知ったらなんて言うだろうか。「お願いして、同居してもらえ」と言うだろうか。それからおカネをもらったことはどうしよう。隠すべきだろうけど、隠しきれるだろうか。それとも母にだけはおカネのことも打ち明けようか。千鶴は母へ相談したかった。

千鶴は高校生まで母のことを「さあちゃん」と呼んでいた。さすがに社会人になって、母をちゃんづけと呼ぶのはどうかと思い、「母さん」と呼ぶように改めたが、母はいまも千鶴を「ちいちゃん」と呼ぶ。母には何でも話せた。母は美人だと思う。だからわたしが美人なのは、母の血筋だと思う。父に似なくて本当によかったと思う。父は醜男ではなかったが、それほどの二枚目とは思えなかった。

母に一度、「どうして父さんと結婚したの？」と中学生のころ、質問したことがある。母ほどの美貌だったら、もっといくらでもいい男と結婚できただろうにという思いからだ。

「女はね、愛するより、愛されるほうがずっと幸せなのよ。父さんはやさしい人だから、ずっとあたしを愛してくれる。それがわかっていたから、あたしは父さんと結婚したの」

「はい、はい、ごちそうさま」

真面目に答えてくれた母をわたしは適当にあしらったが、父を見ていると、母の選択は間違っていなかったと思う。

しかし、いまこんな顔をして帰れば、母は怪しみ、どうしたのかと心配するだろう。わたしもまだ心の整理がつかず、母の前で泣き崩れてしまうかもしれない。母には何でも話せるけど、やはり心配はかけたくないし、弱い姿も見せたくない。それにあまり早く帰ると怪しまれる。どこかで時間をつぶそうか。そう思っているうちに列車が津和野駅に着いた。

千鶴が乗降口に立つと、俊明が千鶴の正面のプラットフォームに立っていた。土曜日の夜である。この列車は益田行きである。俊明の実家が益田であると知っていた千鶴は、俊明が実家に帰ろうとしているとすぐに理解した。俊明は洗濯物を詰め込んだ大きな紙袋を手にしていた。眼と眼が合った二人は挨拶を交わし、俊明は列車に乗り込もうとしたが、千鶴が遮（さえぎ）った。

「待って、ちょっと話がある。列車、一本か二本遅らせてくれる？」

「は、はい」

俊明は列車に乗るのをやめ、二人は列車を見送った。

「話って何ですか」

「まだ、銀行辞めたいと思ってるの？」

俊明は何も答えようとしなかった。

「飲みに行こ」

「えっ」

俊明も当然、異性間の親密な関係云々の暗黙のルールは知っている。

「いいの、支店長命令だから」

「どういうことですか」

「支店長からね、あなたが最近、元気がないみたいだから、一度、食事でも誘って相談に乗ってくれないかって言われているのよ」

この話は嘘ではなかった。俊明は、一度は千鶴に遺留されて退職を断念したものの、また辞めたいと退職願を支店長に提出したらしい。支店長から、「教育担当だったきみから、一度、彼を食事にでも誘ってだね。思い留まるように言ってくれないだろうか」と求められたことがあった。言外に色仕掛けで説得せよという響きがあり、「慰留なら、わたしはもうしました。食事なんてできませんか」と言下に断っていたが、津和野は歓楽の少ない町である。男女が二人で食事していれば、すぐ噂になることを覚悟しなければならない。だから千鶴は交際相手のあの男と津和野で食事したことはない。男は津和野を案内してほしいと求めたが、千鶴は断った。いつこの男と別れるかもしれないという思いがあったからだ。

思えば、あの男は規則を決めるのが好きだった。銀行員だからかもしれない。デートは週一回。山口・津和野間は45キロの距離があるが、津和野まで男が車で迎えに来たときは千鶴はＪＲで帰る。ＪＲで千鶴が来たときは男が津和野まで車で送るが規則一。

連絡は月水金の午後九時に男が千鶴に電話する。千鶴から男へは連絡しない。もし電話をかけて呼び出し音を三回鳴らして、誰も出なかったら電話を切る。仮に千鶴以外が出たら、間違い電話ですと言って切るが規則二。この規則を男は律儀に守って、週三回電話をかけて来た。

門限は午後十一時、お互いの家は結婚を決めるまでは訪問しないが規則三である。「あなたの家も門限があるの？」と聞くと「ああ、長男のぼくがそうしないと、妹に示しがつかない」と男は言った。門限があると聞いて（ええとこの子かも？）と千鶴は感じたが、あえて問い質さなかった。勘が当たっていたことを千鶴は相手の家を訪れて初めて知る。きっと〝玉の輿〟狙いの女を遠ざけたかったのだろう。

それから三度目のデートで唇を交わし、五度目のデートでラブホテルに連れ込まれ、男女の関係になった。男はコンドームを用意していて自ら装着した。行為のあと、「できちゃった婚なんかしたら、妹に示しがつかない」と男は口にした。（この人は結婚を考えて、わたしと付き合ってくれているんだ）と千鶴は思い、適齢期と思っていた千鶴は男にのめり込んで行った。必ず避妊するが規則四である。

　二人は秋吉台、萩、長門、下関、防府、岩国、そして遠出して広島や福岡までドライブを重ねたが、必ず日帰りだった。外泊しないが規則五。

　千鶴も社会人二年目に運転免許を取得していたが、男は愛車のプレリュードを決して千鶴に運転させようとしなかった。あの男の愛車はいつもピカピカに洗車されていた。必ず男が運転するが規則六。

　そしてデートの費用はすべて男が払うが規則七である。

　千鶴は俊明と肩を並べて歩き、居酒屋に向かいながら、あの男のことばかり思い出していた。

　しかし、浮気はしないは規則になかった。一度、千鶴はあの男の浮気を疑ったことがある。付き合った翌年の三月に二か月近く電話が来なかった。年度末だから忙しかったのかと思い、いやそれよりあの男は最後まで自宅の電話番号を教えなかったので、連絡するには勤務先の都銀へ電話するしかなかった。もし電話したら、あの男が激怒することはわかっていたので、千鶴はほおっておいた。久しぶりのドライブデートで、あの男はうっかり口を滑らせた。

「やっぱり、きみは助手席に乗せるには、最高の女だよ」

「やっぱりって何？　誰かと比べてるの？」

「馬鹿なこと言うなよ。やっぱりはやっぱりさ。惚れ直したってことだよ」

　男はごまかした。千鶴はそれ以上追及しなかった。それからあの男は千鶴に少しは気を遣うようなり、交際三年目にプロポーズした。

（助手席に乗せるのはいいけど、家で一緒には住みたくない。そういうことね）

千鶴はあの男への思いが冷めていくのを自覚した。

（でも、あの男は規則を決めるのが好きだったけど、この男は規則に縛られるのがいやで、銀行を辞めたいのかもしれない）

居酒屋に入り、ぎこちない乾杯を交わしたあと、しばらく時候の世間話や、支店内の誰それの噂を語り合ったあと、千鶴が俊明に質問した。

「前にも聞いたと思うけど、どうして銀行を辞めたいの？」

「他人のカネを数えるのが、いやなんです」

この答えに千鶴は唖然とした。

（馬鹿か、こいつは。他人のカネを数えるのが銀行の仕事じゃないの？）

千鶴も他人のカネを数えたくて銀行に入ったわけではない。高校教師に「一番の就職先」と言われ、計算も苦手ではなかったから、仕事も割と早く覚えられるだろうと思い、迷わなかった。

「だったら、どうして銀行に入ったの？」

「親が喜ぶと思って」

（こいつも親か）

千鶴は俊明をいじめたくなった。

「あんたは親のために生きてんの？」

俊明を「あんた」と呼んで、（しまった）と千鶴は思ったが、年下だし、自分は教育係だったから、（ま、いいか）と思い、訂正しなかった。

（少し酔ったかな）とも思った。千鶴が酒を飲むのは銀行の歓送迎会くらいだった。あの男は「ぼくはアルコールを受け付けない体質なんだ」と言っていたから、二人で酒を飲むことはなかった。この店も千鶴は知らなかったが、俊明が案内した。俊明はこの店に時々通って、一人飲みながら夕食を摂っているらしい。

生ビールのジョッキ一杯を飲み終え、お銚子二本目に入っていたが、千鶴は頬が赤くなるのを感じていた。俊明は平然としていた。主任から「あいつを飲みに誘ったけど、ちっとも酔わない。それで銀行が嫌だ、辞めたいというから、こっちまで銀行を辞めたくなる」とこぼしていたのを聞いたことがある。俊明は千鶴の嫌味な問いかけを言下に否定した。

「そんなことはありません。ぼくは地元が好きで島根に帰ったんですが、公務員試験がうまくいかなくて、民間を考えたとき、銀行が一番、安定しているかと思って入ったんです」

（つまんない理由）

千鶴は俊明を誘ったことを後悔し始めていた。

「だけど、入ってみると、みんなカネのことしか頭になくて、それにみんな出世のことばかり考えていて、特に支店長なんてうんざりです」

「どういうこと？」

興味が沸いた。

「はい。ぼくが退職願を出すと、どうしても辞めたいんなら、来年の四月以降にしてほしい。きみは成績優秀だから、本店に行けるように私が推薦するから、本店で退職願を出してくれって」

千鶴は思わず声を出して笑いそうになった。

(あの支店長の言いそうなことだ)

〝預かり物〟は預かった支店も査定される。〝仮免許〟の段階で総合職の新人を逃がそうものなら、降格はされずとも、マイナス査定は免れない。支店長は津和野支店在任四年目である。来春の異動は確実視されている。いまより大きな支店の長か、あるいは本店の部署にもよるが、次長か副部長に返り咲きたいのだろう。

千鶴は支店長に疎んじられている。その理由ははっきりしている。千鶴が支店長の勧める見合いの話を三度も断ったからだ。千鶴は日原で大工の棟梁をしていた母方の祖父に可愛がられたが、中学生のときに「ちい坊、おまえの母さんは初めての見合いで、一発で結婚を決めた。おまえも見合いをするんなら、一発で決めろよ」と諭され、「そんな先のこと、わかんない」と答えたことがあった。

修三と早苗は見合いの席で初めて会った。仲人が誰だったかを、千鶴は聞かなかった。修三は三度目の見合いで、いずれも断られていたが、早苗は初めての見合いだった。修三は見合いの前に写真を見せられ、岸恵子に似ていると思った。岸恵子は当時はやっていた映画「君の名は」の主演女優である。見合いの席で、修三は早苗の顔がまともに見られず、ずっと顔を伏せていたが、早苗も同じだった。ただ何かのはずみで眼が合うと、切れ長の目がやはり岸恵子に似ていると、修三は思った。修三は釣書に中学卒業と書いたので、早苗の学歴も同じだと知ると、安堵した。見合いの席では早苗の父親が仲人相手に一人しゃべっていた。

「女が学問すると、親に逆らうようなる」

「農家は食うに困らねえから、早苗は農家に嫁がせたい」

「見合いってのは、何べんもするもんじゃねえ。縁があると思ったら最初の一回で決めるもんだ。えり好みしてる間に、歳ばかり食っちまう」

「下にまだ三人いるので、この子は早く嫁にやりてえ」

「勤め人は毎月、決まったもんがきちんきちんと入るから有り難てえ」

「農家に嫁にやるには、ぴったりの名前だ」

修三は大いに希望を持った。修三の一目惚れだった。

修三は仲人の制止も聞かず、日原の早苗へ会いに行った。会いたいというより見たいという気持ちだった。会ってもろくすっぽ会話はできなかった。それでも会いに行った。三回目に会ったとき、早苗が結婚に受諾すると修三に伝えた。修三は舞上がった。有頂天になった。修三が二十八歳、早苗はその七つ下だった。

早苗の父は土産物屋の開店のとき、すでに現役を引退していたが、ずいぶんと助言をもらい、職人も世話してくれ、工事現場で眼を光らせた。ある日、工事現場を修三と祖父が見ていたら、大工の一人が祖父と顔見知りだったらしく、「棟梁の娘さんのうちとは知りませんでした。それじゃあ、手は抜けねえな」と近づきつつ語った。すかさず祖父が「おまえさん、いつもは手を抜いてるのかい?」と返すと、大工は絶句し「勘弁してくだせえ」と苦笑し、足早に立ち去った。この話を千鶴は何度も修三から聞かされた。

さらに早苗からは社会人になってからだが、「見合いはね、仲人さんがね、取りあえず会って、気に入らなかったら断ってもいいと言うけどね。断っていると癖になって、それにだんだん条件が下がるから、まだ結婚する気がないなら、会う前に断ったほうがいいよ」と助言されていた。

祖父と母のアドバイスに従い、恋愛結婚を夢見ていた千鶴が、支店長の話を写真も釣書も見ずに二度断ると、途端に不機嫌になった。二度とも「この男性の父親は社長さんなんだけど、その社長さんが窓口係のきみを見染てだね、ぜひうちの息子にという話なんだよ」という、玉の輿だからきっと飛びつくだろうと予測した支店長の話をけんもほろろに断った。

次に見合いの話を持ち掛けられときは、あの男と交際中だったので、「わたしには付き合っている人がいます」と断ると、同じく不機嫌なさまを露わにした。その間に千鶴と同期入行の女子行員の一人が支店長の仲人で見合い結婚し、寿退社した。花婿は得意先の息子だった。得意先に人身御供のように〝職場の花〟を献上するのも、支店長の大切な業務らしい。先輩女子行員の何人かも、支店長の仲人で見合い結婚した。花嫁も玉の輿に乗るから、満足なのだろう。

国立社会保障・人口問題研究所の統計によれば、修三と早苗が結婚した昭和三十六年に近い昭和三十五年の見合いと恋愛結婚の比率は54・0％：36・2％である。しかしこの比率は昭和四十年代に逆転し、千鶴が結婚を意識する昭和六十年は17・7％：72・5％である。このデータからも、千鶴が見合いを断る意識が伺える。なお直近の数値は平成二十七年の5・3％：87・9％である。

それに、千鶴はそもそも俊明を成績優秀と千鶴は思ったことがない。確かに覚えはいい。入行一年以内に取得するように指示される生命保険募集人（一般・専門・変額課程）・損害保険募集人・証券外務員一種と二種を、千鶴が指導したのでおそらく年内には取得できるだろう。

さらに二年目以降は銀行業務検定の法務３級・財務３級・税務３級・年金アドバイザー３級・相続アドバイザー３級の取得が五年以内に求められるが、俊明ならクリアできるだろう。一般職の千鶴は前者の資格は必須だったが、後者の検定は任意である。しかし検定に合格すれば職能手当が支給されるので、いずれの検定も合格したが、かなり苦労して四年かかった。銀行は残業も多く、あまり勉強できる時間が取れなかったのが理由である。

俊明は言われたことはそれなりにやるが、自分から何かやろうという意欲を示したことがなく、いま教育を担っている支店長代理も持て余しているようだった。まして来春にはおそらくいなくなるので、顧客を担当させることはできない。

「辞めるのは勝手だけど、自分に累が及ばないようしてくれってことね。あなたが本店に行けるはずないのにね」

「そうだと思います」

それから、二人の会話はしばらく途切れた。俊明が話題を変えた。

「門脇さんは、高校の部活は何だったんですか」

「弓道部よ」

投げやりに答えたが、俊明は途端に眼を輝かせた。

「ぼくも弓道部です。大学でも続けていまは三段の腕前です」

千鶴は意外に思った。そしてふと、自分の最初の男が弓道部だったことを思い出した。弓道部の一年先輩で、顔が好みだったので告白されて付き合ったが、先輩が大学へ進学して遠距離になると疎遠になってしまった。その先輩が大学合格した際に初めて関係を持ったが、痛いばかりで、あまりいい思い出ではない。「合格祝いは何がいい?」と聞くと、「きみがほしい」と言われ、引っ込みがつかなくて、彼の両親が不在のときをねらって、彼の部屋で結ばれた。先輩とはそれから連絡があり、夏休みにも会ったが、その後、会わずにいたら自然消滅してしまった。ただ先輩の弓を射る凛とした姿はよく覚えている。だが今となっては、好きだったのかどうかはよくわからない。

千鶴は言い寄って来る男は多かったが、ほとんど相手にしなかった。それより家に早く帰って「さあちゃん」とおしゃべりしたほうがずっと楽しかった。二人で店頭に立っていると、「歳の離れた美人姉妹ですね」とお客さんに言われたことがある。母はものすごく嬉しそうだったが、千鶴も嬉しかった。

男にもてたせいか、女には嫌われた。誰かの彼氏を千鶴が奪ったと誤解されて、いやがらせをされたことは一度ではなかった。男子生徒の間で「ミス津高」と勝手に呼ばれていたが、それも女子生徒には気に入らなかったようである。弓道もあまり熱心ではなかったので、段位を取るどころか、三年生になるとすぐ辞めてしまった。

俊明は段位を取った苦労話を、千鶴に関心があると判断したのか、あれこれ熱心に語ったが、千鶴は上の空だった。

「門脇さんの弓道部の二年後輩で村岡っていたと思うんだけど、県会議員の息子の、覚えてます?」

「さぁ、わかんない」

どうでもよかった。

「彼はぼくの大学の同期で、津和野高校のＯＢだからその紹介で、ぼくも弓道場に入れてもらって、いま通ってるんですよ」

「そうなの」

帰りたくなった。あの男のことはすっかり忘れていた。いま帰れば、平静にふるまえるような気がしてきた。千鶴の関心の低さを察したのか、俊明が話題を変えた。

「門脇さんちは土産物屋さんなんですね、源氏巻の」

「どうして知ってるの？」

「主任と一緒に、借り換えのご案内で伺いました」

「ああ、あなたと来たの」

バブルのころ、銀行が不動産屋に融資し、地上げや土地ころがしの裏で糸を引いたのは大都市の話で、地方には地上げしたくても地上げして元が取れるような土地は少ない。しかしカネは余っている。そこで地方の銀行が積極的に行ったのが〝借り換え〟である。すなわち彼らが「雑金」と蔑称する金融機関から融資を受けている中小から零細企業、そして個人経営の商店までを虱潰(しらみつぶ)しに当たり、いま借りている融資の残金を銀行が一括して肩代わりし、それをいまより低金利で返済してもらおうというのが借り換えである。いま借りている金融機関からすれば〝横取り〟になる。なおこれは、令和のいまも行われている。ただバブルのころほどではなくなった。

修三は娘の勤めている銀行の上司と同僚が店に現れて名刺を出したので、店に入れて、話を聞いた。修三は主任の「どこから融資を受けてらっしゃいますか」という質問には、娘の勤めている銀行だからと思い、「信用金庫と農協からです」と正直に答えた。次に主任は〝ご案内〟と題したパンフレットを示し、借り換えの有利さを滔々と説いた。「ただし保証人については新たに審査させていただきます」と述べたので、修三は顔を曇らせた。さらに「いま融資を受けている金融機関からの返済予定表を見せていただけませんか」と主任は求めた。そこで修三が「おたくらが来たことを娘は承知しているんですか」と質問すると、「支店に戻りまして報告しますが、了解いただけると思います」と答えたため、（出直して来い）と言いたいのを我慢して、「せっかくですが、娘に聞いてお返事しますので、今日のところはお引き取りください」と言って、帰ってもらった。

主任からその報告を受けた千鶴は、主任に拝み倒されて、父親から返済予定表を預かり、そのコピーを主任に渡すことになった。ローンはまだ十三年以上残っていた。

「ね、断ってもいいから。でも、それを渡さないと、わたし、銀行でいづらいの。金銭貸借契約書まで出してって、言ってるんじゃないのよ。わかるでしょ」

千鶴は泣き落としで、修三から返済予定表を入手した。元金・金利・毎月の返済額が明記されているのが返済予定表であり、これに加えて担保・保証人・その他の貸借条件が明記されているのが金銭貸借契約書である。そして俊明が主任の指示で新たな返済予定表を作製した。それを今度は主任と千鶴が店へ行き、修三を説得することになった。千鶴は行きたくなかったが、今度は支店長代理からも拝み倒された。修三は千鶴の顔を立て、しばらくは主任の説明に黙って耳を傾けていた。

「このお店は立地もよく、たいへん繁盛しておられるようなので資産価値も高く、担保としてご提供いただければ、より低金利でご融資が可能です」

修三は血相を変えた。修三がいま受けている融資の担保は修三の父親名義の家と土地および田畑である。この店は担保に入っていない。修三は怒りを鎮め、他人行儀な口調で、千鶴へ質問した。

「それで、いまの返済からいくら安くなるのですか」

「毎月、三千円ほどの減額になりますが、まだ十三年以上のローンが残っていますので、合計で約五十万円の減額になります」

「ほう、その五十万円のために、何ですか、保証人を新たに立て、この店を担保にしようという訳ですか」

この問いに千鶴は返事ができなかった。

「いえ、保証人はいまの方にそのままお願いしていただいてかまいません。ぜひご検討いただければと思い、伺った次第です」

主任が代わって答えた。

「五十万で親を売るのか、千鶴」

修三はつい声を荒らげてしまった。

「どうしてそんなことを言うの。わたしは父さんのためと思って」

「ええ加減なことを言うな。おまえらが、数字がほしいだけじゃろが。わしがどんな思いで、この店を開いたと思ってるんだ。帰れ、帰れ」

修三は二人を追い返してしまった。それ以来、修三と千鶴はしばらく口をきかなかった。

千鶴が苦い記憶を思い起こしていると、俊明の声が耳に届いた。

「いいなあ、門脇さんち」

「何がいいの？」

「だって、夫婦二人が力あわせて店を盛り立てるわけでしょ。それに、お客様においしいものを食べてもらって、喜ばれるわけじゃないですか。憧れるなあ」

千鶴はそんなふうに思ったことはなかった。

「銀行は晴れた日に傘を貸して、雨の日に取り上げるって言われるけど、門脇さんちに行って、ホントだと思いました。でも店の売り上げは、銀行の左から右へ動かして得たカネと違って、いわば汗と努力の結晶でしょ。だから同じカネでも、価値がぜんぜん違うと思います」

（外からはそう見えるかもしれないわね）

千鶴は正月やＳＬやまぐち号の運行する週末の忙しいときに、店を手伝わされる煩わしさや、（源氏巻の店はうちだけじゃないでしょ）と思っても、「ゲンジマキ」と男子からあだ名される口惜しさ。「おまえんちの晩飯は、いつも売れ残りの源氏巻なんだってな」という、言い返すのも馬鹿らしい悪口。「おやつにいつも源氏巻が食べられていいわね」という女子生徒の羨望を装った軽蔑。

それに、あの男に津和野まで送ってもらったとき、鷺舞公園のそばに車を停めた際、別れ際に親の職業を聞かれた。もう関係を持ったあとだったので正直に答えると、源氏巻がいくらか聞き、それから頼みもしないのに男は車中で計算を始めた。

「源氏巻が一個二百円で、一日に百本売れたとして二万円の売り上げになる。年中無休といっても月に一日ちょっとは休むとして、三百五十日の営業だとすると七百万円の収入になる。しかし原材料費や光熱費などの固定費、パートを入れていたらその人件費、ローンの返済、税金これら全部で少なくても三百万以上にはなるだろう。すると、差し引き生活費は四百万以下になるけど、それで家族四人が暮らすのはかなり厳しいんじゃないかな」

あの男の計算はさすがに銀行員だけに早かった。千鶴は感心した。

なお源氏巻一本の値段だが、昭和四十五年には百三十円、別の店舗では昭和四十八年には百五十円だったと、取材により判明した。令和二年三月の値段は二百四十円から二百七十円である。店舗によって異なる。しかしサイズは統一され、縦17センチ、横6センチ、厚さ1・5センチの延べ板状である。表面はこげ茶色、中の生地は黄色く、紫またはあずき色の餡を包んでいる。こしあんとつぶあんがあり、重さは100グラムである。

源氏巻の由来は、幕末の文久三年（1863）に津和野藩の御用菓子司・情貫堂の主人の財間善一郎が名前を頂くため、菓子に紫色の餡を詰め、十一代藩主の亀井茲監（これみ）に献上したところ、奥方の貢子（みつこ）は紫色の餡に感動し、『源氏物語』の〝若紫〟に出てくる和歌「手に摘みていつしかも見ん紫の根に通ひける野辺の若草」にちなんで、源氏巻と名付けられたとされる。

「正月やゴールデンウイークは百本くらい軽く売れるけど、売れない平日は十本ちょっとしか売れない日があると聞いたことがある。本当に年に三万五千本も売れるのかしら」

千鶴は首をひねった。

「それに弟さんが大学に行っているって、言ってたね。その仕送りもあるから。ともかく、よくやってると思うよ」

真一郎は昨年から下関市立大学に進学していた。

「そうね、たいへんね」

思えば、あの時が両親の学歴を話すチャンスだったかもしれない。しかし、手切れ金の三十万円を受け取ったいまの千鶴にとっては、もうどうでもよかった。それでも、ついついあの男のことを思い出してしまう。

俊明に源氏巻の店が儲からない商売だと話すのも面倒くさいと思って、腕時計を見た。午後九時を回っていた。

「ごめんなさいね、引き留めて。まだ列車あると思うから、そろそろお開きにしましょ」

「門脇さん、今日は何かいやことがあったんでしょ。だから、ぼくを誘ったんでしょ」

「えっ」

(こいつ、意外と勘がいい)

「何もないわよ。ただ、ちょっと飲みたかっただけよ」

俊明は立ち上がり。店に張られていた津和野駅発着時刻表を眼にするや、また席に戻り、千鶴に向き合うや決然と告げた。

「次の列車までまだ一時間以上あります。だから、ぼくはもう益田に帰るのをやめます。よかったら、ぼくのアパートに来ませんか。いくらでも話を聞きますよ」

千鶴は俊明を凝視した。

「酔ったの？」

「いえ、酔ってません。門脇さんこそ、大丈夫ですか」

「わたしは大丈夫よ。一人で帰るわ」

「逃げるんですか」

（なにい、くそ生意気な。なんでわたしがあんたから逃げるなんて言われなくちゃいけないの。銀行から逃げてるのは、おまえじゃんか）

千鶴は頭にきた。千鶴は気が短い。

「あのねえ、男が女をアパートに誘うって、それ、どういう意味かわかって、あんた言ってるの？」

あんたと呼んだことに気づかなかった。

「もちろんです。ぼくを男として認めてくれたんですね。うれしいです。ぼくも門脇さんを女として認めて、誘っています。それともぼくがこわいですか」

（誰があんたなんか、こわいもんか）

千鶴はますます頭にきた。千鶴は弟の真一郎とケンカしても負けたことがない。修三は店舗付住宅を設計する際、子ども部屋に関してはまったく無頓着だった。まさか子どもが個室を与えられるのが一般的になる時代が来るとは、思ってもいなかった。

千鶴と真一郎はともに小学生のころ、同室だったため、「わたしの消しゴムを勝手に使った」「消しカスをそのままにしていた」といった他愛ないことで、よくケンカした。しかし千鶴が真一郎を言い負かし、真一郎がべそをかき、泣き出すまで千鶴はケンカを終わらそうとしなかった。だから、年下の男に言い負かされるなど、自分が許せなかった。

「わかったわ。行ってやろうじゃないの。その代わり、もし変なことをしたら、ただじゃすませないからね」

つい五時間ほど前に、千鶴はあの男の腹を思いっ切り殴ったことを思い出した。一人殴るのも、ついでにもう一人殴るのも、おんなじようなもんだという気分になっていた。千鶴は酔っていた。

二人は勘定を済ませ（割り勘にした）、あたりをうかがって外に出た。

幸い、誰も知った顔は見かけなかった。それから俊明が先を歩き、それを千鶴が尾行するような形で十メートルほど離れて、夜の津和野の町を歩いた。途中で電話ＢＯＸに俊明は入った。予定が入ったので、今晩は帰らないと益田の実家に電話するのだろう。続けて、千鶴も電話ＢＯＸに入り、家へ電話した。母が出たので、「少し遅くなる」と告げた。途中で誰かに会ったら、その人と会って話をし、そのまま家に帰るつもりだった。だが誰にも会わなかった。

それからアパートに着いたらしく、俊明が外階段を上り、カギを空けて部屋へ入ると、一室が明るくなった。千鶴は外階段を上りかけて、ふと足を止めた。冬の夜の街を歩いたので、酔いがだいぶ冷めていた。

（好きでもない男の部屋へ、のこのこ付いていって、何やってんの、あたし）

踵（きびす）を返そうとした。

（ここで帰ったら、女が廃（すた）る。あいつに馬鹿にされる）

千鶴は勢いよく外階段を上り、ドアを開けた。

「来てやったわよ」

俊明は微笑んでいた。

「ようこそ。でも、怒ってるんでしょ。門脇さんに来てもらうのは、怒らせるのが一番だと思ったんです」

（くそっ、まんまとしてやられた）

千鶴は憤然とした。

「でも、帰らないでくださいね。門脇さんに来てもらったのは、お願いがあったからなんです」

「何、お願いって？」

千鶴が玄関に立ったまま訊(き)く。

「それより、入りませんか。じっくり聞いてもらいたいんで。いまストーブつけますから。どうぞブーツを脱いで、入ってください」

千鶴は釈然としないまま、ブーツを脱いで部屋に入ったが、コートは脱がなかった。部屋は寒々としていた。俊明が電気コタツに入るように勧めたので、腰をおろした。コタツのスイッチを俊明が入れた。

「いま、コーヒーを淹(い)れますから」

「コーヒーなんて、いい。お願いを早く言って。それを聞いたら、帰る」

「まあ、そう言わずに」

俊明が円筒形のストーブを千鶴の傍らに寄せ、上蓋を斜めにして開け、マッチをともすと、リングの輪が煌々と燃え始めた。俊明が台所、と言っても流し台とガスコンロがひとつあるだけだが、そこに立ち、薬缶に水を注ぎ、同じくコンロにマッチをすって沸かし始めた。千鶴は部屋を見渡した。テレビと衣装ロッカー、整理ダンス、ベッドのほかに本棚がひとつあるだけだった。

（真一郎もこんなお風呂もトイレもない部屋に住んでいるのだろうか）

千鶴は部屋を見渡した。下関でアパートを借りている弟の部屋を、千鶴は訪ねたことがなかった。ふと本棚の背表紙に「中原中也」の文字をいくつも見出した千鶴は、本棚へ立ち寄って近寄った。中也の全集以外に評伝や関連書籍が何冊も並び、他に弓道関係の書籍が並んでいた。

「中原中也が好きなの？」

背を向けている俊明に訊いた。

「はい。好きというより、心酔しています。卒論も中也です。中也会の会員にもなっています」

俊明が振り向きざま答えた。

「門脇さんも中也が好きなんですか」

「わたしも好きだけど、会員になるほどじゃないわ」

「どの詩が好きなんですか？」

「わたしは、生い立ちの歌かな」

「幼年時　私の上に降る雪は真綿のようでありました」

「少年時」

「私の上に降る雪は霙のようでありました」

「さすが、会員さんね。いくつぐらい覚えているの？」

「完全に暗唱できるのは、十編もありません。ぼくが一番好きなのは、やっぱサーカスかな。幾時代かがありまして」

「待って、それ、わたし言える。茶色い戦争ありました、でしょ」

「なあんだ、ただの好きじゃなくて、ファンじゃないですか。幾時代かがありまして」

　俊明がその続きの暗唱を求めていることを、千鶴はすぐに察した。

「ええっと、たしか、冬は疾風吹きました、でしょ？」

「正解。幾時代かがありまして」

「もう一回、幾時代が続いたっけ、ごめん、降参します」

「今夜此処での一と殷盛り、これリフレインします。今夜此処での一と殷盛り。どうぞ、コタツにあたってください」

　薬缶の湯が沸いたことを知らせる音が部屋に響いた。

「サーカス小屋は高い梁／そこに、一つのブランコだ／見えるともないブランコだ／／頭倒さに手を垂れて／汚れ木綿の屋蓋のもと」

　俊明は中也の詩「サーカス」の続きを口ずさみながら、マグカップとコーヒーカップにインスタントコーヒーを入れ、湯を注いだ。俊明の暗唱が千鶴の耳に心地よく響く。俊明は千鶴の左斜めに腰を下ろし、二個のカップをテーブルに置き、コタツにあたった。

「砂糖もミルクなくて、ブラックですけど、いいですか」

「いただきます。それより、中也のサーカス、最後まで暗唱してよ」

「かしこまりました。元教育担当殿」

「ふざけないで、ちゃんと言ってよ」

「わかりました。行きます。ゆあ〜ん、ゆよ〜ん、ゆよゆよん。このオノマトペがたまらなく好きなんです。これは中也も気に入っていて、よく友人に聞かせていたんですよ」

「解説はいらないって。ただ暗唱してよ」

「了解です」

千鶴は俊明の暗唱を耳にしながら、あの男と三年前に初めて行ったのが、中原中也記念館だったことを思い出した。あの男は千鶴の説明にも上の空で、中也の詩にもまったく関心を示さず、何か他のことを考えているようだった。それもあって、その日は夕食の誘いを断って千鶴は津和野へ帰った。自分と付き合いたくて、中也館に行ったことはあからさまだった。

「ゆあ〜ん、ゆよ〜ん、ゆよゆよん。はい、このオノマトペで終わりです」

「すごおい」

千鶴は拍手した。俊明は照れて、頭を掻いた。そんな俊明をふと（かわいい）と思った。いままで男性をかわいいと思ったことは、千鶴は一度もなかった。千鶴は俊明を試してみたくなった。

「じゃ、これから中也クイズをしましょうか。会員さんなら、簡単な問題です。いいですか。中原中也記念館には何度も行ってますよね？」

「もちろんです。受けて立ちますよ、中也クイズ。でも正解したら、賞品は何ですか」

「せこいこと言わないの、怒るわよ」

怒ってはいなかった。

「門脇さんとのキスがいいな、賞品」

千鶴は一瞬、冷めた。

「そんなこと言うなら、もう帰る」

帰る気はなかったが、帰るふりをした。

「ごめん、ごめん。もう変なこと言わないから、クイズぜひお願いします」

俊明が掌を合わせて謝った。千鶴は腰を下ろした。

「では第一問、中也記念館の前に立っている大きな樹の種類は何でしょうか」

「カイヅカイブキです。この樹はですね」

「正解。だけど解説はいらないからね。続いて第二問」

「よし来い」

「中也は息子を亡くしているよね。息子の名前と享年、死因それに戒名。これ四つとも正解しないと、正解にしないからね」

「そう来ましたか。ではお答えしましょう。息子の名前は文也、享年二歳、死因は小児結核、戒名は文空童子です」

「さすがね、ご名答よ」

「でも、あの日記は何度見ても胸が潰れそうになりますね」

俊明のいう日記が何を指すか、千鶴はすぐに理解した。中也記念館に展示されている中也の日記には息子の文也が亡くなった日時と「文也逝去」これに文字が続き、やや空けてこの戒名が墨で大きく書かれていた。あの男は千鶴がこの日記の前で中也の息子の死を、眼を潤ませて説明したとき、適当に相槌を打っただけだった。あのとき気づくべきだった、この男には心がないと。自分はあの男の見てくれと、押しの強さと、都銀の名刺と、金回りの良さと、それからいま結婚適齢期だという焦りが、もうやめよう。やっと忘れられそうだ、あの男のことが。

「次は?」

俊明が催促した。

「もうないわよ。あなたが中也に心酔していることはよくわかったわ」

「門脇さんこそ、そんな問題を出すんだから、ほんとは中也の大ファンなんでしょ」

「バレたあ?」

「じゃあ、今度はぼくからクイズ出しましょうか」

「やめて、絶対答えられないから」

「大丈夫です。中也についてじゃなく、ぼくについての簡単な選択問題です。ぼくは門脇さんが一番・大好き、二番・ちょっと好き、三番・好き。さあ、何番でしょう?」

「何、それ。もしかして、告白?」

「はい、そうです」

「じゃあ、四番きらいにしようかな」

「ブー。残念でした。正解は全部です。大好きなときと、ちょっと好きなときと、好きなときがあります」

「あなた、見かけによらず、遊んでるでしょ」

「見かけによらずは、失礼ではありませんか」

「そうね。じゃあ見た目以上に、訂正するわ」

「あんまり、変わらないと思うけど」

それから二人は笑いあった。千鶴はこの日、はじめて笑顔になった。

「ところで、お願いというのはですね」

俊明が急に真面目くさった顔をした。千鶴もうっかりしていたと思い、姿勢を正した。

「何？」

「ぼくはこの町が好きだから、このまま津和野に住み続けようと思います。それで、源氏巻の職人になりたいと思っています。そこで弟子入りする店を探すつもりなんですが、門脇さんのお父さんは弟子を取られるつもりはありませんか」

千鶴は驚き、しばらく声が出なかった。俊明の眼を見た。真剣な思いであることは疑いようがなかった。そういえば、(この男に銀行を辞めてどうするのかと聞かなかったな）と思った。興味がなかった。

「ちょっと、待って。少し考えさせて」

源氏巻の店は家族経営ばかりで、せいぜいパートを一人か二人雇っている程度だ。それでも手が足りないときは、子どもに手伝わせてしのいでいる。社員を雇っている店があるかどうか、千鶴は知らなかったが、おそらく皆無に近いだろう。それに落語家や陶芸家なら師匠と弟子という関係も分かるが、源氏巻の師匠なんて、聞いたことがない。さらに、例の〝借り換え〟の件があったので、千鶴と父はいま冷戦状態である。とても弟子入りなんて話ができるはずがない。千鶴がその旨を話すと、俊明はそれほど落胆した素振りを見せなかった。

「村岡、ほらさっき言った、ぼくの津和野でのたった一人の友だち。彼にも相談したけど、似たようなことを言われました。そこで、何かいい方法がないか、いま思案しているところです。それで、ぼくは行き詰まると、必ず射法八節をして、心を落ち着かせるようにしています。ぼくの射法八節を見てくれませんか。弓と矢はないので、型だけします」

「いいわよ」

俊明が立ち上がった。つられて千鶴も立ち上がった。

（射法八節、懐かしい言葉）

千鶴が高校二年間の弓道部在籍時に通っていた道場には大鏡が置かれ、その上に射法八節の解説図が貼られていたのを思い出した。

（あの先輩に射法八節を指導してもらった）

千鶴は何度も耳にしたこの言葉を聞き、最初の男を思い出した。先輩の顔も忘れたけど、射法八節は凛々しかった。射法八節を見れば、矢を射ずとも、その実力がわかるとさえ言われる。先輩は初段だったが、この男は三段だと言う。千鶴は期待を込めて、俊明を見つめた。

「まず、足踏み。左腰を踏み出すときは左腰の中心を的に向けます」

俊明が両足を肩幅より広く開け、両手を腰にあてた。

「次に、胴造り。重心を体の前方、土踏まずのあたりに置きます」

左手に弓を持つ真似をした。

「そして弓構え。親指と弦で直角を作ります」

見えない矢を番(つが)えた。

「さらに、打ち起こし。呼吸を止めて、吸う息で腕を上げます」

両腕を高々と掲げ、顔を横に向けた。

「そして、引き分け。矢の長さの半分を目安にします」

左腕を斜め上四十五度に、右拳を頭上に掲げた。

「次が会。天地左右に伸で合う。垂直・水平になるように矢を絞ります」

左拳を前方に突き出し、右拳のうち親指・人差し指・中指の三本をやや開いて、右耳の後ろに移動させた。

「的は門脇さんの心です。それを見据えていまから射抜きます」

「ちょっと待った。なに、口説いてんのよ。ヒトがまじめに見てんのに」

「あれ、なんか言いました。きっとそれは心の声だと思います」

（こいつ、やっぱ女に慣れてる。なにが心を落ち着かせるだ）

「次が離れ。気合の発動で矢を放ちます」

両腕を水平に広げた。見えない矢が窓を越えて、夜の闇に消えた。

「最後が残心です。しばし静止します」

俊明は本当に矢を放ったように余韻に浸ったが、両腕を下ろすや、千鶴に聞いた。

「どうでした?」

「ぜんぜんダメ。途中で変なことを言ったから、失格よ」

「あれ、なんか言いました?」

「言ったわよ。でも、よく聞こえなかったから、もういっぺん、言ってみて」

「的は門脇さんの心です。それを見据えていまから射抜きます」

「いたっ」

千鶴は両手で左の乳房の上を押さえて、おどけてみせた。

「なんか、変なのが飛んで来て、刺さっちゃたみたい」

千鶴は俊明に微笑みかけたが、俊明は笑っておらず、急に真剣な表情に変わった。眼がぎらついている。

(やばい、来る)

「ちょっと、待って」

千鶴は右の掌を広げて、俊明を制した。

(この男は溜まっているんだ。だから抜きたいんだ)

「ちょっとだけ、考えさせて」

男は溜まるものだということを千鶴は知らなかった。それを支店二階の女子更衣室で学んだ。女子更衣室にはテーブルと椅子四脚が置かれている。そこで昼の休憩時間に弁当を食べるためだ。昼休憩は交代で取るので、椅子四脚で充分だった。千鶴は入行以来、ずっとそこで母に作ってもらった弁当を食べている。これはいまも変わらない。そこでの女子行員たちの会話は仕事に関するものはほとんどなく、専ら芸能人の話題や、同僚・上司の噂や悪口だった。「誰々という女子行員が誰々という男子行員に色目を使った」とか、「代理はスキンシップと言って、すぐ触ってくる」とか、「主任は新婚なのに、もう浮気している」といった、どうでもいい話ばかりだった。「支店長に勧められた見合いの話を断った」という話もよく聞いた。会う前に断ったのか、会って断ったのか、それとも相手に断られたのかはわからない。だから千鶴も見合いの話は断ってもいいと思っていた。しかし女たちの会話は何かの弾みで、よくその手の話に落ちた。

千鶴がまだ新人だったある日、「男は溜まるからねぇ。ちゃんと抜いてあげないと、風俗行ったり、浮気するから、気を付けないと」と、先輩行員が口をした。「そう、そう」他の二人の先輩行員も同調した。「何が溜まるんですか。おカネが貯まるんですか」と千鶴が聞くと、三人に大爆笑された。「おカネだったらいいよね、溜まるのが。ちづは本当に知らないの？　カマトトぶってるんじゃないの？」カマトトの意味もわからなかった。「すみません、わかりません。教えてください」千鶴は女子高生の友だちがいなかったので、この手の話をしたことがなかった。三人は困った顔をした。

「ちづは、経験あんの？」別の先輩行員が聞いた。千鶴は答えたくなかったので、黙った。すると処女だと思われたらしく、「ま、そのうちわかるよ、ちづも。さ、仕事、仕事」二人の先輩行員は立ち上がり、いそいそと弁当を洗うために給湯室へ向かった。

一人、千鶴にいつも眼を掛けてくれている先輩行員が残っていた。千鶴はこの先輩行員を最も信頼していた。その先輩行員が千鶴に近寄り、「恥ずかしいけど、ちづの将来のために教えてあげる」と言って、千鶴の耳元でひそひそと言葉を選びながら教えてくれた。千鶴は顔を赤らめた。この日以来、千鶴は質問するのをやめたが、すっかり耳年増になってしまった。

弟の真一郎が抜いているのを千鶴は目撃したことがある。千鶴と真一郎の部屋は同室だったが、千鶴が中学生になったのをきっかけに、さすがに異性が同室なのはまずいと早苗が修三に訴えた。そこで修三が日原の義父に紹介された大工に天井から仕切りを作らせ、そこにロールカーテンを垂らすことになった。しかし手前の四畳が真一郎、奥の窓側の四畳が千鶴と割り振りされたため、千鶴は必ず真一郎の居住空間を通って、自分の領域に入った。真一郎が高校生だったころ、千鶴が部屋に入ると、真一郎がベッドに横たわり、エロ本を手に自慰行為の真最中だった。真一郎はあわてて取り繕い、「姉貴、ノックぐらいしろよ」と抗議したが、「真一郎、手伝ってやろうか」とからかった。「馬鹿、あっち行け、早く」と真一郎は大声を上げた。それ以来、千鶴は「真一郎、抜いてない？」とからかってノックして入室したが、早苗に注意されて、やがてただノックするだけで入るようになった。

入行四年目になると、千鶴は女子行員の中堅になっていた。女子更衣室でのその手の話は、千鶴は専ら聞き役だったが、何かそれに類する話をするように、よく求められた。あの男と付き合う前だったので、真一郎のこの話をしたら、大うけした。「素手じゃいやだから、ゴム手袋して、抜いてあげようかな、イボ付きの」と言ったら、さらにうけた。脚色好き（平成の終わりの表現なら、話を盛る）はどうも父の遺伝らしい。父の死後、遺された自分史に目を通して千鶴は感じた。

千鶴はうけたのに味をしめ、それからかなり作り話をして、食後の時間を盛り上げた。眼をかけてくれた先輩行員が寿退社する際、こっそり「あんまり調子に乗ってしゃべっていると、ヤリマンと思われるよ」と忠告してくれたが、千鶴は従わなかった。ただ経験人数が二人だということはけっして明かさなかった。

現在は女子行員の最年長になってしまったため、後輩たちからこの手の話をするように求められた。「好きだねぇ、あんたたち」と言いながら、あの男との盛った話を披露した。すると後輩たちに慕われ、更衣室では「ちづ姉さん」と呼ばれるようになった。仕事もずいぶんやりやすくなり、後輩を指導しても、後輩も素直に従うようなった。それで六年目から新人の教育担当に任命された。

しかし実際は、あの男との行為は、いつもあの男の気分次第だった。「だめ、今日は生理だから」と千鶴が声小さく断ると、「じゃあ、手と口でやってくれよ」と言われ、千鶴は従った。嫌われたくなかった。口でするということも、千鶴は女子更衣室で学んだ。それに、あの男の前戯は短かった。すぐ挿入したがった。千鶴はそれでよかった。男が満足すれば、それでよかった。そういうものだと千鶴は思っていた。だから女子更衣室で「いく」という話になったとき、その意味もわかっていた。「どこへ行くの？」と先輩行員に聞いたりしなかったが、いった経験はなかった。

あの男はときどき、千鶴へ「きみが好きだ」と言ったが、その日は必ずホテルへ連れ込まれた。男が「好きだ」と口にするのは、これから「おまえを抱くぞ」という予告のようなものだと、千鶴は学んだ。男は長渕剛が好きだった。「巡恋歌」の一節「いつまで経っても恋の矢は、きみには当たらない」をよく口ずさんでいた。

（恋の矢が当たった真似をしたのが、いけなかったかしら？）

千鶴は眼が爛々と輝き出した俊明を前に考え込んだ。と言っても、時間にすれば、ほんの一、二分に過ぎない。

（ぜったい、こいつ襲って来る。キスだけ許そうか。おっぱい触られたら、どうしよう？　下はぜったいダメよ。だったら、いっそ手で抜いてあげようか？　口はいや。……だけどこの男、どんなふうに女を抱くのかしら？　意外と、女に慣れてるみたいだし）

千鶴ははじめて俊明に興味を抱いた。

（中也が好きだし、弓道部だったし、わたしと共通点、二つもある）

あの男と自分の共通点を思い浮かべようとしたが、何一つ思い浮かばなかった。千鶴は段階を踏んでしか、男性と行為に及んだことがない。まずキスをして、次にペッティングという、当時ＡＢＣＤと呼んでいたあれだ。だから、手もつないだことのない相手と、いきなり最初からＣというのは考えられなかった。だが俊明の営みへの興味がまさった。

（ええい、考えるの、めんどくさ。なるようになれだ）

千鶴は制止していた手を下ろした。

「してもいいけど、三つ条件がある」

千鶴は言い放った。この状況下で条件を持ち出したのは、あの男の影響か、銀行員だからか、それとも生来の性格なのか、千鶴にはわからなかった。

「何、条件って？」

当然、俊明が聞く。

「一つ、村岡さんていったけ、あなたの友だち。その友だちにも銀行にも、今夜のことは絶対バラさない。二つ、あなたは源氏巻の職人になりたいなんて、浮ついた夢はあきらめて、津和野からさっさと出て行く。三つ、今夜一回だけにする。わたしはここにはもう来ないし、あなたもわたしを追いかけない。どう、約束できる？」

「はい、約束します」

やる気満々の俊明に、これ以外の答えはない。

「じゃあ、今夜ここでのヒトサカリ、しようか？」

サカリのついた猫というフレーズが脳裏に浮かんだが、さすがに千鶴は、それは口にしなかった。

俊明は途端に顔を曇らせた。

「中也はそんな意味で、あの詩を書いたんじゃないと思うけど」

大好きな詩を冒涜されたような気がしたんだろう。その態度が千鶴をいらつかせた。

（女にここまで言わせて……）

千鶴は気が短い。

「するの、しないの、どっち?」

「……はい、します」

このやり取りがこれから十数年に及ぶ二人の力関係を決定づけた。

「じゃあ、明かりを消して。服も全部、脱いで。わたしも脱ぐから」

俊明が照明を落とすや、千鶴は服をさっさと脱ぎだし、全裸になった。今日はあの男に抱かれるかもしれないと思い、派手な下着をつけていたから、下着姿を見られるのは全裸より恥ずかしかった。つられて俊明も全裸になった。石油ストーブの丸い輪だけが煌々と光っている。千鶴から近づいて二人はキスを交わし、ベッドに倒れ込んだ。

行為の終わったあと、千鶴はさっさと服を着始めた。俊明はベッドに横たわったまま、ただその姿を見ていた。

「必ず約束は守ってね」

「はい、約束します」

「じゃ、さよなら」

服を着終わった千鶴はそれだけの会話をして、部屋を出て行った。

家に帰ると、母が寝ずに待っていた。午前零時に近かったので、何か言われそうだった。機先を制して、千鶴が先に口を開いた。半分だけ、本当のことを言った。

「あちらのご両親が反対なの。だから、遅くなっちゃった。母さん、応援してね」

「そうなの。あたしにできることなら、何でも言ってね」

「ありがとう。でも二人で、もう少しがんばってみるから。じゃ、おやすみなさい」

「おやすみ」

母を騙したようで、胸が痛かった。

その夜、千鶴は夢を見た。千鶴が店番をしている。あの男が源氏巻を焼いている。すると、あの男が急に千鶴に札束を投げつけた。そこで目が覚めた。俊明はまったく出て来なかった。

（いやな夢）

午前十時近くに目覚めた千鶴は美容院に出かけ、肩まであった髪をばっさりと切って、ショートヘアにした。あの男はタバコを吸った。車の中もタバコ臭かった。タバコが苦手だった千鶴は、消臭剤を置くくらいしかできなかった。髪にあの男のタバコのにおいが染みついているようで、いやだった。昨晩、俊明にさんざん髪を撫でられたことは、思い出さなかった。

月曜日に銀行へ出社すると、後輩の女子行員から「あれ、門脇さん。失恋でもしたんですか」と言われた。千鶴は髪を切ったことを後悔したが、「ただの気分転換よ」と笑ってごまかした。

昼食時、二階の女子更衣室で弁当を食べていると、俊明の噂になった。俊明が支店長預かりになっていた退職願を本店人事部に郵送するので、返却してほしいと求めたというのである。そんな直訴めいたことをされようものなら、支店長のマイナス評価は免れない。支店長はやむなく俊明の退職に同意したそうである。

「あの人、何で銀行に入ったのかしら？」

後輩の行員たちが不思議がったが、千鶴は無関心を装った。

それから皆が弁当を食べ終わると、それを待っていたかのように後輩行員から相談を持ち掛けられた。

「ちづ姉さん、わたしと彼、どうも体が合わないみたいなんだけど、どうしたら合うようになりますか」

体が合う、合わないは女子更衣室での最近の流行語だった。別の後輩行員がすぐこの話に食いついた。

「やっぱ問題はアレの大きさですか、それとも硬さですか、ちづ姉さん」

後輩行員たちは期待を込めて、千鶴を見つめた。千鶴は顔をしかめた。

「最近の若い娘は、親が聞いたら泣くような話を平気でするんだから、いやになっちゃうよ」

「ちづ姉さんだって、まだ若いじゃないですか」

「ふうん、まだ若いね。今の言葉、ちゃんと覚えておくからね」

「ごめんなさ～い、そんな意味で言ったんじゃないです。この通りです」

後輩行員は両手を合わせて、千鶴を拝んだ。

「じゃあ、教えるけど、これは先輩に聞いた話なんだけどね」

「いつもそう言うけど、ホントはちづん姉さんの体験じゃないんですか」

「あ、そ。そんなこと言うなら教えなあい」

「ごめんなさ～い、ホントにもう言わないから」

「わかった。じゃあ教える。あんたたち中学で理科、ちゃんと勉強してないでしょ」

「はい、理科は苦手でした」

「アレの運動エネルギーはね、物体の質量に比例し、物体の速さの二乗に比例するのよ。教科書にちゃんと書いてあるから、二人でよく勉強しな」

「うっそー、教科書にそんなこと書いてあるなんて、信じられない」

「よくそれで、銀行に入れたわね」

千鶴は昨夜の俊明の〝運動エネルギー〟を思い出していた。俊明のキスは期待ほどではなかった。ただ前戯はやたらに長かった。千鶴が焦れるのを待っているようだった。千鶴が手を伸ばし、俊明の陰茎を握ろうとすると、巧みに腰を振って、握らせなかった。焦れた千鶴が、つい「来て」と言ってしまったが、俊明のピストン運動は千鶴にはもどかしかった。

「わたし、上になる」

千鶴は前々から興味があったけど、あの男とは経験したことのない騎乗位を試すことにした。

（どうせ、一夜かぎりの男だ）

千鶴に恥じらいはなかった。俊明に跨り、それを花芯にあてがい、ゆるりと挿入した。腰を振った。よかった。（体が合う）と思った。

体が合うということを、母から違う表現で聴いたことがある。千鶴がまだ高校生のころだ。二人でテレビの芸能ニュースを見ていたら、ある芸能人の離婚が報じられていた。離婚の理由を、女性芸能人は「性格の不一致」だと語った。

「性格の不一致って便利な言葉ね。ホントは性の不一致なのよ」

ふともらした母へ千鶴が質問した。

「どういうこと？」

母はハッとし、「店番しなくちゃ」と逃げるようにして出て行った。あのときはわからなかったけど、いまならわかる。父と母は体が合った、だから仲が良かったんだろうと。

俊明が喘ぎ声をもらした。

（こいつ、喘いでやる）

千鶴は満足げに俊明を見下ろした。だがそれは喘ぎ声ではなく、中也の詩「サーカス」のオノマトペだった。

「ゆあ〜ん」

（余裕ある、こいつ）

千鶴は負けるものかと、腰を前後させた。

「ゆよ〜ん」

腰を左右に振った。

「ゆやゆよ〜ん」

腰を上下させた。

二人はオノマトペを合唱し、そして果てた。避妊はしなかった。

女子更衣室での噂どおり、その日の夕刻、支店長が全員を集め、「一身上の都合により」俊明が今月末で退職する旨を伝えた。千鶴と俊明は言葉を交わすどころか、眼も合わせなかった。

数日後、俊明の送別会が教育担当に就いたばかりで免れることになり、俊明の退職を人知れず何より喜んでいた支店長代理の音頭で開かれることになった。銀行は懲戒免職を除き、左遷であっても歓送迎会を開く。人事は派閥の力学や上層部の思惑一つで決まることがあるため、左遷されてもいつ復活するかもしれないからだ。それともただ集まって飲む口実がほしいだけかもしれない。千鶴も教育担当だったので、出席するように求められたが、「その日は生理中の予定です」と断ったら、代理は眼を白黒させた。「さすが、ちづ姉さん」と、後輩女子行員の間で株を上げた。

そんな日々が続き、俊明の送別会が開かれる予定の金曜日、千鶴は俊明から、銀行名の入ったA4角封筒を受け取った。

「これ、ご依頼いただいたシャホウハッセツについて、報告書をまとめました。ご確認をお願いします」

その音を耳にしただけでは、誰が聞いても何のことかわからないと思ったのであろう。俊明は明瞭に発音した。千鶴は〝射法八節〟だとすぐ気づき、「ごくろうさまでした」と述べて、引き出しにしまった。

帰宅した千鶴は、さっそく封筒を開け、そのワープロで書かれた「報告書」を読み始めた。しかしそれは求婚の手紙だった。

親愛なる門脇千鶴さま

先日は私の部屋へお越しいただき、ありがとうございました。忘れられない夜になりました。中原中也が二人を結びつけてくれたと思っています。中也のことを、女性とあんなに楽しく語り合ったのは初めてです。あの夜、あなたと交わした約束を守り、私は黙って津和野を去るつもりでした。しかし、どうしてもあなたに聞いていただきたい提案があり、このような手紙を差し上げる次第です。その提案を単刀直入に申し上げれば、私を門脇家の婿養子にしていただけないかということです。私は次男ですし、家業は兄が継いでいますので、養子に行っても何の問題もありません。その際は、姓は門脇を名乗らせてください。門脇さんに銀行を辞めて下さいなどと言うつもりはありません。

お手紙ではなかなか真意が伝わらないと思うので、ぜひもう一度、お会いしたいです。明後日の日曜日の正午、門脇さんが中也クイズの第一問で出された中原中也記念館のカイヅカイブキの前でお待ちしております。何時間でもお待ちするとは申しません。二時間だけお待ちします。それでお越し頂けなければ、縁がなかったものとあきらめます。

未練がましい男と思われるでしょうが、門脇さんが出された三つの条件の中に、手紙を出すなというのはなかったと思うので、このような手紙をしたためました。もし私に対して、一片の気持ちもなければ、この手紙は焼却していただくようにお願い申し上げます。

昭和六十三年師走二十三日

俊明　拝

（婿養子かあ、考えやがったな、あいつ）

手紙を読み終えた千鶴は思わず、声を上げそうになった。婿養子については、真一郎と一度だけ、話したことがある。弟が大学進学のため、津和野を離れる前々日のことだ。

「おれ、店を継ぐ気はないから、姉貴が継いでくれよな、長女なんだし」

「やあよ、わたしも継ぐ気なんかないわ」

「いいじゃん。婿養子でももらえば」

「絶対いや」

話はそれで終わった。それと高橋「放送局」から、どこそこの源氏巻の店が婿養子を取って跡を継がせたが、義父と婿の仲が悪いという話を、母を通じて聞いた。

高橋という女性はパートとして週末だけ働いていたが、この女性を採用したのは本人の売り込みによるものだ。近所だし、陽気な性格のようだったから、最低賃金に気持ちだけ上乗せして採用したものの、そのおしゃべりには修三も早苗も閉口していた。人の噂が大好物で、また他所の家の事情にも詳しい。彼女が「放送局」というあだ名だと知ったのは採用後だった。ただ、修三の店は開店当初からバブルと呼ぶのが相応しいほどの津和野への観光客の増加につられて大繁盛したので、彼女の存在はありがたかった。千鶴も真一郎もまだ小学生だったので、店の手伝いは期待できなかった。

俊明の手紙には源氏巻の職人になりたいとは一言も書いていなかったが、婿養子に入れば当然そうなる。それが千鶴には小憎らしかったが、他にも気に入らない点がいくつもあった。まず、姓を書かず、名前しか書かなかったのは、いまの姓をいつでも捨てますよ。〝拝〟はお願いしますというアピールだろう。それはまだいい。

しかし許したくないのは、この手紙を渡した日付だ。明日はクリスマスイブだ。バブルの頃である。世間では豪華ホテルのスウイートルームの一室を貸し切って、一夜を過ごすという阿呆なカップルがいた時代だ。有名なのが赤坂プリンスホテル、略称・赤プリである。だから恋人のいない男女は肩身の狭い思いをしていた。こんな手紙を俊明が寄越したのは、自分に恋人がいないと見切られたのかと思うと、小憎らしかった。

ただこの年は昭和天皇重体のニュースが連日流され、世間では自粛ムードが広まっていた。日産のセフィーロという車のテレビCMで井上陽水が「お元気ですか」と、運転席から窓を開けて語るシーンの音声だけが消されるような変な自粛が行われていた。

そして千鶴がそれより何より許せないのは、〝家業〟である。門脇家は土産物店が家業である。だから何か家で商売をしているということだろうが、だったら何々となぜはっきり書かないのか。書いてないと、当然ながら知りたくなる。それが狙いかと思うと腹立たしかった。しかもこの手紙は射法八節に関する報告書だと偽って、支店内で堂々と手渡された。

(あいつは策士だ)

さらに明日は半ドン（午前中のみの勤務、社員が隔週で出勤）だから、あいつは出勤しているのだろう。千鶴は休みである。来るか来ないか一日半考えろというメッセージかと思うと、それも腹立たしかった。さらに二時間だけ待つというのも気に入らなかった。千鶴が高校時代に受け取ったラブレターは「門脇さんが来てくれるまで、いつまでも待っています」という内容がほとんどだったので、待ち時間を制限しているものなどなかった。

そして、千鶴が行きたくなかったのは行先が中原中也記念館だったからである。あいつは中也記念館で中也の蘊蓄（うんちく）を垂れ、尊敬を得たいのだろうが、千鶴は俊明の生徒なんかにはなりたくなかった。さらに最も行きたくなかった理由は、行先が山口だからである。その理由は書かずとも、読者は理解してくれるだろう。千鶴の傷はまだ癒えてはいなかった。この手紙はご要望どおり焼却処分にしようと考えたが、千鶴はタバコを吸わないので、ゴミ箱へ丸めて捨てた。要望の一つでさえ、叶えるのがいやだった。

（いきなり婿養子だなんて、あいつどうかしてる）

そこへ部屋をノックする音がした

「ちいちゃん、ちょっといい？」

母が入って来た。母が千鶴の部屋を訪ねて来るなど、滅多になかった。

「何ぃ？」

用件はわかっていた。

「あの話なんだけど、その後、どうなったの？」

俊明のアパートを訪ねたため、家に帰るのが遅くなり、「あちらのご両親に反対されてるの」と母に言い繕った日から六日経っている。いつか聞かれると思い、千鶴は答えを用意していた。

「あの人がぐらいついているのよ」

「それで、うちにも挨拶に来てくれないの？」

母は不満を露わにした。思えば、子どもの結婚しようという相手に会いたくない親などどこにもいない。まして母親にとって、愛する娘ならば尚更だろう。よく母は一週間近くも何も聞かずに、我慢したと思う。千鶴は自分の迂闊さを悔いながら、母へ嘘を重ねた。

「だからね、彼の態度次第ではわたし、指輪を返そうと思ってるの」

「えっ、そうなの。そんなん、ちいちゃんがかわいそう」

母の眼が潤んだ。母はいまにも泣き出しだった。

「ごめんね、母さん。心配かけて」

「あたしのことはいいの。でもどうしてそこまで、あちらのご両親は反対なさってるの？」

「それはその、あれよ。わたしが料理とかあんまし、できないじゃない。だからお嫁さんとしてはどうかなって」

その場しのぎの嘘だった。母にこの嘘は通用しなかった。

「そんなの、嘘よ。料理だったら、あたしがこれからいくらだって教えてあげるし、料理学校だってあるから、通えばいい。本当は違うんでしょ、父さんもあたしも中学しか出てないからじゃないの？」

「それは違うよ。そんなの、全然わたし言ってないし」

「でも興信所かなんか使って調べたらわかることじゃない。そう考えると、あたし、ちいちゃんに申し訳なくって」

「だから、本当に違うって、信じて母さん」

「だったら信じるけど。でもね、指輪をもらってご挨拶にも行ったんだから、指輪を返して、はい終わりにはできないと思うの」

「どういうこと？」

千鶴はドキリとした。

「父さんが聞いたら、娘を弄ばれて傷物にされたって、きっと怒ると思うわ」

「父さんにはまだ言ってないよね」

「うん。ちいちゃんとの約束だから、まだ言ってない。でもちいちゃんが指輪を返すってことになったら、それは婚約破棄になると思うから、父さんに言うわ。あたしだってちいちゃんがかわいそうだから、泣き寝入りなんかしたくない。そしたら父さんはきっと海野会長に相談すると思う。うちの保証人になってくれた恩人のね。あの人はちいちゃんも、よく知ってるでしょ。ちいちゃんがお嫁に行くときは、自分が仲人をしてあげると、言ってくれてるのよ。海野会長にいい弁護士の先生を紹介してもらって」

「待って、お願い、待って」

千鶴は蒼ざめた。血の気が引いた。指輪を母へ見せたこと、そして挨拶へ行くと教えたことの後悔、さらに指輪を返したことにすれば、それで済むと考えていた自分の甘ちゃんぶりが、ないまぜになって同時に千鶴を襲った。

海野は社長職を息子に譲っていたが、海野の会社は島根県内でも指折りの水道工事会社に成長していた。修三は町役場の水道課に勤めていて海野と知り合った。「中卒の雑用上がり」だった修三が役場での将来に見切りをつけ、津和野を昭和四十年代後半におそった観光ブームに乗じて、三十八歳で土産物屋を開く際には農協の保証人、信用金庫の連帯保証人になってくれた。土産物屋の将来性だけでなく、修三という青年の人間性に惚れこんだからである。

海野は津和野ではまだ数パーセントだった水洗トイレの普及を事業としていた。修三が顧客のために玄関前と、家族のために二階に水洗トイレを設置したいと相談すると、海野は全面的に協力してくれた。開店以降も交際は続き、海野は修三の店をよく訪れ、「源氏巻はおまえの店でしか買わない、看板娘がいるからな」と言ってくれていた。

千鶴は追い込まれたが、この状況を乗り切るためには、さらに嘘を重ねるしかなかった。

「まだ指輪を返すって決めたわけじゃないから、母さんはあんまし先走って心配しなくっていいのよ。彼とね、あさっての日曜日に会うことになってるの。だから、その話次第で、本当にどうするか決めて、日曜の夜に母さんにも父さんにも話すから、それまで待っててくれる？」

「そう。じゃ、わかった。日曜日の夜ね、きっとよ」

それから母は「おやすみ」と言って出て行き、千鶴も「おやすみなさい」と挨拶を返したが、それから頭をフルスピードで回転させて考えた、もし弁護士という話になったら、手切れ金ももらっているし、おまけに別れ際にあの男の腹を思いっ切り殴ってしまったから、暴行罪で訴えられるかもしれない。訴えられなくても、相手も弁護士を立てて慰謝料を請求されるだろう。父と母からも、どんなに怒られるだろうか。

それに銀行にもバレて、居づらくなるかもしれない。都銀・大卒の男と地銀・高卒の女の婚約破棄である。千鶴がいくら自分からフったと言い張っても、誰も信じてくれないだろう。「他人の不幸は蜜の味」という。自分は面白おかしく噂され、同情もされるだろう。同情なんて真っ平ごめんだ。それに「ちづ姉さん」なんて誰も呼んでくれなくなり、仕事もやりにくくなる。幸い、あの日以来、あの男からは何の連絡もない。銀行は男女間のトラブルを何より嫌う。離婚すれば出世の見込みはないと言われているので、家庭内別居・仮面夫婦も多いと聞く。まして不倫が露見したら、左遷は間違いない。これは都銀も地銀も関係ない。だからあの男はカネで処理しようとした。腹を殴られても、あの男が連絡して来ることはないと千鶴はにらんでいた。しかし、こちらが弁護士を立てたりしたら、終わった話を蒸し返すことになる。

千鶴は一度ゴミ箱に捨てた俊明の手紙を拾い上げた。そしてそのくしゃくしゃに丸めた手紙を広げながら、どうやったらバレずに、俊明をあの男の〝替え玉〟にできるかを、思いつく限り考えた。

(婿をもらえば大好きな母とずっと一緒に暮らせるから、悪くないかも)

アニメ「サザエさん」のフネとサザエさんは実の親子で、仲良く台所で料理していたなと思い、そのシーンが浮かんだ。

(でも、婿に行くと息子が言い出したら、世間一般の親は何と言うだろうか。花嫁が社長令嬢か、

お茶かお花の家元といった家柄なら、わからなくもない。だけどうちは、たかが土産物屋よ）

千鶴に両親の職業を卑下するつもりはない。両親が懸命に働き、二人の子ども育てたことで、尊敬もしている。そして土産物屋に学歴は関係ないと思っている。あの男にそう言いたかったが、言えなかった。

（土産物屋への婿入りは、たぶん親だったら、大学まで出してやったのにと、普通は反対するだろうな）

笑みがこぼれた。

（辻褄が合う）

千鶴は何だか楽しくなってきた。

銀行から支給されている黒表紙に社章と銀行名が金文字で刻まれた手帳を取り出し、替え玉計画をいそいそと書き込み始めた。何しろ、相手は〝策士〟である。よほど気を引き締めてかからないとやられる。千鶴にとって、勝利とは俊明を婿に取り、尻に敷くことである。あるいは婿入りなんてのは、自分を口説くための俊明の策略かもしれないから、俊明の気が変わり、話が流れてもそれはそれでいい。それともあの男に婚約を破棄されたから、その仕返しに俊明と婚約し、破棄してやろうか。

（でも婚約破棄はやっぱり傷つくから、解消にしてあげようか）

千鶴にとって一方的に婚約の終わりを通告するのが破棄であり、二人で話し合って婚約を終わらせるのが解消である。

ただ、家には誰か男を連れて来ないと、母は納得しないだろう。でも、本当に婿に来るという話になったらと考えた。

（体が合うし、婿に来てくれるならアレでもいいか。好きな人ができたら、浮気すればいいんだし）

しかしこの思いを相手に悟られてはならない。しぶしぶ、そして恩着せがましく婿にするという形がベター、そして婚約解消がベストである。

ふと思いつき、引き出しの中から指輪ケースを取り出して開き、プラチナの指輪を手にして裏を見た。Ｔ＆Ｃの刻印がしてあった。あの男のイニシャルもＴだった。知りたかったのは、日付が刻まれていたかである。ＤＥＣ．１９８８と刻まれていた。月と年だけを刻んで、なぜ何日の部分だけは刻まれていないのか、その理由を千鶴はあの男に聞いたことを思い出した。「結婚記念日とはいうけど、婚約記念日とはいわないだろ。記念日が多いと、結婚してから男は大変ですよって、お店の人に言われたからさ」と、あの男は説明した。

（これ、使えるかも）

かくして千鶴と俊明のお互いの〝欺瞞〟から始まる結婚への序章の幕が開く。俊明の欺瞞については次章にて詳述する。次章乞うご期待。

第Ⅱ章　汚れちまった悲しみ

日曜日、山口は雨だった。千鶴はＪＲ山口線の車中で銀行の手帳を開き、念入りに立てた〝替え玉〟計画を復習しながら、湯田温泉駅へ向かった。午後二時二十分前に駅に着き、中原中也記念館に着く直前で、帰ろうとする俊明に出くわした。

「来てやったわよ」

千鶴はあくまで高飛車である。

「ぼくのアパートに来たときも、最初にそう言いませんでした？」

「そんなの、覚えてない。それより、来ると思ってたの？」

「半々です。じゃあ、戻りましょう」

「どこへ？」

「もちろん中也記念館です。そのために来たんでしょ？」

「行かない」

「どうして？」

「だって、行ったら、あなたは蘊蓄を垂れて先生になるじゃない。わたしはあなたの生徒になるためにに来たんじゃないわ」

中也記念館には入らないが作戦一である。

俊明は困惑した表情を浮かべたが、すぐ取り繕った。

「じゃあ、どこか喫茶店でも探して、入りましょうか。雨だし」

「喫茶店にも入らない」

山口の喫茶店には苦い思い出があるので、入りたくなかった。

「じゃあ、どうします?」

「いい、これから言うことをよく聞いて。いまから湯田温泉駅まで十分ちょっと歩きましょう。その間にわたしがいくつかあなたに質問する。あなたはわたしには質問しない。その回答次第で、わたしはあなたを婿に迎えるかを決めるわ」

「ホントですか」

俊明は顔を輝かせた。

「この十分ちょっとで、あなたとわたしの運命が決まるから、そのつもりで答えてね」

「はい、誠意を持ってお答えします」

(誠意か、まあいいでしょ)

駅まで歩く間に質問する、相手には質問させないが作戦二である。雨は自分の表情が傘に隠れて見えないので、千鶴にとっては好都合だった。

二人は傘を差したまま並んで商店街を歩き、千鶴が一方的に質問した。千鶴は弁当の好きなおかずは最後に食べるタイプである。〝家業〟についての質問は最後にするが作戦三である。

「あなたの実家、庭はあるの?」

「はい、あります」

「石灯籠はあるの?」

「あったと思うけど、どうして?」

「わたしには質問しないって、言ったでしょ」

「すみません」

家に庭がない千鶴にとって、庭があるか、そして石灯籠があるかないかが、カネ持ちか否かの基準である。

(こいつんち、カネ持ちだ)

「あなたの先祖で、例えば長州藩の家老だったとか、そんな偉い人はいない?」

「変なことを聞くねえ。特にそんな人はいないけど」

なぜそんなことを聞くのかと質問したかったけど、また千鶴に怒られそうなので俊明は黙った。

千鶴はあの男の家へ挨拶に行ったあと、母親が自慢たらたらと語ったその先祖の名を町立図書館へ行って、調べた。次に会ったときに気に入られるためだ。司書に案内されて分厚い「国史大辞典」を調べると、あの男の名字は珍しかったので、すぐにわかった。幕末に二十二歳で切腹し、第一次幕長戦争を止めた三人の家老のうちの一人とあった。千鶴はそのことを母親に告げるつもりだったが、その機会は与えられなかった。

「次の質問だけど、あなたにお兄さんがいることはわかったけど、妹さんはいないの?」

「妹も弟もいない。ぼくは末っ子だよ」

千鶴は安堵した。あの男の家に嫁いだら、小姑が二人もいる。

（つくづくあの男と別れてよかった。もっとも、婿にもらうんなら、関係ないか）

「でも姉がいる。姉・兄・ぼくの三人兄弟なんだ」

質問しないことを俊明が答えたので、千鶴はイラッとしたが、許すことにした。

「お姉さんはどんな感じなの？」

「とっても怖いです」

千鶴は苦笑した。

（真一郎も彼女に同じ質問をされたら、同じように答えるかもしれない。姉は弟にはどこの家でも厳しいらしい）

だが、俊明の姉の怖さは千鶴の比ではないことを、やがて千鶴は思い知る。

「次の質問だけど、あなた、銀行を辞めたことを、もう実家に話したの？」

「うん、電話で母親に話した」

「どうだった？」

「すごく怒ってた。すぐ益田に帰って来いって言われた」

「それで、帰ったの？」

（でしょうね）

「いや、まだ帰っていない。正月に帰って説得するつもりだよ」

駅に着いた。二人は傘を閉じ、券売機の前で向かい合った。

「じゃあ、最後の質問よ。手紙に家業って書いてあったけど、何かあなたの家で商売をしているの？」

　この質問に俊明は口をニッと広げ、白い歯を見せた。千鶴は怒りを覚えた。

「なに、ふざけてるの。人がまじめに聞いてるのに」

「ごめん、ごめん。ぼくんちは歯医者なんだ。だから歯だけはいつも磨けって言われて育ったから、ぼくは虫歯が一本もないんだ。ほらね」

　千鶴のまったく予期していない家業だった。カネ持ちらしいから、造り酒屋かもしれないと道中思ったが、歯医者はまったく予想していなかった。

「じゃあ、実家が歯科医院を経営してるっとこと？」

「はい、明治以来、曽祖父から四代続く歯医者です」

（それじゃ土産物店へ息子が婿に入るなんて話、大反対するだろうな）

　千鶴はほくそ笑みたくなるのを懸命に抑えた。

「これ、本当に最後の質問だけど、あなた、ご実家がうちへの婿入りに反対したら、どうするつもり？」

　俊明はきっぱりと即答した。

「そのときは、実家と縁を切ります」

　この言葉で、千鶴の心が決まった。

（縁を切らせて、この男だけ、門脇の家にもらおう。そしたら鬱陶しい親戚付き合いもしなくて済

む）

あの男に「親が反対したら、親とは縁を切る」と言ってほしかったけど、もうあの男への未練などなかった。千鶴は俊明の顔をまじまじと見つめた。

（男は顔じゃない）

少し惚れた。

そう言えば、この男はタバコを吸わなかったなと千鶴は思い出した。当時は、どの会社もデスクで男性社員は堂々とタバコが吸えた。デスクに灰皿が置かれ、それを洗うのは女子社員の役割だった。数少ない女性社員の喫煙者は隠れて吸った。千鶴の職場でも、女子行員は更衣室で吸った。それを見とがめて、「女がタバコを吸うと、いい赤ちゃんが産めないよ」と注意すると、千鶴の眼を盗んで吸うようになっていた。千鶴は多くの女子行員には「ちづ姉さん」と呼ばれて慕われていたが、数少ない女性喫煙者には煙を吐きながら、煙たがられていた。

千鶴は最年長だが、後輩は短大や専門学校卒がほとんどだったから、入行と年齢に二年の差がある。だから例えば入行三年の後輩でも年齢は一歳の差だった。千鶴の存在を疎ましく思う女子行員も少なからずいた。高卒は千鶴以降、三人だけ入行した。千鶴はこの三人を特にかわいがっていたが、それを依怙贔屓（えこひいき）と思っている者もいた。

そして、あの男はヘビースモーカーだったので、あの男とのキスは勘弁してほしかったが、俊明とのキスでは苦痛を感じなかった。千鶴はやっと一つ、あの男より優るものを見出した。

「わかりました。あなたの誠意がよく伝わりました。だから、いまからお返事します」

俊明が緊張した面持ちで千鶴を見つめた。

「わたしはあなたのことが好きでも、きらいでもなかったけど、今日あなたの真心に接して、少し好きになりました。これからもっと好きになると思います。どうか、門脇の家に婿に来てください。よろしくお願いします」

千鶴は俊明に向かって、深々と頭を下げた。俊明は少しキョトンとしていたが、事態を飲み込むや、「わぉ」と歓声を上げた。何人かの視線を二人は浴びた。千鶴は顔を上げた。

「ホントですね。ＯＫってことですよね？」

「だから、そう言ったじゃない。あなたの姉さん女房になってあげるわ」

「信じられないな。まさかＯＫしてくれるなんて思っていなかったから、どうやって話をしようかって、ずいぶん考えたんですよ。何が決め手になったんですか」

こっちにはこっちの事情があるからよとも、いずれ解消するためよとも、ましてあなたのカラダよとも言えない。千鶴はただ微笑んで答えた。

「だから、さっき言ったじゃない。あなたの真心だって」

（そんなもんで、結婚を決める女はいない）

「嬉しいな。まだ信じられない」

「では、これより業務連絡します」

千鶴は手帳から替え玉計画をびっしり書き込んだ銀行の手帳を取り出した。俊明はただ突っ立っている。

「一方が業務連絡しますって言ったら、どうするんだっけ。ちゃんと研修で教わったでしょ」

行員間で一方が「業務連絡します」と言ったら、相手は必ず手帳を出して日付とその内容をメモしなければならないと、研修の早い段階で教わる。言った言わない、聞いた聞いていないといったトラブルを避けるためだ。俊明の顔は緩みっぱなしだったが、少しだけ苦笑を浮かべ、千鶴と同じ銀行の手帳を胸ポケットから取り出して広げた。

「なんか銀行にいるみたいだけど、どうぞ、お願いします」

「うちは太皷谷稲成神社の千本鳥居の下にあるから、年末年始は参拝客で特に忙しくて、とても婿入りなんて話はできないから、あなたの退職する二十九日までに、ある程度の目途を立てておきたいの。スケジュールの欄を開いてくれる？」

「了解しました。千鶴さん」

俊明がそう呼んで、千鶴の反応を窺った。

「プライベートでは名前で呼んでもいいけど、わたしはあなたを呼び捨てにするよ。年下なんだから、いいでしょ？」

「もちろんです。ではお願いします」

俊明がペンを構えた。

「まず、今日あなたは益田へ電話して、それから帰る。わたしとの結婚を両親に報告する。ただし必ず、婿入りという話と、わたしが高卒で、わたしの両親が中学しか出ていないってことは伝えてね。あとでバレて、隠していたなんて、言われたくないから。了解ですか」

「了解しました。ぼくも帰って来いって言われたんで、ちょうど良かったです。それに銀行を辞めて、どうするんだって聞かれるだろうから、千鶴さんの家で源氏巻の職人になると伝えます」

（それがわたしとの結婚のこの男の目的なんだから、それはよしとしようか）

俊明の本当の目的は千鶴だった。

「ただし、わたしはあなたと津和野までは一緒に帰らない。わたしはあなたにプレゼントがあるから、それをいまから買いに行く。了解ですか」

もらった指輪を使い回すとは絶対に言えない。このことは一生、秘密にしようと千鶴は決めた。

「了解ですが、プレゼントって何ですか？」

「それは明日の夜、あなたのアパートで渡すから、楽しみにしててね」

「ぼくのアパートにまた来てくれるんですか」

「もちろんよ。だってフィアンセなんだから当然でしょ。銀行でバラさない以外、あの三つの約束は全部チャラにするわ。了解ですか」

「はい、喜んで了解しました。次、どうぞ」

（調子いいやつ）

「両家へのご挨拶だけど、婿取りの場合は男性の家に先に行くのが決まりらしいのよ（そんな決まりあるのかしら）。だから、明後日の二十七日に益田へ二人で行き、二十八日に門脇家へ二人で来るというスケジュールにしたいと思います。了解ですか」

「了解しました。今晩、両親に伝えます」

「それから、二十九日があなたの最終勤務日だけど、この日の午後の大掃除が終わったあと、支店長へ二人の結婚を報告し、支店長から全員に発表してもらいたいと思います。了解ですか」

「えっ、両家の挨拶を済ませただけで、もう結婚を発表するんですか」

「そうよ。だって、その日までしか、あなたは銀行にいないじゃない。それに婿入りだから、うちは問題ないけど、益田のご実家では反対なさると思うの。だから、どんどん既成事実を作ったほうがいいと思うのよ」

「なるほど。千鶴さんって頼りになるなぁ。それに賢い」

（賢いというより、ずる賢いっていったほうが正しいかも？）

「じゃ、そういうことで。今日はここで別れましょう。了解ですか」

「了解じゃないです」

俊明は唇を突き出した。どうやら、キスがしたいらしいと、千鶴はすぐに察した。

（しょうがないか）

あたりを見渡すと、人影はなかった。

「じゃあ、ちょっと眼をつぶってくれる？」

千鶴は俊明のおでこにキスをして、すぐ離れた。

「今日はこれで我慢してね。明日アパートで作戦会議のあと、ヒトサカリしましょ」

「心より了解しました」

俊明は右手を掲げ、敬礼のポーズを取った。もう、中也の詩を冒涜されたとは思わなくなったらしい。

「じゃあね、俊明」

千鶴は傘を開き、タクシー乗り場で一台だけ停まっていたタクシーに乗り込んだ。

「近くてすみませんが、雨なので、中原中也記念館までお願いします」

千鶴が運転手に行先を告げた。

＊

俊明はＪＲ山口線の車中で、顔がニヤついてならなかった。もしかしたら夢かと思い、銀行の手帳を開いては、またニヤついた。まさか千鶴がＯＫしてくれるとは思っていなかった。狐に摘まれたみたいだった。温泉を田んぼで発見したので「湯田」という地名になったという白い狐の巨像が、湯田温泉駅にあったのを思い出した。この狐をいう言葉をその後、俊明は何度も耳にすることになる。ただし狐ではなく、「女狐」という性別を明確に限定した罵声を。

もともと俊明は自分が結婚するなら、婿へ行きたいと思っていた。益田の家から逃げ出したかった。だから千鶴に「婿入りを反対されたらどうするのか」と質問された際、ためらわず「実家と縁を切る」と答えた。その理由は彼が育った家庭環境による。

益田の代々続く歯医者の家に生まれたが、彼は常に優秀な兄と比べられ、劣等感を抱いて育った。特に二人を比べ、俊明を罵倒したのが歳の離れた姉である。姉は東京のお嬢様学校を卒業し、益田へ戻っていた。兄は国立大の歯学部に現役で合格した。俊明が一浪し、ようやく福岡の西南学院大学に合格すると、「賢兄愚弟」と面と向かって俊明を揶揄し、「名前負けね」と皮肉った。俊明はこの姉に常にいじめられて、育った。姉は医者と見合い結婚して九年目になるが、子どもがなくて夫婦仲も悪かったので、ちょくちょく実家へ戻っていた。姉の夫は勤務医だったが、「開業の為の資金を援助してほしくて、自分と結婚した」というのが、姉の言い分である。兄は大学を卒業後、益田に戻り、父の右腕として働いているが、まだ独身である。なお姉とは十一歳、兄とは八歳の差がある。俊明は母が四十歳を過ぎて生まれたので、姉からは「恥かきっ子」と呼ばれていた。高校時代、俊明は太宰治に傾倒し、〝生まれてきて、すみません〟というフレーズに心を震わせた。

大学では文学部に所属し、国文科を専攻した。卒論のテーマは「中原中也とダダイズムに関する一考察」である。中也に心酔したのは、詩「帰郷」の一節「年増女の低い声もする／／あゝおまへはなにをして来たのだと……／吹き来る風が私に云う」に雷鳴に打たれたような衝撃を受けたからである。俊明にとって年増女とは姉だった。中也が開業医の息子に生まれ、医者になることを期待されて育った境遇を、俊明は自分に重ねた。俊明は帰省のたびに湯田温泉駅で途中下車し、中原中也記念館へ通った。中也会の会員にもなった。

しかし講義やゼミよりも弓道に熱中し、弓道部のサークルで津和野出身の村岡と知り合った。村岡は法学部だったので学部は違ったが、郷里が近く、村岡は現役で入ったので一学年下だったが、同じ昭和三十九年生まれなのでやたら気が合い、二人でよく飲み歩いた。

俊明は在学中、村岡以外の島根県出身者に出会わなかった。知り合ったのは福岡県人が最も多く、次いで福岡以外の九州人、そして島根を除く中四国・関西が数名だった。村岡もかなり酒が強かった。そしてモテた。俊明はさっぱりだった。しかし実は二人とも童貞だったので、「やらずの二十歳を迎えるわけにはいかない。性の成人式をしよう」と誓い、二人で一年生のときに中洲のトルコ風呂（ソープランドに改称されるのは、同年の昭和五十九年十二月）に突撃し、筆おろしを済ませた。村岡とはそういう仲である。

国立社会保障・人口問題研究所の発行する２０１５年の統計「現代日本の結婚と出産」の「年齢別にみた性経験の有無別の未婚者の割合」によれば、「性体験無し」と答えた男子（すなわち童貞）は18〜19歳で71・９％（昭和六十二年）である。以降、減少が続くが、60・７％（平成十七年）をピークとして再び増加に転じ、72・８％（平成二十七年）が直近の数値である。これはいわゆる〝草食系男子〟が増えたためであろう。だから「やらずの二十歳」の割合は、俊明と村岡が筆おろしを済ませた段階でも、七割程度であったろうと思われる。なお同基準の未成年の処女率は81・０％（昭和六十二年）、62・５％（平成十七年）、74・５％（平成二十七年）である。減少と増加の傾向は男女とも等しい。未成年の処女率が童貞率よりいずれも高いのは、男性は「プロにお願いする」ことが、女性より容易だからだというのが、筆者の見解である。平成十七年から増加に転じた理由は、女性の「貞操観念」が強まったからではなく、恋愛よりも勉学やスポーツ・趣味など他に興味を抱くことが増えたのと、男性の〝消極性〟が理由ではないだろうかと筆者は推測する。

とまれ、村岡はかなりの二枚目で、服装のセンスも小洒落ており、女心をくすぐるようなトークも得意でよくモテたが、筆おろしまでは、あまり女性に関心がなかったようだ。しかし中洲突撃後は一変した。弓道部の同学年・先輩、そして同級生をやたらと部屋に連れ込み、関係を持つようになった。なぜ俊明にわかるかというと、村岡がフった女が、必ずといっていいほど俊明に相談したからである。そこで俊明は忠告ではなく、どうやったら女をアパートに連れ込めるか、教えを請うた。

「まずビデオデッキを買え。そして女に部屋で一緒にビデオを見ようと誘うんだ。誘う前にレンタルビデオ屋に行って、E．T．を借りろ。あれに少年とE．T．が出てきて、人差し指を互いにくっつけるシーンがあるから、それを真似て、相手の眼をみつめて、好きだと言え。それからキスをする」

「なるほど」

「しかし、焦ってすぐその先に行こうとしない。いったん離れて、次に射法八節を見せる」

「何の為に」

「黙って聞け。引き分けから会に下ろす間に、的はあなたの心です。それをいまから射抜きますと言って、離れで放す」

「おまえ、そんなキザなことを言ってるのか」

「やるためだったら、何だって言う。そして、残心でもう一度、相手の眼を見つめて同じセリフを言う。すると」

「どうなる？」

「女がノリで矢に射抜かれた真似をしたら、百パー抱ける」

「マジか？」

「マジだ」

俊明は教えられたが、実践の機会はなかなか訪れなかった。「E.T.を見ないか」と俊明が女子部員を誘っても、「それ、村岡くんちで見た」と二人から断れた。俊明のビデオデッキはレンタルビデオ屋で借りたアダルトビデオのために存在するようなった。何人かに告白したが、「俊明くんとは友だちでいましょ」と断られた。

そこで俊明は（自分は顔では村岡に勝てない、しゃべりしかない）と考えた。高校生時代に漫才ブームが起こり、「オレたちひょうきん族」（昭和五十六年後月放送開始）の熱心な視聴者であった俊明はトーク術を磨こうと考えた。教科書は「平凡パンチ」「プレイボーイ」「GORO」「POPYE」といった男性週刊誌や、女性心理学に関するハウツー本である。それで一度は弓道部の後輩をアパートに連れ込み、キスをすることができた。次に射法八節を見せたら、女が射抜かれた真似をしたので、（やれる）と思って襲いかかろうとしたら、女はカッターナイフを取り出した。村岡から「先輩のアパートで射法八節を見せられたら、襲われるぞ」と聞いていたので、「用意していたの」と女は言い、部屋を出て行った。その女とは俊明はトーク術を駆使したので交際を続けることができ、何とか念願の男女の関係にもなれたが、半年ほどで別れた。別れの理由は「わたし、他に好きな人ができたの」だった。

だから中洲突撃を数に加えれば、俊明の女性体験は二人である。ハウツー本から俊明は「女は失恋したときが狙える」「気の強い美人は褒めるな。冷たくして、怒らせろ」と学び、千鶴に対して実践した。津和野支店に赴任し、教育担当にあたった千鶴の第一印象は（こんなキレイな人が津和野にはいるんだ）だった。やがて、その聡明さとテキパキした態度に惹かれたが、あくまで高嶺の花だった。しかし、あの夜の千鶴は違った。

あの夜、千鶴はやけにはしゃいだり、かと思うとぼんやりして考え事をしたり、酒を無理にあおったりと、様子がおかしかった。（もしかしたら失恋したのかも。でも、こんなキレイな人をフる男がいるんだろうか）と思いながら、俊明が千鶴を怒らせると、千鶴は本当にアパートに付いて来た。その道中、俊明は考えた。千鶴を部屋に誘った理由を何か探さねばと。そこで千鶴の家が源氏巻を売っていることを知っていたので、「源氏巻の職人になりたい」と言うことにした。だからこれは夢でも何でもなく、ただ千鶴に気に入られたいための思いつきに過ぎなかった。村岡にも相談していない。千鶴が中也の大ファンだったのは、勿怪の幸いだった。

村岡と俊明は大学三年生のとき、お互いの卒業後の進路について話し合ったが、村岡は「おれは将来、親父の跡を継いで県会議員になる。議員はうちの家業だからな。そういう約束で大学に行かせてもらったから、津和野へ帰って、当分は親父の秘書兼運転手をする」と告げた。就活の必要のない村岡を、俊明は大いに羨んだ。その時は、まさか二人が津和野で再会し、また飲み歩く仲になろうとは思いもしなかった。

俊明が銀行に入ったのはここしか受からなかったからである。俊明は出版社が第一志望であった。と同時に地方公務員も考えていた。文学部の卒業生は教職、次いで公務員になる者が多かった。俊明は教職課程を履修していなかったので、公務員を考えた。当時はバブルである。就職の内定を数十社からもらうような猛者もいた。民間企業のほうが公務員より人気があった。俊明は大手のB・S・Kといった出版社を受験したが、いくらバブルと言ってもマスコミの人気は高く、俊明はいずれも一次選考で落ちた。そこで中小の出版社をねらおうかと考えたが、東京には住みたくないと考え、出版社はあきらめた。俊明も村岡も都会が苦手だった。福岡に住み続けるつもりもなかった。二人にとって、福岡は「九州の東京」だった。

福岡、特に博多は開放的な街だと言われるが、二人はあまりそう思わなかった。福岡県以外の九州人を見下し、特に佐賀に対しては「佐賀はなあんもなか。福岡の植民地たい」という者さえいた。東京人が埼玉県民を馬鹿にするようなものである。また「九州男児は福岡県人だけを指す言葉たい」と言う者もいた。当時、長谷川法世著『博多っ子純情』という漫画が人気を博していたが、「江戸っ子じゃなかけん、博多で博多っ子やら言うもんはおらん。博多は博多もんたい」と豪語していたが、この漫画の愛読者だった。博多山笠もよそ者に冷たく思えた。中洲の屋台も不衛生で、あれは観光客か出張で博多に来た者が行くところだと思い、まったく行ったことがなかった。

福岡では東京への羨望と媚びを、そして大阪への妙な対抗意識を二人は何度も感じた。日本の三大都市は東京・大阪・福岡（正解は名古屋）だと信じて疑わない者もいた。「福岡は物価が安い」とよく言われるが、それは東京に比べたらの話で、島根育ちの二人にはあまり安いとは思えなかった。二人はよく「島根と鳥取はどっちがどっちで、どげん違うとですか」と質問されたが、そのたびにうんざりした。

だから俊明は島根に帰って就職したかったが、益田の実家からは通勤したくなかった。益田から津和野への通勤は一時間程度だったが、あえて俊明はアパートを借りた。俊明が島根に帰りたかったのは、石見神楽の熱心なファンであり、舞手になりたかったからである。俊明は小学生のころに父に連れられて初めて見た石見神楽の華麗な舞に魅せられ、神楽が開かれると聞いては、鑑賞に出かけていた。そこで大田・江津・浜田の市役所を受験したが、悉く撃沈した。益田市役所は自宅から通わされるので、受験しなかった。島根県庁は端から無理と、あきらめていた。

そこで民間企業を考え、山陰日日新聞を受験した。最終面接まで進み、文化部所属を希望すること、そして「郷土と石見神楽」の魅力を熱く語ったが、内定には至らなかった。並行して山陰共和銀行を受験した。経済学部ではなく文学部出身だったので、入社試験では、たびたび面接で志望動機を聞かれた。そこで俊明は「はい、銀行は金融のスペシャリストの集団だと思います。しかしいくら能力が優れていても、同じ種類の能力ばかりでは組織はうまく機能しないと思います。異なる能力を持った存在も必要ではないでしょうか。もし組織が歯車で回っているとしたら、私はその潤滑油になりたいと思います」と答えた。この回答が効いたのか、俊明は就活でたった一枚だけ、内定通知書を受け取った。

だから千鶴へ「親を喜ばすために銀行に入った」というのは、親孝行な息子を演じ、歓心を引こうとしたのが、千鶴が顔をしかめたので、嘘がばれたかと、冷や汗をかいた。俊明は皆の歓心を引きたくて、ときどき嘘をつく。両親や姉・兄に対してもそうだった。だけど俊明はそれを、太宰治著『人間失格』の道化のようなものだとしか考えていなかった。『人間失格』は繰り返し読んだ。そんな文学青年が銀行に就職してしまったのである。

配属先は研修期間中に告げられるが、俊明の研修後の配属は小規模な津和野支店だった。

（津和野には村岡が帰っている）

俊明はさっそく村岡へ連絡した。二人は再会を大いに喜び、さっそく飲み歩いた。共に弓道部だったから、村岡は四月に開かれる流鏑馬の魅力を俊明に熱く語り、「ずっと、津和野にいるんなら、来年は二人で見に行こうぜ」と語った。俊明は合宿研修と重なったため、見ることができなかった。流鏑馬を俊明は高校在学中に津和野まで足を伸ばして見たことがあったので、ぜひ見たいと思ったが、津和野支店の現場研修は原則、来年三月までである。支店長からは〝継続〟を告げられていない。「たぶん、そのころは津和野にはいないだろう」と答えた。

それから何度も会い、実家暮らしだった村岡がちょくちょく俊明のアパートを訪ねて来るようになった。七月には二人で鷺舞を鑑賞した。村岡は何度も見ているからか、あまり面白そうではなかった。しかし俊明は鷺舞の名も、津和野で演じられていることを知っていたが、初めて見て、その優美さと静寂な中にも時として見せる凛とした激しさに感動した。石見神楽とは違う雅さを感じた。

（津和野も悪くないな）と思った。

さらに俊明にとって、津和野の生活に魅力を感じさせたのが千鶴の存在である。俊明の歓迎会で、教育担当になった千鶴へ「ぼくは経済学部じゃなく文学部の出身だから、研修で、きみはそんなことを知らないで銀行に入ったのかと、よく講師や先輩に言われました。これからやっていけるかどうか心配です」と甘えてみせた。千鶴は「わたしだって普通高校から銀行に入ったから、最初は何にもわかんなくて、苦労したわ。でも先輩に恵まれて何とかやって来れたの。やる気になれば、たいていのことは覚えられるわ。わからないことがあったら、何でもわたしに聞いてね」と励まされた。そこで、俊明は千鶴という〝美人教師〟に褒めてもらいたくて、かなりがんばった。

しかし（やはり、性に合わない）と思い、千鶴に相談した。するとまた励まされたので、（もう少しがんばってみよう）と思った。だが千鶴の手を離れ、主任に同行するようなると、銀行の〝社会的意義〟に疑問を感じ、辞める決断をして退職願を支店長へ提出した。ところが支店長は退職願を預かりとして、受理しなかった。そして、あの夜を迎えたのである。

辞めてどうするかだが、少し貯金も出来たので、日本中を旅してまわり、それから再び大田・江津・浜田のいずれかの市役所の職員募集に臨むつもりだった。村岡に相談すると、「津和野に残れ。おまえがいなくなると、さびしくなる。町役場・商工会・観光協会の職員だったら、親父の顔で何とかなる」と説得された。当時、役所に入るには、議員に頼めば何とかなるという意識がはびこり、それが違法行為であるという認識は一般に希薄だった。（それも悪くないかも）と俊明は考えていた。だから源氏巻の職人は、千鶴に対する「道化」に過ぎなかった。

あの夜、俊明は射法八節の途中で見せた告白のとき、すでに「賞品は門脇さんとのキスがいい」と伏線を張っておいたので、キスぐらいはできるのではと思った。ところが「してもいいけど、条件がある」と言われたのには心底驚いた。そんなことは、俊明がこれまで読んだ女性攻略本のどこにも書いていなかった。さらに大学時代に俊明が唯一付き合った女性とはキスから始め、その行為に至るまで三か月かかった。しかも千鶴から「するの、しないの、どっち？」と選択を迫られるとは思ってもいなかった。さらに、いきなり全裸から始めたことはない。女性攻略本で学んだ、ブラジャーは「紳士的に」はずし、パンティーは「一気に」脱がすというテクニックは、まったく必要なかった。

経験の少ない俊明にとって、奈良林祥著『HOW TO SEX』はバイブルであり、おかずだった。これには前戯の必要性を詳しく書いてあいたので、この本の〝信者〟である俊明は前戯に時間をかけた。さらに俊明は包茎ではなかったが、短小というコンプレックスを抱いていたので、男性自身を触らせたくなかった。騎乗位も中洲以来である。快感を覚え、つい声を上げそうになった。何かの本で、そういう時は落ち着いて、英語で何か相手をほめろと書いてあったのを思い出した。ただし、「I LOVE YOU」はダメだと書かれていたので、「YOU'RE NICE」と言おうとしたら、快感の波が押し寄せ「ゆあ～」と言っただけで、口を閉じてしまった。すると千鶴が中也の詩「サーカス」のオノマトペと勘違いしたのか、「ゆよ～ん」と応じた。そこで「ゆやゆよ～ん」と返し、あとは二人で合唱し、やがて果てた。避妊しなかったことに気づいたが、千鶴が何も言わなかったので、俊明もその話題には触れなかった。経験は少ないが、知識は豊富な俊明である。（生理前だから男が欲しくなった）のかと思った。

「ティッシュある？」

「……どうぞ」

俊明はベッドの枕元に置いていた自家発電用のティッシュボックスを差し出した。

ティッシュを数枚抜き取った千鶴はさっさと俊明から離れ、豆電球をつけるように俊明に命じるや、これと石油ストーブの丸いリンクの光だけで、俊明に背を向けて花芯をティッシュで拭って下着をつけ、服を着た。俊明はその滑らかに輝く美しい肢体を、ベッドに横たわり、薄闇の中で黙って見ていた。それから、約束を守るように俊明に告げるや、さっさと出て行ってしまった。

一人残された俊明はしばらく陶酔に浸っていたが、やがてベッドから起き出して自分の萎(しな)びた陰茎をティッシュで拭って下着をつけ、パジャマを着て、眠りに就こうとしたが、なかなか寝付けなかった。

(さっきのは、何だったんだろう?)

その思いが何度も脳裏をよぎった。天女がほんの一時間ちょっと自分の部屋へ降臨し、羽衣を纏(まと)うやまた天に還ってしまったような思いだった。騎乗位で逝かされただけに、その思いが拭えなかった。

眠れぬ夜を過ごした俊明が翌日の日曜日を悶々と過ごし、月曜日に銀行に出勤し、千鶴と挨拶を交わすと、千鶴はまったくいつもと変わりなかった。俊明も平静を装った。だが、俊明は日曜日の段階で(この町を去ろう)と決めていた。それが天女降臨に対する〝お礼〟であり、男としてのプライドだった。このまま津和野にいれば、三つ目の条件「わたしを追わない」を守れる自信がなかった。中也の詩「恋の後悔」の一節「ああ恋が形とならない前/その時、失恋しとけばよかったのです」と、中也が同棲した恋人の長谷川泰子が三歳年上だったことが脳裏にあった。泰子は中也のもとを去り、小林秀雄へ奔(はし)る。

だから、支店長に「退職願を本店人事部に郵送するので返却してほしい」と脅して、退職を認めさせた。だが数日間、千鶴を遠くから見ているうちに、未練が沸いた。それは眺めるだけだった宝石をたまたま掌に乗せる機会が与えられたが、すぐ宝石は自分の掌から離れ、いままた眼の前で輝いていたからだ。髪を切った千鶴は、あの晩の千鶴とは違った魅力に輝いていた。

俊明の脳裏に、中也の詩「細心」の前半が何度もよぎる。

「傍若無人な、そなたの美しい振舞いを／その手を、まるで男の方を見ない眼を／わたしがどんなに尊重したかは／／わたしはまるで俯向いて／そなたを一と目も見なかったけれど／そなたは豹にして鹿／鹿にして豹に似ていた／／」

俊明は主任と「かどわき」を訪問したことを思い起こした。主任は千鶴の父親へ、熱心に借り換えの案内をしていた。俊明はここに限らず、主任と同行しても「研修中の新人です」としか紹介されず、訪問先では主任がひたすら相手としゃべっていたので、手持無沙汰だった。

俊明がふと店内を見わたすと、千鶴の母親と眼があい、会釈された。俊明も会釈を返した。（門脇さんちは母親も美人なんだ）と思った。ただ早苗は丸顔、千鶴は細面だったので、（動物でいえば母親は狸、門脇さんは狐顔。そういえばここは稲成神社の下だったたな）と思うと、おかしくなった。そんなことを思い出した俊明は、ふと（あの家に婿に入れないだろうか）と考えた。元々が婿養子希望である。

それに何かのきっかけで、千鶴から「わたしにはあなたより一つ下の弟がいるけど、ぜんぜん勉強ができなくて、いつも教えていた」と聞いていた俊明は、その弟が店を継ぐ気がないから、千鶴が婿を取って継ぐつもりではないだろうかと推理した。そこであの手紙を書いた。書く前に、昼の休憩時間を利用して、「かどわき」以外の源氏巻の店を数軒視察した。源氏巻を「かどわき」のように顧客の対面で生産し、販売している店があったので、そこでは熱心に源氏巻をどうやって焼くのかを質問した。さほど難しい作業には思えなかった。「源氏巻の職人になりたい」と千鶴に告げたことが、瓢箪から駒が出るように現実にならないかと考えた。俊明は実の両親から猫かわいがりされたが、真の愛情はさほど感じていなかったので、千鶴の両親に気に入られ、源氏巻を焼きながら、銀行から帰る千鶴を待つ。そして夜はヒトサカリする。

（最高じゃん）

このとき、銀行員は転勤が多いことを俊明は忘れていた。俊明はこの妄想を現実にすべく、ワープロで手紙を書いたが、文面には細かく注意を払い、何度も書き直した。〝家業〟と書いたのは、村岡のセリフ「議員はうちの家業だから、おれも議員になる」が頭にあったからだ。歯科医院経営と正直に書くと、引かれてしまいそうだった。

津和野のどこかに呼び出すことはまったく考えなかった。人の眼があるから、来るはずはないことはわかり切っていた。だから中原中也記念館にした。もし来たら、自分は初めて千鶴の〝先生〟になれると思った。しかし、たぶん来ないだろう。千鶴には半々と答えたが、俊明はまず来ないと思っていた。だから二時間は、千鶴への未練を完全に断ち切るために必要な時間だった。しかし、千鶴は来た。

益田に向かうJR山口線の車中で、興奮のだいぶ冷めた俊明は（何か、話がうますぎないか）と考えるようになっていた。疑問に感じたのは、あの「業務連絡」である。

（まるで自分を婿にすると、最初から決めていたみたいだ）

俊明にとって婿養子は最終目標であって、真の願望は千鶴との〝交際〟である。しかしいくら美辞麗句を並べても、千鶴に相手にされないことはわかりきっていたので、あえて最終目標をぶつけた。すると千鶴はさっさと両家の挨拶と銀行での発表のスケジュールまで決めてしまった。

（何か、おかしい）

何しろこれまでまったくモテた経験のない俊明である。自分に降って沸いた僥倖がにわかには信じられなかった。

（もしかしたら結婚したい人がいたけど、婿入りという話になったので、相手が断ったんじゃないだろうか）

俊明は考え込んで、かなり正解に近づく。

（でも千鶴さんはプライドが高いから、それを親に言えずに、自分を当て馬にしようとしているんじゃないだろうか）

あるいは、自分と婚約したことを千鶴が誰か別の男性に告げ、そのことで男性を心変わりさせようとしたのかと、俊明は疑った。

（でも、だったら、あんなにはっきりと、両家挨拶の日程まで決めるだろうか）

俊明の疑いは晴れない。

（どうしてそんなに婿入りを急ぐ必要があるんだろう？）

俊明は村岡に頼んで、何とか観光協会のアルバイトに採用してもらえないかと考えていた。石見神楽のファンで、鷺舞に魅せられた自分である。津和野観光の魅力を発信する仕事がしたかった。文学部出身だから文章にもそれなりに自信がある。それに結婚すれば門脇家に婿入りするのだから職員である必要はない。アルバイトを募集してないかもしれないが、村岡議員の顔で何とかなるかもしれないという思惑があった。だから、俊明は婿養子を少しも急いではいないのである。

（しかし、千鶴さんは明らかに急いでいる。たった十数分の質問だけで、人生を決めていいんだろうか）

銀行で発表することも、俊明はまったく考えていなかった。

（どうして、あんなに焦って……）

俊明は突然、閃いた。

（わかった。病気だ。お父さんが不治の病なんだ）

源氏巻の店を視察し、ほとんどの店が家族経営というより、むしろ夫婦二人だけで営んでいると知った俊明は、夫婦のどちらかが倒れたら、大変だろうなという感想を抱いたことを思い出した。

（お父さんが亡くなる前に婿を取り、花嫁姿を見せて安心させたいと考えたんだ、千鶴さんは）

俊明は千鶴へ「親を喜ばせたくて銀行に入った」と語った際に、千鶴が顔をしかめたことを思い出した。

（あれは、あんたなんかより、わたしの方がずっと親孝行よと思ったからなんだ）と誤解する。

俊明は借り換えの案内で主任と門脇家を訪問した際の様子を思い出した。

（でも、病気には見えなかったけどなあ）

俊明の乗った列車は特急だが、津和野にも停車する。しかしすでに千鶴に支配されつつある俊明は、（あまり勝手なことをすると千鶴さんへ叱られる）と思い、津和野で途中下車して父親になるかもしれない人物の病状を確かめることは断念した。益田の実家に到着時間の予定変更を伝えなければばならないのも理由である。先週の千鶴と結ばれた日、益田へ帰ると連絡しながら帰らなかった。それも今日怒られるだろうから、一つでも怒られる理由を減らしたかった俊明はそのまま益田へ向かった。

益田駅で俊明は公衆電話を村岡へかけた。村岡は在宅していた。

「村、明日の晩、おれのアパートに来い。ええもん見せてやる」

「なんだ、ええもんって?」

「おれの嫁さんだ」

「なにぃ俊、おまえ結婚するのか」

「ああ、その家の婿になる。すげえ美人だから、びっくりすんなよ」

「ずえったい行く。ビールとつまみ持ってくわ」

「おう、それでおまえに頼みがある。おれ、銀行辞めたんだけどな」

俊明は村岡議員から観光協会会長へ自分をアルバイトとして採用するように電話してほしいと村岡に求めた。それが嫁さんに会わせる条件だと告げると、村岡は快諾した。

この頃、観光協会は人手不足に悩んでいた。観光客はバブルで潤った職場旅行などの団体客が中心だった。村岡議員からの電話を会長は渡りに船とばかりに、俊明との面接を年内に行った。その結果、明けて一月五日から三月末までは取りあえずアルバイト、四月からはその働きぶりによっては、職員として働いてもらいたいという意向を会長は示した。

俊明が実家に帰ると、姉も帰っており、父・母・姉・兄の四人へ銀行を退職したことの許しと婿入りの承諾を得る必要に迫られた。銀行を辞めたことはすでに伝えていたが、婿入りの話は初めてだったので、四人は寝耳に水とばかりに一様に驚いた。しかし碌(ろく)に話を聞いてもらえず、「おまえは女狐に化かされている」と姉にはさんざん罵倒され、母からは「土産物屋なんかに婿にやるために、おまえを産んだんじゃない」と泣く真似をされた。父は「銀行はおまえには無理だと思っていた」と理解を示したが、婿入りについては何も言わなかった。結局、この家で誰からも一目を置かれている兄が「明後日、うちに挨拶に来るそうだから、二人から詳しい話を聞いて、それから反対するなら反対しよう」と発言したので、その場が収まった。俊明は兄に「泊まっていけ」と誘われたが、「明日も銀行があるから」と言って、逃げるように津和野へ戻った。

＊

益田で俊明が四人と向き合っていた頃、千鶴は帰宅した。

千鶴が母へ「彼がうちに挨拶に来てくれるって言ってくれたの。指輪も返さなくてよくなったから、安心して」と告げると、母は泣き出さんばかりに喜んだ。「それで、どんな人？」と聞かれたが、父が入浴中だったので、「母さんだけ、あんまり先にいろいろ教えると、父さんがはぶてる（すねる・不貞腐れるの方言）わよ」と言って、千鶴は二階に上がって着替えを済ませた。

千鶴が部屋で着替えを済ませ、二十分ほどして台所に降りると、食卓にはビールの大瓶二本とコップ三個並んでいた。父は晩酌をしないので、よっぽどのことがない限り、ビールが食卓に置かれていることはない。母があわてて近くの酒屋へ買いに行ったものらしい。二人で父を待っていると、風呂から上がった父がビールを眼にし、早速その置かれている理由を尋ねた。

「今日はね、ちいちゃんからね、とっても嬉しい報告があるの。だからビールで乾杯したいと思ったのよ」

「ほう、それは、それは」

父は顔を崩しながら、席に着いた。

「父さん、母さん。わたし、結婚したい人ができたの。指輪ももらったわ、ほら」

あの男からもらった指輪を、ケースを開けて見せた。

(騙すんなら、みんな騙してやる)

「ちいちゃん、おめでとう」

母が拍手した。

「母さん、ビール、ビール、栓を抜いて、早く」

母が栓を抜き、三個のコップに注ぎ、三人で乾杯した。

「それでね、二十八日の水曜日にね、暮れも押し詰まって恐縮だけど、彼がうちに挨拶に来たいと言ってくれてるの。会ってくれる?」

「もちろんだ。暮れも何も関係ない。喜んで会うよ。それで、どんな人だ?」

「同じ銀行に勤めている人。益田の出身で歳は二十四」

「益田なの?」

母が怪訝な顔をした。

(しまった。母は山口と思っているかもしれない)

何とか言い繕いたかったが、いい案が浮かばなかったので、押し通すことにした。

「そうよ、益田よ」

「そうなの」

母はそれ以上、聞かなかった。

「二十四歳、ずいぶん若いな。年下か」

父はそれが引っかかるようだった。

「そうよ、いけない？」

千鶴はにらんだ。

「いや、いけなくはないけど」

父は口ごもった。

修三は千鶴にどうしても弱い。その理由は自分でもわかっている。大学に行かせてやらなかったからだ。千鶴が高三のとき、「山口大学なら先生も大丈夫って言ってくれている。山口なら片道二時間で行けるから、自宅から通う。だから、お願い」と訴えられた。山口大学は湯田温泉駅から徒歩二十分の距離にある。

千鶴は「人文学部に入って、将来は国語の先生になりたい」と夢を語った。だが修三は「いま、店の資金繰りが苦しい」からと言って、あきらめさせた。千鶴は泣いて懇願したが、修三は最後まで首を縦に振らなかった。資金繰りが苦しかったのは事実だが、理由は他にあった。千鶴には中三になる弟の真一郎がいたからである。千鶴一人ならやれないことはない。当時の国立大学の授業料は年間十八万円である。しかし自分が中卒で苦労しただけに、真一郎には大学まで行かせてやりたかった。千鶴には内緒だが、学資保険も真一郎だけかけていた。真一郎は千鶴より成績が悪かった。私立になるかもしれないと覚悟していた。もし東京の私立に行かせることになったら、仕送りも十万円ぐらいは必要だろう。だから、千鶴に我慢させた。言うなれば、真一郎のために千鶴の学費を惜しんだのである。男には学歴が必要だが、女は嫁に出すから、そこそこでよいという考えから修三は脱却できなかった。

真一郎は何とか公立に受かり、下関市立大学を来春卒業予定で、北九州の建設会社に就職が内定している。

ただ、どういうきっかけだか忘れたが、「わたしと真一郎じゃ、ずいぶん不公平ね」と千鶴に言われたことがある。千鶴は就職後、家に食費として毎月3万円入れてくれていた。修三は何も言えなかった。だから、〝借り換え〟の話のときも、千鶴の顔を立てて支払予定表を渡し、当初は黙って話を聞いていた。

「それでね、相手の実家にご挨拶に伺ったんだけどね」

(行ってない、行ったのは別の家)

「ちいちゃん、もうご挨拶に伺ったの?」

母が芝居した。

「ごめんね、内緒にしてて」

千鶴が合わせた。

「それで、相手のおうちはどんな家なの？」

「うん。益田で歯医者さんをしているそうよ」

「だから、結婚に反対なの？」

「母さん、相手の家が反対だって、どうしてわかるんだ？」

母の芝居はすぐバレそうになった。

「だってね、それはほら、歳が二十四じゃ、しんちゃんより一つ上じゃない。だからまだ早いって、反対なのかなって、思って」

「それも、そうだな」

母は危うく難を逃れた。

「それでね、反対みたいだから、父さんと母さんにも協力してほしいの」

「それはまあ、相手の男に会ってみないと、何とも言えんな」

「それもそうね。でも反対の理由は若いだけじゃないの」

「何だ？」

「それは、彼がこの家に挨拶に来たときに言うから、楽しみにしててね。父さんはもっとビール飲んで」

千鶴は修三のコップにビールを注いだ。

「おまえ、相手の親が反対なのに、やけに嬉しそうだな」

「だって。わたしは大きい壁があると、よし乗り越えてやるぞって、ファイトが沸くタイプよ。父さん、知らなかったあ？」

「おまえがそういう性格だと知らないわけじゃないけど」

修三は釈然としないまま、ビールを口に運んだ。早苗も「別の理由」が気になったが、千鶴に問い質すことはできなかった。

＊

翌日、千鶴は残業を早めに切り上げ、俊明のアパートへ向かった。退職が決まっていた俊明は定時に退社していた。千鶴が俊明の部屋のドアをノックすると、俊明よりはるかに端正な顔立ちの青年がドアを開けた。

「やあ、いらっしゃい。村岡です、弓道部の後輩の。わかりますか」

千鶴は受験を考えて、三年生になるとすぐ弓道部を辞めた。だから二年後輩の村岡とは接点がない。当時は高校に弓道場が開かれたばかりで、部員も多かった。村岡が弓道部主将として活躍し、島根県高等学校弓道選手権西部地区大会の個人の部で優勝したときは、千鶴は銀行で働いていた。ただ弓道部の部室には歴代の部員の名札が掲げられているので、村岡は千鶴の名と評判は知っていた。千鶴は三回目の「来てやったわよ」を言いたかったのだが、その機会を奪われ、不満だった。

「あなたはわからないけど、あなたのお父さんの顔と名前は知ってるわ。選挙ポスターをよく見るから」

「その息子です。へぇー」

村岡がしげしげと千鶴を見つめた。

「何？」

「門脇さんって、むかしミス津高って呼ばれてませんでした？」

「さぁ、どうだったかしら」

（よく覚えてる。とっても嫌だった）

「おおい、村。見たらすぐ帰るって約束だろ」

奥のコタツにあたったまま、俊明が叫んだ。

「わかってるって。じゃあ、私はこれで失礼します。よかったな、俊」

「おう、あの話、ありがとな」

村岡は足早に出て行った。千鶴は玄関に突っ立ったままである。

「入れば」

俊明はコタツから出て、千鶴を迎え入れようともしない。

（男って、一回やらせると、こうも態度が変わるものかしら？）

千鶴が玄関から動こうとしなかったので、険悪な雰囲気を察した俊明がコタツから出て、千鶴に近づいた。

「何か、怒ってる？」

「当たり前じゃない。友だちにはまだバラさないって約束だったでしょ？」

「でもそれは、銀行にバラさない以外は全部チャラにするって千鶴さん、言わなかったけ？」

（たしかにそう言ったような気がする）

千鶴は引き下がることにした。まだ怒らせるにはいかない。

「じゃ、見たらって何？　人をパンダみたいに言って」

「それは謝る。だから、機嫌を直して入ってくれる？」

千鶴はしぶしぶブーツを脱ぎ、部屋に入って、コートを脱いだ。

「あの話って何なの？」

「それは、後で話します。コーヒーを淹れるから、コタツにあたってください」

俊明はだんだんわかってきた、千鶴が質問するのは大好きだけど、質問されるのは大嫌いな性格だということが。だから、よほど気を付けて父親の「不治の病」について質問しなければいけないと、気を引き締めた。

電気ポットに貯めていたお湯を、インスタントコーヒーを入れた前回と同じ二個のカップに注ぎ、それを手にして、俊明は千鶴の正面に腰を下ろした。前回は千鶴の左斜め前に座った。千鶴と正面で向き合う勇気がなかったからだ。しかし体を交わらせたので、俊明は少しだけ勇気を持つようになった。

「あの話というのはですね。ぼくは観光協会で働こうかと思うんです。それで村岡の親父さんを通して観光協会の会長に電話してもらったら、人手が足りなくて、ちょうど増員を考えていたそうなんです。明日の昼休憩の時間に面接に行きます。早ければ年内に返事をくれて、来年早々から働くことになります」

「そう、よかったわね」

婿の職業が無職では門脇家でも難色を示すだろう。それに、いますぐ店で働いてほしいという訳ではない。要は〝辻褄〟が合えばそれでいいのである。

「ちゃんと考えてるのね」

「はい、ぼくは津和野に残って、千鶴さんと愛を育みたいと思います」

千鶴のコーヒーカップを取ろうとした手が止まった。

（わたし、この人と愛を育まなくっちゃいけないの？）

あの男の顔が脳裏をよぎった。まだ別れてから十日目だ。未練はさらさらないが、何かの弾みであの男のことをつい思い出す。千鶴はまじまじと俊明の顔を見つめた。そして、自分に言い聞かせた、男は顔じゃないと。だが少し、俊明をいじめたくなった。

「あたし、村岡くんと愛を育もうかなぁ」

「千鶴さ～ん。冗談キツイっす」

「あの人、モテたでしょ？」

「わかります？」

「モテ男のオーラが出てた。俊明にはぜんぜん感じなかったオーラがね」

「そうですか。それはすみませんでした」

（でも、だったらどうしてぼくと。お父さんが重い病気だからですか）という言葉が出かかったが、それはヒトサカリの後にしようと考えた。

（もしそれが事実だったら、ヒトサカリしようなんて雰囲気じゃなくなる）

あの日から十日目である。自慰行為をしなかったので、若い俊明はしっかり溜まっていた。

「でもあいつは、こっちに帰ってからまったく女遊びしないんですよ。福岡ではさんざん遊んだくせに。今度付き合う女とは結婚する。だから慎重になってるんだって」

「じゃあ、あたしが口説いてみようかしら」

「千鶴さ〜ん。ホントに勘弁してくださいよ。お願いします」

「冗談よ。でも、俊と村と呼び合ってるのね」

「はい、弓道を通じて知り合った親友です」

一緒に筆を下ろした仲だとも、まして村岡の〝お古〟を狙っていたとも言えない。

「俊明はモテなかったでしょ？」

「はい、さっぱりでした」

女に慣れているというのは自分の勘違いだったと、千鶴は体を重ねながら感じていた。

「女の子にフられたら、どうしてた？」

「酒を飲んで、泣きながら中也の**汚れっちまった悲しみに**を暗唱して、自分を慰めていました」

「聴かせてよ、**汚れっちまった悲しみに**」

「いまですか」

「そうよ、いま」

「だって、あれは女の子にフられないと気分が出ないし」

「じゃ女の子じゃないけど、いまフってあげる。この前の話はなかったことにしようか」

千鶴は腰を上げる真似をした。

俊明は自分では気づいていないようだけど、（声がいい）と千鶴は感じていた。前回は「サーカス」に聞きほれた。雪の降る晩に、自分の最も好きな「生い立ちの歌」を聴きながら、熱燗を一杯やったら最高だろうなという思いが込み上げてきた。

「やんないと、ホントに帰っちゃうよ」

「わ、わかりました。やります」

千鶴は腰を下ろし、俊明を見つめた。俊明は息を整え、朗々と暗唱を始めた。

「汚れっちまった悲しみに／今日も小雪の降りかかる／／汚れっちまった悲しみに／今日も風さえ吹きすぎる／／汚れっちまった悲しみは」

千鶴は俊明の暗唱を聴きながら、この詩がたまらなく好きだけど、どうしても解けない疑問（汚れた悲しみ、悲しみが汚れるってどういうことだろう）を考えていた。千鶴は詩の価値はわかるかわからないではなく、感じるか感じないかにあると考えていた。だからわからない詩でも何かを感じれば、それは「いい詩」なんだと思っていた。だが勘違いでもいいから、自分がなぜその詩から何かを感じるのか、その〝正体〟を理解したかった。

「汚れっちまった悲しみは／なにのぞむなくねがうなく／／汚れっちまった悲しみは／倦怠（けだい）のうちに死を夢む／／汚れっちまった悲しみは／たとえば狐の革裘（かわごろも）」

俊明の暗唱は続く。

突然、汚れた悲しみではなく汚した悲しみ、（中也は悲しみを汚したんじゃないだろうか、自分のように）と、千鶴は閃いた。

自分はあの男から婚約を破棄されたという悲しみを隠蔽し、それをなかったことにするために策を弄し、両親もこの男も騙し、自分だけが傷つかないように立ち回っている。男に傷つけられたから、別の男を傷つけることで、傷を癒そうとしている。なんていやらしいんだ。なにが婚約破棄はかわいそうだから、婚約解消にしてあげようかだ。なんという傲慢だ。

（悲しみを汚している）

なぜ素直に悲しみを悲しみのまま受け入れ、母の膝で「結婚、ダメになったの」と泣き崩れることができなかったのか。それは、いままで男を数多くフったけども、フられたことは一度もないというプライド、美人だと人から思われているという見栄、このわたしが男に捨てられるはずがないという思い上がり、そんなものが邪魔して、心が裸になることができなかった。

（悲しみをわたしは汚してしまった）

それに比べ、失恋したら中也のこの詩を暗唱して一人で立ち直る俊明は立派だ。自分は最低の女だ。

（でもわたしは、この乗りかかった船から降りない。行けるところまで行く）

千鶴の眼から涙がこぼれた。

「汚れっちまった悲しみに／なすところなく日は暮れる……」

暗唱を終えた俊明が千鶴を見つめた。

（千鶴さんが泣いている。やっぱりお父さんが重い病気なんだ）

　勘違いした俊明は千鶴に近づき、髪を撫でた。それは欲情からではなく、愛おしさからだった。潤んだ瞳で千鶴は俊明を見つめた。しかし俊明は、欲情が愛おしさに優ってしまった。千鶴の唇を奪おうと顔を近づけ、押し倒そうとした。だが、千鶴が掌を広げて、俊明の顔面を押し返した。

「ちょっと待った。なに、人の弱みにつけこんでるのよ」

「弱みって何ですか、やっぱりお父さんが」

「父親がどうしたって言うの？　言いなさいよ。言わないとホントに帰るわよ」

「……実は千鶴さんのお父さんが重い病気で」

　俊明はたぶん外れていてくれと思い、自分の推理を千鶴へ白状した。途端に千鶴は大笑いした。

「うちの父親はピンピンしているわ。なるほど、考えたわね。俊明は案外アタマいいんじゃないの？」

「案外は余計だと思うけど」

「ごめんね。でも全然そんなことはないから安心して。わたしが泣いたのは、俊明の声に感動したからよ」

（それだけじゃないけど）

「ぼくの声って、そんなにいいですか」

「うん、ヒトサカリよりずっといい」

　俊明は顔をしかめた。

「そんな顔しないの。それより、業務連絡してよ」

千鶴はバッグから銀行の手帳とペンを取り出した。

「何の業務連絡ですか」

「怒るわよ。昨日は益田に帰って、婿入りの話をしたんでしょ？」

「もちろん、しました」

「大反対だったでしょ？」

「はい」

「だから家族の人となり、それから誰がどんな話をしたかを全部教えて。わたしは明日、益田に乗り込むから、事前に情報が何よりほしいのよ」

「了解しました」

千鶴は俊明の話を聞き、要点をメモしながら、父？・母×・姉×・兄○と印を付けた。俊明の家族は兄を賛成に回すことができれば、俊明を婿に取れるとにらんだ。千鶴には〝婚約解消〟がベストではなくなっていた。俊明が欲しくなった、たとえ騙してでもだ。千鶴はハンドバッグから指輪ケースを取り出し、こたつ板の上に置いた。

「あのね、俊明。婚約というのは婿入りであれ何であれ、本人同士の口約束だけじゃダメなのよ。ちゃんとした形がないと」

「だから、昨日は指輪を買いに行ったんですか」

俊明は眼を瞠（みは）った。

「そうよ」

（この嘘は墓場まで持って行く）

「すみません。ぼくはぜんぜん考えていなかった。ホント申し訳ないです。千鶴さんに指輪を買わせてしまって」

「いいの、そんなことは。それより開けてみて」

俊明が指輪ケースを開けた。

「手に取って、見て」

千鶴の指示に従う。

「何て、書いてある？」

「Ｔ＆Ｃって彫ってある。ぼくと千鶴さんだね。それにＤＥＣ．１９８８と。でも、どうして昨日の日付は彫ってないんだろう？」

（訊くかそれ、やっぱり？）

千鶴はあの男から受けた説明をオウム返しに俊明に伝えた。

「なるほど。お店の人もいろいろ考えてくれるんだね」

「だけど、いい、俊明。この指輪はあなたがローンを組んで、わたしにくれたんだからね。決してわたしからもらったなんて、口が裂けても言っちゃダメよ」

「約束します」

「じゃあ、はめて」

千鶴は左手の薬指を差し出した。

「ピッタリだ」

「当たり前よ、わたしが買ったんだから」

（婚約指輪を自分で買う女の人っているのかしら？）

疑問が沸いたが、千鶴はすぐその疑問を拭い去った。

「でも、あなたがわたしのサイズを聞いて、買ったんだからね。くどいようだけど」

「了解です」

「俊明、貯金はいくらあるの？」

「冬のボーナスは来月からの生活費に充てるので、それを除けば三万ちょっとです」

「それでよく、結婚しようなんて考えたわね」

「婿養子だったら、そんなにかからないかと思って」

「そうよ、結納金って知ってるよね？」

「はい」

「結納金は婿入りの場合、嫁の実家から婿の実家に渡すものなのよ」

（これは間違いない。冠婚葬祭辞典で調べたから）

「そうなんですか」

「だからいずれ門脇家から、あなたの実家にはそれなりに用意するけど、それとは別に、これはわたしからあなたへの個人的な結納金よ」

あの男がくれた手切れ金三十万円を都銀の封筒を破り捨て、共銀の封筒に入れ換えたものを、千鶴はこたつ板の上に置いた。千鶴にはもう心の痛みはなかった。

「こんなもの、千鶴さんから頂くわけにはいきません」

俊明は拒んだ。

「男の妙なプライドは捨ててくれる？　これはあなたを婿にもらうための軍資金として使ってほしいの。益田を往復したり、婿入りといっても何か買ったりで、やはりおカネがそれなりにかかると思うの。三万の貯金じゃどうしようもないでしょ？」

「千鶴さんはそこまでぼくのことを考えてくれているんですか」

「そうよ。わたしは勤続八年目だからそれなりに貯金がある。だから心配しないで。でも、どうしても受け取らないって言うんなら、わたしの気持ちが伝わらなかったと思って、結納金は村岡くんにあげようかな、いい男だし」

俊明が村岡をアパートに招いたのは完全に仇になってしまった。

「わ、わかりました。ありがたくいただきます。千鶴さん、一生ついて行きます。よろしくお願いします」

「はい、こちらこそ」

二人は微笑み合った。

「でも、このおカネは二人でいるときにだけ使ってね。わたしはいっさい財布を開けないからね」

「了解です」

「ああ、それから銀行での発表だけど、みんなを驚かせようかと思ったけど、まだ早いかと思って延期したいと思います。了解ですか」

千鶴にとって必要なのは、あくまで両家への挨拶である。

「了解しました。ぼくも早いと思っていたんです」

「それからわたしと俊明とは、あなたが学生時代に、中也記念館で初めて出会ったことにしてほしいの」

千鶴は母をごまかしたかった。

「いいけど、どうしてそうするんですか」

「だって、知り合って一年もしないのに結婚って、あまりに早いじゃない。だからあなたは村岡くんがいたから津和野支店への配属を希望したら、そこに偶然わたしがいたというふうにしてほしいの」

「なるほど」

千鶴は嘘がだんだんうまくなって来る自分を感じていた。

それから二人は明日の益田訪問のスケジュールを綿密に打ち合わせた。時刻表は俊明の部屋になかったが、地元新聞が折込みで配布する津和野駅発着のＪＲ時間表があったので、津和野・益田間の往復の列車を調べた。すると、銀行が終わってから益田へ向かうので、益田の俊明の実家での滞在可能時間は正味一時間と判明した。

その後、またも二人は全裸から体を重ねた。千鶴はあの男からは服を一枚ずつ脱がされて行為に及んだが、嬲(なぶ)られるようで実は嫌だった。俊明の紳士的にブラジャーを外し、パンティーを一気に脱がすテクニックはまたも不要だった。二人は何度も中也の詩「サーカス」のオノマトペを合唱した。避妊もしなかった。もし妊娠したら、その事実が事態を大きく動かすだろうと千鶴は予感した。それより何より、（俊明の子どもが産みたい）という思いが忽然と千鶴に湧き上がっていた。

＊

翌日、定時に銀行を退社した俊明に十数分遅れて、千鶴は駅に向かった。女子更衣室で「今日はデートなの」と後輩行員に告げると、後輩行員が残業を手分けしてくれた。俊明と二人でいるところを誰かに見られても平気だった。駅で俊明と合流した千鶴は贈答用の源氏巻をキオスクで買い求めた。

（源氏巻で、山口の仇(かたき)を益田で取る）

この源氏巻と駅弁二人分の代金も、益田までの往復の交通費も、すべて〝軍資金〟から俊明が支払った。

（手切れ金がこんな形で使われるとは、あの男は思わなかっただろうな）

千鶴はおかしかった。

（もしこれがなかったら、自分の貯金を下ろして俊明に軍資金を渡さなくちゃいけなかった）

千鶴はあの男へ感謝すら感じた。

「いくさの前の腹ごしらえよ」

車中で並んで駅弁を食べた。

（あの男とはいつもドライブだったから、列車で旅行したことがなかったな）という思いが千鶴によぎった。(でも、もう過ぎた話だ。あの男はあの男で、いい所もあった。わたしにも至らない点がきっとあったんだろう。ただ、自分とは縁がなかっただけだ)

千鶴は完全に吹っ切れた。

「俊明、きょう観光協会へ面接に行ったんでしょ。どうだった?」

「うん、石見神楽の話をしたら、うちには石見神楽に詳しいスタッフがいないから、ぜひ来てほしいみたいなことを言われた」

「俊明は石見神楽に詳しいの?」

「言わなかったけ?」

「聞いてないよ」

「じゃ、今度二人で見に行こう」

「うん」

千鶴は俊明のことをもっと知りたいと思った。

「明後日、返事をくれるって」

「じゃあ、もう決まりだ。見切り発車になるけど、俊明は来年から観光協会で働くって、実家でも門脇の家でも言うのよ。無職じゃ、相手にされないからね」

「了解です、千鶴さん」

益田駅で二人はタクシーに乗り込み、俊明の実家の前でタクシー運転手に迎えの時間を告げ、二人は雪舟庭園で有名な医光寺のすぐ近くの実家の前に立った。板塀に囲まれ、門には旧字体で墨書きされた〝間所歯科醫院〟の古めかしい表札が掛かっていた。暗くてよくわからなかったが、和洋折衷の構えがどこか津和野の町役場に似ていると千鶴は感じた。

俊明が帰宅を告げると母が現れた。母は険しい眼で千鶴を見下ろしたものの、「ようこそ、いらっしゃいました」とだけ言って、二人を応接間に案内した。ほどなく父・姉・兄の三人が現れ、三人とも無言のまま着座した。母は茶を提供するため退室したが、すぐ戻って来た。千鶴には両親が実年齢（父：六十八歳・母：六十四歳）よりも老けて見えた。俊明が千鶴を名前のみ家族へ紹介し、家族のそれぞれを千鶴へ紹介した。続けて千鶴が源氏巻を「津和野の名物です。お口に合うかどうかわかりませんが、皆さまでお召し上がりください」と言って、紙袋から出して父へ手渡した。「つまらないものですが」とは山口でも益田でもあえて言わなかった。父は「どうも、ありがとう」と、源氏巻を受け取った。

誰も口を開こうとしないので、千鶴が自己紹介を補足した。

「こんな年の暮れの、しかも夜分にお伺いして申し訳ありません。門脇千鶴と申します。二十六歳です。津和野高校を卒業し、山陰共和銀行津和野支店で窓口係を務めて、八年目になります。実家は源氏巻を販売する土産物店を経営しております。本日は二人の結婚を認めていただきたく、お伺いしました」

すかさず俊明が打ち合わせ通りに続けた。

「門脇さんとはぼくがまだ大学生のころ、山口の中原中也記念館で出会ったんだ。二人とも中也ファンだったから、それで少し交際したんだけど、その時は彼女が共銀に勤めているなんて知らなかった。津和野支店へ配属を希望したのは親友の村岡がいたからなんだ。ほら、うちにも来たことあるだろ、県会議員の息子の。でも支店に配属されたら彼女が働いていたんで、ビックリしたよ」

「女の尻を追っかけて、津和野に行ったんじゃないの？」

姉が険しい口調で俊明へ質した。

「そんなことないよ、お姉さん。ぼくは運命を感じたよ」

(この家はお姉さんと呼ぶんだ)

千鶴は「姉貴」としか真一郎から呼ばれたことがない。

「運命か。おれも早く運命の人に出会いたいもんだ」

兄の口調は千鶴にはやさしく感じた。その兄が呼びかけた。

「門脇さん」

「はい」

「婿入りの話は俊明からおととい聞いたばかりで、私ども家族はたいへん戸惑っております。もし、門脇さんのご実家がそのようなご希望をお持ちなら、しかるべき人を間に立て、その方がまず我が家へお越しになるべきじゃないでしょうか」

この質問を千鶴は想定していた。

「はい、おっしゃる通りだと思います。ただ俊明さんと話し合ったんですが、婿入りでも嫁入りでも結婚であることに変わりはない。まずは俊明さんと私との結婚を、こちらさまに認めていただきたく、本日は私一人でお伺いした次第です」

「ということは、私どもが結婚は認めるが、婿入りは認めない。門脇さん、うちへお嫁に来てくださいとお願いしたら、あなたはどうされるつもりですか」

「申し訳ありませんが、私は高卒ですし、私の両親はどちらも中学しか出ておりません。そのような者がこちらさまのような立派なおたくの嫁になるのは、相応しくないかと思います」

「学歴と人間性は関係ないと思いますよ」

兄は千鶴の望みとおりの返答をした。学歴の高い人間ほどこんなことを言うと、千鶴は知っていた。だが肚（はら）の底はわからない。

「はい、私もそう思います。俊明さんは大学を出ておられますので、土産物屋の婿に来ていただくのは勿体ないと思います。私は俊明さんの学歴ではなく、人間性に惹かれて婿に来ていただきたいと考えております」

「なるほど、それで俊明に銀行を辞めさせたのはあなたですか」

「いいえ、俊明さんはご自身の意志で、銀行を退職されました。私との結婚とは関係ありません。俊明さんはやりたい仕事を見つけられて、銀行を退職されました。俊明さん、ご報告がまだじゃなかったかしら？」

「すみません、報告が遅れました。私は来年から津和野町の観光協会で働きます」

（言って、大丈夫だよね、千鶴さん）

「そうか、観光協会か、おまえにはピッタリかもしれんな」

ずっと黙ったままの父が顔を崩して発言した。千鶴は後に知るのだか、父は石見神楽伝統芸能保存会の理事を務め、俊明に石見神楽の魅力を教えたのも父だった。

千鶴は眦を決した。兄だけを見ていた。兄がこの家の関門であり、本丸だ。本丸を落とせば、俊明は婿に取れる。落とせなかったら、縁を切らせてでも、略奪する。

「繰り返し申し上げる失礼をお許しください。私はこちらさまへお嫁に参るつもりはございません」

(勝負だ)

「俊明さんが私ども門脇の家へ婿に入っていただくという前提で、二人の結婚を認めていただきたいと考えております」

千鶴は歯科医院を継承するという期待を背負わされ、その期待を見事に応えた兄に、風格を感じていた。

「そうですか。よくわかりました」

「結婚は認めません。お兄ちゃんが先です。順番を」

兄は見合いの話を悉く断っていた。

「お母さんは黙ってて」

母の声を兄が制した。千鶴は構わず兄へ告げた。

「年が明けましたら、しかるべき人に間に入っていただき、両親ともども改めてご挨拶に伺いたいと思っております。その節はどうかよろしくお願いします」

千鶴は海野会長に仲人をお願いしようと考えていた。

「なに言ってんの。土産物屋なんかに俊明は絶対やらないから」

姉がヒステリックに叫んだ。

「お姉さん、今日は全部、ぼくが話すと約束したろ」

姉は兄を無視した。

「あんた、その指輪」

「いい加減にしないか。お客さまに対してあんた呼ばわりは失礼だぞ」

父の怒声が響いた。父は千鶴へ頭を下げた。

「お見苦しいところをお見せしました。本日はわざわざお運びいただき、ありがとうございました。家族でよく相談し、改めてお返事いたします。それでよろしいですな？」

「もちろんです。私こそ非礼の段、どうかお許しください」

千鶴が立ち上がり、つられて俊明も立ち上がった。

＊

迎えのタクシーに乗り込む二人を兄だけが見送った。兄が俊明に何か耳打ちしているのを、先にタクシーに乗り込んだ千鶴は眼にした。

「お兄さんに何、言われたの？」

「内緒です」

「あ、そ。じゃあ、ヒトサカリは当分お預けね」

「千鶴さ〜ん。わかりました。言いますから。いい女つかまえたな。おれにもいい女のつかまえ方を教えてくれって」

「ふ～ん。そうなんだ。じゃあ賛成なんだね」

「どうかな。あの人は自分の心を決して誰にも覗かせないから」

「わたしもお兄さんが賛成か反対か全然読めなかった。でもお兄さんが相手だったら、はい、お嫁に行きますって返事したかも」

「千鶴さん、もちろん冗談ですよね」

「どうかしら」

　俊明は顔を横にそむけた。千鶴は俊明が機嫌を損ねたと思ったが、あえて機嫌を取ろうとはせず、自分も顔を外に向け、益田の街をぼんやり眺めた。益田の夜は灯りに乏しく暗かった。緊張から解放され、千鶴は疲れを覚えていた。山口では気に入られようと振舞って疲れたが、益田では「一歩も引かぬぞ」と身構えて、やはり疲れた。

　俊明は不機嫌になったのではなかった。兄の別れ際の言葉の後半を千鶴に告げなかったから、その言葉を反芻していた。「だけどな俊明、キレイな薔薇には棘があるから、気をつけろよ」と、兄は最後に耳打ちしたのだ。この言葉を正直に伝えれば、千鶴が怒ることはわかりきっていたので、自分の胸にしまった。兄の言う薔薇が、美しい女性一般を指すのか、それとも千鶴を指すのかを考えると、やはり千鶴を指すように思えてならなかった。兄も千鶴を美人だと認めた。だから薔薇に喩(たと)えた。しかし千鶴の何を見て兄は「棘」を感じたんだろうか。堂々と自分と渡り合った気の強さだろうか。俊明は兄とのこれまでの関わりを思い出していた。

　俊明が小学四年生の春、兄は国立大学の歯学部に現役で合格した。家族は大喜びしたが、俊明も嬉しかった。兄は中学・高校ともに成績が学年で三位を下回ることはなかった。塾にも通わず、短波放送の旺文社ゼミ受験講座を毎朝五時から聴いて、学力を磨いた。俊明は常に兄に敬語で語りかけていた。そうしないと、他の三人から叱られた。

そして俊明は兄の合格を機に、それ以前に増して両親から比較されるようになった。「ジュニアはがんばったんだから、おまえもがんばれば出来るはずだ」と父、「ジュニアが出来て、あなたが出来ないのはがんばりが足らないからよ」と母、俊明が中学生のときに東京のお嬢様学校を卒業し、家事見習いという名目の花嫁修業中だった姉からは「ジュニアとあんたでは頭の出来が違うから、あんたはジュニアの百倍がんばらないと、歯医者にはなれないよ」とプレッシャーをかけられた。この家では代々、跡継ぎを幼少よりジュニアと呼んでいた。自覚を持たせるためである。

俊明は歯医者にはなりたくなかった。（兄が歯医者を継いでくれるんだから、おれはお願いだから、解放してくれよ）という思いだった。成績は中学・高校とも学年で中の上を行ったり来たりしていた。ただ兄と同じ県立益田高校には合格した。高校で俊明は小説を読みふけった。そして太宰治に出会い、傾倒した。ただ『人間失格』の主人公・大庭葉蔵のように道化をうまく演じられず、俊明は〝虚言癖〟があると家族から思われていた。

高校三年時の進学先を決める際は、大学六年間の就学を終わらせ、益田市立総合病院で研修医をしていた兄をわざわざ病院へ訪ね、相談した。兄は激務だったので、家に帰って来ない日も多かった。兄以外の三人は歯学部を受験するように俊明へ求めた。「現役で受からなくてもいいから、何年でもがんばるのよ」と母、「どうしても国立が無理だったら、私立でも行かせてやる」と父、「あなたはこの家に生まれたから、歯医者になるのが宿命なのよ、ジュニアのようにね」と、姉からさんざん言われた。しかし自分は兄の〝スペア〟に過ぎないという事実は、誰も俊明に語ろうとしなかった。俊明は文学部を志望していた。家族三人を説得できるのは兄しかいないと考え、病院を訪ねた。

「大学卒業後は出版社に勤めたいんです。だから歯医者にはなりたくないと思っています。なんとかお兄さんから、三人を説得していただけませんか」

年下の者はジュニアと呼んではいけない決まりだった。

「どうして歯医者にはなりたくないんだ？」

兄の質問に、虚言癖があると思われていた俊明は嘘を答えたくなかった。兄を怒らせることを承知で本音を語った。

「人の口を覗いて、汚い歯を見るのが嫌なんです」

途端に兄は腹を抱えて笑い出した。兄が笑うのを俊明は初めて見た。喜怒哀楽をまったく表に出さない兄だった。

「おまえはおれが毎日いつも思っていることを、遠慮なく言える。おれはおまえが羨ましい。おれはおまえの後から生まれたかった。よし、わかった。おれの予備は要らん」

それから兄が三人を説得してくれたので、俊明は文学部を受験することができたが、私立難関の有名大学はどこも受からなかった。さんざん三人から罵倒され、兄からも冷笑された俊明は家族に土下座し、寮の完備した福岡の三大予備校の一つに入校費・授業料・寮費だけを援助するという条件で、益田を逃げるようにあとにした。生活費は新聞配達のアルバイトで稼いだ。一年後に西南学院大学の文学部に唯一合格した。それで入学金と授業料を振り込んでもらい、生活費の仕送りをしてもらえるように、兄が取り計らってくれた。

大学四年生だった昨年の夏休みに帰省した俊明は一度だけ、誘われて益田の街で兄と飲んだことがある。兄が二日ほど家を留守にした、その翌日のことだった。兄も酒が強かった。話の途中で珍しく恋愛談義になった。兄とそんな話をしたことはこれまでなかった。

「俊明の好みの女性はどんなタイプだ？」

「ぼくは好みを言えるほどモテないので、ぼくを好きになってくれる女性なら、全員ウエルカムです」

「情けないことを言う奴だ。やらせてくれるなら、誰でもＯＫか？」

兄から品のない言葉を聞いたのは初めてだったので、俊明は驚きを隠せなかった。

「おまえ、よくフられるだろ？」

「はい。わかります？」

「俊明は、数打ちゃ当たると思ってるから、しょっちゅうフられるんだ」

「お兄さんはフられたことはないんですか」

この問いに兄はしばらく何も答えず、俊明を見つめていたが、ポツリともらした。

「おととい、生まれて初めて、フられた。誰にも言うなよ」

「わかりました。誰にも言いません。男同士です。やけ酒つきあいます。今夜はとことん飲みましょう」

「調子いいこと言うな。おれは酒でごまかそうとして、おまえを誘ったんじゃない。失恋の大ベテランのおまえにだな、ビギナーのおれが、どうやったら相手を忘れられるかを聞こうと思って、誘ったんだ。おれがおまえに何か教えてほしいと、これまで一度でも頼んだことがあるか」

「まったくありません」

「だろ。だったら、教えろ」

「わかりました。ぼくは失恋したら、中原中也の詩・汚れっちまった悲しみにを暗唱して泣きます」

「言うことが、まさに文学部だな。それは泣ける詩なのか」

「はい」

「覚えているのか」

「はい」

「やれ」

「はい？」

「いまここで、その詩をやれ」

「いま、ここでですか」

「そうだ」

兄は徳利から熱燗を手酌で並々とコップを注ぎ、ぐいっと煽った。

「さ、準備ＯＫだ。やれ」

俊明は店内を見渡した。炉端焼きの店内では十数名が歓談中だった。

「早くやれ、誰のおかげで文学部にいけたと思ってる？」

そんな恩着せがましいことを口にする兄ではなかった。俊明は覚悟を決め、立ち上がって暗唱を始めた。

「汚れっちまった悲しみに／今日も小雪の降りかかる／／汚れっちまった悲しみに」

店内の注目を浴びた。

「汚れっちまった悲しみは／なにのぞむなくねがうなく」

店内が静かになった。全員が聴いているようだった。

「なすところもなく日は暮れる……以上です」

パラパラと拍手する音が聞こえた。

「おまえ、泣いてないじゃないか」

俊明が座る。

「だってぼくが、フられたわけじゃないんで」

「おれも泣けん。でも、なんで何べんも汚れちまった悲しみはと言うんだ。いっぺん言うただけじゃ、いかんのか」

「これはリフレインと言って、詩の効果を高めるためです」

「数えとらんけど、八回くらいおんなじことを言うたぞ。おれが患者に、あんたは虫歯だ、歯を抜け。あんたは虫歯だ、歯を抜けと、八回も言うてみい。患者は誰も来んようになって、うちは潰れるぞ」

兄はこの頃、父の下で働いていた。

「それとこれとは違うような気がします……」

「まあ、ええ。それで汚れっちまった悲しみって何だ。悲しみに汚れたもキレイも、違いがあるんか？」

「あります」

「どんな？」

「女の子の顔とスタイルのレベルを妥協してですね、この程度だったらやらせてくれそうだなって、告白してフられるのが汚れた悲しみ。キレイな子にプラトニックでもいい、でもあわよくばと思ってアタックし、やっぱりフられるのがキレイな悲しみです。だからぼくは、汚れっちまった悲しみばかりでした」

兄はあきれた。

「おまえはやることしか、考えてないんか」

「それが若さだと思います。お兄さんは違うんですか」

「おまえと一緒にするな。おれはおまえと違って、一途だった」

「どんな女性だったんですか」

「笑うなよ」

「はい」

「薔薇のような女性だった」

「はぁ」

「おまえ、いま笑ったな?」

「いえ、笑ってません」

「だけどな、棘があった」

「どんな棘ですか」

「騙すんだ。親が病気だとか、弟が交通事故に遭ったとかな」

「それで、どうしたんですか」

「それ以上、聞くな」

「はい」

「ただ、体が合った。だから離れられんかった」

「体が合うってどういうことですか」

「おまえもいつかわかるかもしれんし、一生わからんかもしれん」

「ぼくも早く体が合う女性に出会いたいです。それでその女性はどうしたんですか」

「グアテマラに行った、中南米のな」

「何しに?」

「青年海外協力隊だ。世界中の子どもたちから虫歯をなくしたいって言ってな」

「お兄さんよりも世界中のこどもたちを選んだんですね」

「ま、そういうことだ。おれは彼女にとって、勉強しかできん、田舎のカネ持ちの坊ちゃんに過ぎなかった。大勢の男友達の一人に過ぎなかった。そんなことより、おまえはもっと飲め」

兄と飲んだのはその一晩だけだった。兄はそれから一度も俊明を誘わなかった。兄はその後、いつもと変わらぬ謹厳な態度だったので、俊明も恐れ多くて兄を飲みに誘うことはできなかった。

益田駅に着いた。

ＪＲの車中で千鶴は俊明へ、今日の訪問は今月の十一日（千鶴があの男の実家へ挨拶に行った日）だったと、明日の門脇家の挨拶で、聞かれたら話すように求めた。

「どうして、そうする必要があるんです？」

（もしかして、その日は誰か別の家に挨拶へ行ったんじゃないだろうか）

「俊明は知らないかもしれないけど、両家の挨拶は二週間くらい時間を空けるものなのよ。一方に挨拶に行って、すぐもう一方に挨拶に行くというのは、特に一人でも反対がいる場合、最初に行った家に考え直していただく時間をぜんぜん与えないということになるから、失礼に当たるの。わたしも知らなかったけど、冠婚葬祭辞典にそう書いてあったから、そうしなくっちゃいけないかなぁと思って」

（ああ、苦しい。たぶん冠婚葬祭辞典なんて、俊明は読まないだろう）

「そうなんだ。ぜんぜん知らなかった。勉強になりました」

（なんか、おかしい。でも千鶴さんは何のためにぼくを騙すんだろうか）

俊明が引っかかっているのは、「**汚れちまった悲しみに**」を暗唱した際に見せた千鶴が見せた涙と、「人の弱みに付け込んで」という発言だ。

（泣いたのも弱みもたぶん失恋したことだろう。でも、どうしてこんなに焦って、ぼくを婿にする必要があるんだろう？）

「ごめんね。疲れたので、ちょっと眠りたいの。肩を貸してくれる？」

千鶴は俊明の左肩に顔をもたれるや、ほどなく眠りに就いた。俊明は女性から、そんなことをされたのは初めてだったので、どきまぎした。愛おしかった。

（好きだ。たまらなく好きだ）

大声で叫びたい気分だった。先ほど実家で見せた勇ましさと、この可憐な寝顔、その落差に俊明は決めた。

（騙されていても、何でもいい。ぼくは一生、千鶴さんについて行こう）

だが、ふと疑問がわいた。「一生、ついて行く」って女性のセリフじゃないか。いくら婿養子でも、男が言うのはおかしいのではという疑問である。前を歩く千鶴、後ろを歩く自分の姿が脳裏をよぎった。千鶴の髪を見おろした。千鶴は俊明と結ばれた翌日に髪を切ったので、以前よりボーイッシュに俊明は感じた。そのとき、すべての疑問が、一瞬にして氷が融けるような感覚で理解できた。

（千鶴さんは男なんだ。体は女でも、頭と心は男なんだ）

そう考えると、多くの疑問が解けた。婚約指輪は男が買うもんだし、結納金をポンと三十万円もくれた。結婚も即断即決だった。中也記念館から湯田温泉駅までの、ほんの十数分で決めた。それに全裸から始めるし、騎乗位が大好きだ。昨日も騎乗位で逝かされて、千鶴のなすがままだった俊明は悟りを開いたような心境になった。

（だから、婿養子とはただの名目で、実は奥さんが欲しいんだ）

勘違いは続く。

（銀行で、もっと働きたいんだ。出世もしたいんだ。嫁に行くと名字が変わる。仕事を続けるのに面倒だ。だから婿なんだ）

そして決意する。

（よし、だったらぼくは、奥さん役に徹しよう）

津和野駅に着いた俊明は、大切なご主人を疲れさせるのは忍びないと考え、千鶴だけタクシーで帰し、自分は徒歩でアパートへ帰り、明日の門脇家訪問に備えた。

第Ⅲ章　自分史

「門脇修三一代記」第六章：千鶴（未完）

長女の千鶴は昭和三十七年七月四日に生まれた。予定日は二十日の鷺舞の日だった。当時は産まれて来るまで性別がわからなかったので、「名前だけど、男だったら鷺男、女だったら鷺子にしようか」と早苗に言ったら、「詐欺師にしたいの」と、ずいぶん怒られた。もちろん私も冗談のつもりだった。

「男の子と女の子のどちらが欲しいか」と早苗へ聞くと「男の子。だって農家だから」と答えた。本当にそう思っているのではなく、私の両親に気がねしているのだと思うと、私は早苗がいじらしかった。

女の子が私はほしかった。早苗に似たかわいい女の子が産まれて来てほしかった。名前は千鶴にしようと決めていた。新婚旅行で行った広島の平和公園で千羽鶴を見たからだ。これから羽を取るのは良くないかなと思ったが、ちづるという音の響きもよいので、平和への祈りを込めてこの名前にしたかった。早苗に話すと、早苗も賛成してくれた。

後に源氏巻の店を千本鳥居のすぐ下に出すことになって、気づいた。千本鳥居には千と鳥の漢字が含まれる。千鶴と共通する。千鶴という名前にしたのはあくまで偶然だが、千鶴がここで店を開くように導いてくれたのかもしれないと、思うようなった。

「じゃあ男の子だったら、あたしが決めていい？」と早苗が言った。「いいよ」と答えると、早苗は「真一郎」と書いたメモを見せてくれた。当時、山本有三原作の映画〝真実一路〟が上映されて人気だった。早苗もこの映画を見たかったそうで、それから考えたそうだ。私はこの名前もとっても気に入った。しかし産まれたのは女の子だったので、真一郎という名前は三年後に生まれた長男に与えた。

「ちいちゃん、しんちゃん、どちらでもいいから元気に産まれて来てね」

大きなお腹に早苗が語りかけた。早苗は亡くなるで、子どもたちをそう呼んだ。

千鶴は安産だった。私が町役場の勤めを終えて帰宅すると、早苗が産気づいていた。私は母に言われて、すぐ産婆さんを呼びに行った。産婆さんが到着すると、ほどなく千鶴が産声を挙げた。

「七夕に生まれたら、織姫になっちゃうからかわいそう。だから、がんばってその前に産んだのよ」と、生まれたばかりの千鶴を抱きながら、早苗が言った。私はその意味がわからなかったので、早苗に聞いた。

「だって織姫になったら、好きな人に一年に一回しか会えないじゃない」と答えたので、私は納得した。しかし千鶴が夫と一年に数回しか会えない結婚生活を送るとは、思いもしなかった。

千鶴を抱かせてもらうと、３０９０グラムなのにずしりと重さを感じた。あれは実際の重さではなく、責任の重さを感じたからだろう。もみじのような掌に私の人差し指を乗せると、ぎゅっと握りしめられた。産まれたばかりなのに（こんなに力があるんだ）と思ったのは、いまでも覚えている。「父さん、しっかり育ててね」と、千鶴があいさつをしてくれたようだった。

梓みちよの「こんにちは赤ちゃん」という歌が出たばかりで、早苗はまだこの歌を知らなかった。私はラジオでたまたまこの歌を耳にして覚えたので、早苗に教えた。二人で千鶴を育てながら、何度も歌った。

千鶴は病気ひとつせず、すくすくと育ってくれた。母親に似て愛らしかった。しかし、千鶴が八歳、真一郎が五歳だった昭和四十六年に、私は土産物屋を開店したので、それ以降、家族旅行をまったくすることができなかった。二人には申し訳なく思っている。それに日曜・祭日が忙しいので、遊園地にも連れて行ってやることができなかった。特に正月が初詣の参拝客で忙しいので、千鶴が中学生になった時から店を手伝わせた。これも申し訳なく思っている。

子どもに手伝わせると言っても、やらせたのは接客と会計、そして「釣り」だ。この釣りは我が家だけの隠語なので、家族はみな知っている。しかし、この一代記を家族以外が読むことも想定して説明を加える。我が家は太鼓谷稲成神社の千本鳥居のすぐ下にあるので、店の前を多くの参拝客が行き交う。そして店の前には自慢の水洗トイレを置いている。しかしトイレは男女兼用の一室なので、どうしても列ができる。その並んだ列へ呼び込みをかけることを釣りと呼んだ。ただし、これは子どもたちだけにやらせた。方法はこうである。千鶴が男性に、真一郎が女性に同じように言葉をかける。

「ようこそ、津和野へいらっしゃいました。源氏巻のお店の者です。トイレの順番は私が代わりに並びます。寒いので、よかったら店内で座ってお待ちになりませんか」

と、呼び込みをかけるのである。このセリフは私が考えた。「源氏巻を買ってください」と言わないところが気に入っている。しかしそこは以心伝心、たいていのお客さんは源氏巻を買ってくれた。

千鶴は母親似の美人に育ってくれたので、千鶴が若い男性に声をかけると、百発百中だった。真一郎は私に似て、そこそこの顔だったので、それほど釣れなかった。真一郎は「男はみんなチューリップだ」と言って悔しがった。すぐ鼻（花）の下を伸ばすという意味らしい。釣りの結果でお年玉を査定すると言ったので、二人は楽しんで釣っていたようだ。もっとも査定なんかしたことはなく、お年玉は大盤振る舞いだった。よその家の三倍は弾んでいたと思う。休日にどこにも連れて行ってやれず、正月も子どもたちに手伝わせていることへの、せめてもの罪滅ぼしと思っていた。ただ、看板娘とは何人からも言われたが、「津和野小町」と呼ばれているという高橋放送局の話を、私は信用していない。

千鶴は中学・高校とかなり男子にモテたらしい。坊主頭の高校生が店までラブレターを持って来たこともあった。千鶴は読まずに、ポイと店のゴミ箱に捨てたので、私は驚いた。「きっと一生懸命に書いたんだろうから、読むだけでも読んでやったらどうだ」と言うと、「父さん、読みたきゃ読んでいいよ」と言って、さっさと二階へ戻って行った。早苗に「やめなさいよ」と言われたが、本人の許可を得たのだからと思い、私は読ませてもらった。内容は覚えていないが、こんな内容じゃとても千鶴の気を引くことはとても無理だぞと、男として坊主頭を応援したくなったことは覚えている。

早苗と千鶴は山口百恵のファンで、百恵が二十歳で芸能界を引退し、昭和五十五年に二十一歳で専業主婦の道を選んだときは、早苗が「最高の女の生き方ね」と絶賛し、千鶴も賛同したのを覚えている。このとき、千鶴はまだ高校三年生だった。だからまさか千鶴がキャリアウーマンの道を選ぶとは思いもしなかった。

千鶴は学校の成績も良かった。大学へ進学したいと泣きながら訴えられたこともあったが、その夢を叶えてやれなかったことはいまもすまないと思っている。ただ成績優秀だったので、高校の先生が就職先として共銀を世話してくれた。共銀に就職してくれたのは万々歳だった。私も妻も素人から始めたので、店の経営は丼勘定だった。税理士さんに任せっきりだったので、経営のことも行く行くは千鶴に相談できるようになるかもしれないと期待した。そしてこれは千鶴には言ったことがないが、窓口係になったそうだから、どこかの社長さんに見染められ、その息子さんと結婚するかもしれないと思っていた。早苗にこの話をすると、「ちいちゃんは誰でもいいから好きな人、そして結婚して、もっと好きになる人と結婚してほしい」と言ったので、「早苗はおれと結婚して、もっと好きになったのか」と聞いたら、「馬鹿」と言われた。馬鹿はハイという意味だと思っている。

早苗は千鶴と仲が良かったので、いろいろと恋愛の相談にも乗っていたのかとのかと思っていたが、千鶴は秘密主義らしく、恋愛の相談は受けたことがないそうだ。だが男親が娘の色恋沙汰に首を突っ込むのは、あまりにも無粋だと思い、千鶴が二十五歳を過ぎても、私は静観していた。そしてようやく千鶴が二十六歳になった年の暮れ、一人の男を結婚したいと言って連れて来たのだが、「婿にしてください」と頭を下げたのには、びっくり仰天した。その話を詳しく書こうと思う。

私たち夫婦はそもそも婿どころか跡取りさえ望んでいなかった。ローン完済後にこの店を売却して資金を作り、ハワイへ移住するという夢があったからだ。この夢は開店した夜に二人で話し合って決めた。店を開いただけで満足するのではなく、将来に新しい夢を設定することで、〝勤労意欲〟を高めるためだ。

開店資金のローンが三十年で完済する。その時、私は六十七歳、早苗は六十歳と、いずれも還暦を超える。津和野の冬は寒いので、老後は暖かいハワイでのんびり暮らしたかった。だが、早苗はローン完済とまったく同時期の平成十三年三月に亡くなった。その偶然に私は耐えられなかった。ともかく、ただいきなり移住というのはあまりに乱暴な話なので、まずハワイがどんなところか下見を兼ねて旅行しようという話になった。二人ともハワイはおろか海外旅行の経験はまったくない。そこで銀婚式は過ぎたが、真一郎が現役で合格したものの、遊びほうけて留年し、まだ大学四年生で仕送りが必要だったので、真一郎が卒業して就職したら、旅行しようと決めた。このことは子どもたちにも話した。

私は「地球の歩き方　ハワイ」という本を買って熟読し、「ハワイにはコンドミニアムというのがあって、炊事も洗濯もできるらしいぞ。住む練習になるから、最初はホテルに泊まってもいいけど、あとはコンドミニアムで暮らしてみよう」などと、にわかに得た知識を早苗にひけらかした。早苗は「英語も少しはしゃべれないと困るでしょ。父さんも勉強してね。ＮＨＫの英会話講座は四月に始まるから、いっしょに勉強しましょう」と言って、こっそり二人で盛り上がっていた。早苗は私より先に英会話の勉強を始めていた。

私はハワイでゴルフがしたかった。ゴルフは大恩人の海野会長から教わった。「きみは酒はあんまり飲まんし、女房一筋で女遊びはせんから、何か遊びの一つぐらいは覚えんといかん」と誘われた。はじめは空振りばかり、当たってもチョロ、飛んでもスライスしたり、フックしたりと真っすぐ飛ばなかった。しかし、打ちっぱなしにも通い、真っすぐ飛んで距離も出るようになると、すっかり面白くなった。クラブも一通り買いそろえた。コースはビジターの平日料金だったけど、それなりにかかったので、年に三・四回しか行けなかった。でも商工会主催のコンペで三位に入るほどの腕前になった。ハワイは日本の半分以下の料金でゴルフができると知ったので、ハワイでゴルフ三昧の日々を過ごしたかった。

それにトローリングの船にも乗りたかった。テレビで松方弘樹と梅宮辰夫がカジキマグロを釣り上げているのを見て憧れた。還暦を過ぎてハワイに住むので釣りは無理だろうが、松方と梅宮でなくてもいいから、トローリングの船に乗せてもらい、釣り上げるところを見たかった。そして海に沈む夕陽を見ながら、椰子の木陰でバーベキューをし、ビールを飲む。それが私の夢だった。しかし移住の夢はある男の登場で、幻に終わった。

会社帰りに千鶴が結婚相手を連れてくると聞いていたので、私らは朝からそわそわし、早苗はやたら店と台所を掃除し、手料理を昼過ぎからこしらえ始めた。私は早苗の手料理も悪くはないが、やはりこういうときは寿司だろうと考え、奮発して特上寿司を二人前注文した。

「ただいま。帰ったよ」

千鶴の声が響くや、早苗が二人を一階の台所へ招き入れた。

「すみませんね、うちには応接間ってのが、ないんですよ」という声が、聴き耳を立てた私の耳にかすか届いた。早苗がたぶんテレビドラマから仕入れた知識だと思うが、「こういうとき、男親はあとから出てくるもんです。そして、やぁ、いらっしゃいって落ち着いて言うのよ」と早苗に指示されていたので、私は二階で待機していた。

時計を見ると十五分ほど経過したので、（そろそろいいかな）と階下におり、早苗の指示どおりの言葉をかけると、男が立ち上がって自己紹介したので、「まぁ、掛けなさい」と余裕を見せ、私はその男と向かい合って座った。

（どこにもでもいそうな銀行員の顔だな。千鶴はこの男のどこに惚れたんだろうか）

その思いが黒ぶち眼鏡をかけ、髪を七三に分けた男を見た瞬間に私の胸中にわいた。その男が一度「かどわき」を訪問したことを、私は覚えていなかった。

その男は名前と年齢を言ったあと、千鶴とは山口の中原中也記念館で、去年の夏に初めて会った。福岡の西南学院大学を卒業し、今年の四月に津和野支店に赴任した。銀行には内緒で交際していた。でも銀行を辞めたので、来月から観光協会で働く。姉と兄がいて、自分は末っ子だ。実家は歯科医院を経営しているが、兄が継いでいると語った。

それから私はビールと寿司を勧め、益田の話をし、向こうが源氏巻について質問したので、それに答えたりして、お互い相手の態度をうかがうような時間が過ぎた。

ところが話題が途切れ、千鶴がその男に目配せしてサインを送ると、その男は、「今日はお願いがあってお伺いしました。ぼくをこの家の婿にしてください。お父さんのあとを継がせてください」

と言い、両手を食卓につけるや深々と頭を下げた。これには私も早苗も驚いた。千鶴からは何も聞いていなかった。

二人であわてて千鶴を見ると、千鶴はケロリとして、ただニコニコと笑っていた。そういえば、千鶴が相手の親が反対しているのは若いだけじゃない。他にも理由があると言っていたのを、思い出した。これだったのかと合点したが、よくも千鶴は一人で「婿養子にほしい」などと言いに行けたもんだと思ったら、わが娘ながら空恐ろしくなった。と同時に、親に断りもなしに婿養子の話を進める千鶴へ怒りを覚えた。「婿をもらって、店を継いでくれないか」などと言ったことは、断じて私は一度もない。

その夜は、その男に早々に帰ってもらい、さっそく二人で千鶴を問い詰めた。

「どういうことだ？」

「まあまあ、二人とも落ち着いて」

早苗がなだめる。

「おれはてっきり」

「お嫁にくださいって言うと思ったんでしょ」

「当たり前だ」

「わたしお嫁になんか行きたくない。サザエさんがいい。ねえ知ってる？　サザエさんの名字は磯野じゃなくフグ田なのよ。お魚の河豚ね。それを福田さんと思っている人が多いのよ。知ってたあ？」

「そんなこたあどうでもいい」

「そんなに怒らないで。でもわたし、名字変えたくなかったから婿に入ってくれそうな人を探してたの。そしたらあの人、次男だから、名字を門脇にしてもいいって言ってくれたのよ。父さん、ラッキーじゃん」

「何がラッキーなもんか、この店はな」

そこで私は口ごもった。この店は一代限りで、還暦後はハワイに移住したいという夢は夫婦二人だけの秘密で、子どもたちには話していなかった。

「ねえ、母さん、いいでしょ。わたし、母さんみたいに仲のいい夫婦になって、いっしょに働きたいの」

千鶴は標的を早苗に定めた。

「仲がいいわけじゃないよ。ただ、ずっと一緒にいるから、空気みたいなもんよ。それにケンカしたら、源氏巻が変な味になりそうだから、ケンカしないだけよ」

「ううん、そんなことない。わたし、母さんみたいになりたい。それでね、向こうのご両親に挨拶に行ったんだけど、次は間に人を立てて、ご両親と一緒に来てくださいって、言われたの。仲人は海野会長にお願いできるよね？」

「待て、千鶴。勝手に話を進めるな。誰も賛成とは言っとらんぞ。婿なんか要らん。おれはこの結婚に反対だ」

「あたしも反対よ。ちいちゃん」

千鶴は信じられないといった表情をした。婿の話をしたら、二人とも喜んでもらえるとばかり思っていたようだ。

「どうして反対なの？　この店を継いでくれるって言うのよ。こんなありがたい話はないじゃない」

「相手の家は歯医者をやってると言っていたな。どんなうちだ？　お屋敷か？」

「家は関係ないよ。婚姻は両性の合意のみで成立するって憲法に書いてあるの、父さんも知ってるでしょ」

私は憲法に詳しい。新制中学の入学と新憲法の公布が同じ昭和二十一年だからだ。中学の社会の授業の五分の一が新憲法の授業だった。第九条などの主要な条文だけでなく、前文（マエブンと呼んでいた。全文と同じ発音だから）も暗唱させられた。教師が「きみたちは新憲法の申し子だ」と言っていたのを覚えている。この意味はいまもわからない。

「憲法は理想だ。だから軍隊は持たないと書いときながら、自衛隊がある」

「結婚は理想を求めるものでしょ」

「違う。現実の積み重ねだ」

「ケンカはやめて、二人とも。なぜ反対か、その理由をはっきり言わないと、ちいちゃんも納得できないでしょ」

千鶴が大きくうなずいた。

「理由を言う前に、ちいちゃんに聞きたいことがあるんだけど、いい？」

「いいよ。何でも答える」

「山口の人とは、いつ別れたの？」

「誰だ？　山口の人って」

「お父さんはちょっと黙ってて」

早苗に従い、私は成り行きを見守ることにした。

「母さん、どうして知ってるの？」

千鶴は動揺したみたいだ。

「あなたが鷺舞公園で山口ナンバーの赤い派手な車から降りるのを、高橋さんが見たそうよ」

放送局に見られたら、すぐ噂になるぞ。

「ずっと前に別れたわ」

「今日の人とは時期が重なってないの？」

早苗は二股は許せないらしい。

「それはない。彼と出会ったのは、山口の人と別れたあとだから」

「そう。でも、今日の人とは大学生の夏休みのとき、山口で初めて会ったと言ったよね。でも、あなたは去年の今頃も、今年になっても、ずっと休みに出かけてたじゃない。福岡まで今日の人に毎週、会いに行ってたの？」

千鶴は言葉に詰まった。

「母さん、何が言いたいの？」

がんばれ、早苗。

「ごめんね、ちいちゃん。あたしはあなたを怒らせるつもりはないのよ。でもあたしは、腑に落ちないことがあるのは、どうしてもいやなの。だから、あたしの想像を言うわ。間違っていたら、ごめんなさいね。ちいちゃんは山口の人とは最近、別れた。理由はわからないわ。今日の人には前々から交際を申し込まれていた。お嫁に行かず、この家でずっと暮らしたいと思っていたあなたは、お店の将来のことも考えてくれて、お婿さんがほしいと思った。だから、あなたは半分ヤケになって、今日の人に、お婿さんに来てくれるなら、交際してもいいよと条件を出した。どう、間違っている？」

千鶴は黙った。図星かもしれない。

「わたしはヤケになんかなってない」

「じゃあ、今日の人のどこが好きなの？」

千鶴はまたも黙ったが、逆襲を始めた。

「母さん、その言い方はなに。まるであの人をわたしが好きになるのは、おかしいみたいじゃない。あの人はそんなに魅力がないように、母さんには見えたの？」

私には見えた。

「そんなことを言ってるんじゃないの。あたしはね、ちいちゃんには本当に好きな人と結婚してほしいの」

「好きよ、大好きよ。どうしてわかってくれないの」

千鶴は眼に涙を浮かべた。

「わかってくれないなら、もういい」

千鶴は立ち上がった。

「待て、まだおれが反対の理由を言っとらん」

千鶴は腰をおろして、視線を私に向けた。早苗も私に視線を向けた。その視線の中に「ハワイ以外の理由を言ってね」という早苗の意思を感じた。

「おれが反対の理由を言う前に千鶴、相手の家が反対の理由を聞きたい」

「みんな反対じゃないわ。反対なのは母親と姉よ。母親は兄が独身だから、順番に結婚させたいみたい。姉は土産物屋に歯医者の息子を婿にやるのがいやみたいよ。父親と兄は反対かどうかわからないわ」

「じゃあ、賛成は一人もいないんだな」

「でもあの家は、兄が最終決定権を持っているみたいだから、兄さえ賛成してくれれば大丈夫よ。それで父さんの反対の理由は何？」

「おれの反対の理由は相手のお姉さんと一緒だ。土産物屋と歯医者では家の格が違う」

「なに、家の格って。世間体を気にしてるわけ？」

「そうだ。おかしいか」

「おかしいよ。民主主義の時代よ」

「時代は関係ない。いいか千鶴、歯医者は患者から先生と呼ばれる仕事だ。土産物屋のおれは、お客さんからご主人と呼ばれることがあるが、主人なんてのは、どこの奥さんでも旦那をそう呼んでいる。仕事の格が違う」

「父さんは自分の仕事に誇りを持ってないの？」

「そんなことを言ってるんじゃない。世間一般の話をしているだけだ」

「そうかもしれないけど、そんなのはもう古いよ」

「古いも新しいもない。それにあの男は大学出じゃないか。大学まで出してやったのに、土産物屋の婿になるなんてことになったら、あちらの親御さんはどんなに嘆き悲しまれるか」

「大学ったって、西南学院は私立の二流よ」

（西南学院大学の関係者の皆様、ゴメンナサイｂｙ筆者）

「大学の名前は関係ない。いいか千鶴、よく聞いてくれ。結婚は当人だけの問題じゃない。相手の家と親戚付き合いしなくちゃいけない。歯医者の息子を婿にもらったりしたら、おれも早苗も相手の親御さんに申し訳なくて、ペコペコしなくちゃいけない。そんな親戚付き合いはしたくない」

「だったら、あの人には実家と縁を切ってもらったらいいじゃない」

　私はあきれた。早苗が金切り声を上げた。

「ちいちゃん、あなた本気でそんなことを考えているの？」

　早苗のそんな声を聞いたのは初めてだった。

「もういい。二人とも、もう少しは話のわかる人だと思ってた。わたしはね、正月は忙しいから、あの人に手伝いに来てもらって、あの人を二人に気に入ってもらって、それから婿入りの話をゆっくり進めようと思ってたのよ」

「正月は猫の手も借りたいけれど、あの男が来たら、気が散って仕事にならん。それに相手の家が反対なのに、店の仕事を手伝わせたりしたら、何て言われるか」

「ホントに、もういい。正月はわたしだけ、店を手伝う」

「おまえには本当に感謝している。だけど婿は要らん。それだけは覚えておいてくれ」

千鶴は膨れっ面をしたまま、「ごちそうさまでした」とだけ言って、二階へ駆け上がって行った。

　私の千鶴への思いは、

「門脇修三一代記」はそこで終わっていた。

第Ⅳ章　真　心

俊明が門脇家を訪問した翌日の勤務最終日の二十九日、津和野観光協会の会長から支店の俊明へ電話が入った。俊明の家には電話がない。益田の実家の連絡先はわかるが、年末年始をはさむため「来月五日の月曜日から取りあえずアルバイトとして働いてほしい」という内容を会長は伝えた。

大掃除の間、千鶴は皆の隙を見て、「年末も正月も会えない。連絡しないで。五日の夜にアパートへ行く。お兄さんの説得よろしく」と書いたメモを渡した。両親が婿入りに反対なことは書けなかった。

大掃除が終わると支店長が恒例の挨拶を行い、続けて退職する俊明が挨拶を行った。

「皆さま、大変お世話になりました。私は一年も経たず、銀行を辞める脱落者です。銀行員として失格です。しかし人間として失格したとは思っていません。来月からは津和野町観光協会で働きます。津和野の魅力をＰＲし、微力ながらこの町の経済を潤すことに貢献したいと思います。どうか町で私に会っても、銀行から逃げ出した男と後ろ指をさし、石を投げないようにお願いします」

皆の笑いを誘った。千鶴は真っ先に拍手をした。つられて何人かが拍手をしたが、支店長は苦虫を噛み潰したような顔をしていた。

その夜、俊明は村岡と街へ繰り出して、痛飲した。いつもは割り勘だったが、この日は村岡が婚約祝いだと言っておごってくれた。酒の席で、俊明は実家が反対していること、それから兄の「しかるべき人に間に入ってもらって」という発言も、村岡へ語った。

　俊明は翌日の三十日の夕刻、益田へ帰った。そして初めて兄を誘い、街へ繰り出した。去年と同じ炉端焼きの店で二人は向かいあい、生ビールで乾杯したあと、俊明は本題から切り出した。

「お兄さんは私たちの結婚には賛成なんですか。反対なんですか」

「いきなりだな。じゃあ、答えよう。結婚は保留、婿入りは反対だ」

「その保留というのは何ですか?」

「今日のおまえとの話次第で、賛成にも反対にも変わるという意味だ。去年の夏、この店でおまえと飲んで、つまらん話をした。覚えてるか」

「もちろん、覚えています。でも、誰にも言ってません」

「そうか。ならば、今日おれがここでおまえから聞いたことを、おれも誰にも言わん。だから全部、正直に話してくれ。その内容によっては、結婚どころか婿入りにも賛成する」

「わかりました」

「まず聞くが、去年の夏に山口で初めて彼女に会ったというのは嘘だな」

「……はい。どうして嘘だとわかりました?」

「おまえが卒論のために山口に通ったのは知っている。だがモテないおまえが、あんな美人と知り合ったら、その素振りを見せないはずがない。そしてもしフられたら、あの汚れた悲しみとかいう詩を唱えて、この店でおまえが泣かないはずがない。見え見えの嘘を言っていると気づいたが、あえて黙っておいてやった」

「すみません」

「彼女の入れ知恵か」

「そうです」

「何のためにそうした？」

「まだ知り合って一年もならないのに、結婚は早すぎると反対されるだろうと言われました」

「なるほどな。それで、いつから付き合ってる？」

「銀行に入ってからです」

「そんなことはわかっている。おれは何月から付き合っているかを聞いているんだ」

俊明は言うまいかと迷ったが、前回の歯医者になりたくない理由を正直に答え、兄の心を動かしたことを思い出した。

「今月です」

兄はしばらく俊明を凝視したまま固まった。そして愚かな質問をした。

「今月って十二月か」

「そうです」

「十二月の何日だ？」

「十七日の土曜日から付き合っています」

「ちょっと待て。すると今日は三十日だから、まだ二週間も経ってないぞ。なんで二週間もしないのに、結婚だ、婿入りだという話になるんだ」

兄は半分ほど残っていた生ビールを飲み干し、大きく息を吐いた

「運命の人だからです」

俊明は平然と言った。兄は俊明に微(かす)かに恐れを感じた。

「わからん。理解できん。おまえの何がよくて……まあ、いい。順番に聞こう。十七日に関係を持ったのか？」

「はい」

「それでどうした？」

「手紙を書きました」

「何て？」

「婿養子に入りたいと」

「それで彼女がＯＫしたという訳か」

「そうです」

「付き合って何日後だ？」

「ＯＫをもらったのが今週の日曜日だから八日後です」

兄はしばし考え込んだ。

（こいつ、もしかしたら、女を悦(よろこ)ばせるすごいテクニックを持っているんじゃないか）

兄は生まれて初めて俊明に畏敬の念を抱いた。俊明に対して劣等感の欠片(かけら)すら、これまで感じたことがなかった。

「おまえ。経験人数は何人だ？」

「お兄さんが先に教えてくれたら、ぼくも教えます」

（生意気なあ）

　兄は三十二歳である。初体験の相手は歯科助手だった。相手から迫られて付き合ったが、顔のレベルが自分と同程度だったので、別れてもフラれたとは思っていない。そしてグアテマラへ行った彼女の二人である。プロの女性にお世話になったことはない。八歳も下の弟に数で負ける訳にはいかない。見栄を張った。

「おれは七人だ。おまえは？」

「多いですね。ぼくは三人です」

　俊明は中洲の筆おろしの数も加えた。弟は正直に答えたようなので、見栄を張って、しかも数で負けた兄は気恥ずかしくなった。

「熱燗の大を二本ください」

　店員に向かって大声で叫んだ。

「結婚はタイミングですよ、お兄さん」

　すっかり俊明のペースになってしまった。

「彼女が婿養子を探していたところに、ちょうどぼくが現れた。だから運命の人なんです」

「でも、何もおまえじゃなくても。彼女ならいくらでも、いい男と……」

「男は顔じゃないですよ、お兄さん」

「じゃ、何だ?」

兄弟だから、当然ながら顔は似ている。

「相手の求めるものにいかに応えられるかどうかです」

「具体的に言え」

「彼女は男なんです。だから奥さんが欲しいんです。ぼくは彼女の奥さんになろうと決めました」

「意味がわからん」

「男が外で働き、女が家事をして、家を守るという結婚の生態は、今後は減ると思います。だから、その逆のパターンの結婚生活を送りたいと思います」

「おまえが炊事・洗濯・掃除その他の家事も全部やるのか」

この当時、主夫という概念も言葉もなかった。

「お互いで協力してやりたいと思います」

「それを彼女は望んでいるのか」

「まだ話す機会がないのでわかりませんが、彼女は仕事が出来る人なので、喜んでくれると思います」

兄はまたも考え込んだ。自分が家事をしている姿を想像しようとしたが、まったく思い浮かばなかった。兄は大学生活を学生寮で過ごした。学生寮には食堂と浴室が完備していた。だから共同の洗濯機で、洗濯だけすればよかった。掃除は、寮生はみんないい加減だった。炊事はインスタントラーメンが作れる程度である。

益田に戻ってからは、すべて年老いた母がやってくれた。だから母は、兄の嫁さんを同居させて、家政婦がわりに使いたいと考え、兄へ見合いをさかんに勧めた。「あなたは長男だから、ジュニアを産ませて、育てる責任があるのよ」とプレッシャーをかけた。しかし兄は、ずっとグアテマラに行った彼女と恋愛関係にあると思っていたので、すべて写真も見ずに断った。ここ一年ほどは彼女への未練は断ち切ったものの、わずか数回会っただけで、人生の大事を決める感覚が理解できず、同じく写真も見ようとしなかった。優柔不断な性格は自覚していた。初体験の相手は玉の輿を狙ってか、かなり積極的だったが、一緒にファミレスに入っても、なかなかメニューを決められない兄にいつもいらだち、ついには見切りをつけられた。兄は〝総領の甚六〟の例外ではなかった。どこかおっとりして、世間知らずだった。だからグアテマラへ行った彼女には、いいように騙され、毟(むし)り取られた。ただ毟り取るたびに抱かせてくれた。それが良心の呵責からか、カネづるを手放さないためか、女にはわからなかった。だが兄はそれを、愛だと信じたかった。騙されていると気づいても、別れを言い出せなかった。

兄は恋愛に臆病だった。それが同じ兄弟でも、「数うちゃ当たる」式の次男とはまったく違った。告白したこともない。だから言い寄って来たのは、家かカネ目当ての女だった。見合いに臆病だったのは、(もし相手に断られでもしたら、家の名に傷が付く)と、本気で思っていたからである。ジュニアの呪縛から、成人しても、歯医者になってジュニアと呼ばれずに名前で呼ばれるようになっても、逃げ出せなかった。

「ところで、婿入りに反対の理由は何ですか、お兄さん」

当分、結婚できる自信のない兄は「おれにもしものことがあったら、家系が途絶える。墓を守る人間がいなくなる」が理由だったが、正直に言うと、俊明に「封建的ですね。そんなに家が大事ですか」と馬鹿にされるか、「お兄さんが結婚して、ジュニアを遺しておけばいいじゃないですか」と上から目線で言われるような予感がした。そんな予感など、これまで一度も抱いたことがなかった。

（こいつらの結婚は、見合いのようなものかもしれん）

そう考えると、付き合って一週間かそこらでプロポーズする弟も、そしてそれをＯＫする女性も理解できた。だがそれは、見合いができない優柔不断な兄にとって、敗北を認めることに他ならなかった。

「反対は保留に変更する。おれはおまえも、あの女性もようわからん」

兄は立ち上がり、胸ポケットから財布を取り出し、一万円札を引き抜き、テーブルの上に置いた。

「これで、ここの勘定を済ませろ。おつりはおまえにやる」

兄はそそくさと店を出て行った。敗北感を味わった弟から早く逃げ出したかった。正月はひたすら俊明を避け、顔を合わさないようにした。

＊

真一郎が大晦日に帰省した。それから正月三が日にかけて大忙しで、家族がゆっくり話す時間はなかった。食事も交代で取った。釣りの必要がないほど、源氏巻が売れた。ただ母はどこか千鶴に、あえて距離を置いているように、千鶴は感じた。

四日になり、客足が少なくなったのを見計らって、真一郎から話しかけられた。

「姉貴、婿養子をもらおうとしてるんだってな」

「誰から聞いたの？」

「放送局」

千鶴はパートの高橋の姿を探したが、彼女は昨日までの勤務だった。

「だけど、さえない男だってな」

（くそ親父め）

発信源は修三しか考えられなかった。

「おれは賛成だよ。姉貴、がんばれよ。応援するよ」

「あんたはわたしの為じゃなく、自分の為に応援してくれるんでしょ」

「THAT'S　RIGHT」

「あんたなんか、何の力にもならないわ」

千鶴はため息をついた。

翌五日、初出勤の夜、千鶴は久し振りに俊明のアパートを訪ねた。しかし、すぐ言い争いになった。俊明が千鶴の期待にまったく応えてくれなかったからだ。

「保留ってどういうことよ？」

「だから言ったでしょ。賛成でも反対でもないって」

「お父さんはどうなの？」

「父は兄に一任するって」

「そういうのが一番、困るのよ。反対なら実家と縁を切るって、俊明、言ったよね」

「うん、そのつもりだよ」

「でも、保留と一任じゃどうしようもないじゃない。あなた一回だけ、お兄さんと飲んで、あとは正月、何してたの？」

「父親の書斎に入って、石見神楽の勉強をしてた。そうしないと、女性二人から千鶴さんの悪口ばかり聞かされるから」

「どんな？」

「言っても怒らないよね」

「怒らないから、言って」

「じゃあ言うけど、年増女が手練手管で騙しているとか、女狐に化かされているとか」

千鶴は顔が引きつった。キツネは千鶴の最も嫌うあだ名だった。

「千鶴さんちはどうなの？　あの日、婿養子の話をしたら、すぐ帰されたけど」

「実はうちも反対なの」

「どうして？」

「父親が世間体を気にしているのよ。でも大丈夫。父親は母親に弱いから、母親さえ説得すれば、何とかなるわ」

母親が反対している理由は言えなかった。

「それでこれからどうしようか、千鶴さん」

「男でしょ。俊明が考えなさいよ」

「ぼくは男を辞めようと思う」

「何を言ってるの？」

津和野へ千鶴と帰るＪＲの車中で思ったことや、兄へ年末に語った内容を俊明は告げた。ただし全裸から始めるのと、騎乗位が好きなことは言わなかった。

「わたしは奥さんなんか欲しくないわ。それに出世したいなんて、一度も思ったことがない」

「違うの？」

「この結婚だって、俊明にどんどんアイデアを出して、リードしてほしいのに、俊明が何もやらないから、わたしががんばってるんじゃない」

「何もやってない訳じゃないと思うけどな」

「じゃあ、わたしをぐいぐい引っ張ってくれてる？」

俊明は沈黙した。千鶴はかなり冷めた。

（やめちゃおうかな、この人）

千鶴は俊明の顔を凝視した。

（男もやっぱり顔かも）

「わたし、今日は帰る」

千鶴は立ち上がった。

「よく考えて、また手紙を頂戴。あなた、手紙と挨拶は得意でしょ。退職のあの挨拶、ウケてたわよ。だから、その手紙をもらうまで、わたしはあなたと会わない。いい？」

「……は、はい」

言い出したら聞かない千鶴だと、俊明にはわかっていた。千鶴を見送るしかなかった。

家に帰る途中で、千鶴は母に答えられなかった質問「あの人のどこが好きなの？」を思い出し、その答えを探していた。タバコを吸わなくて歯がキレイなこと、弓道三段、中原中也が好きで声がいいこと、手紙と挨拶が得意、それから体が合うこと（これは親には言えない）、他にはと考えると、もう思い浮かばなかった。

（やっぱり、やめちゃおうかな。まあいいわ。わたしも手紙を読むまで保留にしよう、お兄さんのように）

千鶴は兄に好感を抱いていたので、保留は優柔不断ではなく、深謀遠慮によるものだと誤解した。〝総領の甚六〟という言葉も知らなかった。

二人の結婚問題は暗礁に乗り上げ、何ら進展のない七日、今上天皇が崩御し、昭和が終わった。小渕恵三官房長官が「新しい元号は平成であります」と、国会で発表した。

＊

元号関連の新聞記事やテレビニュースが落ち着きを見せたころ、「かどわき」に三十代半ばの女性の来客があった。土産物店だから来客があるのは何の不思議もないが、その女性は「私は客ではありません」と言って、旧姓を告げた。

応対した早苗がその名字に心当たりがなかったので、「あのう、失礼ですが、どちらの」と言い終わらぬうちに「益田から参りました。こちらのお嬢さまに弟が大変お世話になっているそうなので、本日はご挨拶に参りました」と冷然と告げた。早苗は蒼くなり、「少々お待ちください」と述べ、台所でのんびり初場所をテレビ観戦していた修三を呼びに行った。修三は千代の富士の大ファンだった。

「父さん、大変よ。益田の人のお姉さんがご挨拶に見えられたわよ」

二人は俊明の名前をまだ覚えていなかったので、早苗は益田の人、修三は益田の男と呼んでいた。

修三が慌てて店へ戻ると、その女性は遠慮のない視線で店内を眺めまわしていた。修三は女性に店内のパイプ椅子に座るように勧め、早苗は茶を淹れるため、台所へ戻った。

「本日は父の名代(みょうだい)で参りました。だから、これから私が申すことは父の発言だと心得ていただけますでしょうか」

「わかりました」

修三は名代という言葉は初めて聞いたが、恐らく代理のことだろうと見当をつけた。俊明が後日、父に確認したところ、姉には何も頼まず、門脇家へは独断で訪問したことが判明した。

「こちらのお嬢さまが昨年、益田まで見えられ、弟を婿に欲しいとおっしゃったのは、もちろんご存じですよね？」

「はい、存じております。たいへん不躾なお願いをしまして、誠に申し訳ありません」

修三は頭を下げた。早苗がお茶と源氏巻を差し出した。

「お母さまですね。お母さまにもお聞きしたいことがあるので、座っていただけませんか」

早苗は緊張の面持ちのまま座った。

「あれから、正月をはさんだとは言え、もう半月以上経っているのに、こちらさまからは梨の礫(つぶて)です。いったいどういうお心算(つもり)なのかと、父はたいへん気に病んでおります」

「娘が大変な失礼を申しましたので、いずれお詫びにお伺いせねばと思っておりましたが、つい忙しさにかまけてしまいました。どうかお許しください」

「お詫び、何の？」

「ですから、そちらさまのご子息をお婿さんにいただきたいなどと非常識なことを申したお詫びに」

「非常識だとは私も思いますが、上の弟がしかるべき人を間に立てて、ご挨拶に来ていただければ、その方にお断りしようと申しております」

「それは仲人さんということでしょうか」

「はい。やはり、こういうことは両家の信頼できる人に窓口になっていただくのがよろしいかと思います」

「いえいえ、娘の不調法は私ども親の責任ですから、私どもだけでお詫びにお伺いします」

益田の家へ夫婦で頭を下げに行くなど、修三はまったく考えていなかったが、姉の剣幕に押されて、つい口から出てしまった。修三は千鶴が益田の男を婿にしようと考えたのは、おそらく「山口の人」との恋愛がうまく行かず、早苗の言うようにヤケになってうちに連れて来た。「でなきゃ、あんな不細工な男を、千鶴ほどモテた女が好きになるはずがない」とまで修三は言った。ただ「別れろ、別れろ」というのは逆効果だから、いずれ千鶴も眼をさますだろうと、静観することに決めた。

しかし別れるとなったら、指輪をもらっているので、〝誠意〟を示す必要がある。いくらぐらい包んだらよいだろうかと、その金額まで相談していた。そして、指輪を千鶴から益田の男へ帰す際に、親が用意した金額を慰謝料として渡したらいいだろうと考えていた。あるいは千鶴からではなく、誰か信頼できる人にお願いして、益田の男に指輪と手切れ金を渡したほうが、後腐れがないかもしれないと考えていた。いずれにしろ、千鶴の〝冷却〟待ちだった。

「お詫びではなく、お願いに来られるのでしょ」

「お願いでございますか」

どうも話がかみ合わない。

「もしかして」

「はい。私どもはおたくさまのような立派な家からお婿さんをいただこうとは、毛頭考えておりません」

「すると、こちらのお嬢さまは親御さんの同意も得ずに、弟を婿にほしいと益田に見えられたんですか」

「はい。誠にお恥ずかしい限りです。申し訳ありません」

「では、こちらさまでは弟の婿入りを望んではおられないのですね」

姉は戸惑いつつも、念を押した。

「はい、望んではおりません」

姉は思惑が完全に狂ってしまった。

姉は門脇家と〝密約〟を結べないかと考えて、訪問したのであった。この密約の内容の前に、三十五歳の姉の夫婦関係から説明をする必要がある。姉は結婚して十年になるが子どもが出来なかった。二十八歳から不妊治療に通い、体外受精（当時は試験官ベビーと呼んだ）も試みたが、二度とも失敗に終わった。姉が妊娠を望んだのは、当初はそうではなかったが、後半は子種を宿して離婚し、実家へ戻るためであった。夫は一つ年上の内科医だったが、看護婦（看護師に呼称が変更されるのは平成十四年の法改正による）と何人も浮気を繰り返し、姉は興信所を使って、その証拠を押さえていた。「いずれは開業したい」と夫は語っていたので、実家から援助させようかとも姉は考えていたが、夫はその素振りも見せず、浮気と遊興を繰り返していた。不妊治療には精子の提供が夫に求められる。無精子症の可能性を夫が恐れてか、「おれはどこも悪くないよ」と、精子をなかなか提供しなかったことが、夫婦仲を悪くさせた。

旧姓に戻りたかったのは遺産相続のためである。結婚して夫の姓を名乗っていても、益田の実家から見て親族であることに変わりはない。しかし離婚すれば旧姓に返り咲く。旧姓に戻って両親を介護すれば、法定相続の六分の一以上の相続が主張できる可能性がある。十年後、二十年後を考えたら、六十八歳の父親は他界し、当然ながら相続問題が起きるだろう。その際に今の姓でいたくなかった。夫への愛はとうに冷めていた。しかし子種は欲しかった。男の子を産んで、実家でジュニアとして育てたかった。そうすれば遺産の取り分が増えることは間違いなかった。何しろ、後継者を育成する訳だから。間所家では総領息子をジュニアと呼んでいた。

そして妊娠したい理由は、上の弟の優柔不断な性格を熟知していたからである。弟がどこぞの性悪女に入れあげ、カネを巻き上げられていることは知っていた。弟が夫に相談したからである。夫と弟は同じ総合病院に勤め、学部は違っても同じ大学の先輩後輩の関係だったから時々、街で飲んでいた。口の軽い夫が「おまえの弟は悪い女に引っ掛かっているみたいだぞ」と教えた。そこで姉が実家へ行き、弟を問い詰めると、ほぼ白状した。「そんな女とは別れなさい」と諭したが、その女が嫁に来ることが最も恐ろしかった。しかし、その女を益田に連れて来る気配はなかったので、姉はカネ目当てだとにらんでいた。そしていくら母親が見合いを勧めても、優柔不断な弟が見合いで結婚できるはずがないと確信していた。すると、幸いにして四代続いた男子直系の家系が途絶える。だから子種はあの夫でも、ともかく離婚して男の子を姉は産みたかった。

しかし、もう三十五歳である。当時の高齢出産（マルコウと呼んだ。母子手帳に○の中に高の一字が入った赤いスタンプを押されるから）は平成三年までは三十歳以上の初産婦を指し（現在は三十五歳から）、出産はせいぜい四十歳までが常識だった。卵子は老朽化する。彼女は妊娠をほぼあきらめていた。

厚生労働省の発表した平成二十二年度の「出生に関する統計」によれば、昭和二十八年生まれの姉の34歳時の累積出生率は1・89である。39歳時は2・00である。周囲の同年生まれの女性はほぼ二人弱の子どもを産んでいる。なおこの数値は晩婚とそれに伴う晩産化、さらに少子化により、いずれも減少傾向にある。また平成元年の結婚生活に入ってから妻の第一子出生までの期間は平均1・66年である。この数値は長期化の傾向にある。さらに子を生んでいない女性の割合（未婚を含む）は昭和二十八年の生まれは30歳で18・0％、40歳で10・2％である。この数値は増加傾向にある。

最新のデータである「令和元年（２０１９）人口動態統計月報年計（概数）の概況」によれば、第一子出生時の母の平均年齢は、姉が25歳で結婚した昭和五十三年前後を見ると、昭和五十年25・7歳、昭和六十年26・7歳である。これらのデータから姉の焦りが推測できる。なお令和元年の数値は30・7歳である。晩産化が進んでいる。

　母からは「あたしは四十歳で俊明を産んだから、あきらめないで」と励まされたが、「だから俊明は恥かきっ子なのよ」と言い返し、あと五年も不妊治療を続ける気力は萎（な）えていた。当時は石女（うまずめ）という蔑称があった。姉は面と向かってそう言われたことはなかったが、それを理由に婚礼の場に招かれないこともあった。「嫁（か）して三年、子無きは去れ」と、夫の実家から陰口を叩かれているのも知っていた。そこへ降って沸いた下の弟である俊明の婿入り話である。

　当初は「土産物屋風情が歯医者の息子を婿養子にくれとは、なんて厚かましい」と、差別意識丸出しで怒った。しかし正月を過ぎて、じっくり考えてみた。俊明が婿入りすれば姓が変わる。遺産の取り分は法定相続の六分の一のままだ。

（悪くない。婿入りに賛成しようか）

　姉は考えを改めた。しかしそうなると、現状は上の弟が家を継いでいるので、不動産は上の弟が相続し、自分と俊明には法定相続分しか回って来ないだろう。俊明はともかく、自分にはそれは耐えられない。たとえ旧姓に戻り、年老いた両親を介護し、その貢献による遺産の増額を主張しても高が知れている。そこで思いついたのが、養子である。土産物屋に俊明を婿として差し出す交換条件として、あの女（千鶴）が産んだ男の子を自分が養子としてもらう。その男の子をジュニアとして、自分が養母として育て、歯医者にする。そうすれば、その養子も実子と同じく相続の権利を持つので、自分の取り分が増える。あるいは上の弟よりも多く取れるはずだ。何しろ跡継ぎを育てているのだから。腹を痛めず、相続の取り分が増えるのは、姉にとって願ったり叶ったりだった。それに「出戻り」と陰口を叩かれることもないだろう。自分は「王子」の母になるために離婚したのだと主張すれば。家族はむしろ自分に感謝するかもしれない。王子を王様にするという生きがいも見出せる。

そこで、この密約を結ぶために、まずは相手の態度を打診するため、姉は門脇家を訪問した。現在と未来、現物と空手形との交換である。相手にとって必ずしも悪い話ではないはずだ。

（孫が生まれればかわいいだろう。しかし、婿も孫もほしいというのは、虫が良すぎやしないか）

譲歩の余地はある。女の子だったらいらないと言う。女の子でもよかったが、四代続いた男子直系だから、女の子では反対意見が強く、家族を説得できる自信が姉にはなかった。第一子が女の子だったら、次に期待し、男の子が産まれるまで待つという〝譲歩〟をしてでも、密約を結びたかった。

しかしである。眼の前の夫婦は俊明の婿入りなど、まったく望んでいない。娘が勝手にやったことだから、「お詫び」にお伺いしたいと言う。婿入りを応援し、それとなく男児養子の件を打診するという姉の策略は完全に狂ってしまった。

（どうしようか）

姉は悩んだが、取りあえず婿入りに賛意を示し、男児養子の件は内容を明かさず、最後に漠然と通告することにした。

「大変、失礼な物の言いようですが、もしかしたら、ご主人は歯医者と土産物屋さんでは家の格が違うとお考えになって、遠慮なさっているんじゃありません？」

修三はドキリとした。千鶴に会って、話を聞いたのかと疑った。しかし、それは考えられない。ならば千鶴を通して「益田の男」から聞いたのかと考えたが、姉に対してそう呼ぶ訳にはいかない。どうしても「益田の男」の名前を思い出させない。早苗が助け舟を出した。

「弟さんも歯医者さんになりたかったんですか」

（そうだ、弟さんだ。そう呼べばいいんだ。サンキュー、早苗）

「いえいえ、弟は兄と違って、勉強ができませんでしたので、歯医者は無理と、端からあきらめておりました」

「そうはおっしゃっても、弟さんは大学も出ておられますし、わたくしどもは二人とも中学しか出ておりません。土産物屋は中卒でも十分できる仕事なので、大学出の方に婿に来ていただく訳には参りません」

修三が決然と告げた。

「いえいえ、大学を出たと言っても、銀行をすぐ辞めるような弟ですから、こちらさまに婿に入っても、長続きせず、かえってご迷惑をお掛けするかもしれません。でも、こちらのお嬢さまは大変おキレイなので、弟はお嬢さまのために精一杯がんばると思います。至らない弟ですが、何とぞよろしくお願いします」

姉は二人に向かって深々と頭を下げた。修三と早苗は顔を見合わせた。

（姉は反対だと、千鶴は言っていたよな）

修三が恐る恐る訊く。

「あのう、それは弟さんがわが家に婿に入られることに、お姉さんは賛成されるということでしょうか」

「もちろんです。本日、お店を拝見させていただき、お二人が力を合わせてお店をやってらっしゃる姿に感動しました。銀行をすぐ辞めるような弟ですから、弟が組織の中で働くのは難しいと思います。こちらのような店で働かせていただくのが何よりだと思います。それで、お母さま」

「はい？」

「お母さまはお嬢さまに似て、大変おキレイでいらっしゃる」

「ありがとうございます」

早苗は四十七歳である。美人だと褒められて、謙遜する歳ではなくなった。しかし褒められたのに、いやな予感しか早苗はしなかった。

「ご覧いただいたとおり、弟は不細工です。こちらのお嬢さまのようなおキレイな方とは釣り合いが取れません。美女と野獣というより、美女と珍獣と申したほうがよろしいかもしれません。ですが、惚れた弱みと申しますか、一生懸命にお嬢さまのために、そしてこのお店のために働くと思います。どうか、弟をこちらの婿にもらっていただけませんでしょうか」

修三は返事に困って早苗を見た。と同時に、早苗も修三を見た。二人が何の返事もしないので、姉は追い打ちをかけた。

「ご主人はおキレイな奥様を持たれて、お幸せですね」

「恐れ入ります」

「私も弟にご主人のような幸せを味あわせてやりたいと思います。……あら、いやだ。こんなことを言ったら、ご主人のお顔のことを言ったみたいで。大変、失礼いたしました」

「いえいえ。よく言われますので、気になさらないでください」

修三は（この姉は案外、いい人ではないだろうか）と気を許し、早苗は（何か、あやしい）と警戒を強める。

「では、仲人さんと益田に来られる日を楽しみにしております。ただ私どもは窓口を一つにするために、代理人をお願いしようと思っております。仲人さんが決まりましたら、弟を通じて私にご連絡ください。仲人さんと代理人が事前に協議した上で、両家が顔を合わせるという運びでいかがでしょうか」

「わかりました」

それ以外の返答を修三は思いつかなかった。仲人をお願いするかどうかはともかく、海野会長に相談しようと考えていた。

姉は代理人として離婚問題を相談している弁護士を立て、親族会議の場にその弁護士も呼び、「男児養子」を条件として門脇家に飲ませた上で、俊明の婿入りを認めるという運びにしようと考えた。跡継ぎは益田の歯科医院にとって喫緊の課題である。家族の同意を取り付ける自信もあった。

（出来の悪い次男をくれてやって、将来のある男の子をもらえるのだから、反対する者はいないはずだ）

姉は密約の必要性は感じなくなり、両家で弁護士を通して正式に〝覚書〟を結ぼうと考えた。

（あの女は美人で頭も悪くなさそうだ。結構いい子を産んでくれるだろう）

かくして物々交換ならぬ人人（ひとひと）交換、厳密に言えば男男（おとこおとこ）交換の刃を、門脇家は向けられることになる。

＊

その夜、益田に帰った姉は説得の順番を考えていた。父・母・上の弟の三人を個別に説得するつもりだったが、誰からこの〝男児養子〟の話を承諾させるべきかである。

夫は眼中になかった。離婚は門脇家と覚書を交わし、千鶴（名前を思い出したので、あの女と呼ぶのはやめた。王子の実母だから、良好な関係を築きたかった）が男の子を産んでからでも遅くない。夫とはそれから離婚協議に入るので、生後一年で養子にもらうことにした。一歳なら離乳期も過ぎるので、育てやすいだろうと考えた。

そこでまず一番に父を置いた。年老いたとはいえ、家長であることに変わりはない。それに俊明を婿に出すのに賛成とは表明していないが、言葉の端々に「どっちでもいい」ようなニュアンスを姉は感じていた。孫がもらえると聞いたら、すぐに落ちるだろう。

次は上の弟である。これも簡単に落とせる自信があった。「あなたがいつまで経っても結婚しないから、こんなことを考えなけりゃいけなくなったんじゃないの」と言えば、ぐうの音も出まい。優柔不断なだけに、女に強く出られると弱い。だから性悪女に騙されるのだ。

最も厄介なのが母である。しかし、男二人を賛成に回せば、明らかな反対はできまい。母への殺し文句も用意している。「お兄ちゃんが結婚して、奥さんが男の子を産んでくれたら、ジュニアが二人になるじゃない。二人で歯医者になる競争をさせたら、いいと思うの。それに俊明は歯医者になれなかったけど、俊明の息子を歯医者にすれば、ご先祖さまに申し訳が立つでしょ」である。

姉の個別攻撃の結果、三人は姉夫婦の離婚は時間の問題だと認識していたので、あっさり陥落し、全員が俊明を婿に出すことに賛成を表明した。

次に姉は離婚問題を相談していた友池弁護士を間所家に招き、親族会議を開いて覚書の草案を協議することにした。「現在と未来、現物と空手形」との交換という姉の説明に、友池は「相手が同意する可能性はあります。しかし家と家との契約は無理です。婚姻は両性の合意のみで成立すると憲法に明記されていますから。だから何か別の方法を考えましょう。それと相手方を同意しやすくするために、結納金や養子縁組のための持参金はなしにしませんか。欲しいのはおカネではなく男の子なんでしょ」と語り、三人の同意を取り付けた、おカネが欲しいのは間所家ではなく、友池だった。友池も受けるからには成功させ、成功報酬を相談料に大幅に上乗せしたかった。ただ、この親族会議に俊明は呼ばれなかった。俊明を呼べば、俊明が反対し、この案が門脇家にもれると家族三人が危惧したからだ。俊明は蚊帳の外に置かれた。

この間、修三は海野会長を訪ねて相談し、千鶴は俊明からの手紙を待っていた。手紙はなかなか届かなかった。

「ハワイでゴルフがしたいんだろ？　羨ましい限りだ」

修三は夫婦の秘密を海野に打ち明けた。そうしないと婿が欲しくない理由を、海野に納得してもらえないからだ。しかし、ローン完済まであと十三年もある。完済の三年前くらいから、そのころは千鶴と真一郎は結婚しているだろうから、子どもたちに夢を打ち明け、店舗付住宅を売りに出したいと考えていた。しかしいくらで売れるのか、また移住生活にいくらかかるのか、年金だけの収入でやっていけるのか、日本に年に一度は帰って来れるのか、まったく目途を立てていなかった。どちらにしろ、今年ハワイを旅行し、それから青写真をゆっくり描こうかと考えていた矢先に、千鶴が婿取りを言い出した。ハワイ旅行どころではなくなった。

＊

「どうやって、別れさせたらいいでしょうか」

「おいおい、自分たちの夢のために、娘の幸せを犠牲にしようと言うのかい？」

「いえ、そうではありません。娘が本当に好きな人と結婚したいというのなら、私も賛成します。婿にもらいたいと言うのなら、ハワイ移住はあきらめます。そのことは早苗とも話しました。しかし、そうではないんです」

千鶴はヤケになって婿を取ろうとしている早苗の推測を修三は述べた。さらに俊明の姉が門脇家を訪問し、婿入りに賛意を示したことを早苗が千鶴に教えた際、千鶴は意外な顔をしたが、あまり嬉しそうじゃなかったことも、述べた。

「マリッジブルーかもしれんな」

「そうかもしれませんが、相手の家は代理人を立てるので、こちらで仲人を決めろと求めています。婿にもらうつもりがないのに、仲人を立てるというのもおかしな話なので、どうしたもんかと、ほとほと弱り、会長の知恵をお借りしたいと思っております」

「代理人ってのは、弁護士かい？」

「わかりませんが、そうかもしれません」

「弁護士を立てるとしたら、目ん玉の飛び出るような結納金を吹っ掛けるつもりかもしれんな」

海野は汚水処理場を地元の建設会社とＪＶを結んで建設する際、近隣住民から環境破壊だと民事訴訟を起こされたことがある。結局、原告側の弁護士だった友池が有能で調停に持ち込まれ、処理場の建設は断念し、和解金を支払うという形で決着を見た。海野の雇った弁護士は無能で、和解金の減額交渉しかできなかった。海野は弁護士を「カネの亡者」と蛇蝎のごとく忌み嫌っていた。司法試験で社会の公平性を重視する成績優秀な者は裁判官になる。ついで正義感の強い者は検事になる。成績下位の守銭奴が弁護士になるというのが、海野の見解である。顧問弁護士の名で企業からカネをせびり、民事訴訟にハイエナのごとくたかり、勝っても負けても儲ける。勝てば成功報酬の名目でさらに儲ける。海野は二人の弁護士を知ったことで、新聞で悪徳弁護士の犯罪を眼にするたびに唾を吐き捨てたい思いだった。

「そんな大金を払ってまで、あの男に婿に来てほしいとは思ってないんです」

修三がため息交じりに呟いた。

「修さんは、相手の男があんまし気に入ってないみたいだな」

「わかりますか」

「よし、わかった。仲人を引き受けるかはともかく、おれが門脇家の窓口になってやる。くそったれ弁護士なんぞ、やっつけてやる。それより、おれがちづちゃんの結婚に反対するかどうかは、その相手次第だ。どこに勤めている？」

「観光協会です」

「名前は？」

「間所俊明です」

修三は「益田の男」が借り換えの案内で店を訪れたことを思い出し、名刺を探して、名前を最近、覚えた。

「取りあえず、観光協会に行って、その男の顔を見て来る。話はそれからだ」

海野は観光客を装って観光協会に出向き、俊明を見つけて、いくつか質問した。その結果を電話で修三に伝えた。

「観光協会の男に、ちづちゃんはもったいない」

＊

その頃、千鶴が待ち望んでいた俊明からの手紙がようやく届いた。

親愛なる門脇千鶴さま

向寒の候、いかがお過ごしでしょうか。貴女にお会いできなくなり、ひと月近く経ちましたが、貴女のことばかり考えておりました。この手紙もどう書いたらよいかわからず、何度も書き直しました。それに新しい職場に馴染むのに時間がかかり、ついお手紙を差し上げるのが遅くなりました。どうかお許しください。

実は先々週、先週と続き、昨日の日曜日も益田へ帰りました。もう一度、兄をはじめとする家族全員に私の婿入りを賛成してもらうためです。すると、姉を含めて親族会議を開き、婿入りに賛成するという結論に達したそうです。風向きが急に変わったことに驚きましたが、ある程度は賛成してくれるのではないかと思っていたので、それほど意外には思いませんでした。

貴女は「恥かきっ子」という言葉をご存じでしょうか。四十歳以上の母親から生まれた子どもの陰口です。四十歳にもなって、まだ性行為をしているのは恥さらしだという意味です。私は「恥かきっ子」です。ずいぶん、この言葉に苦しめられました。それに家族の期待に応えて、歯医者になることも出来ませんでした。私はこの家では兄のスペアでしかなかったのですが、スペアになることもできませんでした。要らない子どもなのです。十一歳上の姉からは、一姫二太郎の三人目はないのよと、何度も言われて育ちました。

そんな私がお嫁さんをもらうなど、身の程知らずと、家族は考えたのだと思います。婿に出すぐらいがちょうどいいと、思ったに違いありません。それに貴女の美貌と堂々たる態度に引かれた兄は、貴女のような方が義理の妹になるのは、人生の喜びが一つ増えたなど申しておりました。両親もかわいい孫の顔が早く見たい、出来たら貴女に似た聡明な男の子がほしいと申しておりました。

　ところで、貴女のご両親はまだ反対されているのでしょうか。反対の理由はわかりませんが、私の誠意が足らないからではないかと思います。先日、ご挨拶にお伺いした際、私はすぐおいとましましたが、もっと粘り、なぜ土下座してでも、私の貴女に対する思いをご理解いただくべく努力しなかったのかと、悔やまれてなりません。

　そこでお願いですが、もう一度、私に門脇家を訪問する機会を与えていただけませんでしょうか。是非ご検討いただくように、お願い申し上げます。なお、アパートに電話を引きました。貴女からの一本の電話を待つためです。電話番号はＸ・ＸＸＸＸです。貴女からのご連絡を心よりお待ち申し上げております。

平成元年正月三十日

間所　俊明　拝

（あの家では要らないか。うちも要らないって言ってるんだけどなあ）

そう考えると、千鶴は何だか俊明がかわいそうに思えて来た。

（うちも一姫二太郎だ）

千鶴は自分に十一歳下の弟ができたと、想像してみた。門脇家は食品衛生上の理由からペットを飼わないので、おそらく小学生の自分は赤ん坊の弟をペットのように可愛がるだろう。しかしその弟が三歳から五歳の可愛い盛りのころ、自分は中学・高校生となり、反抗期を迎えるかもしれない。自分は幸か不幸か反抗期を経験しなかった。もし下の弟ばかりに愛情が注がれたらヤキモチを焼き、「あの子ばかりかわいがらないで」とすねたり、場合によっては「なんで、あの子を産んだのよ」と泣いたりして、両親を困らせたかもしれない。そう考えると姉の気持ちも、(要らない)と思われていると言う俊明の気持ちも理解できた。

しかし俊明は家族全員を賛成に変えた。それは俊明自身の努力ではないかもしれないが、結果は出した。それは評価し、応えるべきだろう。さらに手紙を出すまで会わないという約束も守って、連絡して来なかった。それに比べ、自分はあれから、両親を翻意できずにいる。俊明への思いも揺れている。

(よし、会おう。会って自分の気持ちを確かめよう。うちに、もういっぺん来てもらうかは、会ってから決めよう)

千鶴が俊明へ電話をかけると、呼び出し音一回で電話がつながった。「二月四日土曜日の午後六時に、アパートを訪ねる」と、千鶴は告げた。

＊

その日は夜半から降り続いた雪が日中も本降りとなった。千鶴は雪あかりを頼りに、俊明のアパートをほぼひと月ぶりに訪ねた。部屋はこの前よりはるかに整理され、掃除が行き届いていた。

ドアを開けて、俊明の顔を見た瞬間に、ひと月ではなく、もっと長い間、会わなかったような懐かしさを覚えた。

（味のある顔だ）

俊明は満面に笑みを浮かべて、千鶴を出迎えた。こたつの上にはカニ鍋の用意がされていた。

「千鶴さん、夕食まだでしょ？　一緒に食べようと思って」

「すごいじゃん」、

「最後の晩餐になるかもしれないと思って、張り込みました」

（俊明は気づいているんだ、わたしの気持ち）

千鶴はその言葉を聞かなかったことにした。

「俊明は料理が得意なの？」

千鶴は料理をほとんどしない。

「鍋は切って入れるだけだから、料理とは言えません。カレー、チャーハン、肉じゃが、たいていの物は作れます。自炊してましたから」

「そうなんだ」

「奥さんにするには、もってこいですよ」

「また、それを言う」

千鶴は居心地がとてもよかった。

「徳利とお猪口も買いました。まずビールで乾杯して、それから熱燗を飲みましょうか」

「わたしがあんまり飲めないのを知ってて、酔わせて襲うんでしょ」

「はい、その前に射法八節を見せます」

「おお、こわ」

二人は微笑んだ。ビールを互いのコップに注ぎ、乾杯した。俊明が鍋から昆布を取り出し、カニ・豆腐・キノコ・白菜・ネギ・マロニーを入れて、土鍋の蓋をし、強火にした。

「俊明、仕事はどうなの。慣れた?」

「はい。すっかり慣れました。水を得た魚のように働いています。銀行を辞めてよかったです。今度、町役場の職員補充試験を受けます」

「そう、がんばってね」

俊明は急に真剣な表情になった。

「千鶴さん、電話を引くのに軍資金を使いました。約束違反ですよね」

「いいよ。電話がないと、連絡に困るでしょ」

「すみません。でもお詫びに、ぼくは千鶴さんに何にもあげる物がないので、……千鶴さんは中也の**生い立ちの歌**が一番好きだと言ってましたよね?」

「うん」

「今度、会ったら、聴いてもらおうと思って、うろ覚えだったのを練習しました」

「暗唱してくれるの?」

「はい。今日の雪は、神様がぼくと千鶴さんのために降らせてくれたと思っています」

俊明は本当にそうだと信じていた。

「そういうのはいいから、早くやってくれる？」

俊明は立ち上がり、「この方が気分でますから」と言って、豆電球だけのあかりにした。部屋は豆電球・カセットコンロ・石油ストーブの丸いリングの三つのあかりだけになった。薄闇の中で俊明の暗唱が始まった。

「Ⅰ、幼年時／私の上に降る雪は／真綿のようでありました／少年時／私の上に降る雪は」

俊明の暗唱が続く。

「二十四／間所俊明は門脇千鶴に恋をしました」

「ちょっと待った。人がせっかく気持ちよく聴いていたのに、変なこと言ったから最初からやり直しよ」

「最初からですか」

「そうよ」

「わかりました。幼年時……」

（やっぱり、声がいい）

千鶴は俊明の暗唱に聞きほれた。

（ううん、声だけじゃない。思いだ。わたしを喜ばせようという思いが伝わるんだ）

千鶴は眼がしらを熱くした。

「私の上に降る雪は／いと貞潔でありました」

俊明の暗唱が終わった。

「どうでした？」

千鶴は溢れそうになる涙を見られたくなかった。

「イマイチかな。もういっぺん二番だけでいいから、やってくれる？」

「そうですか、けっこう良かったと思うけど」

「やるの、やらないの？」

「やります。心を込めて、千鶴さんに捧げます。……私の上に降る雪は／花びらのように降ってきます」

（この人だ。わたしは何を迷っていたんだろう？）

千鶴は前回このアパートから帰宅する途中で俊明の好きなところを数えたことを思い出した。しかしそれが何だったか、思い出せなかった。ただ五つしかないと思ったのは覚えていた。それが今晩、五つもあるに変わった。

（五つもあれば充分じゃないか。好きだ。やっぱり、わたしはこの人が好きだ）

千鶴は立ち上がった。

「私の上に降る雪に／いとねんごろに感謝して、／神様に長生きしたいと祈りました／／私の上に降る雪は／いと貞潔でありました」

俊明の二度目の暗唱が終わった。俊明は千鶴を見つめた。

「好きよ、俊明。大好き」

千鶴が叫んだ。

「ぼくも大好きです、千鶴さん」

俊明がキスをしようと近づいた。長い口づけのあと、千鶴が俊明を見つめて訊いた。

「貞潔じゃないことしようか」

「……はい」

「鍋食べてからする？　それとも、してから鍋食べる？」

「いま、します」

土鍋の蓋の孔から湯気が激しく噴き上がっている。俊明がカセットコンロの火を消した。

「脱がせて」

千鶴に対し、紳士的にブラジャーを外し、一気にパンティーを脱がすという技を披露する機会が、俊明に初めて訪れた。（後略）

＊

その夜、帰宅した千鶴は両親に俊明ともう一度、会ってほしいと訴えた。修三は渋ったが、早苗が修三を説得し、翌日の日曜日の午後六時に俊明は三人の待つ門脇家を訪問した。門脇家では俊明のための夕食を準備しなかった。俊明は家に入れず、店内の簡易テーブルで応対した。修三のせめてもの抵抗だった。修三の前に俊明、早苗の前に千鶴が座った。

俊明が前回と同じく、婿入りの希望を述べ、深々と頭を下げた。

「父さん、母さん、わたしからもどうかお願いします。間所さんを門脇家の婿として、迎えてください。益田のご実家も賛成してくれました」

「ちいちゃん、それから間所さんも頭を上げてください」

二人は頭を上げた。どうやら、今日は母だけがしゃべり、父は何も言わないつもりらしいと、千鶴は感じた。

「ちいちゃん、この前わたしが、あなたは間所さんのどこが好きなのって聞いたけど、答えてくれなかったわね。今日、もういっぺん聞くわ。間所さんのどこが好きなの？」

「母さん、わたしはね、間所さんの真心が好きなの。この人は真心を持った人だと、昨日の晩、本当にわかったの。母さんも父さんも持っている真心。二人もこの人の真心がきっとわかってもらえると思う」

千鶴は湯田温泉駅で「結婚の決め手は何ですか」と俊明に問われた際、「あなたの真心よ」と答えたことを昨晩、思い出した。それは俊明の名字のダジャレのつもりだったし、（そんなもんで結婚を決める女はいない）と思った。しかし、いまは思う。結婚は容姿や条件で決めるものではない。相手に真心があるかどうか、そしてその真心を信じられるかどうかで決めるべきだと。

千鶴の答えは早苗のまったく予期しないものだった。早苗は俊明に対し、歯がキレイな人だと第一印象を持った。だから歯がキレイだから好き、何々だから好きと具体的に挙げてくれてもよかったし、おちゃらけて「顔以外、全部好き」でもよかった。だが千鶴の答えを早苗の予測をはるかに上回っていた。

（ちいちゃんはこの人を本当に好きになったんだ）

「わかったわ。あたしはちいちゃんの信じた人だから、間所さんを信じる。それで、いいでしょ、父さん」

「そうだな。真心と言われちゃ、反対はできないな。ハワイは、あきらめた」

修三がやっと口を開いた。修三は早苗に最終判断を一任し、早苗に従うことにしていた。

「行けばいいじゃん。楽しみにしてたんだから」

「そのハワイとは、別のハワイだ」

「何、それ？」

「ともかくだ。真心さん、違った。間所さんだ。ややこしいな」

「はい」

「娘は自慢できるが、店は自慢できません。それでよかったら、門脇の家へ婿に来てください。この通りです」

「あたしからもお願いします」

修三と早苗がそろって頭を下げた。

「いいんですか。いいんですね、本当に」と俊明。

「是非、よろしくお願いします」と修三。

「よかったね、俊明」

「はい、千鶴さん」

二人で手を取り合った。両親が顔を上げた。

「ちょっと、待った」

修三が顔色を変えた。

「千鶴は間所さんを呼び捨てにして、間所さんは娘にさんを付けているんですか」

「いいでしょ、わたしが年上なんだから」

「ダメだ、ダメだ。なあ、母さん」

「そうよ、ちいちゃん。男の人は立てなくっちゃ」

「間所さん、おい、千鶴と、呼び捨てにしてください。はい、どうぞ」

「わかりました」

俊明が嬉しそうに千鶴へ顔を向けて呼びかけた。

「おい、千鶴」

「なあに、それ。怒るわよ」

「だめよ、ちいちゃん、怒っちゃ。あなたは姉さん女房だから、どうしても尻に敷いちゃうでしょ。だから、俊明さんって呼びなさい」

「母さんまで一緒になって。いままで、さんなんか付けて呼んでないから、急には無理よ。……でも、どうしてもって言うなら、くんを付けてあげる。俊くんて呼ぶわ。それでいいでしょ、俊くん」

「ああ、いいぞ。千鶴」

「もう、調子乗っちゃって。あとでお仕置きするわよ」

「ごめん」

「ダメ、謝っちゃ。もういっぺん、千鶴と呼んでください」

「わかりました、母さん。おい、千鶴、わかったか。これから、ずっと呼び捨てにするからな」

千鶴は膨れっ面をして、返事をしなかった。俊明がこれ以降、千鶴にさんを付けて呼ぶことはなかった。ただし、「おい」と呼ぶのは、この日が最初で最後だった。「千鶴は許すけど、おいはやめてね」と、後日しっかり釘を刺されたからだ。

「仲人は海野会長でいいよな、千鶴」

「でって何、大恩人に失礼じゃないの？」

千鶴が逆襲を始めた。

「言葉尻をとらえるな。海野会長にお願いしよう。ついては」

修三が「に」に力を込め、仲人依頼の日時を四人で相談した。

「次に式だが、これは二人とも津和野で働いているんだから、太鼓谷神社で挙げるということで、間所家は異存がないでしょうか」

津和野の若者はほとんどこの神社で結婚式を挙げていた。

「はい、大丈夫だと思います」

「いつごろにしましょうか」

「父さん、話をちゃちゃっと進めてるけど、本当は俊あ、俊くんを婿にもらうと決めてたんじゃないの？」

「おまえの選んだ人だ。おれたちが反対する訳ないだろ」

「何かこの前と、話がだいぶ違うんだけど」

「それはね、ちいちゃん。あなたが変わったからよ。だから、あたしたちも変わったの」

「そういうことだ。それで三か月後の五月の中頃はどうでしょう？」

「いいと思います」

「五月の末にわたしどもはハワイ旅行を計画していますので……」

「そうだ、ちいちゃん。ハワイ一緒に行かない？」

「どういうこと？」

「あなたたち、ハネムーンでハワイに行ったらどう？　俊明さんは英語じゃべれるの？」

「ペラペラのぺぐらいです」

「母さんたち、ハネムーンについて来るつもりなの？」

「それもいいな。現地で別行動すればいい」

「真一郎もせっかくだから、連れて行ってあげましょうよ」

「あいつはいいよ」

「そうだ。あいつは留年したから、留守番だ」

修三は真一郎の留年のため、ハワイ旅行が一年遅れ、許せずにいた。

「ううん、家族の絆を結ぶ大切な旅行にしたいの。だから、真一郎も連れてってあげましょ」

「でもあいつは社会人になるから、休みが取れんだろ」

「そうね。じゃ、誘うだけ誘いましょ」

「旅費は父さんが出してくれるの？」

「ああ。おまえは大学に行かせてやれなかった。その分、結婚式も新婚旅行も出来るだけのことはするつもりだ」

「だったら、いいけど」

昭和六十一年にアメリカの観光ビザの取得が免除されたことと、バブルによる好景気もあって、ハワイへのハネムーンは急増していた。千鶴にも俊明にも、異存のあろうはずがない。

「何かとすみません。ところで新居ですが、わたしはこちらに同居させてくれませんでしょうか」

「えっ、同居してくれるの？」

早苗が驚きの声を上げた。親と同居する新婚は減少傾向にあった。

「はい、婿ですから」

「母さん、どうして驚くの。わたしは最初から、そのつもりよ」

「だって、いくらお婿さんたって、すぐ店の仕事を手伝ってもらうわけじゃないし。それに住む部屋もないし」

「真一郎の部屋があるじゃない」

「あるけど、しんちゃんが帰って来たときに寝る部屋がないじゃないの」

「母親はどこも息子に甘いって聞くけど、うちもそうなのね」

「あいつは山男だから、寝袋で廊下に寝させりゃいい。どうせ帰って来るのは正月だけだ」

真一郎はワンダーフォーゲル部に所属していた。

「異議なあし」

千鶴の発言で、俊明の婿入りに最初に賛成を表明した真一郎の部屋は奪われた。

＊

銀行の女子更衣室で弁当を食べ終わったあと、後輩行員から千鶴は「変な噂があるんだけど」と言われた。

「何、変な噂って？」

「銀行を逃げ出した新人がいたじゃない。名前は確か……」

「間所くんよ」

別の後輩行員が教えた。

「その人とちづ姉さんが、年末に駅にいるところを見たって言う人や、最近いっしょに歩いているのを見たって言う人がいるの。二人は付き合ってるんじゃないかって言うんだけど、そんなのありえないよね」

「ううん、付き合ってるよ」

「ええっ」

「婿にもらう」

「ええっ」

三人の後輩行員が一斉に驚きの声を上げた。そろそろ公表しようかと思っていた千鶴にとって、噂は好都合だった。

「サザエさん、知っているでしょ。あれはね、原作者の長谷川町子がね、女たちよ、こんな結婚が最高に幸せだぞって、教えてくれてるのよ。あなたたちも玉の輿に乗ることばかり考えてないで、マスオさんを探しなさい。もっともうちの旦那さまは名字が門脇になるからマスオさんじゃないけど」

「旦那さま」

「そうよ。わたしの愛しい旦那さまよ。男は顔で選んじゃダメよ。男は心で選ばないと。この意味、わかる人はわかるし、わかんない人は一生、わかんないと思う。じゃ、わたしは仕事に戻るから」

三人の後輩行員は呆気に取られ、しばらく立ち上がれなかった。この話は瞬く間に支店内を駆け巡り、千鶴は好奇の眼で見られた。

その夕刻、千鶴は支店長室に呼ばれた。その日の支店長の口調はやけに丁寧だった。

「まず本人の口から確認したいのですが、間所俊明くん、昨年の末まで支店で働いていた彼を、あなたが婿養子に迎えるという噂が流れていますが、事実ですか」

「はい、事実です」

「いつ頃からお付き合いしているのですか」

「去年の十二月からです」

「彼が銀行を辞めたのが十二月の末ですよ」

「存じております」

「すると、あなたと結婚するために、彼は銀行を退職したのですか」

（同じことを益田で俊くんのお兄さんに聞かれたよ）

千鶴はだんだん面倒臭くなってきた。

「いえ、彼はやりがいのある仕事を見つけたので、退職しました。いまは観光協会で働いています。今日、呼ばれたのは、私が何か風紀を乱すようなことをしたということでしょうか」

「いえ、それは私には何とも申し上げられません。ただベテラン女子行員が新人の男性行員を食っ（食ったと言おうとしたな）、と付き合って婿にもらい、女子行員が辞めないといのは前代未聞だから、本店人事部がどのように判断するか、私にはわかりません。それで、もっと後でお知らせしようと思っていましたが、あなたに主任昇格の内示が出ています。あなたは結婚を控えているようなので、早めにお知らせすることにしました」

主任昇格は部署や支店、卒業した大学名にもよるが、大卒で入行五年から七年後と言われていた。高卒の主任昇格はあまり聞かない。それに女子行員は最長五年程度で多くが寿退社するので、主任に昇格する者はまれだった。

「ご親切に感謝します」

「あなたは入行……」

「四月で九年目になります」

「それじゃ、そろそろ異動ですね。希望地はありますか」

（いよいよ来たか。まあ、しょうがない。希望を聞いてくれるだけ、ありがたいと思おう）

「益田支店を希望します」

益田には俊明の実家がある。婿にもらうとはいえ、間所の両親は高齢だから、益田の勤務なら顔を出しやすい。

（少しは嫁の働きもしよう）

益田にはここ以外に四つの出張所があり、益田ではないが日原出張所が最も近かったが、小規模な出張所へは行くつもりがなかった。六日市支店も通勤可能だが、考えていなかった。益田から津和野へ通勤している者も多かったが、ＪＲは便数が少なかったので、ほとんどがマイカー通勤だった。車で片道一時間弱かかる。

「あなたはエリア職ではなく、総合職なのを忘れていませんか」

（そうだった）

総合職を意識するのは、給与明細書を見るときぐらいである。

「場合によっては、その、単身赴任になるか。あるいは間所くんに仕事を辞めさせて、同行させることになると思います」

（どっかに飛ばそうと言うの？　新人を辞めさせたから。……あなたにそんな力があんの？）

「了解いたしました。胸に留めておきます」

「では、職場に戻ってください。くれぐれも主任昇格の件は内密にお願いします」

「かしこまりました。失礼します」

千鶴は一礼して、立ち上がった。支店長からは最後まで、「おめでとう」の言葉はなかった。

千鶴は主任昇格を少しも嬉しくなかった。出来ればずっと津和野支店で働きたかった。馴染んだ職場だし、通勤に片道で徒歩十分という魅力は捨てがたかった。しかし、銀行を辞めるつもりはなかった。だから転勤も甘んじて受けようと思った。

千鶴が仕事を辞めようと思わないのは、仕事を通じて自分を高めたいと考えていたからだ。銀行業務について学べば、それがすぐ窓口で生かせる機会も少なくない。もちろん、長く働いていれば、いやなことはたくさんある。人間関係で悩むこともあった。1円の集計が合わなくて書類や伝票を何度もチェックし、合うまで帰してもらえないことや、やたらと訂正印が必要なことなど、鬱陶しいことはいくらでもある。だが、小さな喜びもある。何でもないことをしただけなのに、お客さまから感謝されることもあった。その小さな喜びを千鶴は大切にしたいと思っていた。

俊明からは「銀行の社会的意義に疑問を感じる」と聞かされた。納得できる点も多かった。だが千鶴は思う。銀行が、そして金融機関がこんなに多く存在しているのは、やはり社会がそれを必要としているからではないかと。だからカネ儲けだけのために、銀行は存在しているとは思ってはいなかった。たしかにおカネは強い。だが、それは使い方次第だと思う。あの男からもらった手切れ金の三十万円を、いま俊明が軍資金として使っている。おカネを「生かして」いる。千鶴は銀行で、お客さまにも、おカネを生かして、人生を有意義にするために増やし、使ってほしかった。そんな銀行員を千鶴は目指していた。

だから役職が付く付かないは、どうでもよかった。それより、お客さまともっと多く接していたかった。役職が上がれば、お客さまと遠くなるのではという懸念があった。この感覚は千鶴が土産物屋の娘として育ったからかもしれない。俊明に「出世したいんでしょ」と言われたとき、「出世するなら、しょうがないと思っているの」と言いたかった。いまはこの思いを俊明にも話し、理解してもらっている。これも「男は心よ」と同じで、わからない人には一生わからないのかもしれない。

千鶴は翌日から婚約指輪をはめて出勤した。女は不都合な事実は〝上書き保存〟できるものらしい。この指輪は俊明からもらったものだと思うことができた。だが、婚約指輪を見せてほしいとは、誰からも言われなかった。気づいても無視されたようだ。千鶴を煙たがっていた喫煙女子が勢力を巻き返し、千鶴は「ちづ姉さん」と呼びかけられることも少なくなった。

＊

海野は益田から弁護士が来るのを会社で待ちながら、門脇家族三人と青年が仲人依頼のため、自宅を訪問した際のことを思い出していた。青年は緊張していたのか、質問しても簡潔に答えるだけだった。ちづちゃんはやたらと浮かれて、「ハネムーンに親が付いて来るって聞いたことありますか？」と訊いた。修さんは「娘が惚れましたので」と言い、ちづちゃんは「そうよ。わたしが惚れたのよ」と胸を張った。早苗さんは「娘はいい人を見つけました」と喜んでいたけど、海野は青年の顔をまじまじと見つめ、（この男のどこに惚れたんだろう？　ちづちゃんなら、もっといい男がいくらでも）という思いと、（修さんはなぜ、ハワイ移住の夢をあきらめてまで、この男を婿にするんだろう）という思いが消えなかった。そこで海野は青年に席を外してもらうことにした。

「わしも若いころに経験があるが、仲人のお願いに伺うというのは緊張するもんだ。間所くんといったね。トイレに行きたくなってないかい？」

「いえ、大丈夫です」

（気づけよ、おまえ）

「そんなことはないだろ。さっきからだいぶ緊張しているみたいだよ」

青年はやっと気づいたみたいだ。

「そうでした。中座するのは失礼かと思い、我慢していました。トイレをお借りしてもよろしいでしょうか」

「もちろんだ」

海野は場所を教えた。

「ゆっくり、行ってきたまえ」

青年が見えなくなるや、ちづちゃんに叱られた。

「会長、見え見えですよ、芝居。あの人のどこがいいのか、こっそり聞きたいんでしょ」

「バレたか。それで、あの男のどこに惚れたんだい？」

「会長は以前わたしに、男は外見じゃなくてハートだぞって教えてくれたでしょ。覚えてませんか」

「たぶん、そんなことを言ったと思う。ちづちゃんは美人だから、交際相手を二枚目に限定したら苦労するぞっと言いたくて」

「だから、あの人に決めたんです。あの人は真心を持っています」

「どんな？」

「それはすぐわかります。じゃ、会長。一度、彼を飲みに誘ってくれませんか、ウワバミですから。それに益田から代理人が来られるんでしょ。その代理人と会う前に、間所家の情報を収集しておいたほうがいいと思います」

「そうしよう」

代理人という言葉に何か不吉なものを感じていたのは、海野も同じだった。海野は快諾した。そこへ青年が戻って来た。海野はつい「真心くん」と呼んでしまった。青年ははみかみ、「お父さんにも間違えられました。嬉しい間違いです」とほほ笑んだ。海野は青年の真心の一端を見た思いがした。

その数日後に青年を誘い、街で飲んだ。間所家の家族構成・職業・年齢・学歴・既婚未婚・子どもの有無・夫婦仲・趣味嗜好、思いつく限り聞きだして、代理人の来訪に備えた。青年と別れたあと、結納金以外に何か条件を付けるのではと不安を覚えた。そして代理人はあの、汚水処理場建設で自分に煮え湯を飲ませた、友池が来ると予期していた。益田には弁護士が三人いる。友池はその三人の筆頭弁護士だ。予感は当たり、友池からアポを求める電話が三日前に入った。

弁護士の数だが、日弁連のＨＰによると正会員数は平成元年で１３，５４１人、平成二十七年で３６，４１５人と、司法改革の影響で増加している。また島根県弁護士会のＨＰによると令和二年の益田市の弁護士の数は６人である。弁護士は都市圏に集中するという問題を抱えているため、平成元年の益田市の弁護士事務所はこの比率と、松江地裁益田支部が置かれていることから考えて、少なくとも一つはあり、そこに筆頭弁護士・ノキ弁（軒先を借りた弁護士）・イソ弁（居候弁護士）の三人がいたのではというのが筆者の推測である。

なお弁護士事務所はよく弁護士の連名になっていることが多いが、下の名前はノキ弁である可能性が高い。イソ弁は他人の弁護士名の入った名刺を持たされるが、居候だから文句は言えない。

「会長、お客さまがお見えになりました」

女子社員が海野へ来客を告げた。

第Ⅴ章　托　卵

俊明は千鶴という珠玉を掌中におさめ、自信を得た。「一意専心……千鶴と会わない。村岡と飲まない」と壁に張り紙をし、来月の町職員補充採用試験に向けて、猛勉強中だった。

観光協会は津和野町の観光業者の出資によって運営されている。町より補助は受けているが、給与は安く、身分も不安定だった。そこで俊明は町役場の商工観光課で働きたいと考えた。ただ津和野町に限らず、地方公務員の職員採用試験は秋口に実施される。しかし合格辞退者が多い場合、補充試験がギリギリの三月に実施されることがある。何しろ役所は予算で動くため、人件費を含めて計上された予算を毎年度、必ず消化しなければならないという意識が強い。そうしないと「要らなかったんですね」とばかり、来年度はバッサリ削減されるからだ。三月に道路工事が多いのは、これが理由である。だが補充試験で合格するのは若干名であり、秋口の合格者と同じくどの部署に配属されるかはわからない。しかしこれに合格しないと、いつまでも観光協会のアルバイトのままである。アルバイトは簡単に首が切られる。俊明は会長から職員への昇格を告げられていなかった。

俊明がアルバイトだと知っているのは、観光協会の人間を除いては千鶴と村岡の二人だけである。間所家にも門脇家にも「観光協会で働いています」としか言っていない。アルバイトだから嘘ではないが、俊明はやはり職員になりたかった。その最たる理由は経済面である。俊明はアルバイトになり、収入が激減した。しかし銀行に勤めていた際の冬のボーナスが新入社員も満額支給されるため、これを生活費に補充して食いつないでいた。だがアルバイトのままだと、収入は千鶴の半分ほどだし、門脇家に住まわせてもらえば家賃は助かるかもしれないが、どうしても肩身が狭い。職員になっても千鶴の給与を上回ることはないが、体面上の問題もあり、男の沽券としてやはり職員になりたかった。

ただ、生活が苦しいと言っても、軍資金は電話を設置した〝通信連絡費〟と、千鶴を招いてカニなどを買った〝交際接待費〟以来、手を付けていない。俊明は軍資金の使途に関して出納帳を付けていた。千鶴に使い込みを指摘されないためにというのは半分冗談で、自分を律するためである。しかし軍資金は二十万円以下になっていた。

建国記念の日、この日は俊明の二十五歳の誕生日だった。二人はレンタカーのファミリアを借りて長門峡（ちょうもんきょう）までドライブした。二人ともペーパードライバーだったので、助手席に自動車教習所の教官を乗せたつもりになって交代で運転しても、運転はおっかなびっくりだったが、路面が凍結しなかったのが幸いだった。

長門峡は津和野と山口の中間より山口寄りに位置するが、ここには中也の詩「冬の長門峡」の石碑が建てられている。それを二人とも見たことがなかったので、冬のいま見たかった。石碑の周辺は無人だった。最初の手紙で「中原中也が二人を出会わせてくれた」と俊明は書いたが、千鶴もいまは中也が恋のキューピットだと思っている。円の下を直線で切って建てられた御影石の石碑の前で、詩の一節「長門峡に、水は流れてありにけり／寒い寒い日なりき……」を朗読する俊明の声を聴きながら、俊明が暗唱した「汚れっちまった悲しみに」と「生い立ちの歌」で流した涙の違いを千鶴は思い出していた。

　津和野へ帰るファミリアの車中で誕生日の話になった。千鶴の誕生日を聞いた俊明が言った。

「七月四日はアメリカの独立記念日だよね」

「そうよ。俊くんは建国記念日だから、日米友好ね」

「ぼくらって、縁があるんだね」

「そうかもね」

　その時はそれだけで話が済んだ。だがこの誕生日すら、二人の今後の人生の力関係を暗示するとは、二人は知る由もなかった。

　その後、アパートへ戻って二人は体を重ねたが、俊明は千鶴を呼び捨てにする際、まだどこか引け目を感じていた。だから千鶴に相応しい男になりたかった。真心だけの男ではいたくなかった。俊明は試験まで会わないようにしようと告げ、千鶴は承諾した。

　ただ結婚に向けて結納や式場の日時、衣装、招待客、家具など決めなければならないことは多い。そこで二人は毎日のように、長電話で連絡を取り合った。会話が途切れた際、千鶴は俊明に中也の詩の朗読をおねだりした。暗唱と違って朗読は詩集を読みながらだから、どの詩でもリクエストに応えることができる。

「中也が恋人たちを詠んだ詩はない？」

「おすすめは湖上ですね」

「お願いできる？」

「了解です」

俊明は詩集をめくった。

「ポッカリ月が出ましたら／舟を浮かべて出掛けましょう／波もヒタヒタ打つでしょう／風も少しはあるでしょう／／沖に出たらば暗いでしょう／櫂から滴垂る水の音は／昵懇しいものに聞こえましょう／―あなたの言葉の杜切れ間を／／月は聴き耳たてるでしょう／すこしは降りても来るでしょう／われら接唇する時に／月は頭上にあるでしょう／あなたはなおも語るでしょう／よしないことや拗言や／洩らさず私は聴くでしょう／／―けれども漕ぐ手はやめないで／／ポッカリ月が出ましたら／舟を浮かべて出掛けましょう／波もヒタヒタ打つでしょう／風も少しはあるでしょう……どうでした？」

「そんなのを聞かされたら、俊くんに会いたくなっちゃうじゃない」

そんな千鶴が、俊明は愛おしくてならなかった。

中也の詩「生い立ちの歌」の前半は年齢が明記されるが、二十四で終わる。俊明は早生まれだから、この詩を千鶴へ捧げた夜も二十四歳だった。それがただの偶然だとは俊明には思えなかった。「恋をしました」と千鶴へ告げたが、それは心からの思いだった。初めて恋というものを知った思いだった。ただこの恋を失い、本当の失恋を知ることになるかもしれないという不安もあった。

千鶴を全然リードできていないという思いが、やがて千鶴に愛想をつかされ、いずれ自分の元を去っていくかもしれないという不安となり、「最後の晩餐」という形で口から出てしまった。しかし千鶴を俊明は何としても失いたくなかった。

俊明はそれまで「やらせてくれそうか」無理かが、女性を好きになる物差しだった。だから村岡の〝お古〟でもいとわなかった。性欲が好意の基準だった。しかしいま千鶴という珠玉を手にし、その性欲を千鶴の裸身を想像しながらの手淫だけに抑えて、勉強に専念していた。

（試験が済んだら、やりまくってやる）

その思いが彼を支えた。

俊明の人生はこれまで大学入試であれ、就活であれ、兄に指摘されたように、「数うちゃ当たる」方式だった。大学入試は現役の際、早慶・ＭＡＲＣＨ・関関同立と十一校も受けた。ただし、いずれも文学部である。テストの過密スケジュールや、初めての東京での地下鉄利用、それに関西への移動などで疲れたのが、全敗の理由だと家族には説明した。

（早慶は思い出受験だけど、どっか一つぐらい受かるやろ）

しかし、この安易な気持ちで過去問に真面目に取り組まなかったことや、やはり学力不足が全敗の原因だったことは、俊明自身が自覚していた、そこで浪人生活を福岡で過ごして学力を高め、受験校を絞り、過去問も念入りに解き、特に英語を集中的に勉強したことで、ようやく西南学院大学文学部に合格することができた。

就活は出版社が第一希望なのに、公務員と天秤にかけた。そして市役所に落ちるや、地元の新聞社と銀行を受験し、かろうじて銀行に拾われたというのが、俊明のこれまでの人生である。

そんな自分を俊明は猛省し、「一意専心」と壁に張った。酒は、海野会長におごってもらって以来、断っていた。村岡に電話番号は教えたが、「試験が済むまで誘うなよ」と、釘を刺した。禁酒禁欲の日々を貫いていた。この会えばやらせてもらえるのに、あえて千鶴と会わず、受験勉強に打ち込んだ二十日間が俊明を大きく成長させる。来たる千鶴との別居結婚にも耐えうる力の源となる。

俊明が目指したのはトップ合格である。募集は若干名なので採用は一名以上のはずだ。だから補充試験でトップの成績を取り、面接で「商工観光課で勤務したい」と希望を述べたかった。トップなら希望が受け入れられると信じた。ただ町職員として採用され、観光と無関係な部署には行きたくなかった。

そんな頃、益田から友池弁護士が海野会長を訪ねて、津和野に現れた。

＊

「会長、まさかまた会長とお会いする日が来るとは思っていませんでした。その節はたいへんお世話になりました」

「友池さん、あなたは先生と呼ばれているんでしょうが、わしもあなたにたっぷり授業料を払ったので、先生と呼ばせてもらいますよ」

「会長は相変わらず手厳しいですね。あれはもう済んだ話なので、本日は会長に新たにお願いしたいことがあって、お伺いしました」

海野にとっても汚水処理場の建設中止は、確かに「済んだ話」である。しかしこれによって海野の受けた打撃は小さくなかった。海野は責任を取って社長職を長男に譲り、会長職に退いた。十年前の話である。

「会長が門脇さんの仲人をされると聞いたときは、驚きました。どういったご関係なんですか」

「新婦の父親とはゴルフ仲間だ。そんなことより、忙しい先生がわざわざ津和野くんだりまで来てくれたんだから、さっさと用件に入ったらどうかね？」

「恐れ入ります。会長は契約結婚という言葉はご存知ですか」

「何だ、それは？　契約書を交わして結婚しようというのか。そんなものは聞いたことがない」

「フランスの哲学者のサルトルと作家のボーボワールが提唱して、契約結婚しています。フェミニズムの一環ですね。いずれ日本でも広まると思いますよ」

海野はこの二人の名前を聞いたことがなかったし、フェミニズムの意味もわからなかった。だが、友池に教えてもらおうとは思わなかった。

「外国の話はどうでもいい。あの二人にどんな契約を結ばせようというんだ？」

海野は語気が荒々しくなるのを、抑えられなかった。

「間所家では二人に覚書を交わして、結婚してほしいという意向をお持ちです。これがその覚書の草案です」

友池がカバンから一枚の書類を取り出し、海野に手渡した。海野が読む間、友池は海野の表情の変化を見逃すまいと、海野を凝視した。

覚　書（草　案）

間所俊明を甲とし、門脇千鶴を乙とし、甲乙は下記の事項に基づいて婚姻関係を樹立する。
第一条：甲と乙は婚姻届を提出するに当たり、甲は乙の姓に改める。
第二条：甲乙間に産まれた最初の男児の親権は生後一年間に限り甲乙が所有し、以降は甲の実姉である寺本響子が所有する。
第三条：寺本響子は甲乙間に産まれた最初の男児と養子縁組を組むが、甲乙に持参金ならびに養育費を請求してはならない。
第四条：甲乙は毎月一度、日中の十時間に限り、最初の男児が成人に達するまで面会する権利を有する。
　この覚書に明記していない事項は甲乙で協議して定める。

平成　年　月　日

（甲）住所：間所俊明　印
（乙）住所：門脇千鶴　印
（証人）住所：友池良宣　印

「何じゃ、こりゃあ」

読み終えた海野が叫んだ。

「はい、間所家では俊明くんの男の子を預かり、立派な歯医者に育てたいという意向をお持ちです。そのためには俊明くんの婿入りの結納金は辞退してもよいというお考えです」

「一歳になったら親権を奪い、月に一回だけ会わせるのを、預かると言うんか」

「それは言葉の綾かと思います」

「あんたの依頼人は、この姉の寺本響子か」

海野は友池を先生と呼ぶ気が失せた。

「弁護士には守秘義務があるので、お答えできません」

「この姉はわざわざ津和野まで俊明の婿入りに賛成だと言いに来たそうじゃないか。それでわしのことを俊明から姉に連絡し、姉からあんたに連絡し、あんたがわしに連絡して来た。じゃ、依頼人はいったい誰なんだ？」

「会長、あんた呼ばわりはいささか失礼ではありませんか」

「じゃ、おまえと呼んでやろうか。こんなクソみたいな話を持って来る奴を先生と呼んで損したわ。おまえには一歳になった子どもを奪われる親の気持ちがわからんのか」

「ですからそれは、お預かりして、大切に育て、父親の俊明くんがなれなかった歯医者に育てたいという意向です。ですから女の子は望んでいません」

海野は友池の発言を無視した。

「この寺本って姉の夫婦仲は悪いそうだな」

友池が顔色を変えた。

「不妊治療に通っているけど、子どもができないそうじゃないか。言い出しっぺも、どうせこの姉だろ」

「会長、どこで調べられたか知りませんが、この案は俊明くんの歯医者になれなかった無念を、間所家全員でサポートしてその息子さんを育て、その無念を晴らしてあげようという善意に基づくものです。どうか誤解なさらないでください」

「さすが弁護士だ。白を黒と言いくるめるのがうまいな。ただ跡継ぎが欲しいだけだろうが。わしは俊明から歯医者になりたかったとは、一言も聞いたことがないぞ」

「それは本心ではないかと思います、どうも、会長とはこれ以上、話をしても、時間の無駄のようですから、私はこれから観光協会を訪ね、俊明くんと話します」

「ああ、そうしろ。俊明もこんな話……」

海野は俊明と飲んだ時の会話を突然、思い出した。「今日から酒も断ちます。千鶴とも会いません。町役場の補欠試験のために勉強一筋にがんばります」と語ったはずだ。

（いま、こんな話を聞かされたら、勉強どころではなくなるだろう）

「まあ、待て」

腰を浮かしかけた友池が再び座り直した。

「あんたもこの話をまとめて、成功報酬が欲しいんだろ。この話はわしが預かる。俊明には話すな」

「どうも会長は俊明くんが気に入られたみたいですね。私は彼とは面識がありませんので、彼の説得は会長にお任せします。ただしいつまでも待てませんよ。いつ、お返事いただけますか」

「その前に一つ聞きたい。俊明がこの案を絶対に受けないと言ったら、間所家はどうするつもりだ？」

「何かお考えがあるようですよ」

「教えてはくれんのか」

「あんたとも、おまえとも呼ばれて、どうして私が教えなければいけないんでしょうか」

「なら、ええ」

海野はカレンダーを見た。今日は二月二十四日の金曜日である。

（三月三日の金曜日が確か町役場の試験と言っていたはずだ）。

「十日間、時間をくれ。来月六日の月曜日に返事する。それでどうだ。ただし先生、この件は誰にもしゃべらないでくれ」

「私は最初と最後だけ先生ですか。それに、ずいぶん待たせますね。まあ、いいでしょう。吉報をお待ちしております。では失礼いたします」

友池が一礼して応接室から出て行った。

海野はその後、どうすべきか考えた。しかし、考えは一向にまとまらなかった。そこでまず家に帰ることにした。社長室は息子に譲っているので、自分には席が一つあるだけだ。それにあまり会社に顔を出すと役員や社員に煙たがられるのは、自覚している。ただ今日は特に仕事がなかったが、家に友池を招きたくなかったから、出社したに過ぎない。

社長専属の運転手が洗車中だったので、無理を言って家まで社用車で送ってもらった。日産のシーマで出社したが、海野は古希を過ぎていたので運転は控えていた。いま運転すれば事故を起こすかもしれないと危惧したのである。車中で思いを巡らせた。

こんな話を俊明もそしてちづちゃんにも知らせたくないが、知れば間違いなく怒り、拒否するだろう。その場合は、間所家は俊明をどうするんだろうか。まさか絶縁すると言うのでは、あるまいか。しかし、こんな理由だけで絶縁できるのだろうか。何か他にも俊明は絶縁されかねないような〝不行跡〟を働いたんだろうか。これぱっかりは俊明に会って聞かねばわからない。しかし会う訳には行かない。海野は俊明と飲んだ際、「ぼくは試験が済むまで、千鶴とは会いません。千鶴に相応しい夫になるためです」と語るのを聞き、感動を覚えた。海野は俊明を偵察したときも、仲人依頼で会ったときも（ちづちゃんとは不釣り合いだ）と思っていた。しかしその言葉を聞き、（わしも齢を拾うて、人を見る眼が曇ったかな）と反省した。俊明の真心に触れた思いがした。

（あの俊明が親から縁を切られるほどの悪さをしたんだろうか）

海野は想像できなかった。

海野は人を見る眼には自信があった。だから門脇修三という青年の保証人にも連帯保証人にもなった。無論、商売の行く末が成功するという確信があったからだが、それだけで何のメリットもない保証人になったりはしない。海野は他にも保証人になっているが、いずれもバーターである。あなたの保証人になるから、おれの保証人にもなってくれよという条件で保証人を受けている。一方通行の保証人は修三だけである。そして保証人になって、幸い誰からも被害を蒙ったことはない。修三を海野は当初、「門脇」と呼び捨てにしていた。しかし、二十年ほどから「修さん」と呼ぶように改めた。「さんづけは辞めてください」と言われたが、「修三のゾウは数字の三だろ。だからこれも呼び捨てだ」とごまかした。男として認め、一目置くようになったからに他ならない。

あれこれ考えて、ふと気づいた。絶縁も目的ではないだろうかと。俊明を絶縁すれば赤の他人になるから、遺産を相続する権利を失う。現状は三人兄弟だから法定相続は一人あたり六分の一だ。しかし姉と兄の二人になれば、四分の一に跳ね上がる。歯科医院を経営しているそうだから一億円程度、いやもっと財産はあるのだろう。その分け前を増やすために、姉と兄はこんな悪だくみを考えやがった。そして結納金を辞退するのは、結納金の受取人が家長である父親だからだ。子どもらには一円も入らない。だから言い出しっぺは姉か兄のどっちかだ。おそらく自分の子どもを諦めた姉だろう。兄は益田の総合病院に勤めていたから、検査して種なし（無精子症）と診断されたのかもしれない。すると頼みの綱は俊明だけだ。だから、ちづちゃんから一歳児を奪い取る。

（間所のマは悪魔のマか）

海野は思わず、「悪魔」と吐き捨ててしまった。

家に着いた。海野は書斎に籠り、怒りを鎮めながら沈思黙考した。「長男の養子」についてである。海野の知識では、養子に出されるのは次男か三男のはずだ。長男は総領息子で跡取りだから、多少は貧乏しても、養子に出すことはまずない。奉公さえ出したがらないはずだ。息子なら丁稚奉公、娘なら女中奉公が当たり前の時代でも、長男は家で大事に育てられたはずだ。だからこの草案の発案者は断じて自分と同世代の間所家の父親ではない。

（戦後生まれの三十代の、養子縁組の実態を何も知らぬ者の発案だ）

海野は確信した。もし草案に次男と書かれていたら、修さんにもちづちゃんにも一応、話はしてもいい。しかし、それでも難色を示すだろう。だが、長男の養子など無理筋だと友池が知らぬはずがないし、友池にとってこの案件は小さな仕事のはずだ。ノキ弁やイソ弁に任せてもいいはずだ。しかし筆頭弁護人の奴が津和野までしゃしゃり出て来た。十日後に受諾の返事をすれば、またいそいそと津和野までやって来るだろう。それは、この契約が万に一つもないと思うが、成立しても、成立しなくても、どっちに転んでも友池は〝成功報酬〟を受け取るという約束を交わしているからだ。

（こんな美味しい仕事を奴が他人に任せるはずがない）

そこまではわかった。

（おそらく大きくは違っていないだろう）。

だが、これからどうするかを考えると、何もアイデアが浮かばなかった。目標は〝白紙撤回〟である。誰にも知られず、この覚書を間所家にも友池弁護士にも白紙撤回させ、なかったことにする。それが最善だが、その手段が何一つ思い浮かばなかった。相手が簡単に引き下がるはずがないことは、わかり切っていた。

それに、そもそも契約結婚は本人同士が話し合って覚書を交わすものではないのか。あるいは親兄弟や弁護士が口をはさんで結ばせるものかもしれないが、これに関してはまったく知識がなかったので、違和感を払拭することができなかった。食事をしても味がわからず、床に入ってもなかなか寝付けなかった。

海野は世襲の社長ではない。裸一貫から会社を興し、水道工事会社を島根県内でも屈指の会社に育て上げた。立志伝中の人物である。即断即決が信条であった。事業計画であれ、公共工事の入札であれ、労使交渉であれ、矢面に立ち、修羅場を乗り切って来た。ただ、汚水処理場の建設は即断即決が早すぎた。処理場建設予定地の近くに友池の親戚があったのが、不運の始まりだった。住民説明会は友池が最初から出席し、荒れに荒れた。会社側の準備不足と建設会社との不協和もあり、雨霰（あめあられ）とばかりに質問の矢を浴びせられたそうだ。海野はその住民説明会に役員を出席させていた。挙句「社長を出せ、社長はなぜ顔を出さん」とさんざん責められたと報告を受けた。

第二回の住民説明会では海野も出席し、かなり準備して臨んだ。「絶対反対」「断固阻止」の赤い鉢巻きや、「海野のウンコはいらない」という、見るのも馬鹿らしいプラカードも掲げてあった。

（し尿と汚水の違いもわからんのか）

海野は苦虫を嚙み潰しつつ、説明に追われたが、怒声によって説明はしばしば中断された。

結局、近隣の距離設定が合意に至らず、環境汚染に対する処置の不備と、逃げ腰の市役所担当者、見舞金の多寡の基準も突かれ、訴訟に持ち込まれた。最終的に汚水処理場建設は断念し、和解金を支払う羽目に陥った。海野にとっては思い出したくもない苦い経験となった。高い授業料を払い、社長の座を長男に譲った。

海野はこの経験を通じて、弁護士に対抗するにはやはり弁護士に頼るしかないのではと、眠れないまま考えた。法律の前でいくら「人情」を説いても、埒が明かないと考えた。弁護士は大嫌いだが、百人が百人、友池のような弁護士ばかりではあるまい。冤罪を雪ぐのに情熱を注ぐ高潔な弁護士もいると聞く。どこかにこの悪だくみを打破してくれるような弁護士はいないかと考えたが、まったくあてがなかった。前回、依頼した弁護士は無能だと切り捨て、念頭になかった。

海野は何かヒントがないかと、起き出して照明をつけ、手帳を開いた。俊明と飲んだ晩、手帳にいくつかメモを残していた。結婚式の媒酌人挨拶・新郎新婦の紹介のために記録していたものである。「中原中也・弓道部・西南学院大学文学部・村岡議員の息子（司会）・石見神楽……」

（そうだ。村岡先生だ）

村岡県会議員は海野より一回り年下だが、海野はかつて村岡議員後援会の会長を務めていた。いずれは国会へ出馬をと願っていたが、村岡議員は有権者と距離が遠くなると、国会転出を拒んでいた。

（この話、村岡先生に相談しよう。知恵を借りたい）

海野はようやく眠りに就くことができた。かくて俊明の婿入り問題に村岡議員が一枚絡んでくることに、あいなる。

＊

千鶴は月からの使者が遅れていた。千鶴が俊明と最後に会ったのは、海野会長の自宅へ四人で依頼に行った十六日である。母親に「アパートまで送って行きなさい」と勧められ、初めて親の公認を得てアパートを訪れた。千鶴は俊明に生理が遅れていることを告げたかった。これまで一度も避妊せず、（俊明の子どもが欲しい）とも、（妊娠すれば婿入り問題が前進するかもしれない）という邪な思いで体を重ねたので、たぶん妊娠は疑いようがなかった。当時はまだ薬局で、尿を掛けて縦棒が現れれば陽性と判断される妊娠検査薬の入手は困難で、妊娠を確かめるためには産婦人科の門を叩くしかなかった。千鶴は産婦人科を訪問する際は俊明に同行してほしかった。

だが、千鶴に中絶する意思はまったくなかった。産むつもりだったが、最も気にしたのは間所家の反応だ。もちろん、門脇の両親にも叱られるだろう。しかし俊明と二人で謝れば、許してもらえると信じていた。「ふしだらな」と父から叱られるだろうが、それは覚悟していた。だが間所家の反応はわからなかった。もしかしたら中絶を勧められるか、あるいは婿入りを再び反対されるかもしれないと考えると、不安でたまらなかった。その不安を隠そうと、海野家ではついはしゃいでしまった。

千鶴は海野へ「婿入りに賛成していただいたお礼を申し上げるために、取りあえずわたしと俊明さんだけでも、もう一度、間所家を訪問したいのですが、やはり代理人と会長がお会いになってからにした方がよろしいでしょうか」と尋ねた。千鶴は俊明に打ち明け、産婦人科に同行してもらい、それから門脇家に謝罪、ついで間所家に謝罪するスケジュールを考えていた。いつ来るかわからない代理人の到着より先に、間所家へ謝罪に行きたかった。

しかし、海野の答えは千鶴の予想どおり「待ちなさい」だった。その為、俊明にだけでも先に報告したかった。だが先に「試験まで会わない」と言われてしまった。「ぼくが千鶴に会いたくなくて、こんなことを言うんじゃないことは、もちろんわかってくれるよね」と言われれば、「もちろんよ。わたしも我慢する」と言うしかなかった。

妊娠を俊くんに報告すれば、たぶん喜んでくれるだろう。ただ俊くんは調子に乗る男なので、赤ん坊の名前を考えだしたり、ベビー用品の心配を始めたりしだしたら、とても勉強どころではなくなると思い、言い出せなかった。悪阻（つわり）もなかったので、現実から目をそらしていた。

（まだ、そうと決まったわけじゃないし、ただ遅れているだけかも）

あの男は必ずコンドームを装着していたので、俊明の子だと信じていた。いやそれより、千鶴は性交の日を赤い♡、月経日を青い☽で銀行の手帳に記録していた。将来の出産に備えてである。

去年の十二月のカレンダーのページを見ると、替え玉計画がびっしり書き込まれていて後ろめたかったが、四日の日曜日に♡、十日の土曜日、山口のあの男の実家に行った前日に☽が書かれていた。そして十七日の土曜日と二十六日の月曜日にも、♡が描かれていた。四日と十七日以降は相手が違う。もし仮に四日に受精していても、十日に排卵したから、あの男の子ではないと確信した。

（十七日が怪しい）

最初に結ばれた日で受精に至った可能性がある。しかも騎乗位で避妊せず射精させたので、千鶴にいっさいの言い訳はできない。避妊を自分がコントロールできたからだ。あの男は自分でコンドームを付けたから、避妊の方法を知らなかったは言い訳にならない。だから詫びる気持ちが強かった。しかし十二月十日以降、まったく☽を書くことがなかったので、ほぼ（できちゃった）と確信していた。

（どっちにしろ、この子は望まれて生まれるんだ。わたしと俊くんは卵子と精子の相性もいいんだ）

千鶴は少しも悲観していなかった。

だがほどなく、悪阻を始めて経験した。ごはんを炊く湯気に気持ち悪さを感じ、流しで吐いた。それを母に見つかり、勘づかれた。

「ちいちゃん、もしかして……」

千鶴は母へ正直に告白した。母は叱らなかった。むしろ「おめでとう」と言ってくれた。ただし「望んで妊娠したの?」とは聞かれた。

「そうよ。できちゃった婚じゃなく、できてうれしい婚、できてありがとう婚、できてバンザイ婚よ」

「じゃあ、父さんのことはあたしに任せて。あちらのご両親にも、二人でちゃんとお詫びするから、ちいちゃんは何にも心配しなくていいのよ」

千鶴は母の胸で泣き崩れた。

厚生労働省の発表した平成二十二年度の「出生に関する統計」によれば、「結婚期間が妊娠期間より短い出生数の嫡出第一子出生に占める割合」は平成七年22・5%、平成二十一年25・3%と増加傾向にある。これは妊娠をきっかけに男が結婚を女から迫られ、責任を取って(?)結婚に至るケースも少なくないと思われるので、平成元年も二割強だったと考えて間違いないだろう。

なお直近の平成二十一年のデータを都道府県別にみると、東北地方と九州地方で高率となっている県が多く、関東地方と近畿地方で低率となっている県が多い。具体的に述べれば、割合が高い県は順に、沖縄・佐賀・青森である。逆に低い県は順に、滋賀・愛知・神奈川である。なお沖縄(42・

4％）・滋賀（21・7％）と、一位と最下位では倍ほどの開きがある。沖縄は合計特殊出生率も1・79と全国平均の1・37を大きく上回る。

最新のデータである「令和元年（２０１９）人口動態統計月報年計（概数）の概況」によれば、合計特殊出生率は1・36、沖縄が一位で1・82、東京が最下位で1・15である。

余談ながら平成から令和にかけては、「できちゃった婚」「でき婚」と呼ばず、「授かり婚」とも呼ぶそうだ。このネーミングを考えたのは誰か知らないが、傑作だと思った。ただ、インテリ臭さと、やはり当事者にも少なからず罪の意識や、親にも戸惑いがあると思うので、このネーミングはたぶん定着しないだろう。

＊

寺本響子は十日間が待てなかった。響子は友池弁護士から津和野へ行って仲人に会って来るけど、この話は一蹴されるだろうから、次は父の遺言書に、いかに俊明の相続分を減額して書かせるかに向けて、準備を進めましょうと聞かされていた。

俊明は父に石見神楽を見に連れて行かれるなど、かわいがられていた。「お孫さんと来られたんですか」と、四十四歳差の俊明を孫に間違えられたと、父は嬉しそうに語っていた。しかし期待を裏切って歯医者になれず、父は俊明に失望していた。だから、今回は孫であり、跡継ぎであるという「画に書いた餅」を見せ、それを画餅に帰することで、父を落胆させ、ひいては俊明への遺産相続分を減額させた遺言書を書かせたかった。遺言書は法定相続より優遇されると、友池から説明を受けていたからだ。ただ、こんなことで、父が減額をするとは響子は思っていない。これは第一弾に過ぎない。それより、やはり何と言っても養子が、響子は欲しかった。

しかし、十日後に返事をすると仲人が言っていると電話で聞かされた。

（もしかしたら男の子をくれる可能性があるのかしら）

響子は矢も楯もたまらず、友池の弁護士事務所を訪ね、友池にさっそく疑問をぶつけた。

「先生、あちらの仲人はどうしてこの話を、すぐ断らなかったんでしょうか」

「それなんですが、私も考えてみました。まずその前に要点を整理しましょう。養子縁組というのは、最近は少なりましたが、戦前や戦後すぐまでは珍しくなかったことは説明しましたね」

「はい」

「当時は産めよ増やせよの政策に従った子沢山の家が多く、食い扶持を減らすという意味合いと、本家分家といった意識が今より強く、本家の血筋を絶やしてはいけないという意識から分家の次男・三男を養子に出すということが、よく行われていました」

「はい、だから私も分家である俊明から養子をもらおうと考えたんです」

「しかし今回は相手方にとっては長男です。長男は総領息子ですから、長男を養子に出すというのは当時でもあまりなかったと思います」

「だけど先生、次男だったら、うまく男男と年子で生まれても、三年は待たなければなりません。それに最初の子が女の子だったら、次は男の子でも、またその次まで待たなければなりません」

「確かに長く待つでしょうけど、少子化が進んでいますので、最近は一人っ子も珍しくありません。それに二人でも確率的に男男のケースは四分の一だから、次男は難しいと考えました。三人兄弟も少なくなっていますからねえ」

「だから、わたしも養子の件はほぼあきらめていました。でも、なぜ待たせるんでしょう?」

「私も仲人が厄介な人だから、仲人の名前を聞いて、この話を受けるかどうか悩みました」

「先生、そんなことをおっしゃらずに、どうかお力を貸してください」

「ご安心ください。私も乗りかかった船ですから、とことん最後までお付き合いします。ところで門脇千鶴さんでしたっけ。その方の素行調査は進んでいますか」

「はい、興信所を使って調べさせていますが、男関係は何も出て来ません」

「そうですか。すると、私の思い過ごしかもしれませんね」

「何ですか、思い過ごしって、教えてください」

「いや、私も津和野まで行って、手ぶらで帰るのも何だと思って、かどわきという源氏巻の店を覗いてみたんですよ」

（覗いただけでなく、美人の母親から源氏巻を買って、お土産として事務所で配りました）

「すると想像はしていたんですが、ただの一軒家の店なんですよ、小さな。どうして会長ほどの人がこんなショボイ店の仲人を引き受けるんだろうかと思ったんです」

「先生、おっしゃりたいことが、よくわかりません」

「もう少し聞いてください。うちのを使って調べさせたら、会長はあの店の保証人になっていることがわかりました。それと、会長とあの店はかなり親交が深いことも」

「だから何です?」

「寺本さんは托卵という言葉をご存知ですか」

「いいえ」

「托卵というのはカッコウが卵を産んでも自分で孵化させようとせず、モズなどの小さな鳥の巣に自分の卵を托して孵化させることを言います。孵化したカッコウはモズから餌を奪うだけでなく、若鳥になったら、モズの雛を巣から蹴落とします。だから千鶴さんでしたっけ。彼女はかなりの美人だそうですね」

「たぶん、そうなんでしょ」

「モテたはずだから、誰かの子どもを妊娠していたけど、その相手とは別れた。人のいい弟さんは(あんたに似て不細工な)こんなきれいな人の夫になれるなら、それでもかまわない。ぼくが父親になると言ってプロポーズした。彼女は婿入りを条件にプロポーズを受けた。会長も彼女から相談を受けていたから、未婚の母になるよりはと了承し、仲人を引き受けた。そこへ養子の話を私が持って来たもんだから、渡りに船とばかりに会長はまず血液型を確かめようとして……」

「先生、ちょっと待ってください。すると男の子だったら養子にもらうとしても、それは俊明の種じゃなく、どこの馬の骨かわからない男の種ということになりますよ」

「そうなりますね」

「そんなのが人道的に許されるんですか」

(おいおい、あんたが人道的なんて言えるタマか)

「いや、人道的かはともかく、法的には婚姻は両性の合意にのみ基づくので、相手の女性が他人の子を宿していても何の関係ありません。そして間所家を乗っ取るために、歯医者の卵を間所家という巣に托そうと、托卵を企んだ。これってシャレになっていて、面白いと思いません？」

「面白くありません」

響子の眼は血走り、顔は引きつり、みるみる夜叉に変わった。

（だから俊明はあんな美人と……）

弁護士事務所をあとにした響子は銀行のＡＴＭで十万円を下ろすや、すぐさま興信所へ向かった。旧知の福原所長を見つけるや、カウンター越しに叫んだ。

「この前に頼んだ門脇千鶴の素行調査をやり直しなさい。ずえったい最近まで男がいたはずだから。これは再調査の前金よ。見つけたら、いくらでも払うわ」

響子は立ったまま、近づいて来た福原の胸に、銀行名の記された封筒を押し当てた。

＊

村岡議員は激怒した。海野の話を聞き、覚書（草案）を一読するや、その紙を引きちぎらんばかりに手を震わせた。

「何だ、この内容は。それに、こんな話は聞いたことがないぞ。なんで結婚するのに覚書を交わし、弁護士が証人になるんだ？」

海野はこの覚書はこちらが拒否することを前提にし、目的は俊明の絶縁であるという推理と、そうすれば遺産分与が増額されるので、姉と兄がグルになって考えたという自分の推理を村岡議員へ説明した。

「なるほどな。悪党の考えそうなことだ」

「それで先生、私が疑問なのは、仮に覚書を結ぶとしたら、夫婦が意見を出し合って結ぶもんじゃないでしょうか。こんなふうに弁護士が誰かの意見を基に作製するというのは、私はどうしても納得いかんのです」

「私もまったく同感です、会長。この件は一つ私に預からせていただけませんか。松江に民事に詳しい信頼できる弁護士がいますので、相談してみましょう」

「是非お願いします。ただ、来週の六日には友池弁護士に返事をしなければなりません。返事はもちろん拒否ですが、すると彼は間所俊明と門脇千鶴に接触し、なぜ拒否かと問い質すでしょう。だから、二人にもこの覚書のことを話さなければならないと思っているんですが、どのように伝えたらよいか、大いに悩んでいます」

「会長のお悩みはよくわかりました。ただ、私は議会があるので弁護士に会うことはできますが、六日までに津和野へ帰って来ることはできません」

「それじゃ、先生からご紹介いただければ、私が松江まで弁護士に会いに行きます」

「わかりました。弁護士には私から連絡しておきましょう。ただし、当事者に知らせるのは、会長が松江から戻って来てからでも遅くないかと思います」

「そうします。ただ、心配があります。私はこの覚書を拒否するぐらいで絶縁できるとは、相手は到底思っていないと考えています。二の矢、三の矢を放ってくるんじゃないかと。だから息子さんに、間所くんが親に縁を切られかねないような悪さをしたかどうかを、ぜひ聞いて下さい」

「わかりました。会長の言葉をそのまま伝えます」

村岡議員は息子へ覚書を見せ、海野の言葉をそのまま伝えた。だが、間所は町役場の試験に向けて面会謝絶中なので、会うのは三日の試験が済んでからになると、村岡は答えた。

＊

海野はその翌々日、松江へ向かった。松江城の天守閣とお堀が見える雑居ビルの一室で、海野は錦織（にしこり）と名乗った弁護士に会い、一連の経緯を説明した。聞き終えた錦織が徐に口を開いた。

「お話を承って、会長は二点、誤解されていると思います。まず、絶縁ですが、ドラマでは勘当だ、親子の縁を切るといった場面がよく出て来ますが、親子の縁は法的にはなかなか切れないのです。家庭裁判所には家族円満至上主義と私は呼んでいますが、家族は力を合わせ、夫婦は仲良くするものだという固定観念があります。だから離婚訴訟を起こしても、家裁は判決を出そうとせず、調停を勧めますが、家裁は修復させようと躍起になります。それゆえ離婚訴訟は時間がかかるのです。まして親子の絶縁となれば、家裁は何年も時間をかけるでしょう。それに、そもそもよほどの欠格事由、例えば虐待や犯罪、横領などですが、これがないと、家裁は受理すらしてくれません。だから、先ほど見せて頂いた覚書ですが、これなんか何の役にも立ちません」

「それを聞いて、安心しました」

「もう一点は法定相続ですが、会長は絶縁されれば、遺産を相続する権利をすべて失うかのようにおっしゃいましたが、それはまったくの誤解です。遺産分割協議書といいますが、絶縁された者も含めて、これを廃除者といいますが、ハイは廃止のハイですね。相続を受ける権利のある者すべてで協議書を交わす必要があります。その際、もちろん廃除者も法定相続分の分割を要求できます。だから、絶縁イコール遺産放棄ではないんです」

法務省の発表した平成三十年度の戸籍統計による種類別・届出事件数によれば、「相続人廃除」の届出はわずか43件である。これは名前の変更の4,175件、帰化の8,725件と比べても圧倒的に少ない。しかもこれは届出だから、認められるのは当然ながらこれを下回る。

「では、なぜ友池弁護士はこんなことをしているんでしょうか」

「ワルだからですよ」

錦織は一言で斬って捨てた。

「彼の悪い噂はいろいろと耳にします。私らの仲間にはああいう手合いもおります。お恥ずかしい限りです」

「同感です。と言ったら、失礼に当たるでしょうか」

「いえいえ、気になされないでください。友池にとって、寺本響子は大事なカスタマーなんでしょうね。この女性が依頼人であることは疑いようがありません。この人はどんな女性ですか」

「面識はありませんが、実家は歯医者で、夫が勤務医です。まだ子どもはいません。齢は三十五です」

「じゃあ友池にとって、金の卵を産む鶏だ。益田だったら、こんな鶏は何羽もいないでしょ。だから夢を見させてチビリちびりと、時にはドカンとカネをせしめてるんですよ。ただのダニですよ、奴は」

海野は胸のすく思いがした。

（松江まで来てよかった）

「ところで、私から会長に質問があります。友池は間所家の代理人と称していますが、間所家の委任状はご覧になりましたか」

「うっかりしました。見ておりません」

「委任状がなければ、代理人とは認めらせんので、面会を拒否することができます」

「次に会う際は、必ず要求します」

「それからこの覚書の内容は、会長側では誰と誰が知っていますか」

「村岡先生とその秘書をしている息子さんだけです。会社の者には誰も話していません」

「息子さんはどうして知っているんですか」

「間所俊明の大学の同期で友人だから、息子さんからこの内容を伝えるためです」

「それはまずい」

錦織は顔色を変えた。

「この内容はけっして本人に知らせてはなりません。もし知れば姉の寺本響子に間違いなく抗議するでしょう。それが友池の狙いです。まだ間に合いますか」

「はい、まだ知らせていないはずなので、すぐストップをかけます」

「いま電話してください。うちの電話を使ってください」

海野は応接室の電話を借りて外線電話を掛けた、村岡は外出中だったので、「トシアキへオボエガキハナスナウンノ」という電報のようなメモを家人に残させた。

「けっして、友池から結婚する二人には接触しようとはしません。余程のネタを握らない限りは。だから、結婚する幸せな二人につまらない話を耳に入れないようにしてください」

「私が浅はかでした」

「それと質問のあった間所家への挨拶ですが、これは友池にも寺本響子にも何の連絡をする必要もありません。友池がたとえ間所家から委任状を得ていたとしても、仲人が両家を引き合わせるのに、代理人の意向を伺う必要はありません。代理人は全権を委任されたわけではなく、またそれを妨げれば妨害行為と見なされます。それに寺本響子は間所家の籍を抜いていますから、いなくてもかまいません。挨拶の日時は新郎新婦と会長が相談されて、新郎から実家に連絡すればよろしいかと思います」

「先生、本当にありがとうございます」

海野は錦織を心から先生と呼び、深々と頭を下げた。規定の相談料の二倍も三倍も払いたい気分だった。

事務所をあとにし、駅に着くと電話ＢＯＸを見つけたので、友池・俊明・修三の三人に電話をかけることにした。友池は不在だったので、事務員に「次回の訪問時には委任状四通を持参されたし」と伝言を頼んだ。次に俊明に電話をした。これは留守だとわかっていたので、「勉強がんばれ、間所家あいさつは五日の日曜日に行きたい。連絡乞う」と留守電にメッセージを残した。そして修三に電話すると、これは捕まった。だが、用件を先に修三に言われてしまった。

「会長、ちょうどよかった。ご自宅に電話したら、松江に行かれて、いつ帰るかわからないって言われて……」

「何かあったのかい、修さん？」

「実は千鶴が孕（はら）みました。昨晩、早苗から聞かされて。怒るなと言われたんで、まだ千鶴には何も話していません。こういう時、男親は怒るべきなのか、喜ぶべきなのか、どうすべきかわからず、困っています」

「修さんの本当の気持ちはどうなんだい？」

「できてバンザイ婚です」

「だろうな。孫ができるんだから。だったら、素直に喜べばいい」

「でも千鶴が年上ですし、婿ですから、あちらのご両親にどう挨拶すればよいかと思案しています。会長、お帰りになったら会っていただけませんか」

「いや、会うのは五日にしよう。五日に間所家に挨拶に伺うように俊明に連絡した。わしもあちらでは頭を下げよう」

海野は修三の謝意を耳にして、電話を切った。

帰りのＪＲ山陰線の特急「おき」の車中で、日本海に沈む夕陽を右手に見ながら、海野は思案を巡らせた。間所家には頭を下げればいい。自分も頭を下げる。いや、やはりまだ伏せて置こう。何しろ初対面だ。ちづちゃんの妊娠は早すぎる。それに、友池と金の卵を産む鶏が千鶴の妊娠を知って、どう出てくるか。それが読めなかった。

錦織に「友池は二の矢を考えていると思います。どんな攻撃を仕掛けてくるでしょうか」と質問したが、しばらく考えて「私はワルではないので、わかりません」と答えられた。海野はしきりに「二の矢」を考えたが、結局（わしもワルじゃない）と考えるのを、あきらめた。

津和野駅に着いた海野は、公衆電話から村岡へ電話をした。村岡は在宅中だったので、「俊明へ覚書のことを絶対に話すな」と念を押した。それから修三へも電話した。「ちづちゃんの妊娠は門脇家の秘密とし、ちづちゃんから俊明にも話さないようにしてくれ。あいさつでも一切その話はしないように」と、緘口令を布いた。交際を始めたのが去年の十二月だと聞いていた海野は思う。

（下衆の勘繰りをされたら、ちづちゃんがかわいそうだ）

＊

興信所の福原所長は津和野にいた。前回の調査に続いて二度目の訪問である。前回は共銀の支店のロビーからマルタイ（調査対象者）の顔を隠し撮りした。

（本物の美人だ）

福原の経験に基づく女性観は（本物の美人は恋愛経験が少ない）だった。男が高嶺の花と敬遠するし、女も自分は美人だと思っているから、少々の男では妥協したくない。だから嫁に行き遅れる、だった。

ロビーに長くいると怪しまれるので、一回目は写真を隠し撮りし、女子行員の数と年齢層を確認して、外に出た。女子行員は七・八人、年齢層はみな二十代前半と見た。男に用はない。昼休憩に外に出てくるのを待ったが、誰も出て来ないので、（弁当か）と昼に接触するのはあきらめた。そこでまたロビーに入り、再び女子行員を見渡した。探しているのは二番手、三番手の美人である。美人というより、かわいい系のかなり遊んでいそうな女がよくしゃべる。だが、期待した派手な化粧をした女はいなかった。ブスに用はない。ブスは意外と口が堅い。逆に興信所が嗅ぎまわっていることをマルタイにも周囲にも言いふらす。親衛隊意識なのか、あまり男を知らないのか、警戒心が強い。ちょい美人かかわいい系で、三十代から四十代がよくしゃべるが、支店には見当たらなかった。

その間に、福原は「かどわき」を訪れた。と言っても遠くから店の様子を眺めただけである。夫婦らしい男女が二人で働いていた。

(従業員はいないか)

従業員がいれば、必ず接触する。しかし、それは無理そうなので、あきらめた。津和野は観光の町なので、よそ者の自分がうろうろしても誰からも怪しまれないのはありがたかった。「かどわき」の周囲の数軒で、「興信所の者です。門脇のお嬢さんのことで教えてくれませんか」と尋ねた。ただし名前は名乗らないし、名刺なんぞも渡さない。するとみな、それなりに答えてくれる。聞くのは「週末の在宅と帰宅時間」である。たいていは「わかりません」としか答えてくれず、前回は徒労に終わった。

女子銀行員との接触も、退勤時間を狙って個別に二人に質問した。二人連れには接触しない。牽制しあって、情報を得られないからだ。目星を付けていた女性行員に、「興信所の者です。門脇さんに結婚話が持ち上がっています。彼女の異性関係について調査しています」とズバリ本題を告げた。妙な小細工を口にすると警戒され、成果を上げられないというのが、福原の信条である。

一人には「私は何もわかりません」と逃げられたが、もう一人が興味を示した。

「持ち上がっているんじゃなくて、もう決まっているんでしょ。相手もみんな知ってますよ」

（この女はしゃべる）

「彼女は美人だから、さぞモテたんでしょうね」

福原は探りを入れた。知りたいのは激しい男出入り、恋人の横取り、不倫、中絶だが、福原は今回のマルタイは（たぶん、何もないだろう）と期待していなかった。

「門脇さんはみんなから慕われていたので、今回の結婚はみんなビックリしています。彼氏がいたようだけど、それがあの新人だったと、まだ信じられません」

「その彼氏が新人以外だった可能性は考えられませんか」

二股でも報告書に書ける。

「それはないと思います。ただ、……」

「ただ？」

「新人が来る前だったか後かわからないけど、ちづ姉さんが都銀じゃ、こうやるのよって教えてくれたことがあるんです。誰かが、どうして都銀のやりかたを知っているんですか。もしかして、都銀に彼氏がいるんですかって聞いたんです。そしたらちづ姉さんは教えなあいって嬉しそうでした。だからみんな、いる、いるよねって噂しました」

「ちづ姉さんですか。慕われているんですね。それに、そうですよね。あんな美人だったら、彼氏がいないほうがおかしいですよね」

（都銀の男と地銀の女か、順当な組み合わせだな）

　報告書の異性関係の欄には「恋愛経験少なし。交際一名あるも不詳」と書いた。二十六歳である。恋人ゼロと書くのもおかしいし、裏を取らぬまま都銀と書く訳にはいかない。それで依頼主の寺本響子は納得し、報酬の二万五千円を払った。一日仕事である。しかし今回は前金として十万円もくれ、「見つけたらいくらでも払う」とおっしゃる。福原は俄然、ファイトを燃やした。

　福原は友池から仕事を貰っていた。弁護士事務所と興信所はグルだった。響子を紹介されたのも、友池からである。福原は響子の夫の浮気を調査し、キックバックを友池に要求され、支払った。

　響子の来訪の前日、友池から電話があった。友池は修三と海野の関係の調査を、千鶴のついでに「無料で」行うように、福原に求めていた。福原もただ働きだから、何も調査せず、「海野会長は門脇千鶴の父親の保証人になっているようです」と当てずっぽうで報告した。裏を求められたら、それから調べればいいし、違っていたら「ただの噂でした」で済ます。友池は裏を求めなかった。ただ「依頼主が何かもっとカネを使って、調査をしたくなるようなネタをでっち上げられないか」と質問した。福原の最も得意分野である。

「マルタイが孕んだことにしちゃいましょう。そうすれば、どこの母親も、本当に自分の息子の種か知りたがります。ただ今回は姉ですから、どうでしょう？」

「いいことを聞いた。でも妊娠してなかったら、どうするんだ？」

「大丈夫です。想像妊娠という便利な日本語がありますから」

「おまえ、ワルだなあ」

「そのワルから小遣いをせびっているのは、どこのどなたでしょうか」

「それを言うな、おれたちは戦友だろ」

それで電話は切れた。益田市では弁護士事務所も興信所も一軒だけである。「お困りごと相談」はこの二軒がすべて引き受け、独占状態だった。

福原は勇んで津和野へ向かい、前回の女子行員にあたったが、成果は得られなかった。「本当に私もそれ以上はわかりません。都銀の人と本当に付き合っていたかもわかりません」と逃げられた。どこの都銀の何支店かは聞き出せなかった。

そこで福原は五日の日曜日にも津和野を再訪した。他の源氏巻の店を調査した際に「SLやまぐち号が来る土日はパートに来てもらっている」という情報を得たからだ。この日はまだSLの運航日ではなかったが、日曜日ならパートを入れているかと思い、「かどわき」を訪ねると、中年女性が一人で店番をしていた。彼女が「放送局」であること、そして修三夫婦が益田の間所家へ、両家顔合わせのために行ったことを無論、福原は知らない。

福原は高橋に接触して身分を明かし、ずばり本題を切り出した。すると逆に質問攻めにあった。そこで福原は俊明に関する情報をかなり教えた。ギブアンドテイクである。勘が働いた。

(このおばちゃんは何か情報を持っている)

「千鶴さんが交際していた男性について、何かご存知ではありませんか」

高橋はしゃべった。

「そうねえ、いろいろ教えてもらったから、教えちゃおうかしら。わたしね、見たことがあるの。ちづちゃんが赤い変な車から夜中に、男の人に送ってもらって降りるとこ」

「車種は？」

「車種って車の種類のこと？　車は詳しくないから、わからないけど、山口ナンバーだったわ」

津和野町は島根県である。ただ山口県と隣接しているで、山口ナンバーも珍しくない。

「相手の特徴は？」

「そんなの、暗くてわからなかった。相手も車から降りなかったし」

「いつ頃の話ですか」

「去年の秋だったかしら、冬だったかしら、よく覚えてない」

それだけで、福原には十分だった。

（都銀はおそらく山口・下関、あと徳山か宇部にしか支店がないはずだ）

下関市は下関ナンバーである。翌日の月曜日、福原は山口へ向かった。

＊

話は三日前の金曜日に戻る。町役場職員補充試験を終えた俊明はその夜、村岡と千鶴の三人で、居酒屋で飲んでいた。俊明は早く千鶴と二人っきりになりたかったが、千鶴が俊明の大学時代の特にモテなかった話を聞きたがり、飲み会はなかなかお開きになりそうになかった。射法八節の途中で愛を告白する手口が村岡の直伝であることもバレた。ただ村岡は、養子の件はけっして口にすまいと固く誓っていた。だが俊明へのやっかみから長居を続けた。自分が帰れば、二人がこれから何をするか、わかり切っていたからである。千鶴は父から「海野会長が妊娠の件は、俊明にも誰もしゃべるなとおっしゃっている。お考えがあってのことだ」と聞かされていたので、まだ打ち明けずにいようと決めていた。

「村、おまえとはまた飲もうぜ。だからな、そろそろ帰れよ」

「ま、いいか。俊がいかに見境なく、女の子にアタックしていたかは、だいたい話したし、そろそろ邪魔者はドロンしましょうか」

村岡は五千円札を「合格の前祝いだ」と俊明へ渡し、千鶴には自分の名刺を渡し、「俊とケンカしたら、いつでも連絡してください。俊もおれと彼女のケンカ待ちでしたから」と言って、去って行った。

「千鶴、村の話を信用しないでくれよ。あいつはジェラシーから、嘘をついているだけなんだから」

「ううん、全部信じる。俊くんとケンカしたら、電話しちゃおうかな、いい男だし」

「千鶴さ〜ん、お願いしますよ」

また、さんを付けてしまった。

それから二人は店を出て、俊明のアパートへ向かった。

部屋に入るなり、俊明は千鶴を抱き寄せ、耳元で囁いた。

「ヒトサカリしよう、久しぶりに」

ムードもへったくれもあったもんじゃないのに、千鶴は応じた。

「フタサカリでもいいよ」

（うひょお、おれは何て幸せな男なんだ）

俊明はがんばったが、ヒトサカリ半に終わった。

＊

その翌々日の日曜日、下関からこの日のために呼ばれた真一郎を含めた門脇親子四人と、俊明は海野会長と津和野駅で合流し、益田へ向かった。駅からはタクシー三台に分乗した。駅に三台のタクシーが停まっていることは少ないと俊明から聞いていた海野は、事前に益田のタクシー会社に電話し、予約しておいた。

先頭を俊明・千鶴、二台目が早苗・真一郎、最後尾を海野・修三に分乗した。乗車の割り振りはすべて海野が指示した。駅から間所家まで二十分ほどかかると聞いていたので、海野は養子の件をまず修三に伝えようと思った。それはおそらく「結納金の辞退」という提案が間所家から本日出されると考えたからである。次に両家が顔合わせるのが、結納である。

先にタクシーに乗車した海野が運転手に告げた。

「これから、車内で話す内容を決して口外しないで欲しい。そうすればチップをはずむ」

「お客さん、益田の運転手をなめてもらっちゃあ、困りますよ。車の中で聴いた話をべらべらしゃべるような運転手は一人もいません。もっとも、下さるってえチップを断る運転手も一人もいませんが」

海野は苦笑した。修三が乗り込んで来た。

「修さん、時間がないけど、修さんに一番に知らせたいから、二人っきりのいま、ここで話す。少し長くしゃべるけど、何も聞かず黙って聴いてくれ」

海野の只ならぬ様子に、修三は唾をゴクリと飲み込んだ。

「実は間所家から弁護士を通じて、ちづちゃんの産んだ最初の男の子を養子にくれって話が来ている。女の子はいらないそうだ。しかし、内容は無茶苦茶だ。一歳までこっちで育てろ。月に一回だけ会わせてやる。そして伯母が親権を持つという条件だ。だが、わしはこの話を、条件を変えて、あえて受けようと思う。次男ならやるという案も考えたが、それだと空約束になる可能性が高い。だから、男児出生後に間所の姓で出生届を出し、親権は俊明の兄に与える。そして中学卒業まではちづちゃんと俊明が育て、俊明と同じ県立益田高校へ進学させ、それをきっかけに転居させるという案を考えた」

海野は俊明の兄が無精子症だと信じ、この案を練り上げた。

「そんな話、千鶴が承知するはず」

「まあ、聞いてくれ。間所家は何としても跡取りが欲しい。これから親戚になろうって両家だから、こっちがゼロ回答では収まりがつかないと、わしは思う。当然ながら、間所家はその子を歯医者にさせたいだろう。しかし、俊明が歯医者になるのを逃れたのは高校生の時だ。高校生になれば分別が付く。歯医者になるもならぬも、自分で決めればいい。……わしは思うんだが、人生を選べる人生と、人生を選べない人生があると思う。わしも修さんも自分で人生を選び、道を切り開いて来た。だが、わしの長男は違う。長男の人生はわしが決めた。工学部も大手水処理会社への就職もわしの望みだ。結婚後に津和野に呼び戻し、課長としてうちの会社に入れ、副社長まで昇進させた。しかし、十年前に言われたよ。親父、社長の座を譲ってくれ。親父以上の社長になってみせるっ、とな。わしはむかっと来た。しかしあれが役員の多数派工作などして、社長になろうとしたら、わしは叩き潰した。だが、あれはそれをしなかった。だからわしは、おう、やれるもんならやってみい。しかし、失敗したら、おまえは役員から外して、わしが返り咲くぞと、脅した。結果は見てのとおりだ。うちがいまあるのは、息子のおかげだ。近いうちに会長職も降りる。わしはいま、会社に行っても、することがない」

「そんなことはないと思います」

「もう少し、聞いてくれ。人生を生まれながらにして誰かに決められる者を、わしらはつい不幸だと思いがちだ。しかし、そんな者にも誇りと喜びがあるということを、わしは息子から教えられた。例えば皇太子殿下がそうだ。歌舞伎役者の息子がそうだ。俊明の父も兄もそうだ。だから、俊明の息子が俊明の兄以上の歯医者になるという人生も、わしは誇りと喜びがない人生だとは思わない。おそらく今日、結納金を辞退するという話が出るかもしれない。その時は修さん、うまく芝居して、受けてくれ」

「それが養子の交換条件なんですか」

「そうだ。修さんは、この話をどう思う？　わしが修さんの保証人になっていることを抜きにして、孫の男の子を、中学までしか育てられないとして、考えてくれ」

「ちょっと、考えさせてください」

海野の語った「人生を選べない人生」という言葉が胸に刺さり、修三は幼少期から開店に至るまでの自分の前半生を思い出した。

＊

修三は農家の三男坊として津和野郊外に生まれた。歳の離れた長男は南方に出征し、ラバウル島で戦死した。修三は長男を写真でしか知らない。戦死公報が届き、在郷軍人会の老人数名が白木の箱を持参したが、箱の中に遺骨はなく、ラバウル島の浜辺のものだという小石が一個だけ入っていた。その小石が本当にラバウル島のものなのかは誰にもわからない。「ご苦労さまでした」と言い、深々と頭を下げて老人数名を見送ったが、彼らが見えなくなるや、扉を固く閉ざし、土間に倒れこんで、母は泣き叫んだ。白木の箱を何度もたたき、中の小石を揺らしては、けだもののような、声にならない慟哭を繰り返した。幼い修三はやさしかった母の泣き叫ぶ声が恐ろしく、何も言葉がけられなかった。

それから修三の九歳上に長女がいたそうだが、産後の肥立ちが悪く、生まれて五日後に亡くなったそうだ。

次男は三歳上だったので微かに覚えているが、本家筋にあたる広島の親戚に子どもがいなかったので、小学校に入学する前に養子に出された。中学二年生だった八月六日、宇品(うじな)の軍需工場に出勤する途中で原爆に遭い、命を落としたそうだ。

修三は軍事教練で教官に何度も往復ビンタを食らったことや、「忠魂棒」と名づけられた樫の木でいやというほど尻を叩かれたこと、そして竹槍で藁人形を何度も突かされたことはいまでも覚えている。

敗戦の日、尋常小学校の五年生だった修三は校庭に集められ、玉音放送を直立不動で聴いた。頭を上げることは許されなかったので、ずっと地面ばかり見ていた。放送は雑音ばかりでよく聞こえなかったし、もちろん何を言っているのかなどわかろうはずもなかった。やたら暑かったことと、蝉の声が喧(やかま)しかったこと、それに校長先生のほか何人かの先生が泣いていたことは覚えている。日本が戦争に負けたと知ったのは、家に帰ってからだ。悲しくも悔しくもなかった。もう軍事教練はないだろうなと思ったら、少しほっとした。

数日して教室へ行くと、教科書の国語や歴史それに修身を墨で塗るように教師から指示された。「お国のために」が口癖だった教師が、やたら「民主主義」と口にするようになったのに戸惑った。戦争の思い出はそれだけだ。

（誰も人生が選べず、四人兄弟の中で自分だけが生き残った）

尋常小学校はただの小学校に名称変更し、修三は新制中学へ進学した。そして中学卒業後、町役場の臨時職員に採用された。高校へ行きたかったが、行かせてもらえなかった。

町役場ではいろんな部署で雑用係として勤め、二十歳になって正職員に採用された。その後、いくつか部署を経験したが、最も長く勤め、最後まで在籍したのは水道課だった。水道課では下水処理を主に担当した。また役場勤務の傍ら、両親の農作業を手伝い、見合い結婚し、娘と息子が生まれた。

しかし三十六歳になったとき、修三に大きな転機が訪れた。いや正確には転機が訪れたのは修三にではなく、津和野の町全体で、修三はその渦に自分から飛び込んで行った。その渦は国鉄が昭和四十五年に発行した「DISCOVER　JAPAN」と大きく書かれた一枚のポスターから始まった。あれはいま思えば国鉄がJRに分轄民営化される前の最後の悪あがきだったのかもしれない。

修三は下水処理と言えば聞こえはいいが、時には糞尿にまみれることもある、常に悪臭にまとわりつかれる、人のいやがる汚れ仕事が与えられていた。修三には「中卒の雑用上がり」だから、こんな仕事をさせられているのだという思いが消えなかった。中卒は役場では数人になり、役場も高卒以上しか採用しなくなった。しかも筆記試験を課して職員を採用した。試験を受けずに役場に入った修三はズルしたように周りから思われているようで、それも〝負い目〟だった。このまま役場にいても、自分は一生「中卒の雑用上がり」として、いずれ高卒、そして大卒の年下の上司にあごでこき使われるのは目に見えていた。しかし結婚し、子どもも二人生まれたので、誰かがやらなければならい仕事をしているのだと自分を慰め、半ばあきらめていた。

そんな矢先、津和野を一大観光ブームが襲った。「遠くへ行きたい」というテレビ番組で津和野が紹介され、アンアンとかノンノとかいう修三が見たことも聞いたこともない雑誌で津和野の特集が組まれると、裾がラッパ型に開いたジーパンをはき、縞柄のシャツを着て、色付きのトンボ眼鏡を頭にさした、「アンノン族」と呼ばれる髪の長い若い女性が津和野の町を一人か二人で闊歩するのが、鯉の泳ぐ殿町あたりで特に多く見られるようになった。

これに素早く反応したのが、観光協会である。「山陰の小京都」津和野観光推進本部という仰々しい名の看板を事務室の一角にぶら下げ、やれホテルを作れ、旅館を建てろ、レストランを増やせ、土産物屋も開け、貸自転車屋だと、町内の有力者や関係者を商工会とともに説得に回った。役場も観光協会や商工会に遅れてはならじとばかりに、商工観光課を増員し、追随した。

この好機を役場で働いていた修三は見逃さなかった。どうせこのまま役場にいても、「中卒の雑用上がり」というレッテルが消えることは断じてない。ならば思い切って役場を辞め、小さくてもいい、一国一城の主になりたいという夢を抱いた。そこで土産物屋に照準を絞った。ホテルやレストランは資金的にそもそも無理だし、人を雇わなければ成り立たない。修三は人を使うのも、人に使われるのもいやだった。家族だけでこじんまりとできる商売がしたかった。家族四人が食べてゆければそれでいい。それだけの思いだった。

（自分は人生を選べた）

そこでまず、早苗にその夢を打ち明けた。早苗はすんなりと賛成した。農家の嫁がいやだったからかもしれない。「応援する」と言ってくれた。意を強くした修三は母へ相談した。だが父に遠慮して、賛成とも反対とも母は明らかにしなかった。

そこで意を決して、父にその夢を打ち明けた。途中までは修三の話をおとなしく聞いていたが、資金はどうするのかという話に至り、「信用金庫と農協から融資を受けるけど、おれの収入ではそんなに借りられない。頼む、田んぼを売ってくれ」と修三が両手をついて頭を下げると、父の血相がにわかに変わった。「先祖代々受け継いだ田畑をおまえは手放して、その土産物屋とかいう、売れるとも売れんともわからん、博打（ばくち）のような商売を始めたいと言うんか」と声を荒らげ、それ以降は修三の話に耳を貸そうとしなかった。「減反政策のような農家を大切にしない日本の農業に将来性はない。これからの日本は観光業だ。サービス業だ」と力説しても、「要は百姓がいやになった、いうことじゃな」と相手にされず、そのうちあいさつすら無視され、いっさい修三とは口をきこうとしなくなった。

困り果てた修三は商工会へ相談した。役場にはまだ辞めると告げてなかったので、商工会にこっそり土地を探してもらっていた。修三は店舗付き住宅を新築するつもりでいた。すると太皷谷稲成神社の参道で、鷺舞の出発点である弥栄神社の斜め前、川沿いの鉄橋のすぐそばの稲成丁の古家が空き家になっており、そこの地主が売ってもいいと言っていると、修三に耳打ちしてくれた。修三は土地勘があったので坪数だけ聞いて土地も見ずに即決し、料金交渉は商工会に任せ、なけなしの貯金をはたいて、手付金を払った。これでもう後に引けなくなった。そして修三はその商工会の職員と信用金庫の融資係を自宅に招いて、父を説得しようとしたが、父は門前払いをくらわし、玄関先で追い返した。

そこで次に修三は農協を訪ね、農協の融資係を通して父の説得を試みた。さすがに農協には何かと世話になっているので、父は追い返さず、家に招き入れた。その話の途中で父は相変わらず、「先祖伝来の田畑」と繰り返したが、農協職員が「おかしいですね。あの土地はたしかGHQの農地改革により、地主から安く払い下げられたものではありませんか」と指摘すると、父は顔をにわかに強張らせ、「何であろうと、売らんものは売らん」と息巻き、席を立ってしまった。

途方に暮れた修三は早苗に相談し、役場に退職届を出すことにした。早苗はさすがに「大丈夫なの？」と心配したが、「もう、これしかない」と説得した。修三が水道課長に退職届を提出し、土産物屋を始めたい旨を述べると、いっさい遺留されず、今後のためにと商工観光課長に引き合わせてくれた。そこで修三は商工観光課長を連れて、何度目かわからない父の説得を試みた。商工観光課長は津和野の観光の発展のために土産物屋は欠かせないと力説したが、話がひと段落したところで、「じゃあもう、修三は役場にはもうおれんということかの?」と、父が質問した。その質問に商工観光課長は小さく、修三は大きく頷いた。少し間があって、「わかった。修三の好きにしたらええ。田んぼは売る」と、父はようやく白旗を挙げた。

さて、土産物屋を始めるにあたって何を売るかだが、修三は源氏巻を売ると最初から決めていた。しかし仕入れたものを、ただ並べて売るだけの商売はしたくない。できたらお客さんの眼の前で作り、出来立てを味わってほしかった。源氏巻は生地を焼き、それに餡を乗せて巻き、裏返して押さえてもう一度焼けば完成である。素人の自分でも何とか作れるだろうと、甘く考えていた。そこで教えてくれる人は誰かいないかと、商工会へ相談に行くと、ここで修三は僥倖に巡り合うことになる。

当時、津和野には源氏巻を製造販売する店舗が七軒あったが、その店舗はいずれも競争相手が増えるから、製造方法を他人に教えようとしなかった。しかし、七軒のうち最も大きな店舗の若店主が「源氏巻を日本中に知ってもらうためには、もっと店が必要だ。そして、いい店は繁盛し、悪い店は潰れる。それだけのことだ」と開明的な意見を唱え、父親の反対を押し切って希望者には誰でも自分の店舗で教え、すでに教えてもらった人もいると聞かされたのである。

修三は早速その店を訪ねた。修三は自分が「中卒の雑用上がり」だから役場にいても将来はないこと、父親の説得に苦労したこと、すでに役場は辞めたので退路はないことを切々と訴え、教えを請うた。若店主は黙って耳を傾けていたが、修三が話し終えるや、「本気でやるつもりなら女房も連れて来い。そしてこの店で、二人が一か月ただ働きしたら、全部教える」と条件を出した。そこで帰宅した修三が早苗に話すと、早苗はすぐさま承知したので、二人は小学二年生だった千鶴と幼稚園児だった真一郎を両親に托し、その店で一か月の修行をすることになった

店で働き始めて最初の十日間は、若店主は二人に何も教えようとしなかった。ただじっと二人の働きぶりを見ていた。しかし二人が無給だと知った店主が、若店主より先に二人に教え始めた。生地のこね方、小豆の蒸し方、そして焼き方と、つられて若店主が父親に負けじと教え始めた。さらに材料の仕入れ先まで教えてくれ、二人は修行を終えた。

この修行と同時に修三は店の設計にも携わっていた。修三が最もこだわったのがトイレである。下水処理に関わり、水道工事会社の海野社長と懇意になっていた修三は「これからは水洗トイレの時代だ。だから門脇が家を建てるときは必ず水洗にしろ」とアドバイスされていた。当時、津和野では水洗トイレの普及率が数%と日本国内でも最低水準で、役場も商工会も汲み取り式だった。そこで修三は水洗トイレを店の外に置き、さらに二階にも水洗トイレを設置したいと考えた。二階にトイレを設置するには水洗でなければ不可能だが、二階にトイレを置くなど、当時の津和野では皆無と言ってよかった。しかし海野は「いい考え」だと賛成し、「おれが安く作ってやる。おまえはもう役場を辞めてるから、贈賄にはならんだろ」とまで言ってくれた。しかし工務店は「トイレを外に置いたら、シャッターを下ろして閉店したあと、勝手に使われますよ」と同意しなかった。「トイレを外に置くのはお客さんのためで、家族のためではない」と主張し、さらに水道工事会社とす

でにこの話は進めていると伝えると、ようやく同意した。都会の女は水洗でないと、用を足したがらない。そして用を足せば、何かついでに買ってくれるだろうという読みがあった。この読みは当たった。後日談ながら、このトイレを修三はいち早く洋式に変え、さらにシャワー式トイレが出始めるや、すぐこれに改めた。トイレだけはきれいにしようと修三は毎朝、誰にも任せず自ら掃除した。うちの店が何とかやっていけているのは、このトイレのおかげだという思いがあった。

ところで修三の店は一階が店舗と倉庫兼事務室、それに台所と浴室・洗面所。二階が八畳の和室が二つと三畳の物置、そしてトイレという構成だった。何より店舗を優先させ、源氏巻の生産販売にこだわった修三は店の一角の源氏巻を焼くコーナーをガラス張りにした。お客さんに見られても、恥ずかしくない仕事をしたいという思いからだった。それにテーブルと椅子四脚も置いた。できれば店内で食べるか、自宅へ持ち帰って食べてほしい。源氏巻は由緒ある銘菓である。源氏巻を食べ歩きしてほしくないという思いからだった。こうして青写真だけはできたものの、修三にはまだ解決しなければならない大問題が残されていた。それは、保証人という厄介な問題だった。

まず農協だが、あれだけ父親に田畑を手放すように説得しろと煽っておきながら、いざ父親が売ると決めたら、掌を返したように「いまどき、田んぼはなかなか売れませんよ。農家をやめたい人はいくらでもいるけど、田んぼを増やしてまで農業を続けたいって人はいませんから。でも、売ると決めて頂かないと、担保にするのもいやがりますからねえ」などと言い出した。これにはさすがに修三は頭に来た。田んぼを売ると言っても、農協が買ってくれるわけではない。農協は買ってくれる人を探し、仲介料を徴収するのである。〝農地法〟という農家を守るためか、いじめるためか、よくわからない法律があり、農地は農業委員会の許可を得た農家にしか売れない規則になっている。このことは修三も知っていたが、(じゃあ、どうしろというんだ)という思いが沸き立ち、つい口から荒々しく出てしまった。

それに対する農協の提案は、田畑以外に自宅の家と土地も担保に取る。さらに保証人を二人つける。一人は父親でよいが、もう一人は誰かに頼めという内容だった。そこで修三は父親にその話をすると、父親はしぶしぶながら保証人になることに同意した。残ったもう一人の保証人だが、修三は一人の顔しか思い浮かばなかった。海野社長である。実は修三はその働きぶりを認められ、「役場勤めがいやになったら、いつでもうちに来い。雇ってやる」と何度か言われたことがあった。この話は早苗にだけ、退職届を出す寸前に打ち明けた。だから早苗も役場を辞めることにそんなに反対しなかった。修三もどうしても土産物屋が開けなかったら、海野社長に拾ってもらうつもりでいた。だから迷わず、修三は社長を訪ね、保証人になってくれるように懇願した。海野は快くではなかったものの、保証人になることに同意してくれた。修三は深々と頭を下げたが、実は地に頭を着けてまで、頭を下げたい思いだった。

次に信用金庫だが、ここは農協とは違った意味で厄介だった。まず担保として、自宅と田畑は第二抵当権でよい。しかし、農協と異なり、保証人と保証人より責任の重い連帯保証人を一人ずつ付けろ。ただしそのどちらも親族ではだめだ、というのである。だから修三は連帯保証人と保証人を探す必要に迫られ、またまた海野社長を訪ねた。連帯保証人という言葉の重さを知っていた社長はなかなか首を縦に振ろうとしなかったが、とうとう根負けし、同意した。その際、「おまえの店は必ずはやる。だからおれは保証人だって連帯保証人にだってなってやる。しかし商売だって、浮き沈みが必ずある。だから少々苦しくたって、辛抱しろ。それから少しうまくいったからと思って、調子に乗って手を広げるな。土産物屋だけで我慢しろ。おまえが夜逃げでもしたら、おれは破産だぞ」と諭した。修三は涙がこぼれそうなった。

もう一人の保証人については、修三は修行していた店の若店主になってくれるように頼んだ。だが「おれじゃ信用にならん。親父に頼め」と回された。そこで修三が店主に頼むと「どうして商売敵になる奴の保証人にならんといけんのじゃ。おれはそんなにお人よしじゃないぞ」と突っぱねられた。だが若店主が間に入り、「商売敵じゃなく、暖簾分けと思うたらええんよ。短い時間だけど、うちの店で修行したんだから。看板にうちの名も出す。そしてカネは出さんが、口は出す。そういう条件ならどうだ、親父？」と促した。店主はしばらく考えたが、「ま、そういうことならば」と述べ、保証人になることに同意した。後日、修三の開店祝いとしてこの〇〇店は大小二枚の看板を贈ったが、それには店名である「かどわき」の前と上に二行に分けて、〇〇家／源氏巻と刻まれていた。（うちの名前を使わせてやるから、変な商売すんなよ）という若店主からの無言のプレッシャーだと、修三は感じた。

さて修三が商工会の指導を受けて事業計画書を作製して提出すると、農協と信用金庫の融資の決裁はどちらもすんなり降りた。修三が二社の金融機関から融資を受けたのは、一社だと借入金額が多くて決済が簡単には下りないと考えたからだ。それからはトントン拍子で事が進み、保健所の許可もすんなり降り、修三の店舗兼自宅は役場退職から五か月後の昭和四十六年の春に完成した。

津和野の人口は当時８０００人前後だったが、観光客入込数は昭和五十四年には１５２万人を突破する。人口の実に１９０倍に相当する。この記録はいまも破られていない。しかしこれには理由がある。この年の八月一日にＳＬやまぐち号が小郡（現在の新山口）と津和野間で運行を開始したからだ。ＳＬやまぐち号は現在も三月下旬から十一月中旬までの週末と祝日に一往復し、人気を博している。とまれ、修三が店を開いて以降、町は観光客であふれ、レンタサイクルの店が雨後の筍のようにあちこちに出来た。修三の店は観光客の右肩上がりの増加に伴い、順調に売り上げを伸ばした。

また太鼓谷稲成神社の参道という場所もよかったのかもしれない。太鼓谷稲成神社は津和野で最も来場者の多い観光スポットである。初詣の参拝客に、一個二百円の源氏巻が一日に三千個も売れる日もあった。それにトイレを設置したことで観光客だけでなく、町の商工観光課や観光協会からも感謝された。感謝状を贈ろうかという話もあったが、いつの間にか話だけで終わった。

しかし田んぼが売れる目途がまったく立たなかったので、ローンの返済期間はどちらも三十年にした。三十年後には早苗も還暦を過ぎる。二人は新築の家で過ごした初めての夜、千鶴と真一郎を寝かしつけ、新しい夢を語り合った。

「ローンを払い終えたら、この店は誰かに買ってもらって、津和野の冬は寒いから、どこか暖かい所で、二人でのんびり暮らそう。沖縄はどうだ？」

「わたし、ハワイがいい」

毎週日曜日午後七時に視聴者参加の「アップダウンクイズ」というテレビ番組が放映され、十問正解の賞品がハワイ旅行だった。一問でも間違えれば、また最初からやり直しである。早苗は解答者より先に、正解をかなりの確率で答えていた。

「そうかハワイか。ハワイはかなり日本語が通じるらしいぞ」

「でも少しは英語も勉強しないとね」

「そうだな。だから、この店はおれたち一代で終わりにしよう。千鶴は嫁にやればいいし、真一郎は大学まで何とか出して、好きなところで会社勤めでもさせればいいよな」

「そうね。だからこの店、高く買ってもらえるように、三十年、がんばろうね」

「ああ。だけど、ハワイのことは誰にも内緒だぞ」

　二人で語り合ったことを、今でも修三は忘れられない。本当を言えば、修三は役場を辞めたくて、早苗はおそらく農家の嫁と両親との同居がつらくて、二人して土産物屋の開店に向けて突き進んだのかもしれない。だがそんなことは二人には、もうどうでもよかった。

　夫婦仲はそれまで悪くはなかった。嫁姑のいざこざがあっても修三は早苗をかばい、舅から早苗が叱られても、早苗の肩を持った。「修三は若い嫁の尻に敷かれとる」と非難されたら、「こんな貧乏農家に、嫁に来てもらっただけでも有り難いと思って、かわいがってくれ」と両親に訴えた。早苗はその言葉が何より嬉しかったと語った。そして二人は店を開くという夢をかなえたものの、それで満足しないように新しい夢を見出した。同じ夢を持つことで夫婦仲はさらに良くなったように思う。

　修三はあの夜のことを、あたかも昨日の出来事のように思い出すことができた。

＊

タクシーの車中で修三は我に返り、海野に質問した。

「私も早苗も中学を出たら、働いていました。中学まで孫の顔を見られれば十分でしょ。それに高校生になったら、もう会っちゃいけないという話じゃないんでしょ？」

「もちろんだ」

「だったら、早苗は必ずわかってくれます。ただ千鶴はどうでしょう。早苗がいまだに子離れができませんから。大学を卒業するってえのにですよ。千鶴は早苗と二人で説得しましょう」

「ありがとう、修さん」

間所家に着いた。到着後にタクシーは三十分ほど待ってもらった。間所家の両親と兄に顔合わせをし、仏壇へ合掌して報告を済ませたら、先頭を間所家三人、次いで俊明・千鶴・真一郎、最後尾を修三夫婦と海野が分乗した。海野は助手席に座り、運転手の横へそっと二千円を置いた。運転手は横目で確認し、小さく首を縦に振った。

修三は先ほどの話を早苗に語った。早苗はじっと聞き入っていたが、最後に一言だけ呟き、確認した。

「よくわかった。でも、女の子なら、あげなくていいんだよね」

「そうだ」

修三が頷いた。

「女の子が産まれるように、わたし毎日、太鼓谷のお稲成さんにお祈りするわ」

早苗が決然と告げた。

　高津川の河口近くの料亭「雪舟亭」に着くと寺本夫妻が待ち構えており、両家紹介に続き、二重の折詰を載せた朱塗りの猫足膳とビール・お銚子・ジュースが運ばれ、食事会が始まった。千鶴は間所家でも料亭でも、前回と変わって大歓迎を受けた。

「このたびは私どものような家に、大切に育てられた息子さんを婿にいただくことになり、何とお礼を申し上げたらよいかわかりません」

　平身低頭する修三に、俊明の父が鷹揚に答えた。

「いえいえ、こちらこそ。婿に出そうと思っていたところに、千鶴さんのような美しい方に拾っていただき、感謝しております」

「あなた、それじゃ俊明がゴミみたいじゃないですか」

「ゴミみたいな顔だろ、わが家は全員」

　寺本が大笑いしたが、響子ににらまれて、笑うのをやめた。

「ところで千鶴さん、まだお若いから、たくさん子どもを産んでくださいね。できちゃった婚というのかしら、それでもかまいませんよ」

　俊明の母の言葉に、真一郎以外の門脇家三人と海野はドキリとした。

「母さん、何をはしたないこと言ってるの。でもできるなら、わたしは女の子を産んでほしいわ。千鶴さんに似たかわいい女の子」

　修三夫婦も海野も、響子の発言を意外に感じた。修三夫婦とは初対面ではないのに、響子はおくびにも出さない。

「ぼくはどちらでもいい」と兄、「わしは男だな」と父、「あたしも男の子」と母。意見が分かれたが、響子が千鶴に質問した。

「千鶴さん、血液型は何？」

「O型です」

「俊明はA型だったよね」

「はい」

「A型とO型はとっても相性がいいのよ」

それから食事が始まったが、半ばで俊明の兄が口を開いた。

「あまり酒が進まぬうちに、無粋な話を済ませたいと思います。当家では婿にやる、もらうという表現でなく、俊明と千鶴さんが結婚し、ただ俊明の名字が門脇に変わり、門脇の家に住むだけの結婚と考えてります。よって、費用に関してフィフティフィフティにさせてください。本日の顔合わせの費用は当家で負担いたします。次回の津和野での結納の費用は、門脇家でお願いします。よろしいでしょうか」

「もちろん、負担いたします」

修三の芝居が始まる。

「日時と場所は追ってお知らせください。お任せします。次に太鼓谷稲成神社での結婚式と披露宴の費用ですが、これも両家折半ということでよろしいですね。お父さん」

「うん、間所としては、それで異存はない」

「それはいけません。うちに婿に来ていただく訳ですから……」

「先ほど申しましたように、折半で勧めさせてください。ただ、結納金という前時代的な制度に関しては、もし受け取ったりしたら、人身売買とまでは言われないでしょうが、何しろ田舎ですので、弟をカネで売ったように思われて、私の患者が減ります。いっさい考えないでください」

当時、結納金は嫁入りで五十から百万円、婿入りはその倍が相場だった。修三は二百万円を結納金として考えていた。婿入りが高いのは、新郎の収入が同居・別居に関わらず、婿入り先の収入になるからだ。嫁入りの結納金で、新婦の実家は婚礼家具や寝具を買った。婿入りの場合は婚礼家具や寝具を新婦の実家が用意しなければならない。さらに結婚式や披露宴、そして新婚旅行の費用の大半は、新婦側が負担しなければならない。だから婿入りは嫁入りの倍以上の出費を要する。嫁入りより婿入りが圧倒的に少ないのは男性上位の社会的風潮だけでなく、この費用負担の問題もあるからだというのが筆者の見解である。

厚生労働省の発表した平成二十八年度の「婚姻に関する統計」によれば、男女とも初婚の場合、男性が女性の旧姓で入籍する割合は昭和六十年1・0％、平成二年1・7％、平成二十七年2・9％と、依然として希少ながら増加傾向にある。この数値は夫婦別姓も選択肢として法的に認められれば、大きく変わるだろう。

なお田舎ほど、結納金を払わなかったことが発覚すると、後ろ指を指される。発覚するのは、新婦の実家が婚礼家具や寝具を買わないからである。だから兄の話は世間の常識と異なる。修三は後ろ指を覚悟した。

「そこまでおっしゃるんなら、お言葉に甘えさせていただきます。ただ新婚旅行の費用は、門脇で負担させてください。しかし、それだけじゃ私の気が済みません。盆暮のご挨拶に、源氏巻の詰め合わせを間所家と寺本家に贈らせてください。何しろ売るほどありますから」

「まあ、門脇さんたらお上手をおっしゃって。あたしも響子も甘党だから。大歓迎ですよ。この前、千鶴さんからいただいた源氏巻もおいしかったわ」

(あれは津和野駅のキオスクで買ったんだけど……)

「それを食べさせてあげましょうよ。ねえ、あなた、いただいた養子の男の子にも」

俊明の母のさりげない発言に、和やかな場が凍った。

(男の子を養子にいただく？　何の話？)

千鶴は素早く全員を見渡した。寺本のご主人、俊明、真一郎の三人はキョトンとしていたが、他は明後日の方を見たり、やたらと膳をつついたりして、母の言葉を聞こえないふりをしていた。千鶴は海野を見た。海野は視線をそらした。

(何か、怪しい)

「お母さん、ようし、男の子みたいに源氏巻をいただくぞって、言いたかったんだよね」

「そうよ、そう。俊明はホントに気だけは効くんだから」

「気だけはって、ひどくないですか」

「ごめんなさいね。いまのは失言でした」

母がやけに助詞の「は」を強調した。

（いまのは失言。じゃあ、前のはわざと？）

それから話題は俊明の高校弓道部での活躍に移り、小一時間でお開きになった。間所家と寺本夫妻とは雪舟亭の玄関で別れた。

海野はあらかじめ先ほどの運転手に迎えの時間を知らせていたので、その運転手がドアを開けて待っていた。海野と修三夫妻の三人が早々とそのタクシーに乗り込んだ。もう一台タクシーが迎えに来ていた。知っている三人と知っている運転手の四人組、（何か、怪しい）と疑う千鶴、顔合わせを無事終えて安堵している俊明、ご馳走を鱈腹食べて大満足の真一郎、何も知らぬ運転手の四人組に分かれて、益田駅へ向かった。

＊

津和野へ帰るＪＲ特急「おき」の座席を、千鶴は俊明と真一郎に命じて対面式に改めさせ、千鶴は海野の正面に座った。千鶴の隣の窓側には俊明が座り、海野の隣には真一郎、通路をはさんで修三と早苗が座った。

「会長、男の子を養子にいただくってどういうことですか」

千鶴は直球勝負に出た。

「あれは、俊明の言ったとおりだろう。俊明はなかなか機転の利く見所のある男だ。待てよ、見所・真心・間所、みんな一字違いで、面白いと思わないかい？　ちづちゃん」

養子は家族の問題なので、この件は修三と早苗から千鶴と真一郎に話し、俊明には津和野に着いたら、自分が飲みに誘い、そこで説得するつもりだった。

「思いません。会長、何か企んでいるでしょ？」

「千鶴、会長に対して何て無礼な物の言いようだ。お詫びしろ。会長は我々のためを思っていろいろと」

「いろいろと何？」

海野と修三は顔を見合わせた。

「修さん、この場で言っていいかい。やはり当事者がつんぼ桟敷じゃ、話が進まない」

当時の差別表現だが、海野の年齢を考慮して、悪しからず。

「会長はお疲れでしょうから、私が代わりに」

「いや、俊明もいるから、この場で話そう。これも仲人の仕事だ。少し長くしゃべるから、よく聴いてくれ」

海野は修三へ最初に語った内容と、ほぼ同じことを繰り返した。ただし響子の一歳からという「原案」については語らなかった。

「そんなん、絶対ダメです。あの家で息子が暮らすなんて。たとえ高校生からといったって、かわいそうです」

俊明が皆の沈黙を破って、まず反対を表明した。

「わたしはいいよ。どうせ、いつかは息子とは別れなければならないんだし。中学を出たばかりの息子を相撲部屋に預けて、横綱にしてくださいって願う母親の気持ちとおんなじじゃん」

千鶴は俊明の兄に好意を寄せていたので、すんなり同意した。

「ぼくは」真一郎が何か言おうとしたが、誰もおまえの意見など求めていないという全員の視線を感じ、「みなさんにお任せします」と言った。

「でも、歯医者になりたいかどうかわからないじゃないか」

俊明が抵抗を試みる。

「だってそれは十六年先の話でしょ。その時に考えればいいじゃない」

「そうね。十六年も先のことは、誰にもわからないわね」

「十六年後は、わしはあの世から成り行きを見守ることにしよう」

「またまた、そういう人こそ長生きするんですよ、会長」

「十六年後には派手に送別会を開いてやろう。な、千鶴」

（十六年後、わしはハワイでゴルフ三昧のはずじゃった）

「ちょっと待ってください。どうしてみんな十六年後って言うんですか。子どもはいつ産まれるか、わからないじゃないですか」

「もう、みんな十六年、十六年って言うから、バレたじゃない。俊くんは意外と勘がいいのよ。本当は二人っきりの時に、教えたかったんだけど。……見て」

千鶴はお腹に右の掌を置き、二回まわした。

「何？」

「よく考えて」

もう一回まわした。

「もしかして、赤ちゃん?」

「うん。できちゃったかも。ごめんね」

「えええっ。おぉおお、すごい。すごいよ、千鶴」

窓側に座っていた俊明は急に飛び上がり、網棚に頭をぶつけそうになった。

「でも、まだはっきりした訳じゃないから、明後日、産婦人科に一緒に行ってくれる? 休みを取れそう?」

「何とかするよ」

「おめでとう、兄貴」

(兄貴、なんて響きのいい言葉なんだ)

俊明の向かいに座った一つ年下の真一郎の言葉に俊明の眼は潤んだ。

「真一郎、あんたは真似しちゃダメよ」

「兄貴はよくて、どうしておれはダメなんだよ」

「あんたも婿に行くんなら、いいわ、ねえ、母さん」

「絶対ダメ。相手の親御さんに申し訳が立ちません。それに、婿はもらうもので、あげるもんじゃないのよ」

「おいおい、早苗。そろそろ子離れしてくれよ」

「わたしはとっくに子離れしてるわ。だって、こんなに席が離れて真一郎と座っているじゃない」

早苗と真一郎の間には通路があり、海野をはさんで窓側に真一郎が座っていた。早苗の発言が冗談なのか、本気なのか誰もわからず戸惑った。

「あたしはさっさと子離れするからね。俊くん、この子は」

お腹に掌を当てて、一回まわした。

「男の子だったら、高校生になった時からお兄さんと住む。まだ反対？」

「きみが賛成してくれれば、後日、わしと修さんで間所家に出向き、この話を進めようと思っている。どうかな？」

俊明はしばし黙りこんで、自分の高校生活を振り返ってみた。弓道と文学に明け暮れていた。歯医者にはなりたくなかった。

（歯医者になりたくないと、息子が訴えて来たら、何としてでも助けてやる。それが父親となる自分の責務だ。この役目は自分しかできない）

「わかりました。将来、息子がぼくを必要とする日が来るかもしれません。だから、その日のためにぼくは賛成します」

「ずっと必要よ、パパになるんだからね」

千鶴の言葉に全員が頷いた。

＊

翌日、この案を海野は松江の錦織弁護士に連絡した。「いい案だと思うが、養子の発案者なのに、蔑ろにされる姉に注意するように」と助言された。それは海野も同じ思いだった。それから、海野は友池に電話を入れた。回答の最終期日だった。

海野は「覚書の第二条以降を大幅に変更すれば新郎新婦は同意すると言っている」と友池へ伝え、メモを取らせた。言い終えた海野が聞いた。

「どうかな、先生？」

「こんな案を考えて、同意させるために十日も待たせたんですか」

「そうだ」

（実際は昨日の一日だけだ）

「これじゃ、寺本さんが納得しませんよ。それで、昨日は両家の顔合わせを済ませたそうですが、まさかこの案をしゃべっていませんよね」

「安心したまえ。後日、わしと千鶴の父親と二人で益田へ出向き、間所家と協議するつもりだ」

「会長、そんなことをされたら寺本さんの立場がありません」

「おかしなことを言うねえ。結婚は二人の問題だし、養子縁組は両家の問題だ。間所の籍を抜いた寺本響子とは何の関係もないと思うけど、違うのかね？」

「それはそうかもしれませんが……」

「取りあえず、そういうことだから。証人にはわしがなる。覚書は先生の作った草案を参考にさせていただくよ。ごくろうさまでした」

「会長、お待ちください。こんな内容を、私はとても寺本さんには伝えられません」

「それは、きみの問題だから、きみが処理したまえ。じゃ、二度と会うこともないだろうから。いろいろお世話になりました」

海野は電話を切った。

友池は受話器を握りしめたまま、しばし茫然自失としていた。「托卵を企んだ」とシャレを思いつき、一人悦に入った自分にみせた、響子のヒステリックな形相が眼に浮かんだ。いかに響子を宥(なだ)めるか、それればかり考えたが、何も思い浮かばなかった。

＊

その頃、山口駅に着いた福原は電話ＢＯＸに入り、タウンページの興信所の名称と住所・電話番号をメモした。当たるのは「同業者」だ。門脇千鶴と都銀の男の間で、結婚までもし話が進んでいたら、男の母親が素行調査を行なった可能性がある。これを依頼するのは決まって母親である。嫁として認めないか、認めても嫁の弱みを早くから握りたいらしい。家柄にこだわる母親や、嫁姑で苦労した母親ほど依頼する。最も知りたいのは過去の男関係であり、次いで金銭感覚である。「浪費癖あり」の記述は、すぐさま破談につながる。そして婚約の前と後では、前が圧倒的に多い。さらに調査対象は女が男を上回る。娘は嫁に出すから、相手の男に多少の問題があっても我関せずと母親が思うからだろう。だから息子の嫁に同居を希望する場合は、ほぼ素行調査を依頼する。

山口市には興信所が三軒あった。情報を買うために事務所を訪ねると、一軒目でヒットした。

福原が興信所のカウンターで名刺を出し、「津和野の共銀の女を素行調査した依頼主を探している」と告げると、同年代の所長らしい男性が詳しい話を聞きたがった。応接室に招かれ、名刺交換した後に、福原が門脇千鶴の名を告げ、話をあらかた終えると、所長はしばらく席を外した。十分ほどして、ファイルを手にして戻り、福原に質問した。

「うちで扱ったみたいだ。ところで、いくらで買ってくれるんだ？」

福原は三本指を立てて、所長の前に突き出した。

「三十万か」

「冗談はお互い顔だけにしようぜ」

「それもそだな。持ちつ持たれつだ。片手でどうだ？」

「いいだろ」

所長はカネを出すように求めたが、福原はファイルを先に見せるのが先だと譲らなかった。ファイルには門脇千鶴の住所・氏名・勤務先・写真・調査結果の他に、依頼主の住所と女性名が記載されていた。その息子の氏名も勤務先も記載されていなかったが、福原はそれで十分だった。福原はそのコピーを五万円で買い、千鶴の交際していた男性の母親の名字が国司であると突き止めた。

千鶴との婚約を破棄した「あの男」は、家格の高さゆえ藩主毛利敬親より一隊の長に任じられたものの、強行突入派の久留米水天宮神官の真木和泉や、遊撃隊総督の来島又兵衛を御しきれずに禁門の変を起こし、第一次幕長戦争前夜、責任を問われて二十二歳で切腹を命じられた三家老の一人である国司信濃の本家筋の末裔だった。

福原は興信所を出るや、少し歩いてレンタカーを借りた。その際、「カーナビの着いた車なら何でもいい」と店員に告げた。ナビの着いたレンタカーはまだ少なかった。ナビで住所をセットしたカローラで、福原は竪小路の国司家へ向かった。

国司家は石垣に囲まれ、石段を数段登った檜造りの門構えの奥に、広い庭に石灯籠といくつもの庭石、さらにその奥に二階建て木造檜皮葺（ひわだぶき）の屋敷が見えた。

（豪邸じゃんか）

石垣の一角は切り取られ、ガレージになっていた。格子シャッターの奥には黒のベンツと赤のプレリュードが並んで停められていた。

（ナンパカーだ）

このプレリュードこそ、あの店のおばちゃんが言った「赤い変な車」に違いないと、福原は確信した。

それから、近くの公園に電話ＢＯＸがあったので、そこに入り、タウンページの銀行の欄を開いた。福原はいつも思う。

（タウンページはカネを払ってでも見たい。こんなのがタダなんて、日本はなんていい国なんだ）

福原にはどこが都銀で、どこが地銀かの知識はない。項目もただ「銀行」と記されているだけだ。福原は眼で追うと、山口銀行がいくつも店舗があり、他に西京銀行と西日本銀行があったが、都銀らしいの地名のない銀行は一軒しかなかった。

（山口市は県庁所在地だけど経済の中心は下関だから、都銀は一軒しかないのかもしれない）

この日の福原は運に恵まれていた。さっそく電話をかけた。

「もしもし、国司さん、いらっしゃいますか」

「国司ですか、（ちょっと間があり）国司はただいま席をはずしております。どちらさまでしょうか」

「では、改めてお電話します」

女性行員の声を耳にした福原は喜びを抑えつつ、電話を切り、すぐさまその支店へ向かった。

男の名前が訓音の湯桶読みで、振り仮名がふってあったのはありがたかった。そうでないと、歴史の教科書に記載されている平安時代の地方長官の知識が邪魔してコクシと呼び、いても「コクシはいません」と言われかねなかった。

米屋町の第一勧業銀行山口支店の地下一階の駐車場で、福原はルームライトを点灯させ、五万円で買った千鶴の素行報告書を読みふけった。地下駐車場の一角には銀色の円筒形の灰皿が置かれている。福原は支店ロビーで国司の姿を探したが、この男だと見極めることが出来なかった。齢は三十前後と目星をつけたが、それらしいのが何人かいて、特定できなかった。一階の窓口係の奥にいたため、胸の名札を読み取ることができず、顔もわからないので、ロビーで〝アタリ〟を付けることはあきらめた。また第一勧銀は二階にもオフィスを構えていたので、二階で働いていたら、一階ロビーでいくら粘っても意味がないので、地下駐車場へ戻った。

ただわかったことは、一階の顧客用のスペースには円筒形の灰皿が置いてあったが、職域は禁煙のようだった。

(そりゃそうだろ。客が来ているのに、銀行員がプカプカ煙草ふかすはずはねえ)

そこで地下駐車場に戻ると、同じ円筒形の灰皿があったので、(これは銀行員用だ)と推理し、(国司よ、煙草を吸え。ここに降りて来い)と念じながら、その灰皿が見える位置へカローラを移動させ、国司が現れるのを待った。国司が非喫煙者なら、家はわかっているので帰宅時間を狙って張り込み、直撃をかけるつもりだった。

誰も円筒形の灰皿の近くに現れず、やっと二人現れたと思ったら、中年と若い男性の二人連れだった。福原も近づいてマイルドセブンを吸いつつ、胸の名札を読み取ったが、国司ではなかった。ただここが、銀行員用の喫煙所であることは確信した。

福原の入手した千鶴の素行報告書に両親の学歴についての記述はなかったが、異性関係の欄には、「高校は弓道部に所属し、同部一年先輩の伊藤信孝と交際したが、伊藤が関西大学に進学するや、半年ほどで別れた。就職後の異性関係は武彦氏の他、該当者なしと思われる」と記されていた。国司の名前までわかり、自分が調べなかった高校の先輩の氏名までわかった。

（五万は安かったな）

福原はほくそ笑んだ。この記述の前半の先輩の氏名は、そのまま響子への報告書に記述するつもりだった。

（卒アルだな、ネタ元は）

同業者の福原はすぐに察した。

（社会人の女と大学生の男の遠距離恋愛、そんなんが続くはずねえ）

福原は吐き捨てた。

余談ながら、昭和五十一年に高校を卒業した筆者の高校の卒業アルバムには、自宅住所と電話番号が記載されていた。大学の合格時には地元新聞に氏名が掲載された。さらに大学の製本された同窓会会員名簿には大学院・就職先の企業名・行政機関・学校・病院などが明記され、会社の寮に入る者や賃貸住宅を借りた者には、その住所と電話番号まで記載されていた。卒業生も「個人情報」を秘密にするという意識は希薄だった。むしろ正確に申告しなければいけないという〝義務感〟のようなものがあった。これを同窓会の入会金を払えばくれたたし、卒業式の会場でも販売していた。料金は三千円弱だったと記憶する。値段の記載はない。就職の決まっていない卒業生の就職先の欄は空白だったが、住所は下宿先ではなく、実家の住所と電話番号が記載されていた。個人情報はダダ漏れで、同窓会を開く「幹事」の都合が何より優先されていた。筆者は親交の浅かった友人・異性の就職先をこれで知った。興信所も仕事がやりやすかったと思う。「名簿屋」から卒業アルバムか同窓会会員名簿を買い、片っ端から電話をすれば、何か引っかかったはずだから。個人情報保護法が成立したのは平成十五年である。

ただ待つだけの福原の数メートル先へ、縁なしの眼鏡をかけた三十歳前後の高級そうなスーツをまとった背の高い優男が現れた。福原が車を降りてさりげなく近寄ると、髪をポマードで撫でつけたその男は金色のダンヒルのライターで火をつけ、細長く茶色い煙草モアを吸い始めた。福原は胸ポケットに差した金色に黒字のネームプレートを確認した。「国司　武彦／T．KUNISHI」だった。

「津和野の共銀の門脇千鶴さんをご存知ですよね」

福原は国司の眼をまっすぐ見つめ、呟いた。国司の眼に動揺が走った。

「誰ですか、あなた？」

「こういう者です」

福原は名刺を差し出した。本星には名刺を渡すが、彼の流儀である。

「彼女に結婚話が持ち上がり、素行調査をしています」

「へぇ、結婚するんだ、彼女」

「国司さんと恋愛関係にありましたね」

「とっくに別れましたよ」

「いつまで、お付き合いされていたんですか」

「どうして、そんなことを答えなくちゃいけないんですか。私は仕事があるので、失礼します」

国司は煙草をもみ消し、立ち去ろうとした。その背に向かって、福原が言葉を投げた。

「妊娠してますよ、彼女」

口から出まかせである。国司はギクリとし、振り返った。

「あなた、私を強請(ゆすり)に来たんですか」

「とんでもありません。事実関係を調査しているだけです。いつまでお付き合いされていたのかと、国司さんの血液型を教えてくれませんか」

「あの女とは去年、別れた。手切れ金まで払ったのに、腹を殴られた。それにおれはいつもゴムを使ったので、おれの子のはずは絶対にない」

「あなたのお母さまが去年の十二月に門脇千鶴の素行調査を依頼し、その報告書が十二月に提出されています。十二月までお付き合いされていたんじゃないですか」

「わかってたら、訊くこたねえだろ。十二月までだ」

国司の口調が急に荒々しくなった。

「どのくらいの期間、お付き合いされたんですか」

「三年だ」

「手切れ金を渡したということは、プロポーズもされたんですか」

「ああ。指輪を渡したのに、返してもらってねえ。どっかで売り捌(さば)いたんだろ。あいつはそういう女だ」

国司は観念したのか、すべて白状した。

「あなたの身の潔白を証明するために、血液型を教えてください」

「A型だ。相手の男は何型だ？」

「A型です」

国司は失望の色を露わにした。

「改めてご連絡します。お名刺を頂戴できませんか」

国司はポケットから名刺入れを取り出し、一枚を荒々しく引き抜くや、福原に手渡した。

それからほどなくして、福原は一階ロビーに戻った。窓口係の奥に国司がいた。福原は国司が近づくのを待って、ライター式の隠しカメラで、国司の顔を写真に収めた。

第Ⅵ章　千本鳥居

俊明へ町役場職員採用の電話が、観光協会に入った。俊明は共銀津和野支店へ電話を入れ、千鶴に伝えた。

「おめでとう。今日、うちにおいでよ。父さんも母さんも喜ぶと思うよ」

「わかった。行く」

定時に仕事を終え、俊明が門脇家を訪れると、早苗が炊事中だった。

「母さん、手伝わせてください。ぼく、料理が得意だから」

早苗は固辞した。

「やってもらえ、息子になるんだから」

修三が店から声をかけると、料理の味付けや火加減などは早苗より詳しく、早苗は大喜びした。そこで台所は俊明に任せて店を片付け、風呂をわかして、俊明に入ってもらった。

夕食の膳を早苗が食卓に並べていると、千鶴が帰宅した。

「ちいちゃん、本当にいい人にお婿さんに来てもらって、母さん嬉しい。これ見て、ほとんど俊くんが作ったのよ」

早苗も俊くんと呼ぶようになっていた。

「ふううん、俊くんはあたしの奥さんになりたいって、言ったことがあるのよ。どう思う？」

「いいんじゃない。奥さんにもらえば」

　母と娘は笑い合った。そこへ風呂からあがった俊明が顔を出した。

「母さんがね、俊くんがあたしの奥さんになるのは合格だけど、旦那さんになるのは、もうちょっとかなってよ」

「ちいちゃん、そんなこと言ってないじゃない」

「いいの。俊くんには奥さんと旦那さんの一人二役でがんばってほしいの。がんばれるよね」

「いいえ、ぼくは父親としてもがんばります。だから一人三役です」

「そうだったわね。期待してるわよ、パパ」

　二人は産婦人科を訪れ、「おめでたです。妊娠三か月です」と、告げられていた。

「俊くんが来てくれるから、何の役にも立たないしんちゃんは、蓑虫で充分よね」

　早苗が明言した。真一郎が寝袋で寝ることを「蓑虫になる」と表現したのを、早苗は気に入っていた。

「正月に、しんちゃんが蓑虫になるのはかわいそう」と早苗はたびたび口にしていたが、もう言わないだろうと、千鶴は確信した。

（やっと、子離れしてくれたか）

　夕食後、俊明は初めて千鶴の部屋に入れてもらった。俊明にとって、人生で初の女性の部屋である。俊明は落ち着かず、あたりをキョロキョロと見渡したが、この部屋でヒトサカリをすれば、本当にこの家の婿になるんだと思い、千鶴に襲いかかろうとした。だが千鶴に、「馬鹿、下に父さんと母さんがいるじゃない。何考えてんの?」と激しく抵抗され、俊明の目的は果たせなかった。「いい、この部屋でするのは、結婚してからよ。ケジメをつけようね」と諭した。俊明は同意するしかなかった。

（ケジメかあ）

結婚前に妊娠した自分に、ケジメなんて言えるのかしらという思いが払拭できなかった。

千鶴の妊娠は海野会長と修三が間所家を訪問し、養子縁組を協議する過程で報告することになっている。俊明、千鶴、そして証人となる海野も、友池の草案を雛型にして海野が作製した覚書に実印を押し、各自一通、保管していた。

両家顔合わせの翌週の日曜日、海野と修三は益田駅に降り立った。二人は駅前に停車していたタクシーに乗車したが、偶然にも前回と同じ「知ってる」運転手だった。行先を告げると、運転手が振り向いた。

「お客さんは、先週も乗ってくれませんでしたか」

「ああ、運転手さんはこの前の。珍しいこともあるもんだな」

「益田は小さい街だから、こういうこともあるんでしょう。じゃあ出発します」

十分ほど経って、二人が特に会話していなかった様子を見て、運転手が一人語りを始めた。

「この前、お客さんらが話していたことは、もちろん誰にもしゃべっちゃいません。お聞きしていた訳じゃないんですが、つい耳に入ったんで、よく覚えています。人生を選べなかった者にも誇りと喜びありですか。私も人生を選べた口ですが、いまはタクシー運転手です」

「タクシー運転手だって、立派な仕事じゃないか」

「お客さん、いま、だってとおっしゃったでしょ。揚げ足を取るようなつもりはありませんが、人間は思っていることが、つい言葉の端々に出てしまうと思うんです。だから私は言葉の、特に助詞に気を付けてしゃべるようにしています。私はと私もじゃ、意味が違いますから」

「……悪かった。教えられたよ」

海野は吉川英治の愛読者である。吉川の言葉「我以外、みな師なり」を思い出した。

（この齢になっても、わしはまだまだだな）

海野は間所歯科医院の評判をタクシー運転手から聞き出そうかと思っていたが、この運転手は決してしゃべらないだろうと思い、質問するのをやめた。間所歯科医院に着くと、海野はメーター料金に千円をプラスして支払った。

「千円は授業料だ。安くて申し訳ないが」

「何をおっしゃいます。私こそ、生意気なことを申してすみません」

海野は運転手から名刺をもらい、迎えも来てほしいと告げた。

間所家の応接間では俊明の父・母・兄の三人が二人をもてなした。時候の挨拶に続き、海野は覚書のコピーをそれぞれに手渡した。三人が読み終わった頃合いを見計らって、海野が声をかけた。

「このような内容で、若い二人ならびに門脇家では、こちらさまとの養子縁組を考えております。いかがでしょうか。ご意見をお聞かせください」

「弟から大体の話は聞いていたので特に驚きはありませんが、私は結婚もしてないのに、父親になるんですね。ただ一つ確認したいのは、私が結婚し、男の子が生まれたら、その子を当家の後継者として考えていいんですね」

（種なしでも、種なしとは言わんだろうな）

「それはそちらさまの問題なので、ご随意になさってくださいとしか、私には申し上げられません。ただ俊明くんの男の子は、親権の譲渡という形も考えたんですが、何かと面倒だと弁護士から助言され、それならいっそ、出生届を間所の名字で出そうと考えた次第です。それに幼いころからこちらさまの跡取りとしての自覚を持たせるためです」

海野は錦織弁護士の確認を得ていた。

「まあ、跡取りですってよ、あなた」

「うん。わしも跡取りの顔が早く見たい」

「……実は、たいへん申し上げにくいんですが」

それまでずっと黙っていた修三が口を開き、頭を下げた。

「千鶴が妊娠しました。三か月です。申し訳ありません」

「えっ、もう？」

母が驚く。

「はい。正月には初孫が抱けます」

「男の子、女の子？」

「それは、まだわかりません」

「お母さん、気が早いよ。門脇さん、頭を上げてください。お詫びするのはこちらの方です。弟が大事な娘さんに至らぬことをしまして。今度会ったら、首を絞めてやります」

修三は顔を上げて、兄を見つめた。本当に首を絞めかねないと思うほど、兄の眼は恐ろしかった。

「何を言うの。おめでたいことじゃないの。あなた、ところでその孫は外孫になるの、内孫になるの？」

「さあ、どっちだろう。海野会長、どっちですか？」

「どっちでしょう。私にもわかりません」

「そんなの、どうだっていいじゃないか。それより、この覚書に賛成か反対を言わないと、いつまでもお二人をお引止めすることになるだろ」

「反対する理由がどこにある？　そもそも響子の考えた一歳から養子にもらうっと言うのが非常識だと、わしは思うとった」

「そうよ。親になったことがないから、親の気持ちがわからないのよ。わたしもつい、孫の顔が見れるなららって賛成しちゃったけど。海野会長それに門脇さん、本当にすみませんでした。ほれ、あなたも」

間所夫妻がそろって頭を下げた。

「いえいえ、間所さん。どうか頭を上げてください。姉さん女房なのに、至らぬ娘で、申し訳ありません」

「海野会長、私もこの案に賛成します。何かとお骨折りいただき、ありがとうございました」

海野が三人へ謝意を述べ、事務手続きを補足した。修三の実印を押した念書が松江の錦織弁護士から郵送されるので、間所家当主の実印を押し、印鑑証明書を添付して、弁護士まで返送してほしいと求めた。念書を交わすのは、男児の出生届を津和野町役場に提出する際、「この男の子は私の旧姓の間所にしてください」と俊明が戸籍係へ言っても、面食らうからである。錦織弁護士が松江家庭裁判所に働きかけ、男児の誕生後に俊明の兄の養子とし、旧姓使用許可の申請の添付資料とするためである。また高校生になった息子も、「今日からおまえの名字は間所だぞ」と急に言われても、抵抗するだろう。そこまで考えての海野の仲介である。

三人の合意を得たことで、覚書の内容は実現するはずだった。だが実現のためには、響子という大きな障壁を乗り越えなければならなかった。響子はこの覚書を母から知らされたことで、化け猫へと変化(へんげ)する。

＊

その翌日の月曜日の十三日、千鶴が出勤すると、朝礼のあと「支店長室に来るように」と言われた。そこで千鶴は転勤の内示を受けた。支店長からは「痛み分けだな」と告げられた。

「私は六日市支店長だ」

六日市は津和野に隣接する吉賀(よしか)町に位置するが、吉賀は津和野より人口が少なく、目立った産業もない。しかし支店長の実家は旧柿木(かきのき)村にあった。支店長はそこからクラウンで通勤していた。柿木から津和野支店と六日市支店までの距離はほぼ等しい。方角が変わるだけだ。だから、温情のある転勤命令と言えなくもない。しかし、中国山地と並行する中国自動車道は広島県の吉和(よしわ)ＩＣと島根県の六日市ＩＣ間の標高が最も高く、雪がよく降る。それを考えれば「一生、山ん中に引っ込んでろ」というメッセージが込められた左遷に近い人事だと、支店長は解釈した。

「きみは隠岐西郷支店主任だ。単身赴任するか、間所くんも連れて行くかは、私の関知するところではない、ただ、正式な発表は十五日だから、それまでによく考えなさい」

千鶴は動揺を隠せなかった。

（隠岐の島かあ）

「この人事は、私に辞めろということでしょうか」

「そんなことを私は一言も言っていません。誤解してもらっては困ります。ただ、本店人事部はきみの結婚を、あまり喜んではいない。きみのようなケースが前例となるのは歓迎しないという意思表示だと、私は認識しています」

支店長が冷然と告げた。

（隠岐の島も島根県だったなぁ）

千鶴は隠岐の島へ行ったことがない。何よりも俊明にすぐ知らせたかったが、俊明は留守電とわかっていたので、昼休憩時間に外へ出て、公衆電話から観光協会へかけた。だが、俊明は外出中だったので、「今日、アパートへ行きます」と伝言を頼んだ。観光協会でも二人の結婚は知られていた。それから、千鶴は明日の十四日の有給休暇願を提出し、受理された。

どうせ、噂はすぐ広まる。千鶴は「どうして隠岐の島なのお、ひどおい」という同情も、「ざまあみろ、転勤したくなければ、辞めれば」という蔑（さげす）みの視線を浴びたくなかった。予約した結納や結婚式場をどうするかも俊明と相談したかった。千鶴の心は津和野から離れられなかった。〝島流し〟

という言葉が脳裏を何度もよぎった。

鎌倉時代初期に後鳥羽上皇、末期に後醍醐天皇の流刑の地が隠岐の島だったことが、不意に思い出された。

＊

福原所長から郵送された門脇千鶴素行調査報告書（再）の異性関係の欄は下記のように記述されていた。

> 高校は弓道部に所属し、同部一年先輩の伊藤信孝と交際したが、伊藤が関西大学に進学するや、半年ほどで別れた。就職後は第一勧業銀行山口支店の国司武彦と三年間にわたり交際する。昭和六十三年十二月に別れるが、その際に手切れ金を受領し、かつ国司に暴行を働いた。さらに婚約に及び指輪を受領したが、国司へ返却していない。他にも異性関係が疑われるので、鋭意調査中である。

これに国司の顔写真三枚と名刺の拡大コピーが添付されていた。ただし、名字の振り仮名は修正液で消されていた。

報告書を持つ響子の手は震えた。

（なんて女だ）

響子はすぐさま友池弁護士事務所へ電話したが、友池は不在だった。響子は折返し電話をくれるように求めたが、なかなか電話はかかって来なかった。

（女狐め。男と別れたのは去年の十二月じゃない。それでどうして十二月に間所へあいさつに来て、三月のいま、婿入りって話になるのよ。絶対、俊明は騙されている。いや、俊明はすべて承知で、他人の子の父親になろうとしているのかもしれない）

響子は福原へ電話した。福原はつかまった。福原に千鶴を尾行し、産婦人科に行く現場を抑えるように指示した。他の異性関係の調査は後回しにしてよいと指示を与えた。

友池から夕方になり、ようやく電話がかかって来た。しかし裁判のため、広島高裁へ行かなければならないので、十四日の夜しか時間が取れないと、響子に告げた。響子は報告書の異性関係の欄を音読し、友池に感想を求めた。

「ほほう、たいした女ですね。やはり孕んでますよ、その女」

海野から変更の電話が入ったことを、友池は響子に伝えていない。返事を先延ばしされたと伝えていた。

「先生、この女を暴行罪か婚約不履行で訴えることはできないんですか」

「相手は誰でしたっけ？」

「コクシです」

「暴行罪で訴えるためには被害届を警察に出す必要があります。コクシさんは銀行員だから外聞を気にして被害届は出さないでしょう。それに手切れ金を払ったのは、婚約不履行の慰謝料と考えられるので、寺本さんにはどうすることもできません。ただ、指輪を返却してないのはいけませんね。

ともかく、私が益田に帰ってくるまで、待ってください」

友池は徐々に響子との距離を延ばそうとしていた、相手に気づかないように。そうしないと、事務所にガソリンを撒かれて放火されかねないと考えていた。響子の怒りの矛先を海野でも、千鶴でもいい、誰か自分以外に向けられないかと思案していた。

電話を切った響子は考えた。

（絶対に孕んでいるんだ。そして男の子だったら、その子をわたしに育てさせるつもりなんだ。そんなことをさせてたまるか）

二日後の日曜日の夕刻、母から電話がかかって来た。千鶴の妊娠と、覚書のコピーを見せられ、「男の子だったら出生届を間所の名字で出して、高校生になったら家に住む」という内容を、母は響子へ伝えた。

「だからね、響子。おまえの言っていた話は忘れてね、お願いだから」

「取りあえず、その覚書のコピーをすぐＦＡＸして」

響子の電話機はＦＡＸ兼用だった。

数分後に送られたＦＡＸを眼にした響子は怒りに震えた。

（あの、狸じじいめ）

響子の怒りの矛先はまず海野に向けられたが、刃を向けることはなかった。刃を向けるには、海野の社会的地位が高すぎた。そのくらいの常識は響子にもあった。怒りの刃はただ千鶴一人に向けられることになる。

＊

「銀行を辞めてくれないか、千鶴」

「たぶん俊くんは、そう言うと思った」

「だって隠岐の島なんかに身重の千鶴を行かせる訳には行かない。行くんなら、ぼくもついて行きたいけど、ぼくは……」

「言わないで。わかってる。あんだけ勉強して町役場の試験に受かったんだもんね。第一志望の商工観光課に配属されるよ。津和野はいま観光客でいっぱいだし。俊くんは観光協会で働いているから、即戦力として期待されるよ」

俊明のアパートで二人は今後について語り合った。社内規定で退職願は退職日の二週間前までに提出しなければならないと定められている。だから千鶴は退職するとしたら、十七日の金曜日までに退職願を提出しなければならない。考える時間は四日間しかなかった。

（もし、来週に退職願を出したらどうなるんだろう？　隠岐の島へ赴任して辞めるか、それも拒否したら減給処分でしょうね、たぶん）

八年間も勤めた職場である。そんな形では辞めたくなかった。辞めるなら、十七日までに決めて、退職願を出したかった。

「町役場の給料は少ないけど、門脇の家に住まわせてもらったら、ここの家賃を払わなくて済むし、千鶴が銀行を辞めても食って行けると思うんだ。千鶴は家事を、特に料理を勉強して、子どもを産めばいい」

「そうね、それもいいかも。俊くんに養ってもらおうかな」

「そうしなよ」

「でもね、あたし、まだ銀行の仕事に未練があるし、社内恋愛を理由に島流しするような銀行のやり方にも我慢ならないの。あたしがそんなに悪いことしたのって言いたい。いま辞めたら、銀行の思う壺でしょ」

「銀行ってのは、そういうとこさ」

電話のベルが鳴った。俊明が受話器を取ると、響子からだった。内容は結婚式場と披露宴会場の太鼓谷稲成神社を私がチェックして、結婚の先輩として二人にアドバイスしたいので、千鶴に伝えてほしいという内容だった。二人にとって、有難迷惑な話だった。

「ちょっと待って。いま千鶴がちょうど来てるので、聞いてみる」

「あら、千鶴さんが来てるの。じゃあ、電話を代わってちょうだい」

「お姉さん、千鶴です。その節はお世話になりました」

響子は先ほどの話を繰り返し、今週の土日の予定を聞いた。土日は予定が入っていた。部屋を明け渡すことを承知した真一郎が土曜日に津和野へ帰り、自分の荷物を2トントラックのレンタカーに載せ、助手席に「兄貴」を乗せ、その夜は下関で豪遊する。そして、日曜日にアパートの荷物を加えて載せ、就職先の若松の借りたアパートまで運ぶというスケジュールが組まれていた。若松から津和野までは俊明が運転して、レンタカーを返却する。

「ぼくは弟だから、くんなんか付けないでくださいね、兄貴。下関で義兄弟の固めの盃を交わしましょう」

この一言に俊明は頬を緩め、「おう、喜んで」と協力を約束した。俊明にただ働きさせ、タカりたいだけだという弟の魂胆は見え透いていたが、千鶴は「運転にだけは気を付けてね。それから、下関でいかがわしい店に行って、残りの軍資金を使ってもいいよ」と許可し、「結婚前の浮気と風俗は許す。結婚後は即離婚よ」と言い放った。

（やっぱ男だ、千鶴は）

俊明は奥さんになりたいと改めて思った。国司からもらった手切れ金がおそらく十五万円以上は残っていると想像していた千鶴は「軍資金で真一郎のレンタカー代も払ってあげたら。部屋をもらうんだから。兄貴として当然しょ」と語り、俊明に深謝された。千鶴は手切れ金を、きれいさっぱり結婚前に使い切って欲しかった。俊明に兄貴としての〝ええ格好〟もさせてやりたかった。

「あいにく土日は俊明さんに予定が入っております。少々お待ちいただけますか」

千鶴は保留ボタンを押し、俊明に聞いた。

「明日、わたし有休を取ってるんだけど、俊くんは明日の午後だけ休める？」

「観光協会は月末で辞めるから、休もうと思えば、許可してもらえると思うけど。断ろうよ、善意の押し売りなんだから」

「そうはいかないわよ。断ったりしたら、結婚式の時もその後もずっと言われるよ、私の意見を聞かなかったからだって。じゃあ、いいよね」

「うん、だったらいいよ」

俊明はしぶしぶ同意した。千鶴は点滅していた保留ボタンを押した。

「お待たせしました。急で申し訳ないんですが、明日の午後でしたら、わたしも俊明さんも時間が取れますけど、お姉さんのご都合はいかがでしょうか」

専業主婦で子どももなく、暇を持て余している響子に都合の悪い日時など、あろうはずかない。響子は明日の午後二時、津和野に行くので、二人に駅まで迎えに来させ、太鼓谷稲成神社へはタクシーで向かうと、一方的にスケジュールを告げた。

千鶴は妊娠を間所家の三人は了承したと聞いていたが、その場に響子はいなかったと聞いていた。しかし、千鶴はまだ間所側の誰にも詫びを入れていない。だから、妊娠を聞いているかもしれないが、響子へ直接、お詫びをしたかった。お詫びをすることで、産まれて来る子どもが、もし男の子なら、間所家だけでなく、寺本家からも快く迎え入れて欲しかった。千鶴は実印を押した覚書の前に雛型があり、それは響子の発案を友池弁護士が文章化したものだとは知らなかった。海野はその部分はあまりにひどい内容なので、割愛してＪＲの車中で語っていた。

「下関で変な店に行っても、使い物になんないように、搾りとっちゃおうかな、いまから」

千鶴の宣戦布告で二人は体を重ねたが、この日はヒトサカリ未満で終わった。俊明は姉の来訪に不安を覚え、如意棒は不如意だった。

「そういうこともあるよ」

千鶴は寛大だった。千鶴の心は銀行を辞める方向へ傾いていていた。

その夜、千鶴は家に帰り、修三と早苗に響子の明日の訪問を告げた。ただ、決めた訳ではないので、転勤の話はしなかった。言えば、銀行を辞めろと言われるのはわかり切っていた。

「じゃあ、神社と披露宴会場の下見が済んだら、千本鳥居を下って、うちに寄ってもらえ」

千本鳥居を下り切り、少し歩けば稲成丁の「かどわき」に達する。

「それでね、もしお姉さんが妊娠のことを、まだご存知じゃなかったら、ちいちゃんから言っちゃダメよ。この店に来てもらった時に言ってくれない？　できちゃった婚は母親の育て方が悪かったからと思うから、あたしが頭を下げる」

母は自分を責めなかったけど、母は決して心の底から許した訳ではなく、自分の気持ちや体を慮（おもんぱか）っていたのだと気づき、千鶴は言葉を失った。

「ごめんなさい、母さん」

千鶴は眼がしらを熱くした。早苗は両家顔合わせの席で、響子ができちゃった婚を「はしたないこと」と表現したのを気に病んでいた。

だが響子がそして千鶴が、「かどわき」に現れることはなかった。千本鳥居で事件が起きる。

＊

翌十四日火曜日の午前、響子は興信所に福原所長を訪ねた。応接室で、ＪＲおよび山口のレンタカー料金などを記入した実費精算書を福原は渡したが、別紙の調査費用の請求書の金額欄は空白だった。

「今回はがんばりました。何しろ見つけたら、いくらでもお支払いいただけると聞きましたので、山口には一回ですが、津和野には五回も足を運び、高校生時代の恋愛から調査いたしました」

「高校生の時に付き合っていた男と、社会人になって八年も経つのに、まだ付き合っているはずないじゃない。わたしは去年、付き合っていた男を探せと言ったのよ。だから、その分はお支払いしないわ」

「寺本さあん、勘弁してくださいよ。可能性のあるのをすべて当たって、ようやく第一勧銀の男に出会ったんですから」

「この男と去年の十二月まで付き合ったってのは、ホントでしょうね？」

「そりゃ、確かです。本人に確かめましたから、それに」

「それに、何？」

うっかり山口の同業者も、去年の十二月に千鶴の素行調査をしていたと福原は口にしそうになった。

「この男を見つけるのには、ずいぶん苦労しました。ただ、どうやって見つけたかは、業務上の秘密ですので、ご勘弁ください」

「じゃあいいわ。見つけたことは褒めてあげる。それで門脇の尾行はもういいからね。妊娠していることがわかったから」

福原もお客さんだからと思って我慢していたが、これには頭に来た。

産婦人科に行くなら、銀行で働いているから平日は難しいだろうと思い、十一日の土曜日に銀行へ行くと千鶴が出勤していたので、半ドンだろうと予想し、外で待った。一時くらいに出て来たので尾行すると、俊明のアパートへ寄った。そこで二人で出かけるかと思い、張り込んでいたら、三時間後に二人は「かどわき」に向かい、また二時間後に俊明だけが見送られて帰った。夕食に招かれたことはすぐわかった。尾行や張り込みは根気のいる仕事だ。いくらやっても、何の成果も上がらないのが、まず普通だ。しかし、これをやらないと押さえられない〝現場〟というものがあり、風雪に耐えてやっている。もし、必要なくなったのなら、なぜすぐ連絡してくれないのか。確かにカネのためにやっているけど、少しはこっちの辛さも汲んでくれてもいいんじゃないのか。

「どうして妊娠しているとわかったんですか」

「日曜日に母から電話があったのよ」

(じゃあ、昨日の月曜日、津和野の病院を回ったおれの努力は何なんだ)

津和野で産婦人科は限られている。そこで通院している女性に、千鶴の写真を見せたが、何の成果も上げられなかった。千鶴は七日に産婦人科を訪れ、次は今日の午前中に行き、母子手帳をもらう予定にしていた。だから有休も今日、取ったのである。

「じゃあすぐ留守電に入れていただければ、昨日は津和野に行きませんでした」

「あ、そ。それから他の男関係はもう調べなくていいからね。このコクシだけで充分だから」

福原は他の男を探すつもりはまったくなかった。ただ千鶴が淫乱だという印象を与えたくて書いたに過ぎない。もっとも調べろとおっしゃるんなら調べるが、それより払うものを払っていただくのが先だ。

「それで、今回の調査費はいかほどご請求させていただきましょうか」

「そうねぇ、前金を十万も払っているから、あと七万でどうかしら?」

「それは実費込みのお話ですか」

「そうよ」

（冗談じゃない）

山口の業者に五万も払い、実費の請求書は五万足らずだが、領収書のない出費も数えきれない。

「おたくは一日二万五千円が実費込みの基本料金でしょ。だから六日間は働いてくれたから十五万円でしょ。でも、見つけてくれたから、お礼に二万円を上乗せするわ。それで充分でしょ」

「だったらあの、見つけたらいくらでもお支払いするわは、何だったんですか」

「ご不満なら、友池先生に相談しましょうか」

福原は響子からできるだけ逃げろ。今後は仕事を受けるなと友池からアドバイスされていたことを思い出した。理由は聞かなかったが、福原も響子に危険なものを感じていた。

「わかりました。その代金で結構です。ただし、今後は寺本さまからのご依頼は受けかねますので、どうか、ご承知おきください」

「あら、そうなの、一丁前に。興信所が益田に一軒しかないからって、強気になっていると痛い眼に遭うわよ。お礼をあげようって人がせっかく言ってるのに、次からは頼まれないって言われたんじゃ、お礼を払う気持ちもなくなったわ。追加はあと五万円でいいわね」

「……結構です」

響子は五枚の一万円札をテーブルに叩きつけた。福原は領収書をこれが最後だと思い、切った。響子はそれをバッグにしまうや、憤然と出て行った。

「塩を撒け、塩を」

響子が出て行くや、福原は女子事務員に向かって叫んだが、あいにく事務所に塩がなかった。代わりに福原は茶葉を撒き、「掃除する人間のことも考えてください」と、女子事務員に叱られた。

＊

その日の午後二時、津和野駅に降り立った響子を、俊明と千鶴が出迎え、タクシーで太皷谷稲成神社へ向かった。

神社の駐車場に着いた三人はまず欄干に近寄り、津和野の町を見下ろした。すぐ真下には千鶴と村岡の母校である津和野高校の校舎やグランドが見える。グランドの一角には野球部の屋内練習場と、俊明と村岡がいまも時々通っている弓道場が見えた。左に眼を転ずると、山あいに川が中央を流れ、その両脇に町が存在する。赤煉瓦色の石州瓦を屋根に載せた古びた家々がいくつも見える。町の中央を線路が縦断し、オレンジ色の一両編成のディーゼルカーが町を縫うようにゆっくりと進んで行くのが見えた。箱庭のような町だった。さだましの「案山子（かかし）」（昭和五十二年発売）は津和野がモデルだということを、千鶴は二人へ自慢した。

拝殿を参拝したあと、三々九度を挙げる婚礼の間や披露宴の会場を係員の案内で見て回ったが、響子はどこにも「ダメ出し」をしなかった。俊明は細かくチェックされ、変更を求められると覚悟していたので、拍子抜けした。響子が最も関心を示したのが、神社の前に置かれた白狐の石像である。なぜか、その石像を熱心に見ていたが、二人に質問することはなかった。

千本鳥居の出入口へ移動し、響子が語った。

「とても、しっかり準備されていて安心したわ。私がわざわざ来る必要はなかったけど、私は時間に余裕があるから、二人のために良かれと思って来たの。ごめんなさいね。……じゃあ、帰りましょうか」

「いえいえ、お姉さんに見ていただいて、助かりました。帰りにうちの店に寄ってほしいと、両親が申しておりますので、ぜひお越しください」

「そうね。ちょっと疲れたから、お茶と源氏巻をいただこうかしら。源氏巻は売るほどあるんでしょ？」

「はい。でもわたしは売れ残りしか食べたことがありません。だから売れ残りました」

「何を言ってるんだ。ぼくのような素晴らしいお婿さんを見つけたじゃないか」

「俊明、あなたそれ、素晴らしいって本気で言ってるの？」

「そだよ、もちろんだ」

「お姉さんから言ってやってください。俊明さんはすぐ調子に乗りますから」

「ま、二人が幸せならば、それでいいわ。じゃあ、帰りましょうか。俊明は少し離れて先頭を歩いてくれない？　私は千鶴さんと内緒の話をするから」

俊明を離れて先頭を歩かせるにはどうしたらいいか、響子はずいぶん考えた。後ろを歩かせると、〝見られる〟からだ。

「何ですか。内緒の話って？」

「内緒の話の中身を聴かせるはずないじゃない。さ、先頭を歩いて」

俊明が先頭を歩き、それから五メートルほど離れて千鶴と響子が肩を並べて歩き始めた。しかし千本鳥居は肩を並べて下るには狭く、自然と千鶴が先を歩き、すぐ後ろを響子が歩くようになった。

「俊明はね。小学六年生まで寝小便をしてたのよ」

「それはいいことを聞きました」

「それから俊明はね、子どものころ、かなり嘘つきだったのよ。だから、千鶴さんに何か嘘をついていないか、心配なの」

「そうなんですか。私は何も嘘をつかれているような気がしませんけど」

九十九折り(つづら)の参道が曲がる一角で響子の顔はみるみる夜叉にした。

(女狐め、思い知るがいい)

響子は体をよろけた振りをして、千鶴に向かって思いっ切り体当たりを食らわせ、叫んだ。

「嘘をついているのはおまえだ」

(嘘をついているのはわたしだ)

「えっ」

千鶴は声にならない声を出し、下り坂を回転しながら三メートルほど転げ落ちた。異変に気付いた俊明が振り向き、慌てて駆け寄って来た。

「千鶴ぅ」

千鶴は横たわったまま、お腹に手を当てて、顔を歪めた。千鶴の履いていたズボンの股間のあたりが、赤黒く滲み始めた。やがてそれは一滴の鮮血となり、コンクリートの地面に滴り(したた)落ちた。

「俊明、救急車を呼んで、早く」

「わかった」

俊明は千本鳥居を全速力で駆け下りた、

「赤ちゃん」

「えっ、千鶴さん、妊娠してたの？」

千鶴に返事をする気力はなかった。意識がだんだん遠のいて行った。

響子は突っ立ったまま、苦しむ千鶴を冷酷に見下ろした。

＊

その頃、俊明が全速力で「かどわき」へ駆け込んだ。

「千鶴が、千鶴が」

「どうしたの、俊くん、慌てて？」

「千本鳥居でケガをしました。電話を貸してください。救急車を呼びます」

修三と早苗は俊明の救急車要請の電話を耳にするや、すぐさま店を放り出し、千本鳥居へ向かった。その間、やや落ち着いた俊明は海野の自宅へ電話を入れ、千鶴の事故を知らせた。その時は、まだ事故だと思っていた。だが響子と一緒に事故に遭ったと聞いた海野は俊明の電話を切るや、すぐさま110番した。

「事件だ。すぐ千本鳥居に来てくれ。女が殺されそうになっている」

千本鳥居の中腹の現場に先に到着した修三は、蹲(うずくま)っている千鶴と、その傍らで突っ立ったままの響子を眼にした。修三は千鶴に呼びかけたが、千鶴は反応をせず、ただ呻くばかりであった。千鶴のズボンもコンクリートの地面も赤黒く染まっていた。

「何があったんだ？」

「私が転んでしまい、千鶴さんにぶつかってしまって」

「もういい、後で聞く。千鶴を背負うから、手伝ってくれ」

そこへ早苗が到着した。早苗も千鶴へ呼びかけたが、千鶴は反応しなかった。修三が千鶴を背負い、早苗が手伝ったが、響子が手を添えようとすると、「千鶴に触らないでください」と、響子の手を撥ねのけた。

千鶴を背負った修三が歩きだした。その傍らに早苗が寄り添い、その後を響子が歩いて、三人は千本鳥居を下った。数分ほど歩くと、全速力で駆け上がって来た俊明と出くわした。

「父さん、ぼくが代わります」

「いや、時間が無駄になる。俊明は下へ先に行って、救急車を停車しやすいように誘導してくれ」

救急車のサイレンが徐々に大きくなり、こちらへ近づいて来るのを、全員が感じていた。

「わかりました」

俊明はまた全速力で駆け下りた。近所の人や観光客らしい見知らぬ人が十数人ほど集まっていた。息を切らした俊明を見かねて、中年の女性が水の入ったコップを差し出したので、俊明は礼を言って一気に飲み干した。そこへ救急車が弥栄神社の駐車場へ到着した。俊明は誘導したが、助手席から降りた救急隊員が救急車を誘導し、その指示に従って救急車は停車した。運転席から降りた救急隊員はバックドアを開け、ストレッチャーを取り出した。救急隊員が俊明に問いかける。

「ケガ人は？」

「千本鳥居です」

二人の救急隊員は担架を取り出した。

「名前は？」

「門脇千鶴です。二十六歳、女性です」

一人の救急隊員が担架を脇に抱えた。

「意識はありますか？」

「わかりません」

そこへ千鶴を背負った修三と早苗と響子が降りて来るのを、朱色の鳥居の参道が折れ曲がる隙間から俊明は眼にし、指さした。

「あれです」

二人の救急隊員は一人が担架を脇に抱え、駆け出した。修三らと出くわすと、すぐさま担架を地面に置き、千鶴を担架に乗せ、毛布を掛けた。

「大丈夫ですよ。門脇千鶴さん、わかりますかあ」

「……はい」

救急隊員の呼びかけに、消え入るような声で千鶴が微かに応じた。

担架に乗せられた千鶴が救急車の開いたバックドアの下まで達すると、いつ来たのか俊明にはわからなかったが、島根県警のパトカー二台が川沿いに停車し、生活安全課捜査係の水沢刑事と制服警官三人がいた。千鶴はストレッチャーごと救急車に乗り込んだ。

「事故の際、現場にいた方はここに残ってください。それ以外の方で誰か付き添える人はいますか」

紺色のジャンバーをまとった水沢が周囲を見渡し、大声で叫んだ。

「おれが乗る」

「あたしも」

修三と早苗が手を挙げたため、二人が救急車に乗り込むのを待って、救急隊員はバックドアを閉めた。俊明と響子はその場に残り、救急車が出発するのを見送った。

「誰か事故を目撃した人はいませんか。いたら、ご協力お願いします」

水沢の呼びかけに応じる者はいなかった。

その後、二人は離れた位置で事情を聴かれた。そこへ海野が現れた。海野は響子の姿を認めるや、つかつかと近寄り「この女」と叫び、血相を変えて殴りかかろうとしたので、制服警官に羽交い絞めにされた。その状態で海野が叫んだ。

「これは事故じゃない。事件だ。この女がやったんだ。わしは証拠を持っている。わしも警察に連れて行け」

「違うわ。私が転んでしまって、千鶴さんにぶつかったから」

「うるさい、黙れ」

海野を羽交い絞めした制服警官以外の三人が集まってひそひそ話を始めたが、すぐに解散した。

水沢が三人に告げた。

「それでは、これより現場での事情聴取を行います。間所さんと寺本さんは私と同行してください。それからあなたは？」

「海野だ。石見水道開発の会長をしている」

「通報されたのはあなたですか」

「そうだ」

「興奮して、さっきのような行為をしないと約束していただけるなら、現場検証への同行を許可します」

「わかった。約束する」

海野はようやく羽交い絞めから解放された。

（事故じゃない。事件？　するとお姉さんがわざと……）

実際に響子が千鶴にぶつかった場面を俊明は眼にしていないので、どちらかわからなかったが、現場では見たままを正直に答えようと思った。

制服警官はロープを張り、千本鳥居を立入禁止にした。一台のパトカーが千本鳥居の上の駐車場からの入口を封鎖するために、サイレンを鳴らして立ち去った。三人が三人に一人ずつ付き添って現場に向かったが、現場はすぐ判明した。コンクリートの一部がどす黒く汚れていたからだ。一人の制服警官が両面にナンバーが描かれた白い三角柱のプレートを置き、チョークで白線を引き、写真を撮った。

「海野さんでしたね。あなたからは後で詳しく話を聴きますから、離れた位置にいてください」

海野は水沢の指示に従った。響子は現場の上、俊明は現場の下で事情を聴取された。そこへもう一人の制服警官が上から降りて来たので、水沢と事情聴取を交代した。水沢が海野に近づいてささやいた。

「先ほど、何か事件の証拠を持っているとおっしゃっていましたね。どんな証拠ですか」

「これだ」

海野は胸ポケットから二枚の覚書のコピーを差し出した。

「ほら、ここに門脇千鶴と寺本響子の名前が書いてある。これには印はない。もう一枚の覚書には寺本響子の名前はないが、印がある。二枚を読めば、あの女がやったことは誰でもわかる」

海野は二種類の覚書のコピーを水沢に示した。水沢は一瞥しただけで、覚書を海野へ返却した。

「わかりました。あなたも署まで同行お願いします。詳しい話は署でお聞きしますので、それまで現場検証の邪魔をせず、待機してください」

「わかった」

それから制服警官一人を残し、三人はまた三人に付き添われて、千本鳥居を下った。パトカーに乗り込む前に「車内では二人はいっさい会話しないでください」と注意された。助手席に俊明、後部座席には響子をはさんで水沢と制服警官が座った。海野はシーマで来ていたので、パトカーについて来るように指示された。二台の車両が津和野警察署へ向かった。

津和野署では、響子と俊明はそれぞれ別の取調室へ入れられた。その際、「病院へ行きたいので、早く解放してくれませんか」と俊明が水沢に訴えると、「きみはすぐ済む」と水沢は答えた。

海野はカウンターに座るように指示されると、先ほどの水沢が現れ、「先ほどの二枚の覚書のコピーを、証拠として提供してくれませんか」と、求めた。海野は快諾して、水沢に手渡した。

「この二枚の覚書の違いと、あなたが事故ではなく、事件であり、かつ寺本響子が故意に門脇千鶴を転倒させたと思われる根拠を教えてくださいませんか」

水沢は時にメモを取りながら、海野の話に熱心に耳を傾けた。

「よくわかりました。ご協力に感謝します。それでは、今日はもうお引き取りください」

「なら、わしは俊明と帰る。あいつも早く病院に行きたかろう」

「いいえ、事件の関係者はまだお聞きすることがありますので、あなただけ先にお帰りください」

「事故じゃなく、事件だな」

「はい、事件です」

海野の問いかけに、水沢はきっぱりと断言した。

＊

病室で意識を回復した千鶴は、両親と海野の姿を認めた。

「ちいちゃん」

早苗はその先を何か言おうとしたが、言葉にならず、涙ぐんだ。

「赤ちゃんは？」

千鶴の問いに誰も答えようとしなかったが、修三がぽつりと呟いた。

「流れた」

「男の子、女の子？」

「……男の子だった」

「俊くんは？」

「俊明と寺本響子は警察で事情を聴かれている。俊明はすぐ帰されるけど、寺本は当分帰されんだろ」

海野が吐き捨てるように告げた。

「ちいちゃん、何にも考えないで、ゆっくりお休み。今日は母さんが一晩中、ついてあげるから」

千鶴は意識が遠のき、また深い眠りに就いた。

＊

その頃、津和野署では響子に対する執拗な取り調べが続いていた。

「益田の友池弁護士に連絡してください。私は友池先生が来るまで、何もしゃべりません」

「友池弁護士は広島出張中だ」

「じゃあ、帰って来るまで、私は何もしゃべりません」

海野から事情を聴取した水沢が入って来た。覚書（草案）をテーブルの上に置いた。

「この紙に見覚えがありますか」

「……知りません。何ですか、これは？」

「知らない。では、この覚書は誰が作ったんですか。間所ですか、門脇ですか、それとも証人の友池弁護士ですか」

「知りません」

「あなたの名前が明記されていますが、あなたの知らないところで、一歳になった男の子の親権をもらうという話が進んでいたんですか」

「黙秘します」

「いいでしょう。ただし、友池弁護士は今回の事件の関係者と考えられるので、あなたの弁護人になることはできません。誰か他の弁護士に依頼するか、アテがなければ国選になります」

「えっ」

「それから、あなたの所持品を検査したら、今日付けの益田の興信所の領収書が出て来ました。あなたは津和野に来る前、この興信所に行きましたね」

「黙秘します」

「寺本さん、何でも黙秘しますと言やあ、通ると思ったら、大間違いですよ。こっちは物証に基づいて、取り調べてるんだから。あなたが行ってない興信所の今日付けの領収書が、どうしてあなたのカバンから出て来るんですか」

（捨てりゃよかった）

「興信所が日付を間違えたんじゃないかしら」

「じゃあ、何か調査を依頼したことは認めるんですね」

「黙秘します」

「それしか言えないんですか、あなたは。いま益田署の刑事がこの興信所で話を聴いてますから、おっつけ、連絡が入るでしょう。ところで寺本さん、あなたは門脇の妊娠を知っていましたか」

「……ちょっと、お時間いただけますか、何をお話するか考える時間をください」

「わかりました」

（落ちる）

水沢は確信した。期待を込めて、数分待った。響子は考えた。

（自分が助かるためには友池を巻き込むしかない。あの男はカネと自分のことしか考えない男だ。それに今朝、自分を出禁にした福原も道づれにしてやる）

響子は友池よりワルで、俊明より嘘がうまかった。友池は響子より一回り上だが、益田市内の新築一戸建てに住み、家に帰れば一男一女の良きパパだ。友池は自分に火の粉が及べば、懸命に自分を助けようとすると、響子は確信していた。

（自供だけで逮捕できるはずがない。目撃者はいなかった。それに、もし逮捕されても、不起訴か起訴猶予になれば前科はつかない。物証もないはずだ。自供だけで起訴できるはずがない）

響子は賭けに出た。

「すべてお話しします。私はわざと千鶴さんにぶつかりました。友池の指示です」

「友池って益田の弁護士の？」

「はい。友池と私は男と女の関係です」

「ほお、……面白い話が聞けそうだ」

水沢は後ろの警官を振り向き、叫んだ。

「おい、しっかり調書を取れよ。一字一句、聞き逃すなよ」

「承知いたしました」

「じゃあ、お話しください」

顔を戻し、響子の眼を見据えた水沢が促した。

「私は夫の浮気に苦しみ、興信所の福原に調査を依頼し、福原の紹介で友池を知りました。訴訟による離婚も考えていたからです。しかし、私が不妊治療に通っていると知った友池は、私を不妊体質と思ったのか、私の体を目当てに言い寄ってきました。夫に私は愛想を尽かしていましたので、友池は頭がいいだろうから、友池の種でもいい、子どもが産みたいと思い、身を任せました。私は離婚して実家に帰り、男の子を間所家の跡取りとして歯医者に育てたいという夢がありました。しかし、私はなかなか妊娠せず、三十五歳を過ぎたので、妊娠はあきらめました。そんな時、弟の俊明が千鶴さんの婿になりたいという話を聞いたのです。刑事さんは托卵って言葉をご存知ですか」

「いや、知りません。どういう意味ですか」

「托卵とは、ある鳥が別の鳥の巣に自分の卵を移して育てさせることだと、友池から教わりました。友池は托卵を企んだというシャレが気に入って、よく口にしていました」

「その托卵と今回の事件と、どんな関係があるんですか」

「はい、千鶴さんの産んだ男の子を一歳から養子にもらう。つまり千鶴さんの産んだ歯医者の卵を、間所家という巣に托して育てるから、托卵です。友池が考えました。しかし鳥ならともかく、母親が一歳の息子をそんなに簡単に託すとは思えず、私は半信半疑でした。でも」

水沢は話の面白さに身を乗り出した。

「この話は絶対に相手に断られる。大事なのは私の両親に夢を見させることだと」

「夢、どんな夢ですか」

「はい、いきなり福原に捨て子をどっかの施設で探させ、私の養子にするから、間所歯科医院の跡取りにしてと言っても、あなたの離婚も反対され、その捨て子も跡取りとは認められないでしょう。だからまず、血を分けた俊明の息子を養子にもらうという画に描いた餅を見せ、その餅が食べられないことをわからせた上で、食べられる捨て子という餅を両親の眼の前に差し出せば、きっと食いつきますよと、友池が言いました」

「なるほど、その通りかもしれませんね」

「それなのに、仲人の海野会長は断りの返事を十日以上もくれませんでした。ところがおとといの日曜日に母から電話があり、千鶴さんが男の子を産んだら、すぐ上の弟の養子にして、高校生になったら益田に住まわせるという覚書を、母からＦＡＸしてもらったんです。そのコピーも刑事さんは持ってらっしゃるんでしょ」

水沢は苦笑した。響子を追及するネタにしようと胸ポケットに入れていたのだが、響子から先に存在を告げられたら、出すしかない。

「これですね」

「そうです、これです。高校生になった子どもを、誰が世話をするんですか。家政婦でも雇うつもりかもしれませんが、私が実家に戻っていたら、私に世話させるつもりかもしれないと思うと、私は腹が立ちました。私はその時、五十を過ぎます」

「それで、腹立ちまぎれに千鶴さんを流産させようとした？」

「いいえ､私はそんな愚かな女ではありません｡福原が千鶴さんのお腹の子は俊明の種じゃないという証拠を掴んでいます。山口の第一勧銀に勤めているということもわかっています。名前は忘れました。そして千鶴さんが妊娠していることも、私は母から聞いて知っていました。だから、このまだと可能性は二分の一だけど、その男の種が間所家の跡取りになるかもしれない。間所家は乗っ取られるぞ。だから、友池からやれと唆されました。千鶴さんのお腹の子は自分の種じゃないことを、俊明は知っている。だから俊明は美人の千鶴さんと結婚できるんだと聞き、私は二人を結婚式場の下見だと称して、呼び出すことを決意しました。千本鳥居で千鶴さんに内緒の話があるからと、俊明に少し先を歩かせたのも友池のアイデアです。決して誰にも見られるな、俊明にもだと、きつく言われました。目撃者がいなければ物証はない。自供だけなら逮捕はできない。もし逮捕できても、起訴はできない。無罪放免になって離婚されても、流産した水子は俊明の種ではないという証拠があるから、両親はきっとわかってくれる。両親には事故だと言い張れ。それから私は、実家で間所の名字に戻り、福原に探させた捨て子をじっくり選んで私の養子にし、幼いかわいいうちから育てればいいと。そうすれば私の遺産の相続が増えるから、少しおれと福原に分けてくれと、友池に言われました。上の弟は種なしです。だから捨て子でも、跡取りが必要なんです、間所家には」

水沢は感心した。理路整然としている、いや、整然とし過ぎている。

「だから私を逮捕してください。逮捕されないと、私は友池と福原から、いつまでも強請(ゆす)られます」

響子は眼に涙を浮かべて訴えた。

水沢は困惑した。もちろん逮捕したい。動機は真っ黒だ。しかし、自供だけで逮捕できるのか。門脇千鶴からも体調の回復を待って、事情を聴く。しかし「響子がわざとぶつかった」と話すだろう。検事はどう判断するだろうか。検事は起訴に持ち込めるだろうか。持ち込めなかったら、友池と福原の思う壺だ。傷害教唆の容疑を、検事は弁護士にかけることができるだろうか。それに起訴できても、裁判で証言をひっくり返せと友池が指示しているのかもしれない。警察に強要された自白だと裁判官に訴えるかもしれない。

「千鶴さんのお腹の子が、俊明くんの子ではないという証拠は何ですか」

「それは福原が持っています。いま益田の刑事さんが福原から事情を聴取しているんでしょ。益田の刑事さんに聞かれたらいかがですか」

（そうだった）

水沢は響子を置き去りにしたまま、何も告げずに取調室を飛び出した。

響子は福原がうっかり口にした「業務上の秘密」という言葉を覚えていた。今日の午前中のことである。忘れるはずがない。本人の証言だけでなく、何か根拠があって、「去年の十二月に別れた」と報告書に書いたはずだ。いまは三月である。山口の男との性交渉で妊娠した可能性が高いと、響子は信じた。

響子は友池を誘惑したことも、されたこともない。ただ、友池は弁護士事務所でしか会おうとせず、会えば必ず相談料を請求した。特に大した相談をしない時でもだ。間所家に呼んだ際と、津和野へ行かせた時は、実費の交通費に加えて、規定の二倍の相談料を請求された。響子はそれが不満だった。友池が自分と肉体関係があったと刑事から追及されたら、どんな顔で否定するのだろうと想像すると、笑い出しそうになった。

＊

（嘘をついているのはわたしだ）

「嘘をついているのはおまえだ」

千鶴の思いと、響子の叫びは全くの同時だった。千鶴は流産した悲しみよりも、このことの方が堪（こた）えた。さらに流産した場所が千本鳥居だったことも、耐えられなかった。

千鶴は小学三年生で修三が土産物屋を始めたので、稲成丁に引っ越して来た。転校した小学校ですぐ千・本・鳥という漢字ドリルの宿題が出た。（あっ、千本鳥いだ）と思った千鶴は居という漢字を母から教わった。そして自分の名前をそれまで千づると書いていたが、鶴という漢字も教えてもらったので、それから千鶴と書くようになった。

ある日、自分の名前を見て、「大発見」した幼い千鶴は母へ言った。

「名前に千と鳥が入ってる。千本鳥居だよ」

「そうだね、ホントだね。よかったね」

母がやさしく微笑んでくれた。それから千鶴は千本鳥居が以前よりもっと大好きな場所になった。家のすぐ裏手にあったので、弟や近所の子どもたちと、日が暮れるまでかくれんぼしたり、鬼ごっこをしたりして遊んだ。その大好きだった千本鳥居で、千鶴は流産してしまった。産まれてくる子どもが歩けるようになったら、千本鳥居で遊ばせようと思っていた。

（神様って、ちゃんと見てるんだ）

千鶴は徐々に意識がはっきりとする微睡（まどろみ）の中で、考えていた。

（太鼓谷のお稲成さんの狐が、あの人に取り憑いたのかもしれない）

響子が神社の前に置かれた白狐の石像を熱心に見ていたのが、思い出された。

（わたしは押し倒されて、転んだ）

だから、千鶴に響子を「お姉さん」と呼ぶ気は失せていた。だが、それは響子という体を通して、神が自分に罰を与えたように千鶴には思えてならなかった。

（許そう、あの人を。それがわたしの償いだ）

千鶴は覚醒した。

（でもわたしには、償いをしなければならない人がもう一人いる）

千鶴は身を起こした。病室には母一人だった。外はどっぷりと暮れていた。

「母さん」

「目覚めたのかい？」

「いま何時？」

「七時をちょっと回ったとこ、まだおやすみよ」

「俊くんは？」

「まだ警察みたい。早く帰してくれたらいいのにねえ」

「母さん、下の売店で封筒と便箋を売っていると思うので、買って来てくれない？」

「手紙を書くのかい？　そんなの後にしなよ」

「ううん、母さんにしか頼めない。山口の人に手紙を書くから」

　早苗は眼を見開いた。

「ちゃんと、お別れしたんじゃないの？」

「お別れした。でも、あの人を傷つけてお別れした。だから、ちゃんと謝りたいの。そうしないと、わたしは俊くんと幸せになっちゃいけないって、お稲成さんが今日、教えてくれたの」

「そんなの関係ないよ、ちいちゃん」

「ううん、ある。だからわたしの気が済むようにさせて、急ぐの」

　響子がお腹の子は国司の種だと邪推して凶行に及んだのではと、千鶴は夢うつつで考えた。それが響子の叫んだ「嘘」だろうと。時系列で考えれば、国司の種であっても何の不思議もない。自分も疑ったことがあるので、他人が疑うのは当然だ。自分は違うことを手帳のマークを見て確認した。だから、国司がもし自分の妊娠を知っていたら、流産したことを知らせて、安心させてやりたかった。そして自分の「嘘」である指輪を、早く国司に返したかった。

　千鶴は左手の薬指を見た。指輪が光っていた。

（こんな指輪を恥ずかしくもなく、……だから罰をわたしは受けたんだ）

　千鶴は指輪を外したかった。しかしこれも罰と思い、手紙を書くまでつけたままにしておこうと決めた。

「わかった。買って来る。でも、無理しないでね」

母が立ち上がった。

「千鶴、大丈夫だったか」

俊明が病室に飛び込んで来た。

「じゃあ、売店に行って来るから」

母が気を利かせて病室を出て行った。

「俊くん、ごめんね、赤ちゃん。流れちゃった」

「いいよ、千鶴さえ、無事なら」

俊明は流産を知らなかった。しかし驚いたり、悲しんだりすると、かえって千鶴を傷つけると思い、平静を装うと決めていた。

「赤ちゃんの名前を勝手に考えたのよ。教えてあげようか」

「何?」

「ちあき。千鶴の千と俊明の明るいから取って千明。これだったら男の子でも、女の子でもおかしくないでしょ」

「うん、いい名前だね」

「今日、三月十四日は千明の零歳の命日だからね。ちゃんと供養しようね。……それから業務連絡します」

「ぼくはもう銀行員じゃないよ」

「じゃあ、手帳に書かなくてもいいから、カバンを取って。中に母子手帳が入ってるでしょ」

「……これだね」

「うん。赤ちゃんの名前の欄に千明と俊くんが書いてくれる？　それからあとでいいから、病院の人に言って、血液を塗って透明な丸いシールを張るところがあるでしょ。そこに一滴だけ血を垂らして、血液型も調べてほしいの。何にもしてあげられなかったけど、血の一滴だけでもお守りとして持って置きたいの」

「わかった」

千鶴が水子の血の一滴を求めたのは、お守りとするためだけでなかった。そこへ、早苗がレターセットを手にして、戻って来た。

「ちいちゃん、買って来たからね。ここ置くよ。寝てなくて大丈夫なの？」

「うん、この方が楽。でも、お腹空いたな。病院の夕飯はもう出ないの？」

「あとでぼくがもらって来るよ。でも、食欲が出て来たら安心だね」

「うん。じゃあこれから三人で秘密を持とうか。父さんは曲がったことが嫌いな人だから、仲間はずれにしよう」

「何なの、ちいちゃん、秘密って？」

「響子さんはわざとわたしにぶつかって、わたしを転ばせた」

早苗と俊明は顔色を変え、息を飲んだ。

「でも、これを三人の秘密にしよう。わたし一人じゃ抱えきれないから。警察にも誰にも言わないでほしいの。わたしはよろけたあの人を支えようとして、自分で転んだことにする」

「そんなの、おかしいよ。姉はそんなひどいことをしたんだから、ちゃんと罰せられるべきだ」

「理屈はそうかもしれない。でも、そしたら俊くんの姉が縄付きになっちゃうでしょ。誰もいいことないじゃん」

「そんなの、構わない。あんな姉、ぼくはもうあの人を、今日から姉とは思わない」

「うん、だから、俊くんにも母さんにも、そうしてほしいの。わたしもあの人には会いたくない。だから見舞にも来てほしくない。俊くんにも縁を切ってほしいの、できる?」

「喜んで、縁を切る」

「母さんは父さんに寺本家には源氏巻を盆暮に贈るなって言ってね。千鶴が絶交したいって、うまく言ってね」

「わかったわ。俊くんに遠慮してたけど、あたしはあの姉が最初に会った時から、大嫌いだったの。今頃は豚箱だろうけど、ずっと出て来なきゃいいって思ってるくらいだわ。俊くんはうちの息子になる。あんな姉とは他人になるから、何も心配しなくていいよ」

「ありがとう、母さん。千鶴もありがとう」

俊明は胸が熱くなった。警察で犯行を目撃しなかったと言っても、なかなか信じてもらえなかった。覚書（草案）を見せられ、響子の犯罪が疑われるが、おまえは何も知らないのか、この草案はおまえが考えたのかと、俊明は散々責められた。俊明も響子の故意による〝傷害罪〟を疑い、千鶴にどう詫びてよいか、言葉が見つからなかった。千鶴を転ばせた響子とは縁を切りたかった。それを千鶴が先に言ってくれた。それが自分のためかと思うと、泣き出しそうだった。

（一生、千鶴について行こう。千明のためにも）

水子の名は千が前で、明るいが後である。このことに特に意味はなく、千鶴は二人の漢字四文字からベストの組み合わせをしただけだが、俊明はそこに意味を見出し、決意を新たにした。さらに千鶴は俊明に決意を迫る。

「それから、ついでにというのもおかしいけど、わたしはあの人と縁を切っても、あの人はちょくちょく実家に帰っているそうだから、俊くんにはつらい思いをさせるけど、間所の家とも縁を切りたいの」

「それは、ちいちゃん」

「聞いて、母さんも。俊くんは別だけど、間所の家と今後も付き合って、さらに男の子だったら養子にあげるというのは、今回の件があったから、もう無理だと思うの。高校生になった息子とあの女は顔を合わせるだろうから、どんな仕打ちをされるかと思うと、とても心配なの」

「そだね、よくわかる」

「だから、この秘密を俊くんは海野会長には打ち明けてもいい。海野会長に覚書の反故と間所家との絶縁のお世話をお願いできないかしら。それを承知してくれたら、わたしは警察に嘘を言って、あの女を助ける。それでいい、俊くん？」

「もちろんだ。ぼくは千鶴だけいてくれればいい。親兄弟と縁を切る」

「母さんもそれでいいよね。だから結納はなし。結婚式も呼ばない」

「俊くんがそれでいいなら、あたしは何も言うことはないわ。父さんにはあたしから、うまく話す」

「じゃあ、ぼくはこれからすぐ、海野会長に連絡して会いに行く」

俊明は病室を飛び出して行った。転んでも、いや違う。転ばされても、ただでは起きない千鶴である。

＊

「あんな女が無罪放免になることには賛成できん。もちろん、覚書の破棄と両家の絶縁のためにはいくらでも協力する。しかし、それとこれとは話が別だ」

海野は俊明の説得に耳を貸そうとしなかった。

「しかし、すると間所家では、今回の問題をカネで解決しようと示談に持ち込むでしょう。もちろん、そんな示談金など門脇家では誰も受け取らないでしょうが、弁護士を雇って、この問題を長引かせようとします。姉が逮捕され、裁判になればなおさらです。私はあの家で育ったので、よくわかります。そうなると、いつまでも千鶴はいやなことを思い出し、つらい気持ちになります。ぼくはそんな思いをさせたくないんです」

「確かにそうかもしれんが」

「千鶴に早く忘れさせたいんです。その為に、ぼくは進んで、実家とも姉とも縁を切ります」

「俊明はホントにそれでいいのか」

「もちろん、ぼくも千鶴にあんなことをした姉が憎いです。でも千鶴が姉とも間所家ともいっさい関わりたくないと言うのなら、そのために最大限、努力します」

「ううむ」

（確かにいいチャンスかもしれんな）

海野は親子の縁を切る難しさと、縁を切っても法定相続分の遺産の相続は要求できるという、錦織弁護士の話を思い出していた。

「間所の両親にとっては、姉がどんな悪いことをしても、やはり子どもですから、姉と千鶴の意見が違ったら、どっちが正しいかではなく、情として姉の味方をすると思うんです。すると、また千鶴につらい思いをさせます。だから何であれ、私以外の、姉と間所家三人をすぐにでも遠ざけたいんです。姉は自分のやったことだから、なぜ絶交されるかわかるでしょう。だから間所家三人と絶縁するには、いまこの方法しかないのです」

俊明は涙ながらに訴え、海野の心を動かした。

「わかった。間所家の当主にわしから絶縁の話をしよう。ちづちゃんがあの女を助けることが条件だと言えば、拒むことはないだろう。いま、益田にいるのか」

「いいえ、両親と姉の夫はいま津和野に来ています。ここに来る前に実家へ電話したら兄が出て、兄も事件のことは知っていました。警察から連絡があったそうです」

「どこに泊まっている？」

「名月旅館です」

この旅館で結納が予定されていた。

海野は壁に掛けてある時計を見た。午後八時半を少し過ぎていた。

「非常識かもしれんが、緊急事態だ。これから二人で会いに行こう。それで俊明、おまえに頼みがある」

海野は俊明を千鶴の共犯にする案を思いついた。

「時間がない。運転しながら、話す」

海野の運転で、二人は名月旅館へ向かった。

「頼みって何でしょうか？」

「すまんが、嘘つきになってくれ」

「嘘は得意です。どんな嘘でしょう？」

「警察では姉をかばって、姉が千鶴を押し倒すところを見なかったと言ったけど、本当は見た。千鶴はまだ警察には聞かれていないが、聞かれたら、そう言うだろう。しかし、もし絶縁に応じてくれるなら、自分はこのまま何も見ていないと言うし、千鶴にも自分で転んだと、必ず言わせて、姉を助ける。だから明日、姉が釈放されたら、病院にも門脇家にも行こうとせず、そのまま帰ってくれ。見舞金は百万円を自分の口座に振り込んでくれ。結納は中止だ。結婚式は招待しない。これ以降、いっさいの連絡はしないでくれ。絶縁の手続きは海野会長にお願いすると、言え」

「わかりました。でも見舞金を千鶴は受け取らないと思いますけど」

「見舞金は俊明がもらえばいい。間所家との手切れ金だ。じゃあ少ないな。二百万にしようか」

「三百万にします。間所家に要求します」

俊明は絶縁すれば、遺産の相続はないと思っていた。

「ああ、そうしろ」

海野の運転するシーマが午後九時過ぎに名月旅館に到着した。

＊

時間はやや戻り、同日の夕刻、益田市立総合病院で内科医を務める寺本へ益田署から電話が入った。だがその内容は、津和野で今日の三時ごろ、義理の弟にあたる間所俊明の婚約者の門脇千鶴がケガをした。しかし奥さんと俊明が一緒だったので、いま事情を聴取している。「奥さんは今晩、津和野署に泊まってもらいます」と、きわめて簡潔なものだった。

寺本は俊明と交流がない。俊明と初めて会ったのは、響子との結婚を決めて間所家に挨拶に伺った際だが、そのとき俊明はまだ中学生だった。それから法事か何かで数回会ったかもしれないが、ほとんど言葉を交わした記憶がなかった。ところが先日の両家顔合わせで久しぶりに会った俊明はずいぶん成長し、しかも美人の婚約者を紹介されたので、心底羨ましく思った。

（こんな美人とだったら、おれも婿に行ってもいいな。俊明の奴、うまいことやりやがって）と思ったのは覚えていた。

それから仲人の海野会長と名刺交換し、妻の響子を紹介したが、海野と妻が敵意という大げさだが、何かお互いに腹に一物抱えて探り合っているような、微妙に険悪な雰囲気だったことも覚えていた。

寺本は「津和野署に泊まってもらう」とは留置場へ泊めるという意味だと解釈したので、海野へ電話して聞こうかと考えた。だが、警察沙汰の話を一度しか会ったことのない、しかも会社の会長に問い質すのは、あまりに非常識だと考え、響子の実家へ電話することにした。寺本は二通の覚書について全く蚊帳の外だったし、養子の話も千鶴の妊娠も知らなかった。それなのに千鶴がケガしたけど、妻が一緒だったという理由で、なぜ警察から電話があるのかどうしても得心がいかなかった。津和野へ行ったことも知らない。警察から詳しい話を聞きたかったが、面会は明日にしてくださいと言われ、俊明も一緒だったこと以外、詳細は教えてくれなかった。そこで響子の実家へ問い合わせた。

すると、電話に出た響子の母親は声を震わせ、「響子が千鶴さんをわざとケガさせたと疑われているのよ」と口走ったため、寺本は妻が何かやらかしたと気づき、午後六時前だったが、仕事を他の医師に押し付け、急ぎ間所家へマークⅡで向かった。間所家には益田署からも津和野署から電話は入っていなかったが、寺本への警察からの電話によると、俊明も一緒だったそうだから、俊明か、あるいは警察から間所家へも電話が入るかと思い、兄が待機し、両親が夫のマークⅡに乗って津和野へ向かった。

運転しながら、寺本は二通の覚書の概要と千鶴の妊娠を知った。「響子に千鶴さんの妊娠を教えるんじゃなかった。覚書もFAXするんじゃなかった」と嘆く義母と、「子どもの産めないあいつが千鶴さんを嫉んだんだ」と吐き捨てる義父の話を聞き、寺本は妻が「千鶴さんを流産させるためにケガをさせた」と確信した。

三人は津和野署に到着後、すぐ響子への面会を求めたが、断られた。ただ俊明が釈放されたことと、千鶴が千本鳥居で転んで記念病院に救急搬送されたことは警官が教えてくれた。

さらにカウンター越しに応対した水沢から「寺本さんは重要参考人として、事情を聴取しています。容疑が晴れれば明日にでも釈放します」と言われた。そこで寺本が「まだ逮捕された訳ではないんですね」と水沢に質問すると、水沢は曖昧な返答に終始した。しかし、父が再び同じ質問をすると、逮捕していないことを認めた。

水沢は響子の自白のあとだったので、寺本へ夫婦仲や不妊治療の裏を取りたかったが、義理の両親と一緒だったため、響子を逮捕してから事情を聴取すればよいと考え、響子が自白したことは教えず、取りあえず三人を帰そうと思った。教えなかったのは弁護士の傷害教唆という極めて「特殊な」要素が自白に含まれていたからだ。水沢はまず、この裏を取りたかった。しかし、ただ一点だけ、響子の母へ狙いを絞って、裏を取った。

「娘さんは千鶴さんから産まれる男の子を、自分の養子にしたいと思っていたようですが、お母さんは何かご存知じゃありませんか」

この問いかけに響子の母は蒼ざめ、体を震わせながら、否定した。

「……し、知りません。響子がそんなことを思っていたなんて」

だがその声はあまりも弱々しく、虚(うつ)ろだった。水沢は母も知っていたなと確信した。

警察を出た三人はすぐにも病院へ向かいたかったが、時間が遅かったので、病院に行くのは明日の朝にしようと相談し、名月旅館に宿を取った。俊明のアパートへ電話したが、留守電だった。

三人は食事も取らず、善後策を協議した。この段階では、まだ千鶴の流産を知らない。母の意見

「響子が押し倒したんじゃなく、千鶴さんにお願いして、自分で転んだって警察に言ってもらいましょう」、父「そうだな、そうすれば響子は逮捕されんだろ」、寺本「俊明くんを婿にもらうんだから、きっと義理の姉になる妻をかばってくれますよ」、父「そうしよう。明日の朝、三人で千鶴さんに頼みに行こう」と、相談がまとまったところに、海野と俊明が現れたのである。まさか、俊明が響子の犯行を目撃し、いや目撃したかもしれないが、警察にそれを隠しているとは三人とも想定していなかった。

俊明は海野から教えられた通りに語り「千鶴には必ず自分で転んだと言わせます。約束します。だから病院には来ないでください」と、三人へ求めた。海野は千鶴の流産を知らせ、「どう責任を取られるつもりですか。おカネで済む話じゃないですよ」と恫喝した。

父親は謝罪し、俊明の絶縁と遺産の一部とすべく三百万円を生前贈与し、俊明の口座に振り込むことに同意した。

「千鶴には今後いっさい連絡しないでください。明日、姉が釈放されたら病院へ行かず、まっすぐ益田へ帰ってください」

俊明の要求も、三人は受諾した。

翌朝、三人は津和野署を訪れて響子への面会を求めたが、担当の刑事が捜査中なので、面会は許可できない。面会できるようになったら連絡するので、旅館で待機するように告げられた。三人は警察にも病院にも行けず、ただひたすら旅館の一室で津和野署からの電話を待ち続けた。

ただ父親が自宅を訪れた友池弁護士の名前を憶えていたので、ＮＴＴで番号を問い合わせて事務所へ電話したが、友池が居留守を使ったため、相談することはできなかった。

＊

十五日の朝、水沢は益田駅に降り立つや、すぐさま出迎えの覆面パトカーに乗り、益田で唯一の興信所に向かった。水沢には時間がなかった。響子の国選弁護人は浜田の弁護士が担うことになったが、逮捕できないのなら二十四時間以内に釈放するように弁護士から強く求められ、上司にあたる係長が弁護士の要求を受諾していたからである。

津和野署管内であれ、益田署管内であれ、国選は友池弁護士事務所のノキ弁かイソ弁が、特にイソ弁が担う。しかし今回は筆頭弁護士の友池の傷害教唆も視野に入れている。友池弁護士事務所の二人のどちらかが弁護人になることを、水沢も響子も望まなかった。現状は任意同行していただき、重要参考人としての事情聴取を行っているに過ぎない。署に連行ではなく「同行してもらった」のが昨日の午後四時だから、今日の四時までに逮捕状を請求できなければ、響子を釈放しなければならなかった。響子はまだ容疑者ではなかった。

そこで、水沢は会いたい人物を福原・友池・千鶴の順に決めた。福原は全面協力を益田署に申し出ている。自社と山口の同業者による二通の素行調査報告書のコピーも昨日、益田署の刑事に提出している。

友池は昨夜、広島出張から戻っていることを確認した。友池には弁護士事務所ではなく、カラオケボックスまで呼び出す。呼び出せる自信はなかったが、伏線は張っておいた。水沢は響子の自供のあと、友池弁護士事務所に電話をし、留守の女子事務員に伝言を頼んだ。水沢は身分を明かし、

「メモをお願いします。先生と私の暗号です。托卵を企んだ。カタカナで書いてください。明日の午前中にまた電話すると、お伝えください」と述べて、電話を切った。

千鶴には午後三時から二十分間の面会の許可を、病院から得ている。

福原から提出された二通の素行調査報告書のコピーを、水沢は車中で読みふけった。

「なるほどな、これが門脇の腹の子が、このコクシって銀行員の種って根拠か」

「くにしと読むそうです」

益田署の若い刑事が答えた。

「誰でも間違えそうだ。国司と十二月まで付き合った。そして三月に妊娠してますじゃ、おいおいその腹の子の父親はって、話になるわな。何で別れたんか知らんが、女は男と別れてから妊娠に気づいた。男に連絡したが、堕胎せの一点張りだった。女はいやです、産みますと男に告げ、父親になってくれる男を探した。すると運よく、手近なところですぐ見つかった。そんなところだろ」

水沢は俊明を取り調べただけに、俊明の容貌に魅力を感じなかった。

益田署の若い刑事が大きくうなずいた。

「まったく同感です。それで福原は捜査に全面協力すると言っています」

「そりゃそうだろ。興信所は警察ににらまれたら、仕事がやりにくくてしょうがねえ。サツにダチができりゃ、何かと便宜を図ってくれる。そういうとこだろ?」

「おっしゃる通りだと思います」

「あんまり餌をやると、監察が動くぜ」

興信所に着いた。運転手の警官を車中に残し、二人は階段を駆け上がり、興信所のドアを開けた。興信所で二人は厚いもてなしを受けた。応接コーナーに通されたが、ほどなくコーヒーとショートケーキが運ばれた。二人はいっさい手を付けなかった。水沢が尋問を始める。

「所長は門脇の妊娠をどうして知りましたか」

「寺本本人の口から昨日、聞きました」

「それまで知らなかったのですね」

「はい。寺本は日曜に母からの電話で知ったそうです」

（響子の供述通りだ）

「だが、私に連絡しなかったので、私は月曜日に津和野の産婦人科を回って、調査しました」

「それは無駄足だったですね。それで友池先生はいつ、門脇の妊娠を知ったのですか」

「昨日の夜、こちらの益田の刑事さんが帰られた後、広島出張から帰られたばかりの先生に時間を取ってもらって、その時に私が教えました」

「昨日の夜ですか」

「はい」

（そんなはずはない）

水沢は福原の眼を見た。嘘をついているようには見えなかった。

「その際、先生の様子はどうでしたか」

「たいへん驚き、瓢箪から駒が出たと、おっしゃっていました」

「ということは、友池先生は寺本に、門脇が妊娠していないのに、妊娠したと思い込ませたということでしょうか」

「はい、そうだと思います。もし妊娠してなかったら、想像妊娠にすればいいと電話で話しました。それから次の日、寺本が血相を変えてうちの事務所に現れ、絶対に男がいる。いま付き合っている男を探せと言って、前金の十万円をくれました」

「それで、所長は調査して山口に目星を付け、山口の興信所から門脇の素行調査報告書を買ったんですね」

「はい、五万円で買いました」

「よくわかりました。それで昨日の夜、所長は友池先生に門脇の流産も伝えたんですか」

「はい、益田の刑事さんから聞きましたので、友池先生にも教えました」

「どんな様子でした？」

「その子は産まれて来なかった方が幸せだったかもしれないなと、おっしゃいました」

「それは父親が国司だからですか」

「たぶん、そうだと思います。それから、あの女、やりやがったとおっしゃいました」

「事故ではなく、寺本が故意に門脇を転倒させた意味でしょうか」

「そうだと思います」

「所長は寺本が昨日、津和野へ行くことを知っていましたか」

「いえ、知りません」

「友池先生は知っていましたか」

「わかりません」

「それでは、所長は托卵という言葉を聞いたことがありますか」

「いえ、ありません。何ですか、それ？」

「聞いたことがなければ、それで結構です。では、寺本から捨て子を養子にしたいから、どっかの施設で探して来いと、依頼されたことはありますか」

「いえ、ありません。捨て子の話は初耳です」

「そうですか。わかりました」

（この男は嘘を言っていない）

　長年の勘が水沢に告げた。

「ご協力に感謝します。後日、こちらの益田の刑事さんにお聞きになりたいことがあれば、教えてくれるでしょうけど、一回限りにしてくださいね。そうしないと、所長も叩けば埃の出る体でしょうから。痛くもない腹を探られますよ」

「わかりました。よろしくお願いします」

　福原は二人の刑事に向かって、深々と頭を下げた。

　興信所を出て覆面パトカーに乗り込んだ水沢は、益田の誰でも知っている大きなカラオケボックスの名前がCであると益田署の刑事から聞き、電話ＢＯＸを見つけるや、友池弁護士事務所に電話をかけた。友池は水沢からの電話を待っていた。水沢は名乗ったあと、さっそく友池の呼び出しを始めた。

「お忙しいでしょうが、寺本響子の件で、近くのCというカラオケボックスでお話しいただけませんか。事務所ではお話しにくいでしょうから。お迎えに参ります」

「構いません。私に会いたければ、事務所にお越しください。相談料をお支払いいただければ、ご相談に応じます」

「先生、托卵を企んだというシャレがお気に入りのようですね」

「だから、その話も事務所でお聞きします」

「先生の名誉のために、私は申し上げているんですよ。寺本響子は先生と深い仲だそうですね」

「馬鹿々々しい。口から出まかせですよ、そんなの」

「被害者の先輩が山日（山陰日日新聞の略称）の津和野支局に勤めていましてね。ネタをいつも欲しがっているんですよ。それで、弁護士の傷害教唆について話そうかなと思っているんです」

「おい、いい加減にしろよ。こっちが下手に出りゃ、いい気になりやがって。弁護士の傷害教唆って何だ？　おれが寺本を唆して、門脇をケガさせたとでも言うんかあ」

「寺本はそのように供述しています」

「出鱈目だ。あの女の妄想だ」

「しかし、逮捕すれば弁護士が付きます。弁護士は寺本の不起訴のために動くでしょうね。それでは先生のお名前に傷が付くかと思います」

「傷なんか、もういくらでも付いてる。おれは傷だらけの弁護士だ。知らないのか」

萩原健一主演の「傷だらけの天使」というＴＶ番組が昭和五十年に放映され、人気を博していた。再放送もされていた。

「あいにく存じ上げません」

「おい、目撃者はいるのか。物証はあるのか。被害者の証言は取ったのか。動機と自供だけで寺本を逮捕するのか。どうなんだ？」

「鋭意捜査中です」

「ふざけたことを抜かすな。全部そろえて、それから捜査令状を持って、おれに会いに来い。そしたら話ぐらい、してやる」

電話は一方的に切られた。水沢は友池を追及するネタを何も持っていなかったので、あきらめざるを得なかった。呼び出しは失敗に終わった。弁護士事務所を訪問しても、結果は見えていたので、断念した。

水沢は益田駅まで送られ、津和野に戻って来た。それから署に立ち寄り、記念病院へ向かった。響子の両親と寺本が響子への面会を求めていると警官から報告されたが、許可しなかった。

＊

同日十五日の朝礼で、支店長は自身の六日市支店長への転勤と、千鶴の隠岐西郷支店への転勤ならびに主任昇格を発表した。大多数は噂で知っていたらしく、特に反応はなかった。しかし、二名の女子行員が支店長転勤の際は無反応だったのに、千鶴の転勤先を知らなかったらしく、「ええっ、隠岐の島」と声をあげ、支店長にジロリとにらまれた。

続いて支店長は「昨日、門脇さんがケガをしたので、一週間ほど休むと間所くんから連絡がありました。記念病院に入院しているそうだが、皆がぞろぞろ行くと迷惑になるので、私がまず見舞に行き、様子を明日また知らせます」と告げ、朝礼は終わった。誰もが退職勧奨に行くのだと感じたが、それを口にする者はいなかった。

病室を訪ねた支店長が封筒を千鶴へ手渡した。

「これ、みんなからのお見舞いを集めました」

「すみません。わざわざ支店長に来ていただいて」

「私が一番ヒマですから、気にしないでください。どうですか、お体の調子は？」

「だいぶいいです。金曜日には退院できるそうだから、二十日の月曜日から出勤します」

「いいんですよ、ゆっくり休んでくれて。あなたは有休がまだかなり残っていますから。それから、もし退職願を提出されるならばの話ですが、日付の欄は必ず十七日にしておいてください」

退職日の二週間前までに、退職願を出さなければならないという社内規定を守るための支店長の配慮である。

「わかりました」

「それぐらいのことしか、私にはできません」

（なんか、わたしが辞めるって決めてるみたい）

千鶴は必ずしも辞職すると、決心していなかった。

それから昼休憩に俊明が見舞に来て、昨夜遅く、両親と話して絶縁が決まったことを告げ、千鶴には響子をかばうように警察には話してくれと頼んで、帰った。

その後、海野も見舞に来たが、俊明と同じ話をした。

「会長、いろいろお世話になりました」

千鶴は深々と頭を下げた。

「わしは反対したんじゃが、俊明の親兄弟よりもちづちゃんを思う気持ちに心打たれて、嘘つきの仲間に入ることにした。早苗さんは知ってるそうじゃが、修さんも仲間に入れてやろうか」

「それは今日の三時に警察が来ますから、その後にお願いします」

千鶴は固く口止めした。しかし、後でこれを知らされた修三は地団駄を踏んで悔しがったが、海野に説得され、納得した。

三時ちょうどに水沢が現れた。母がいたが、水沢は席を二十分だけ外すように求め、母は出て行った。

「さっそくですか、事故の状況をお聞きします。俊明さんはあなたの何メートルぐらい先を歩いていたんですか」

「五メートルくらい先だと思います」

「あなたのすぐ後ろを寺本さんが歩いていたんですね」

「はい、そうです」

「それであなたはどんな感じで寺本さんに押されたんですか」

「わたしはあの人に押されていません」

「押されていない？　では、どうしてあなたは転んだんですか」

「あの人がよろけて、わたしにもたれかかって来たんで、あの人を支えようとしたら、わたしが転げ落ちたんです。ドジな話ですね」

水沢は困惑した。まさか響子の故意を否定されるとは、思ってもいなかった。

「それは本当ですか。寺本さんをかばっているんじゃないですか」

「どうしてかばうんですか。寺本さんの姉だからですか。たとえ姉であっても、わたしはそのために流産しました。もし、あの人がわざとだったら、けっしてわたしはあの人を許しません」

「でも、寺本さんはわざとあなたにぶつかったと自供しています」

「あの人はわたしが流産したことを、知っているんですか」

「いいえ、教えていませんから、知らないと思います」

「知らないから、わざとぶつかったと言っていると思います。もし知っていたら、責任が追及されるのを恐れて、ぶつかっていないと言うはずです」

「ですが、あなたは下半身を大量に出血されました。あの状況であなたの流血を見れば、寺本さんはあなたの妊娠を知っていたので、流産の可能性に気づくんじゃないでしょうか」

「じゃあ、刑事さんはあの人がわたしを流産させるために、わたしを押し倒したと、おっしゃりたいんですか」

「その可能性がきわめて高いと思っています。寺本さんはあなたのお腹の子が弟との間にできた子どもではないと考えていたようです」

「そんなことはありません。血液型を調べてもらえればわかります。それに証拠もあります」

「どんな証拠ですか」

千鶴は銀行の去年の手帳を開き、十二月のカレンダーの♡と☽のマークの意味を説明し、さらに言った。

「四日の相手は俊明さんではありません。十七日の相手は俊明さんです。でも、その間に排卵をしているので、流産したのは俊明さんの子どもです」

水沢は国司武彦の名前を出そうかと迷った。四日の相手は国司だろうが、しかし流産したばかりの女性に、過去の恋人の名前まで出して問い質すのは、あまりに酷に思えた。結局のところ、目撃者がいなくて、物証がなく、しかも被害者に否定されては、いくら加害者が加害を自供しても、事件にはなりえない。

「では事故であったとして、あなたは被害を受けたのですから、寺本さんに謝罪を求めますか」

「いいえ、自分のドジだから仕方のないことだと思います。謝罪は求めません。それより、あの人には会いたくありません」

水沢は千鶴が響子を「寺本さん」とも、まして「お姉さん」とも呼ばず、ただ「あの人」としか呼ばない理由を理解した。

「わかりました。……あなたは俊明さんを愛してらっしゃるんですね」

「はい、心の底から愛しています」

笑みを浮かべた千鶴の背を、窓から差し込む太陽の光が照らしていたが、後光が差しているように水沢には見えた。

（観音菩薩だ）

門脇千鶴は響子をかばっているんじゃない。俊明の苦しみを少なくしようとしているんだ。もし事件だ、逮捕だ、示談だ。そして裁判だ、和解だ、判決だとなれば時間がかかり、俊明は姉を憎み続けるだろう。彼女は夫になる男に、肉親である姉を憎むような生き方をしてほしくない。だから被害を訴えないんだ。自分のドジにしたいんだ。

「よく、わかりました。どうぞお体を大切に。ご協力に感謝します」

津和野署へ戻った水沢は上司へ報告し、響子を釈放し、立件を見送った。

留置場から出された際、「友池先生が働きかけたんでしょ」と、響子は水沢に質問した。

（この女は何にもわかっちゃいねえ）

「友池先生は私との面会を拒否しました。彼は何もしていません。あなたを助けたのは門脇千鶴さんです。でもなぜ、あなたを助けたのかを説明しても、あなたは理解できないでしょう。ただこれだけは理解してください。彼女はあなたの謝罪を求めていません。むしろあなたからの接触を拒んでいます。だから彼女には今後いっさい近づかないでください」

響子は水沢が何を言いたいのかわからず、怪訝な表情を浮かべた。

釈放された響子は夫からも水沢と同じ言葉を聞かされた。さらに父からは、間所家と俊明が絶縁することになったと、聞かされた。

「じゃあ、俊明の婿入りはご破算になったの？」

響子の問いかけに皆あきれて、誰も答えようとしなかった。

翌日、錦織弁護士に連絡した海野は、俊明と千鶴が「覚書の破棄に関する契約」を結び、海野が証人として印を押せば、間所家に異議を唱える権利はないと指示された。修三の印を押した両家の養子縁組に関する念書は、まだ錦織が発送していなかったので、海野へ返送させた。

後日、錦織は友池の一連の不行跡を暴き、彼の懲戒請求を島根県弁護士会に働きかけた。自称「傷だらけの弁護士」は致命傷を負うことになる。

　千鶴の病室には俊明が昼と夜、修三と早苗が交代でどちらか、それに海野が時々、そして銀行の後輩女子が複数で見舞に訪れていた。

「ちづん姉さん、結婚式には必ず呼んでくだいね。それから、源氏巻のお店にも会いに行くかもしれないけど、源氏巻を買わなくても大丈夫ですか」

「ダメよ、行ったら、買わなくちゃ」

「はい、買います。一番安いの」

「値段はみな同じよ。あなたたち、津和野に住んでいて、そんなことも知らないの。ただ、お店によって値段が違うだけよ。源氏巻のお店って、本当はみんな仲が悪いのよ」

「教えてください。どうしてですか」

　千鶴は教えてあげようかと思ったが、変な噂になるのを恐れてやめた。

　ただ（みんな、自分が銀行を辞める）と思っているのは、よくわかった。

　なぜ彼女たちは千鶴が当然辞めるものだと思っていたかは、転勤先が隠岐の島だったからだけではない。「女性主任は苦労する」が銀行では常識だったからである。銀行の持つ宿命として、男女比が支店によっては1：2あるいは1：3と女性が多い。この理由は窓口係が原則として女性だからだ。原則と表現したのは、明文化されていないからである。

そして女性は実家暮らしが原則だった。これも明文化されていない。銀行上層部は女性の一人暮らしを嫌った。悪い男に騙され、銀行のカネを「貢ぐ」ことを恐れたからである。昭和五十七年に発生した三和銀行茨木支店の女性行員によるオンラインを利用した一億八千万円にもおよぶ詐欺事件の記憶は消えていなかった。だから女性に早期の「寿退社」を勧めるのは、悪い虫がつき、業務上横領などに手を染めないうちに辞めてほしいからである。銀行員は金銭に対して小心だが、それだけに箍(たが)が緩むと歯止めがかからない。

ここで女性主任が苦労する理由をわかりやすく説明するために、Aさんという島根大学出身の女性を登場させる。Aさんが益田出身なら総合職であろうが、配属先は間違いなく益田支店である。勤続五年目で、二十七歳かつ未婚ならば、主任への就任をAさんは打診される。ただし転勤と抱き合わせである。そのまま支店で就任させるとうまく行かないことを、銀行上層部は知っているからだ。もし転勤せずにAさんが主任になった場合、女子行員のリーダーとしての取りまとめが求められる。しかし彼女には、女子行員からは裏切り行為とも思える〝勤務評定〟が、支店長から要求される。〝勤務怠慢〟の指導も、支店長代理から求められる。すると女子行員からは「チクリ」と陰口を叩かれ、「主任になったら急に偉そうに」と総スカンを食らい、Aさんはいたたまれず自主退職するか、転勤の辞令を受け取ることになる。

もっともAさんが退職せずにがんばり、さらに結婚しても、まず旧姓使用不可という問題に煩わされる。さらに妊娠・出産・育児となると、その都度いやみを言われる。妊娠すると「困るんですよね。いまAさんに休まれると」、出産すると「いつまで休まれるつもりですか。そろそろ出勤してくれませんか」、子どもを保育園に預けて出勤し、「子どもが熱を出したと電話があったので、保育園に迎えに行きたいんですけど、早退してもよろしいでしょうか」とお伺いを立てると、「またですか、Aさん。誰か他の人に頼めないんですか」という具合である。マタハラという概念は、まだ男性上司の脳裏の片隅にもなかった。産休・育休は先人の女性たちが勝ち取った権利である。共銀では平成四年に育児休業制度が始まり、平成十八年に期間が一年から三年に延長された。

男性主任なら何でもない業務も、女性主任は〝気苦労〟を要求される。この気苦労に耐え、支店長代理・課長職と仮に出世しても、まだ〝不愉快〟が待っている。色仕掛けで上に取り入り、出世するのに「オンナを使った」という誹謗中傷である。女の敵は女である。

だから女性は転勤させて、新しい職場で「コウモリ」の役割を求める。イソップ物語に獣と鳥が戦争したが、決着がつかずに、講和を結んだ。獣が優勢なときはコウモリはねずみの仲間だと言って獣の味方をし、鳥が優勢なときは羽があるからと言って鳥の味方をした。だが講和が結ばれると、コウモリは獣にも鳥の仲間にも入れてもらえず、森から追い出されたという寓話がある。だから鳥の仲間から鷲や鷹といった猛禽類を獣の仲間に引き込もうとしても、大多数の鳩や雀に寄ってたかって潰されるので、〝よそ者〟のコウモリの存在を獣たちは歓迎するのである。それゆえ、仕事ができる未婚女性ほど主任昇格を打診されるが、「主任になって転勤させられるぐらいなら、銀行を辞めるわ。だけど、その前に結婚相手を見つけたい」という考えだった。よそ者は使い捨てできる。

まして千鶴は結婚を控えている。夫になる間所くんは津和野で働いている。単身赴任なんかするはずない。単身赴任というのは、マイホームを買った夫か、子どもの学校を理由に、父親が出世をあきらめきれずにするもので、結婚を控えた女性の単身赴任など想像すらできなかった。

そんな周囲の思惑を知らぬはずのない千鶴は退院の前々日、俊明と結婚式場をどこにするかについて、話し合った。予約した太鼓谷稲成神社での挙式はすでにキャンセルしている。神社の千本鳥居を千鶴は不浄の血で穢(けが)してしまった。だから神社で式は挙げられないという千鶴の主張は、俊明にとって違和感のあるものだった。千鶴は初潮を迎えたとき、月経の際は神社を参拝してはならないと、母から教えられていた。霊山や土俵が「女人禁制」の理由は、女性が不浄の血を毎月流すからだと俊明は聞かされ、千鶴の意見に賛意を示した。それより、俊明には腹案があった。

「結婚式の場所なんだけど、ハワイで挙げない？」

「ええっ、ハワイ」

「うん、ハワイだったら、うちの親族が誰も出席してなくても、おかしくないじゃん」

間所家とは絶縁した。寺本家とは絶交である。しかし日本で結婚式を挙げるのに、新郎側の出席者がゼロというのは、あまりに不自然だ。披露宴は円卓だからごまかしがきくが、三々九度は無理だ。

「グッドアイディアね。父さんが出してくれるし」

「じゃ、場所を探すよ」

「海の見える白いチャペルにしてね」

「案外、乙女なんだね」

「いいじゃん。でもハワイで挙げるとしたら……」

二人は同時に同じ人物の名前を口にした。

「真一郎」

真一郎のことは流産と絶縁のあれこれで、すっかり忘れていた。真一郎は土曜日に津和野に帰り、俊明に引っ越しの手伝いをさせ、下関の繁華街で俊明は〝兄貴風〟を吹かす予定だった。真一郎のアパートには電話がない。だから、急な連絡は電報だった。担当は早苗である。当初は「デンワクレハハ」だったが、なかなか真一郎が電話をかけて来ないので、短く用件を伝えるようにした。前回の間所家との顔合わせでは、「ヨツカカエレムコオヤアウ」だった。真一郎は四月から社会人だけど、慶弔休暇なら会社も認めてくれるだろう。早苗も連れて行きたがっている。

「じゃあ、真一郎もカバン持ちに、ハワイ連れてってやろうかな」

「そうしようよ」

「俊くんは明後日、下関に行けばあ。真一郎に兄貴って、呼ばれたいんでしょ」

「そうはいかないよ。千鶴がこんなだし」

「わたしのことは心配しないで。家でゆっくり休むから、それにちょっと考えたいことがあるの」

千鶴は隠岐西郷支店へ転勤するか、それとも辞職するかを、まず自分の気持ちを整理したかった。整理した上でまず両親に話し、それから、日曜日の夜に俊明のアパートを訪ねて最終決定し、月曜日の朝に支店長に報告しようと思っていた。

もし、隠岐の島へ転勤すると言い出したら、両親にはそう言えば、まだ話していなかったから驚き、大反対されるだろう。話したのは俊明だけだった。ただ俊明が賛成してくれるなら、二人で両親を説得したかった。だから、俊明が津和野にいないのは好都合だった。

「わたしはいま使い物にならないから、俊くんは下関でしっかり抜いて来ていいよ」

「千鶴は時々すごいことを言うね。そこが好きなんだけど」

「二人でお風呂に行ってきなよ。女の人のいる、泡の出るお風呂。ただ、どんなだったか、ちゃんと教えてね。興味あるし」

（千鶴は男だ、やっぱり）

俊明は改めて思った。

翌日の昼に俊明が村岡を連れて見舞に来た。話半ばで千鶴が訊いた。

「村くん、週末に俊くんが兄貴風を吹かせて、弟と下関のソープに行くんだけど、村くんはソープへ行ったことある？」

村岡がお見舞いの品といって持参しながら、自分たち二人で飲んでいたコーラに、俊明と村岡は同時にむせた。

「千鶴、なんてこと聞くんだ。ぼくはソープなんて行かないし、行ったこともないよ、なあ、村」

「そ、そだよ。貧乏学生だったから。なあ、俊」

二人で夜の中洲に行き、性の成人式を済ませたことは、二人だけの秘密である。

「ああ、そんな場所に行こうと、バイト代をせっせと貯めてたなんてことはないよ、なあ、村」

「馬鹿、そんなふうに言ったら……」

二人は同時に千鶴を見た。千鶴は満面に笑みを浮かべていた。

「白状したわね。でもいいよ、行っても。ソープってとこで、女の人は男の人をどうやって」

「千鶴、もうやめてくれ。わかった。行く。行きます。行って報告します。だから、もうしゃべらないでくれ」

千鶴がこの先どんな下品なことを言い出すか、俊明は恐ろしかった。

「千鶴さん、ホントにいいの？」

「結婚前の浮気と風俗は許す。結婚後は即離婚よ」

村岡は唖然とした。

「俊はいいなあ、千鶴さんみたいな女性を見つけて」

「いいだろ」

俊明は鼻高々である。

「銀行の後輩でね、いい子がいるんだけど、村くん、会ってみない？」

「その子は千鶴さんと同じくらい、男気がありますか」

「何、その質問？　男気はわかんないけど、わたしよりずっとかわいいわよ」

「じゃあ、いいです。自分で探します」

村岡は千鶴と同程度に男気のある女性を見つけることが出来ず、独身を続ける。

＊

国司　武彦　様

あなたに最初で最後のお手紙を差し上げます。私のことをまだ覚えてらっしゃいますかと聞くのは、おかしいですね。別れの際、手切れ金の三十万円を受け取りながら、あなたのお腹を殴り、婚約指輪も返していない、ひどい女です。忘れるはずはありませんよね。

私はあなたにしたことを、突然あんなふうに、一方的に婚約破棄を言い出されたら、誰だってそうすると考え、さほど罪悪感は抱いていませんでした。

でもそれが間違いだということに、神様から気づかされました。別れるなら別れるで、二人でよく話し合い、どうしても無理なら、私は指輪を返し、手切れ金はありがたく頂くけど、お互いが笑って別れるというような形にすればよかったと思っています。後悔しても、もう遅いですね。

ただ私はあなたと話し合うと、ついあなたへの未練を口にしてしまいそうで、それができませんでした。あなたが営みの時だけ、甘えて私を呼ぶ「ちいたん」という声が、耳に残っていました。

思えば、あなたは私にはもったいない素晴らしい人でした。あなたは私との間に規則をいくつも作り、それを誠実に守ってくださいました。例えばデート代は自分が払うという規則をあなたは作られたので、あなたが支払いをするのは当然だと思い、私はお礼の一言も口にしなかったと思います。感謝知らずの女でした。「安い店ばかり連れて行く」と言ったこともあります。あなたが支払いをしている最中にさっさと自分だけ車に戻り、助手席であなたに、「支払いにいつまでかかってんの」と怒ったことを思い出しました。いま、顔から火が出る思いです。

あなたが作られた規則で、私がもっともありがたかったのが、必ず避妊する、です。だから私は安心してあなたに身を任せることができました。

あなたとお別れしてすぐですが、私は好きな人ができました。その人と結婚します。でも私は妊娠していました。ただ私はお腹の子があなたとの間にできたとは、これっぽっちも思いませんでした。それはあなたが避妊されていたからだけではありません。あなたに抱かれたあと、私は排卵しました。手帳にその日を記入しています。だから、あなたの子どもであるはずがないのです。そのことをお伝えしたくて、お手紙を差し上げます。

しかし私は流産してしまいました。神の罰を受けました。私の流産を警察が事件として調べました。もしかしたら、あなたの所へも警察が来たかもしれません。それで、あなたにご迷惑をおかけしたらいけないと思い、この手紙を差し上げます。どうぞ、流産した子はおれの子どもではないと、きっぱりと否定してください。念のため、血の一滴も母子手帳に保存しています。

長々と、つまらないことを書きました。もうお会いすることはありません。あなたとの楽しかった三年を良き思い出として、私はこれからも生きていきます。あなたもお体を大切になさってください。あなたが本当に素晴らしい女性と巡り合えることを、遠くからお祈りしています。

かしこ

平成元年三月十七日

門脇　千鶴

追伸　あなたのご自宅の住所がわかりませんので、銀行へお手紙と婚約指輪をお送りする無礼をお許しください。

千鶴は退院の前日、指輪ケースを自分の部屋の引き出しから探して、母に持って来てもらった。そして母が帰ったあと、指輪を外してケースに納め、手紙を同封して病院一階の売店へ向かった。第一勧銀山口支店の住所はＮＴＴに問い合わせた。勤務先に送ることにしたのは、山口市で国司の姓を問い合わせたら、二軒あったからだ。売店に宅急便受付があったので、店員に托した。

＊

俊明と村岡が帰った午後、俊明の兄が千鶴の病室を見舞に訪れた。兄が来ることを海野会長から千鶴は承諾を求められていた。「お兄さんだったら、会ってもいい」と千鶴が答えたため、兄は間所家を代表する最後の使者として病室を訪れた。海野は千鶴との面会を、自分が立ち会うことを条件に許可した。海野は錦織弁護士から響子に注意するようにと忠告され、自分も危険なものを感じていたにも関わらず、千鶴へ連絡しなかったため、流産させてしまったことに責任を感じていた。

「この度は、姉がたいへん申し訳ないことを致しまして、お詫びの言葉もありません」

兄は深々と頭を下げた。

「お兄さん、あれはわたしが勝手に転んだんですから、頭を上げてください」

「お兄さんと呼ばないでください。間所と呼んでください。絶縁を私も承知しましたから」

千鶴と海野は顔を見合わせた。兄は自分がいない所で絶縁が決められたので、翻意を促すために来たものと、二人は覚悟していた。翻意を促されたら、はっきり「無理です」と返事するつもりだった。

頭を上げた兄がセカンドバッグから金銀の水引が巻かれた祝儀袋を取り出し、千鶴に差し出した。封の厚みから五十万円だと千鶴は判断した。

「お二人の結婚祝いです。どうかお納めください」

「それは頂く訳には参りません。結納の費用は門脇で負担するというお話だったのに、結納をキャンセルし、当家ではほとんどおカネを使っていません。だから、お持ち帰りください」

「いえ、このご祝儀は門脇家ではなく、千鶴さんご本人に使っていただきたいのです。だから俊明にはこのことは話さず、千鶴さんのへソクリとして欲しいのです」

千鶴は困って、海野を見た。海野は視線をそらした。海野が視線をそらす時はいつも何か隠している。俊明もいくらか間所家からもらったなと、千鶴は気づいた。

「そのような心遣いは無用にしていただきたかったのですが、わざわざ津和野までお運びいただきました。それに、結婚祝いをお断りするのは、あまりに非常識ですので、ありがたく頂戴いたします」

千鶴は祝儀袋をおし戴き、コーナーテーブルの上に置いた。〝お見舞い〟だったら、受け取るつもりはなかった。

「益田へ帰って、両親に千鶴さんの様子を伝えます。二人とも案じておりました」

「ご心配をおかけしました。もうすっかり元気になったと、お伝えください」

「はい、承知いたしました。それで私がお伺いしたのは両家の絶縁は永遠ではなく、二年後あるいはないかもしれませんが、私は復縁をご検討いただけないかと申し上げたくて、お伺いしました」

「復縁ですか、間所さん」

ずっと様子を見守るつもりだった海野が堪らず、口を開いた。

「はい、少し長くしゃべりますが、千鶴さん、お体は大丈夫ですか」

「大丈夫です。お聞かせください」

「千鶴さんの妊娠を聞き、私は心の準備が出来ていませんでしたので、女の子が産まれるように願っていました。男の子が産まれたら、私はその男の子の父親に戸籍上はなるけど、物心がつけば家には俊明という父親がいる。果たして男の子はどちらを父親として認めるかと言えば、やはり俊明だと思うんです」

千鶴は男の子の立場で男児養子問題を考えなかった自分の迂闊さに気づいた。海野は兄は種なしだから、男の子を喜びはしないだろうが、しぶしぶながら跡取りとして認めると信じていた。

「そんな男の子が高校生になったら益田の家に住む。はたして私はその高校生の甥に愛情を注げるだろうか、自信がありませんでした。それに私が結婚していて子どもができていたら、やはり実の子に愛情を注ぐでしょう。私の妻も甥に対して辛くあたるかもしれません」

（種なしじゃなかったんだ、この男は。悪いことをした）

海野は顔を赤らめた。

「すると、甥に辛い思いをさせるだけで、何もいいことはないと思うんです」

「ごめんなさい、わたし、お兄さんの気持ちをぜんぜん考えていませんでした」

千鶴は眼がしらを熱くした。

「いいんですよ、間所で。我が家では総領息子をジュニアと呼んでいます。幼いうちから歯科医院の後継者としての自覚を持たせるためです。しかし、その甥を高校生からジュニアと呼んでも、いや幼いうちから間所の人間だけはジュニアと呼んでも、その子は親の顔色ばかり気にする子どもに育つでしょう。私がそうでした。父は職場では院長先生、私は若先生と呼ばれています。だから私も一度は甥に先生と呼ばせようかとも思ったんですが、学校に行っても先生がいる。家に帰っても先生がいるという暮らしが楽しいのかと思ったら、やっぱり逃げ出したくなると思うんです。それに、両親は家政婦を雇うつもりだったらしいけど、母親とは離れて暮らします。だから、私はもし千鶴さんに男の子が産まれても、養子の件はお断りしようと思っていました」

千鶴は胸が潰れそうだった。中学を卒業した息子を相撲部屋に預けて、横綱にしてくださいって言う母親とおんなじようなもんよと、あっさり納得した自分が恥ずかしくなった。

（お兄さんの方がわたしなんかより、ずっと生まれて来る男の子のことを親身になって考えてくれていた）

千鶴の頬を涙が一筋つたった。

（種なしなんぞと根拠もなく、決めつけて悪かった。この兄も真心を持っている。持っていないのはあのバカ姉だけだ）

海野の心中に申し訳なさと新たな怒りが複雑に交錯した。

「だから、復縁というのはですね。千鶴さんがお体を回復されて、お子さんを産んで、その子は男の子でも、女の子でもかまいませんが、一歳になったら、間所家と復縁していただけませんか。姉のように男の子が一歳になったら養子にくれなどとは言いませんから」

兄は冗談のつもりで言ったのだが、二人が表情を硬くしたので、場にそぐわなかったと気づいた。

「いいえ、姉はそのお子さんにはいっさい近づけません。お約束します。姉との絶交は永遠に続けてくださ い。しかし、ご承知のように、両親は高齢です。孫の顔を見せてほしいと、私はせっつかれていますが、たぶん俊明の方が先になるでしょう。だから千鶴さん、お子さんが産まれたら、そういう条件で復縁をご検討いただけませんでしょうか」

「一歳と言わず、産まれてすぐにでも。ね、会長」

「そうじゃ。こちらからこそ、復縁をお願いしたい。わしは今日、あなたの親を思う気持ち、そして生まれて来る子どもを思う気持ちに心打たれた。あなたにはいろいろと申し訳ないことをした」

海野は兄に向って、深々と頭を下げた。

「会長、頭を上げてください。会長がいろいろとお骨折りいただいたからこそ、俊明は門脇家の婿になることができるんです」

「お兄さん、お兄さんと呼ばせてください。間所の家にご挨拶にお伺いした際、帰りのタクシーの中で、お兄さんは素敵な人ね、お兄さんだったら、はい、お嫁に行きますって言ったかもと言ったら、俊明さんがはぶてたんですよ」

「そうですか、そんな嬉しいことを言ってくれたんですか。俊明はそんなこと、一言も言わなかったですよ」

「そりゃ、言わんじゃろ」

「千鶴さん、もっと早く出会いたかったですね。まだ間に合いますか。会長、仲人をお願いします」

(兄も弟と一緒で、調子に乗る人だ)

「……断る」

三人は笑いに包まれた。千鶴はこの兄とは、間所家と絶縁期間中でも手紙を男性の偽名で出そうと決めた。ハワイの土産も自分とわかるような偽名、例えば「千田鶴男」で贈ろう、両親にも盆暮に源氏巻の詰め合わせを、この偽名で兄に宛てて贈ってもらおうと決めた。

その夜、見舞に訪れた俊明に兄の来訪と復縁について告げた。

「そだね、間所の両親も孫の顔を見たいだろうしね」

俊明は安堵の表情を浮かべた。その様子を見て、自分中心に物事を考え、俊明に実家との絶縁を迫ったことを、千鶴は恥ずかしく思った。千鶴は話題を変えた。

「ねえ、中也のあの詩のタイトル、わかったあ？」

「うん、ぼくも出だしだけ覚えていたけど、タイトルがわからなかったので、詩集を何ページもめくって、見つけたよ。春日狂想だった。でもこの詩は逆説の詩だからね、そこんとこ間違えないでね」

「わかってるって。じゃあ、朗読してくれる？」

俊明の朗読が始まる。千鶴の至福の時間である。

「愛するものが死んだときには／自殺しなきゃなりません／愛するものが死んだ時には、それより他に、方法がない。／けれどもそれでも、業が深くて／なおもながらうこととなったら、／奉仕の気持ちになることなんです。／／奉仕の気持ちになりはなったが／さて格別の、ことも出来ない／／《まことに人生、一瞬の夢、ゴム風船の美しさかな》／／まことに人生、花嫁御寮／／ハイ、ではみなさん、ハイ、御一緒に──／テンポ正しく、握手をしましょう」

「いいね、やっぱり中也は」

「うん、いいね」

千鶴は俊明へ握手を求めた。俊明は応じた。俊明はその握手に何か意味があろうとは、思いもよらなかった。千鶴の心は隠岐へ傾いていた。

＊

土曜日に真一郎の荷物が部屋から運び出され、俊明と真一郎が下関に向けて出発した。その後、千鶴は部屋にこもり、大学ノートを卓上に置き、左のページに津和野、右のページに隠岐と上の方へ書き、それぞれの理由を書き込むことにした。すると、津和野には「俊くんと離れて暮らしたくない」「両親をさびしがらせる」「料理を母と俊くんに教わる」と三行書いただけで、もう書くことが思い浮かばなかった。

　そこで隠岐と書いた右のページの一番上に「隠岐の島で暮らしてみたい」と書いた。千鶴が転勤の内示を受けたときから、周囲が思うほど辞職に心が傾かなかった理由の第一はこれだった。千鶴は津和野で生まれ、ずっと盆地の中で暮らした。だから、島の生活に興味があった。海も見ながら暮らしてみたかった。

　流産する前は、新人男性行員を辞職させたから、この人事は〝島流し〟だという思いがあった。だが流産したことで、（わたしはもう罰を受けた。元カレに指輪も返した）と、踏ん切りがついた。もし身重だったら、隠岐へ転勤しようとは、俊明の言うように考えなかっただろう。（それに島流しって、隠岐に住んでいる人には、ずいぶん失礼な話よね）という思いに変化した。

　それで自分なりに調べてみると、隠岐の島と一口にいうが、実はいくつもの島があり、西郷町（現：隠岐の島町）にある西郷港が本土から最も便利で、共銀西郷支店は港のすぐ近くにあるとわかった。まず交通手段だが、松江駅から美保の関の七類港までバスで40分、そこから所要時間１００分の高速旅客船マリンスターで（令和二年現在はマリンジェットで69分）西郷港へ到着するとわかった。津和野から松江まではJR特急で約１６０分だから、合計で約３００分の５時間、乗り継ぎ時間を１時間と考えると、約６時間で行けるとわかった。さらに出雲空港から隠岐西郷空港までは便数は少ないが、日本エアシステムで30分の距離だとわかった。

（意外と遠くないじゃん）

次に隠岐諸島の共銀支店について調べてみると、海士支店と浦郷支店が他にあり、西郷支店が最も規模が大きいことがわかった。調べてみる行員数は18名、男女比は5：13、役職は支店長1名・支店長代理3名・主任1名、女性の支店長代理か主任もいる（令和二年四月現在）とわかり、津和野支店の1.5倍程度だったので、千鶴は違和感なく働けるだろうと思って安心した。

次に、「銀行をまだ辞めたくない」と書いた。勤務八年目で、仕事の面白さがようやくわかって来た。自分の学んだスキルをこれからの業務に、もっと生かしたかった。それに主任という役職を与えられての赴任だから、いまより重い役割も求められるだろう。その責任にも応えたかった。女性主任が苦労するのは百も承知である。さらに現在の通勤時間は徒歩十分である。西郷支店へ転勤すれば、アパートを借りるとしても通勤時間は同程度だろう。考えようによっては、益田支店へ転勤になり、車で一時間近くかけて通勤するより、ありがたかった。「あーあ、日本のどこかに、わたしを待ってる人がいる」。山口百恵の「いい日旅立ち」を口ずさんだ。隠岐の島の職場の仲間やお客さまと、新しい出会いがしたかった。

そして第三の理由が「一人暮らしをしてみたい」である。千鶴はいわゆる箱入り娘である。だから、家事はほとんど母親任せである。弁当も自分で作ったことがない。だけど一人暮らしをすれば自炊するので、料理を覚え、掃除・洗濯もこなせるようになるだろう。だから「俊くんを奥さんにもらう」というのは冗談だから、自分が俊明の一人前の奥さんになりたかった。

真一郎は「下関は自分の第二の故郷」だと、よく口にする。千鶴も親元を離れ、第二の故郷で暮らしてみたかった。おそらく西郷支店は三・四年で再び転勤になるだろう。だから、行けなかった大学へ進学するようなつもりで、次の転勤辞令が出たときに辞職しようかなと考えた。四年経っても、まだ三十歳である。長い人生で一度は津和野以外の土地で暮らしてみたかった。

出産については産婦人科の医師から「流産したからといって、子どもが産めなくなる訳ではけっしてありません。流産と次の妊娠や出産には何の因果関係もありません」と言われていたので、安心していた。だから西郷支店から次の転勤辞令が出るより先に妊娠すれば、それをきっかけに辞職しようと考えた。妊娠初期の三か月ぐらいは〝切迫流産〟の危険があると知り、産んでやれなかった千明のためにも、次は絶対に流産したくなかった。

第四の理由が「電化製品・家財道具・電話債券を買わなくていい」だった。俊明は五月末に新婚旅行から帰ったら、披露宴を津和野で開き、このアパートを引き払って、門脇家に同居するということが決まっている。すると、いま住んでいるアパートに置いている冷蔵庫などの電化製品や、タンスなどの家具を処分することになる。一部は門脇家に運ぶかもしれないが、ほとんどが廃棄処分になる。だから、俊明の荷物を前倒しして三月に隠岐へ運び、俊明は「体ひとつで」門脇家に同居する。新沼謙治の「嫁に来ないか」の最後を変えて、またまた千鶴は口ずさんだ。「婿に、婿に来ないか。体、体ひとつでえ」。笑みが漏れた。

電話債券というのは通称で、正式名称は電話加入権だが、電話を自宅や下宿先に引くにはNTTから正規の値段72,000円（平成元年当時）、または電話業者から中古の電話債券を安く購入しなければならなかった。不要になった電話債券は2万円ほどで買い取ってくれた。これは施設設置負担金と改称され、やがて廃止になるが、電話一つ引くのは容易ではなかった。これを購入し、別にＮＴＴか電器店で受話器を買い、工事日が決まって、やっと電話が引けた。だが隠岐のアパートに電話を引くにはＮＴＴで移転手続きを行い、受話器も引っ越し荷物に入れ、西郷町での工事日だけ決めればよかった。電話は遠距離恋愛、いや遠距離結婚には絶対不可欠である。なお電話を引くはもう死語であろう。電話を置くか買うというのが正しい表現かもしれないが、筆者の曖昧な記憶では、電話を引くと言っていたような気がする。電話回線を引いて受話器につなげることからの用語だと思う。

なお引っ越し費用は銀行が全額負担する。かつ既婚者の単身赴任は赴任先や役職によって回数が異なるが、年に数回の帰省休暇が認められ、往復の交通費は銀行が負担する。このことを無論、千鶴は知っていた。

ただし、女性の単身赴任の前例が共銀にあるかどうかは知らない。

第五の理由として「同情されたくない」と書いた。流産したことで、周囲はやさしい言葉をかけてくれる。しかし、俊明との間に出来た子どもではないという意見があることを、刑事を通じて知った。だから、そんな自分を隠岐の島でリセットしたかった。自分自身をもう一度、見つめ直したかった。

（隠岐の方が、理由が多いじゃん）

千鶴の心は決まった。津和野と文頭に書いたページの余白に、「距離は離れても、心は離れない」と、千鶴は書いた。病室で中也の「春日狂想」を朗読し終えた俊明と交わした握手の、その手の感触を千鶴は思い出していた。

＊

「父さん、母さん、話があるの。テレビ消してくれる」

「何、ちぃちゃん、改まって？」

「どうした？」

夕食後、千鶴は修三と早苗に向かい合っていた。テレビは千鶴が消した。まだリモコンが普及していなかったので、テレビのスイッチを捻った。修三はテレビを観ながら、食事するタイプだった。

「あのね、突然だから驚くと思うけど、四月から隠岐の島に転勤することになったの。それで俊くんだけ二階に住むことになるけど、いい？」

修三と早苗は顔を見合わせた。互いに眼と眼で（いま、千鶴が言った意味をわかったか）と聞いた。たまらず、早苗が訊く。

「ちぃちゃん、それ、どういうこと？」

「だから、わたしは四月から隠岐の島で暮らす。それで結婚前だけど、俊くんをこの家で息子として面倒見てくださいって話よ」

「それ、俊くん承知してるの？」

「明日、話す」

「俊明が承知してから、親に言え」

「そうも思ったけど、父さんと母さんが俊くんと住みたくないというなら、俊くんはいまのアパートに住み続けることになるじゃない？」

「誰も俊明と一緒に住みたくないとは言っとらん。ただ、それはおまえがおっての話じゃ。娘がおらんで、婿だけもろうてどうするんじゃ？」

「いなくなるわけじゃないの。遠くで暮らすだけよ」

「ちいちゃん、本気なの？」

「本気よ」

「母さん、さびしくなる」

早苗はいまにも泣き出しそうだった。予想していたとは、これが千鶴には一番辛かった。

「母さん、泣かないでね。年に何回かは帰ってくるから」

それから早苗には「一人暮らしをして家事、特に料理を覚えて、俊くんのちゃんとした奥さんになりたいの」と説得し、修三には「大学に行かせたつもりで四年間の一人暮らしを許してください。四年すれば帰って来ます」と、両親の弱点を突いて頭を下げた。「一人暮らし」以外に両親を納得させるフレーズを千鶴は思い浮かばなかった。さらに「もし妊娠したら、四年と言わず、銀行を辞めてすぐに帰って来ます」と約束した。その結果、「それで俊くんがいいと言うのなら」「俊明だけ来月からここに住むことに、おれに異存はない」と両親の言質を得た。

その夜、千鶴は布団に入りながら、（今頃、俊くんは真一郎と楽しい夜を過ごしているだろうな）と思いながら、俊明を説得する殺し文句を考えていた。

＊

翌日の夕方、俊明と真一郎が津和野に戻って来た。若松から津和野までは約１５０キロの距離があるが、「兄貴の運転が心配だから、交代で運転して帰って来た」と真一郎は言った。当初の予定は俊明一人が運転して帰る予定だった。「どうせ、あんたは暇だもんね」と、千鶴は減らず口を叩いた。当時はレンタカーの〝乗り捨て〟制度が普及していなかったので、借りた店舗へ返却しなければならなかった。

俊明は修三と早苗の自分に対する態度が妙に他人行儀で、ぎこちなかったので、（昨日の晩、真一郎とソープに行ったことがバレているのか）と邪推し、挨拶もそこそこにアパートに帰ることにした。

「じゃあ、わたし送って行く」

千鶴は隠岐の話はアパートに着いてから、しようと決めていた。

「俊くん、業務連絡、違った、遊興報告お願いします」

千鶴は歩きながら俊明に語り掛けたが、手帳は手にしていなかった。

「報告の時は手帳にメモするんじゃなかったけ？」

「じゃあいい。聞かない。やっぱし、ちょっと妬いちゃうから」

千鶴はあっさり引き下がった。その手の話が大好きな千鶴なので、アパートに着いてから、たっぷり報告させられると俊明は覚悟した。

「あのね、俊くん。俊くんに謝らなければならないことがあるの？」

「いいよ、謝らなくても。結婚祝いのことだろ。兄から電話があったから」

「うん、ごめんね。わたしだけ頂いちゃって」

「いいよ。実はぼくももらったから」

俊明は兄からの電話で、千鶴の出産後すぐに間所家と復縁することと、千鶴へ結婚祝いとして五十万円が渡されたことを知った。さらに「だから、おまえにも結婚祝いとして、間所家から五十万円をおまえの口座に振り込む。三百万要求したそうだが、その話は忘れろ」と諭され、俊明は承知した。「それからこれは、口止め料でもあるんだから、そこんとこも忘れるな」と釘を刺されていた。

千鶴はこれから一人で勝手に決めたことを告げることになるので、先に謝った。実は「婚約指輪をなくした」と謝りたかったが、千鶴が指輪をしていないのに気付いていない様子なので、俊明に気づかれるまで黙っておくことにした。また新たな嘘をつくのはいやだった。ハワイの挙式の際に指輪を交換し、それを生涯二人ははめ続けるので、婚約指輪の存在はうやむやになってしまった。

アパートに着き、ドアを閉めるや、二人が長い口づけを交わした。

「俊くん、キスがうまくなったんじゃない。下関で教えてもらったの？」

「ぼくは千鶴以外とキスをしたことがない。千鶴のリードがうまくなったんじゃない？」

「じゃあ、そういうことにしとこうか。でもヒトサカリは、今日は無理だからね。それより、大事な話があるの」

「何？」

「コタツに入って話す」

それから俊明は石油ストーブに火を点し、二人はコタツに入って、向かい合った。千鶴は銀行をまだ辞めたくない理由、次に一人暮らしを経験したいという理由を述べた。

「千明がお腹にいたら、わたしは銀行を辞めて俊くんの奥さんになって、千明を津和野で産もうと思っていたの。でも、状況が変わったでしょ」

俊明は話が不穏な方向へ進みつつあることに気づいた。

「そんな言い方したら、千明が亡くなって、よかったみたいに聞こえるよ」

俊明はいら立った。

「誰もそんなことは言ってないじゃない」

「千鶴は流産したから、できちゃった婚にならなくてよかったと、思ってるんじゃないの？」

「どうして、そんなひどいことを言うの。俊くんは赤ちゃんを流産した女の人の気持ちがわからないの？」

「そんなことはないよ。でもどうして、さっぱりしたみたいに、じゃあ四月から隠岐の島に転勤したいと言うわけ？」

俊明が先に「隠岐の島」というフレーズを口にした。

「だから、その理由はさっきから言ってるんじゃん」

「ぼくはいやだ。離れ離れに暮らすなんて考えられない」

「隠岐の島に俊くんは行ったことある？」

「ぼくはない」

「わたしもない。ないけど、調べたら、とってもいいところで、津和野から6時間で行けるのよ。

案外近いでしょ？」

「6時間もでしょ。それに旅行で行くんじゃなく、転勤じゃないか」

「うん、でも年に三回は帰って来る。俊くんも遊びにおいでよ。そしたら、年に四回は会えるじゃん」

「あのね、千鶴。結婚というのは、一緒に暮らしたい、毎日、顔を見たいから結婚するんでしょ。どうして結婚する前から別居の相談をしなくちゃいけないのか、ぼくにはわからない」

千鶴は俊明の意見が至極まともな正論のように思えた。とても、俊明だけ来月から門脇の家で暮らすことや、このアパートの荷物や電話は千鶴が頂いて、隠岐へ運ぶといった話まで進めなかった。

「千鶴がどうしても隠岐の島へ行くと言うんなら、ぼくもついて行って、隠岐で暮らす」

「隠岐の島で何するの？」

「隠岐の観光協会で働けないか、津和野の観光協会長に聞いてみる」

「町役場はどうすんの？　あんだけ勉強して受かったのに」

「辞める」

「じゃあ、隠岐の観光協会で働けなかったら、どうすんの？」

「隠岐の島で仕事を探す。漁師になったっていい」

「でも、わたしはたぶん四年くらいで隠岐の島を出て行くよ。俊くんは隠岐に残って漁師をするの？　漁師だって簡単にはなれないと思うよ」

「う、うるさい。千鶴と離れて暮らしたくないから、思いつきで言っただけだ。千鶴はぼくと離れて暮らしたいのか？」

俊明が語気を荒らげた。そんな声を聞いたのは、千鶴は初めてだった。千鶴とて、俊明と離れて暮らしたいわけではない。だがそれより、千鶴は隠岐へ転勤したいという気持ちが強かった。

「距離は離れても、心は離れない。俊くんとわたしはもう、そういう絆で結ばれていると信じている」

俊明はしばし黙った。その沈黙を攻撃のチャンスと千鶴は見た。

「それでね、もしまた妊娠したら、わたしは四年と言わず、銀行をすぐ辞める。今度は絶対、流産したくないから。産婦人科の先生からは念のため、次の生理までは控えたほうがいいですよって言われたの。でも五月には結婚のために帰って来るでしょ。ハネムーンベビーができたら、九月で銀行を辞めて津和野へ帰って来るわ。そしたら隠岐の島の共銀で働くのはたったの半年じゃない。なんか悪い気がする」

「全然、悪いことない。隠岐の島なんかに転勤させる銀行が悪いんだ。この話は千鶴のご両親も知ってるの？」

「うん、俊くんが賛成なら、いいって」

「そうか。じゃあ早くて半年、どんなに長くても四年だね。わかった。じゃあ、ぼくは液を濃ゆくして千鶴に会うよ。寝かせないぞ」

「賛成してくれるの？」

「消極的に賛成する。それで、千鶴が九月に辞めるんなら、ぼくは夏休みをもらって、隠岐まで会いに行く。観光地を案内してくれる？」

「もちろんよ」

千鶴は今日の話はここまでにしようと決めた。両親と俊明が同居する件は、やはり両親の口から言ってもらうのが最善だと考えた。荷物や電話の件はさらにその先だ。

「俊くんなら、きっとわかってくれると、思ってた」

千鶴は俊明へ微笑みかけた。まさかこの時、千鶴が約束を破り、単身赴任が十二年にも及ぶとは、俊明は知る由もなかった。

＊

翌日の月曜日、一週間ぶりに出勤した千鶴は病院見舞御礼を朝礼で述べたあと、支店長室を訪ねた。

「この度はいろいろご心配をおかけしましたが、心の整理がつき、隠岐西郷支店への転勤をお受けします。連絡のほど、よろしくお願いします」

頭を軽く下げ、再び頭を上げた千鶴は、鳩が豆鉄砲を食ったという比喩はこういう時に使うのかと思って、支店長の顔を見た。

「退職ではなく、転勤ですか」

「はい」

「なぜですか」

「一身上の都合です」

「それは、あなた……」

一身上の都合とは退職願に書く、何の意味もない便利な言葉であることを、千鶴は百も承知している。だからこそ、口にした。

「本当にいいんですね。隠岐西郷支店へ連絡しますよ」

「はい、お願いします」

「実は先週、西郷の楠木支店長から、電話がかかっていたんですが、本人はまだ迷っていると伝えたんです。入院していたことは伝えていません。いまから電話しますよ」

「ご配慮に感謝します。ご連絡よろしくお願いします」

支店長は西郷支店へ電話し、楠木へ千鶴の転勤受諾を告げた。

「楠木支店長が門脇さんと話したいとおっしゃっています。電話を代わってください」

「かしこまりました」

千鶴は立ち上がり、支店長から受け取った受話器に簡単な挨拶を行なった。楠木はこてこての関西弁だった。

「門脇はんでんな、支店長の楠木です。うちは主任に欠員が出てたんで、弱ってたんですわ。そしたら、女性の主任でもええかって、人事部に打診されたんです。女性の方が大歓迎やけど、女の人でわざわざ隠岐まで来てくれる人はいませんやろと言うたら、あんたさんの名前を聞いて、来てくれるかなあ、たぶん来てくれんやろと、気をもんでたんです」

「この度はご返事が遅くなりまして、申し訳ありません」

「ええんです、ええんです。わいみたいに飛ばされて来るんとちゃいますやろから、迷われるのは当然です」

千鶴はどう返事してよいかわからず、戸惑った。

「門脇はんには欠員になったもんの住んどったコーポに、そのまま住んでくれたらよろしと思うてます。わいと代理の二人もここに住んで、社宅代わりに使おてます。そのコーポの住所、部屋と電話番号をＦＡＸしますが、荷物は布団と服と本と化粧品くらいやろから、三十日の木曜日に着くように単身パックで取りあえず支店宛に送ってください。荷物が着いたら、代理に部屋まで運ばせます。だから三十日に門脇さんも隠岐へ来てください。コーポは支店から歩いて十分もかかりません。次の日は代理が付き合いますので不動産屋へ行って、それから電気・水道・ガス・電話の名義変更を行ってください。土日はゆっくりされて、部屋を片付けるなり、足りん物を買うなりしてください。店は代理が教えます。それで、三日の月曜日から出勤ということでよろしいでっか」

楠木は千鶴の転勤をどのように迎えるかプランを練っていた。

「何から何までお世話になります。部屋に電話がついているんですか」

「もちろんです。みんなチョンガー（単身赴任者の通称）ですから、電話がないと家族に忘れられます。それに部屋は１ＤＫですが、バストイレ付きです。冷蔵庫・炊飯ジャー・洗濯機・掃除機・テレビ・ベッド・タンス・本棚、大体のものは完備してます。隠岐は食事する所が少ないんで、みんな自炊です。もっとも部屋で集まって飲んでばかりいますよ。ところで、門脇はんは近く結婚のご予定があると聞いたんですが、旦那さんも隠岐に来られるんですか」

「いえ、わたし一人で参ります。わたしもチョンガーの仲間に加えてください」

「そりゃあ、大歓迎です。どうぞ体ひとつで、お越しください」

「ありがとうございます。では支店長にお電話を代わります」

（楠木支店長も新沼謙治のファンかも）

千鶴は俊明のアパートから電話や電化製品・家具を〝奪取〟する予定だったが、計画の大幅な見直しを迫られる。

支店長室を出て数分後に、楠木からＦＡＸが届いた。それには楠木の名刺が拡大コピーされ、余白にはコーポの名称・住所・部屋番号・電話番号（休止中）が書かれていた。休止中ということは、ＮＴＴで名義変更すればこの電話番号がそのまま千鶴の番号になり、家族に知らせてもかまわないという配慮かと思うと、（歓迎されてるんだ）と千鶴は感じた。だが、このＦＡＸを千鶴より先に女子後輩行員が手にしたことで、千鶴の隠岐転勤の噂が一気に広まった。

その日の昼休憩の時間、まだ弁当を食べる前から千鶴は質問を受けた。

「ちづ姉さん、隠岐の島に転勤するって、本当ですか？」

「本当よ」

「どうしてですか」

「そうねえ、銀行の仕事が好きだから、かな」

千鶴は宇宙人を見るような視線を浴びた。

「間所くんは、どうするんですか」

「置いて行く。何、ねらってんの？」

「どうして、わたしがあんな……」

女子行員はジロリと千鶴ににらまれ、口を閉ざした。別の行員が助け舟を出した。

「送別会、間所くんも呼んでください。うちで働いていたんだし」

「聞いてみる。でも誘惑しちゃ、だめよ」

「誰があんな……」

女子行員は再びジロリとにらまれ、口を閉ざした。

「ところであなた、本店人事部に友だちがいたわね。隠岐西郷支店の支店長と代理のことを調べてくれない？」

「わかりました」

人事がなぜ事前にもれるかというと、しゃべる人間がいるからである。松江の本店人事部に勤務する女性は、松江市内か近郊に住む実家暮らしの「良家のお嬢様」である。松江市在住者は宍道湖畔の研修センターで行われる二週間の研修合宿も、自宅から通う。これは経費節減の意味もあるが、本店中枢部で採用するような新人と、地方の支店勤務が予定されている新人が〝仲良く〟なるのを防ぐためである。異性間、特に地方の男と本店の女の間で恋愛関係になり、本店の情報が地方に流出するのを恐れた。同様に本支店の女性同士の〝友情〟も警戒した。しかし入行以前に、例えば大学の同級生といった関係ならば友情による情報流出は防ぎようがない。そして、退職を控えた女性は「どうせ辞めるから」としゃべり出す。次の異動に関する情報をしゃべるのは後ろめたいが、なぜ左遷されたかは過去の話である。極秘ながら人事考課表に記載されているので、調べようと思えば知ることができた。

その結果、楠木支店長は女性問題、田中代理はギャンブル、浜崎代理は趣味の釣りが、隠岐西郷支店転勤の理由と、千鶴は知った。

楠木は大阪に生まれ、大阪の大学を卒業したが、在学中に島根出身の同級生と恋仲になり、その女性と結婚したくて共銀に就職した。しかし、その女性と結婚したもの、支店の女子行員に手を出し、中絶させたことが左遷の原因だとわかった。

＊

その夜、帰宅した千鶴を修三と早苗が待ち構えていた。俊明が別居について同意したことは、昨晩のうちに話しておいた。

「ちいちゃん、あとでちょっといい。父さんが話したいって」

「わかった。あとで行く」

修三と早苗の話は、俊明との同居はやはり「お互いに気を遣う」から、勘弁してほしいというものだった。

「だよねえ、やっぱし、気を遣うよね。じゃあ、俊くんは週に何回かうちに呼んで、お風呂に入ってもらって、晩御飯をご馳走してね」

千鶴の豹変ぶりに、修三と早苗は拍子抜けした。

(俊くんにはこの話まだしてないし、ラッキー)

その夜、午後九時少し前から千鶴は受話器の前に座り、俊明以外からの電話を待っていた。九時ちょうどに電話がかかって来た。

「もしもし、あー、わかる？」

「くにっしーでしょ」

ネス湖の恐竜みたいに呼ぶなと言われたこともあったけど、千鶴はずっとそう呼んでいた。

「うん、手紙と指輪、受け取ったよ」

「警察来なかった？」

「警察は来てないけど、益田の興信所が来た。だから妊娠は知ってたよ。結婚するんだってな。おめでとう。いい男か」

「ありがとう。でも、見た目はくにっしーよりずっと下よ」

「そうか。でもやさしいんだろ」

「うん、くにっしーの百倍くらいやさしい」

「ぼくもきみにやさしくしたつもりだけどなあ。でもきみは、本当に素晴らしい女性だった」

「あらそれ、わたしがあなたは本当に素晴らしい人でしたって書いたから、そのお返しでしょ」

国司は律儀な男である。規則を作って守ろうとする。守れない規則は作らない。千鶴は別れて、やっと国司の良さがわかった。だから今晩、電話がかかって来ると千鶴は予想していた。

「それもあるけど、手紙に遠くからって書いていたから、きみへ最後の電話を掛けたかったんだ。ぼくも遠くへ行くし」

遠くからと書いたのは覚えていなかった。

「転勤なの？」

「東京の虎ノ門支店に主任で行く」

「栄転じゃん」

「ホントは行きたくない。東京はいま地上げだ、土地ころがしだと、お祭り騒ぎなのは、きみも知ってるだろ」

「聞いてる」

「そんな所へ、山口の田舎しか知らない自分が行って何ができるか、不安なんだ」

国司は山口大学経済学部を卒業後、第一勧銀へ入行し、徳山支店へ配属され、山口支店に転勤、半年して千鶴と出会った。千鶴が国司に惹かれたのは、自分が行きたかった山大の出身だったことも理由だった。

「あらら、くにっしーからそんな弱気はじめて聞いたよ」

「ただ言ってみただけだ。他の誰にも、こんなことは言えないからな」

千鶴はどう答えてよいかわからなかった。「だったら、わたしをフらなきゃよかったじゃん」とは言いたくなかった。ましてお腹を殴ったことも、いまごろ指輪を返してどういうつもりだとも国司が言わないのは、流産した自分に対する国司なりの思いやりだと、千鶴は感じた。

「あのね、わたしも転勤するの、隠岐の島へ。主任で行くのよ」

「へえ、隠岐の島か、いい所だろうな。でも主任で行くんなら、苦労するぞ。女はこわいからな」

「わかってる」

「女に好かれるには、宝塚の男役みたいになって、女を守ることだな。こんなことは、きみは言われなくてもわかってるだろうけど」

「わたし、男気があるって言われた」

「婚約者にか」

「ううん、その友だち」

「あると思うよ。ぼくはきみの男気が好きだった。過去形だぞ」

「ありがとう。わたしもあなたの引っ張ってくれるとこが好きでした。過去形です」

（それだけじゃない）

国司からは都銀の仕事の進め方をずいぶん教わった。「おいおい、デートの時ぐらい、仕事を忘れさせてくれよ」と言われながらも、「いいじゃん。地銀のわたしを指導してよ」と甘えた。「違うことを指導したいんだけどな、きみへは」「それは後でね」そんな会話を交わしたことを思い出した。

（大切な人だった）

「じゃあ、もう電話切るよ。隠岐でがんばれよ。おれは東京でがんばる。もう電話しないから。さよなら、……ちいたん」

「電話くれてありがとう、くにっしー。東京でいい人を見つけてね」

電話を切った千鶴は胸が痛かった。

（本当はやさしい人だったんだ）

そのやさしさを、なぜ自分は気づいてやれなかったのか。もっと違う形で国司に接し、そのやさしさを引き出すようにしていたら、自分は東京へついて行くことになったかもしれないと思うと、東京へついて行きたいわけじゃないけど、千鶴は〝縁〟だけでは片づけられない、自分の未熟さが許せなかった。

＊

業務の引継ぎと引っ越し荷物の梱包に日々慌ただしく追われたが、二十二日に千鶴と俊明は二人とも休みを取り、町役場で入籍を済ませた。入籍を急いだのは、パスポートを俊明が門脇の姓で受領するためである。名字が同じでないとハワイでは同じ部屋に泊まれないぞと、ハワイ通になっていた修三に「知ったかぶり」され、二十二日は夫婦の日だからという早苗の意見を容れて、この日に町役場に出向いた。証人は海野と村岡にお願いした。四月から俊明は町役場で勤務するので、門脇の名字で最初から働くためでもあった。この理由の方が大きかった。

婚姻届を手にして門脇家へ戻り、千鶴は俊明に荷物の梱包を手伝ってもらった。その夜は特上寿司を三人前も出前で取り、まだ津和野にいた真一郎も囲んで、小宴を開いた。真一郎は明日、若松へ帰る予定だった。

「今日から、俊くんはうちの人間だからね。遠慮なんかしないでね」

「そうだ。いつでも遊びに来い」

「兄貴、何なら二階に住んだらどうですか。どうせ、部屋が余るんだし」

真一郎は両親と千鶴から、目力ＭＡＸでにらまれた。

二十四日の金曜日の夜、千鶴は支店長との合同送別会に臨んだ。

支店長の挨拶に続き、千鶴が惜別の辞を述べた。

「皆さん大変お世話になりました。私は望んで隠岐の島へ行きます。長い人生を考えれば、いい経験になると思います。盆地暮らしの私に島暮らしを体験させてやろうという、銀行のありがたい配慮に心より感謝し、隠岐での暮らしを満喫したいと思います。仕事はほどほどに頑張ります。行ってすぐですが、結婚のために五月に津和野に戻って来ます。どうか皆さん、私のことを忘れていなかったら、隠岐へ遊びに来てください」

千鶴は満場の拍手を浴び、支店長とともに花束を受け取った。

二次会には俊明も出席するように後輩女子から要請されていた。しかし「行ったら、いじめられる」と逃げられたため、女子だけでカラオケ大会をスナックで開いた。

マイクを渡された千鶴は「いい日旅立ち」をそのまま、「嫁に来ないか」を替え歌で歌った。

「婿に来ないかあ／門脇のうちへ／銀行の仕事は／あんたにゃ無理よ／わたしは隠岐で暮らすけど／あんたは津和野で暮らしてね／幸せというやつは／離れてもあるものよ／婿に、婿に来ないか／体、体ひとつでえ」

大うけした。

引っ越し荷物を隠岐西郷支店宛に発送した二十九日の出発前日の夜、千鶴は俊明のアパートを訪ねた。

「下関でしてもらったことを教えてくれたら、おんなじことをみんなしてあげる。うまく出来ないかもしれないけど」

千鶴の言葉に俊明は眼を輝かせた。

俊明は燃えた。千鶴は応じた。（後略）

翌日、旅立つ千鶴を両親と村岡・海野が駅で見送った。俊明はパスポートを島根県庁で代理申請するために、松江まで千鶴に同行する。

「ちいちゃん、体だけは気を付けてね」

「また四月に会えるじゃん」

パスポートの受領は本人が島根県庁旅券センターまで出向かなければならない。そのため、俊明に両親を松江まで連れて来てもらい、松江城を観光し、堀川遊覧船に乗り、その日は玉造温泉に宿泊する。翌日、縁結びの神様として知られる出雲大社に「お礼参り」し、日本一の高さを誇る日御碕灯台を観光するという日程が組まれていた。

「あっち行ったら、みんなにかわいがってもらうんだぞ」

「父さんも、俊くんをかわいがってね」

「千鶴さん、俊と会いに行きます」

「村くん一人でもいいよ」

「ホントですか」

「千鶴、村は本気にするぞ」

「冗談よ、もちろん」

「ちづちゃん、さびしくなるな」

「会長には本当にお世話になりました」

発車ベルが鳴った。早苗は白いハンカチを振り、他の三人は懸命に手を振って、千鶴を見送った。

松江駅に着くと、俊明は七類港まで見送りたいと言ったが、県庁でのパスポートの申請に間に合わなくなるといけないので、駅で二人は別れた。

「また、すぐ会えるじゃん」

千鶴は俊明と握手を交わした。

＊

高速艇で隠岐西郷港に着いた千鶴が桟橋に降り立って少し歩くと、「歓迎　門脇千鶴様」と黒マジックで書いたスケッチブックを掲げた男性と眼が合った。千鶴が会釈すると、その男性が近寄って来た。

「津和野の門脇さんですね。西郷支店支店長代理の浜崎（はまさき）です」

陽に焼けて髪を短く刈り込んだ浜崎は銀行員というより、漁師のように千鶴には見えた。千鶴が挨拶を返すと、浜崎は千鶴のカバンを奪うように手にし、すぐ近くだという西郷支店へ連れて行った。

支店到着後、従業員出入口から浜崎に続いて、千鶴は店内へ入った。浜崎が千鶴の来訪を告げると、頭髪が申し訳程度にしか残っていない赤ら顔の五十がらみの男性が笑みを浮かべて、近寄って来た。その他大勢の女性たちはみな仕事の手を休めて、千鶴へ視線を向けた。

「支店長の楠木です。こりゃあ、噂以上の別嬪さんやあ。門脇さんには大いに期待してまっせ」

千鶴は挨拶を返し、手土産として持参した源氏巻二十本を入れた紙袋を、「津和野の実家で作ったものです。皆さまでお召し上がりください」と言って、支店長へ手渡した。

続いて、四十歳くらいのやけに太った男性が、額にうっすらと汗を浮かべて、まるで観光客にするような挨拶をした。

「お疲れになったでしょう。代理の田中です。隠岐へようこそいらっしゃいました」

千鶴が田中に挨拶を返すと、支店長が店舗内に声を響かせた。

「みなさあん、津和野から転勤された門脇主任です」

それから楠木は千鶴に振り向くや、「簡単でええですから、一言だけご挨拶をお願いします」と促した。女性たちが近寄り、千鶴を囲んだ。

「皆さま、初めまして。門脇千鶴、二十六歳です。四月よりこちらの支店で主任として働かせていただきます。勤務は八年目になります。隠岐のことは何もわかりません。いろいろ教えてください。ただ申し訳ありませんが、私は五月に結婚式を控えていますので、また二週間ばかり休暇をいただくようになります。どうぞ、よろしくお願いします」

頭を下げた千鶴は一斉に拍手を浴びた。

「旦那もこっちに住むんかあ」

輪の奥から野太い声が発せられた。

「いえ、夫は仕事の都合上、津和野で暮らします」

「新婚さんから別居やなんて、それで旦那がよく承知したなあ」

「藤原さん、いい加減にしてください」

支店長が五十前後と思える顔がやけに皺だらけの女性を制した。

「いえ、支店長。いいんです。皆さんも不思議に思われるでしょうし、津和野でもこちらへの転勤にずいぶん反対されました。だからなぜ、私がこちらへ参ったか、その理由を言わせてください。それは、私がこの島で生まれ変わりたいからです。私はこれまで多くの男を騙して生きて来ました。夫になる人も騙して、婿にもらいました。だけどもう、男を騙すのは懲り懲りです。だからこの島で精神を鍛え直し、清く正しく美しく生きたいと思い、隠岐へやって来ました。ただ男を騙したい女性がいれば、いくらでもアドバイスいたします。何なりとお聞きください」

千鶴は女たちを見渡した。皆あんぐりと口を開けていた。

「ええ女や、気に入った」

それが誰の発言か、千鶴はすぐに理解できた。最初の挨拶で「一発かませろ」は俊明のアドバイスだった。「清く正しく美しく」は宝塚歌劇のモットーである。国司からの電話がヒントになった。

＊

浜崎に案内されたコーポは真新しい三階建てだった。この二階の四室を、隠岐西郷支店が法人契約を結んで借りている。千鶴には階段を上がってすぐの２０１号室が用意されていた。部屋に入ると、千鶴の送った布団袋・衣装ケース・段ボール箱が山積みされていた。

「まず、これが必要になりますね」

浜崎はカッターナイフを千鶴に手渡した。それから電話台の上の壁に張ってあった電話番号表を示した。それには支店だけでなく、ライフラインや男性上司三部屋の電話番号も明記されていた。

「電気と水道はすぐ使えます。ただし名義変更が必要です。明日、私が同行しますので手続きをしましょう。ところで晩御飯はどうされます?」

「弁当とパンを買っていますから、大丈夫です」

「じゃあ早速だけど、主任は麻雀できますか」

「いえ、できません」

「覚えるつもりはありませんか。入門書を貸します」

「麻雀はしません」

真一郎は麻雀を覚え、雀荘に通っていた。それが留年の原因だと修三は考えていたので、修三は麻雀を蛇蝎のごとく嫌っていた。麻雀には四人のメンツが必要となる。自分を賭け麻雀の仲間に引き込もうとする意図は明白だった。

「そうですか。それで明日の晩ですが、支店長の部屋で主任の歓迎会を予定しています」

「せっかくですが、プライベートでのお付き合いは遠慮させてください。お会いするのは、銀行の中だけにさせてください」

「わかりました。支店長には私からうまく言っときます」

(男を騙したと挨拶したのが、効いたみたい)

千鶴は男に媚びるつもりはさらさらなかった。俊明との約束でもあった。イソップ物語のコウモリの話を俊明から聞かされ、千鶴は鳥の仲間になると決めていた。それに支店長の部屋へ行くようになったら、お酌をさせられたり、ともすれば体を触られたりするかもしれないと、危惧した。津和野では支店長に疎んじられていた。代理や主任には煙たがれていた。男性に嫌われたほうが女性には好かれ、仕事がやりやすいと、千鶴は経験で学んだ。

浜崎が帰り、千鶴が窓のカーテンを開けると、港の灯りが見えた。窓を開けると磯の香がした。千鶴は隠岐の空気を思いっ切り吸い込んだ。

翌日、浜崎に案内され、不動産屋・中国電力・町役場水道課・NTTを回り、旅客ターミナルの食事処を教えてもらった。昼はそこで二人で海鮮丼を食べた。浜崎からゴミ出しカレンダーを渡された。

それから浜崎と別れてコーポへ戻った。その間にプロパンガスの訪問を待ち、梱包荷物を解いて、部屋を片付けた。鍋も包丁も食器もほとんど備わっていたので、自炊には食料さえ買えばよかった。浜崎に教えてもらったスーパーに買い出しに出かけた。

沖を見ながら、千鶴は中也の詩「北の海」を暗唱した。

「海にいるのは／あれは人魚ではないのです／／海にいるのは／あれは浪ばかり」

（隠岐にいるのは、おんなじ人間だ）

それから部屋に戻ると、電話がつながっていたので、まず両親に無事に着いたことを連絡した。そして、最初の夕食としてインスタントラーメンを作り、お米三合を生まれて初めて炊いた。それから夜半に俊明へ電話をかけ、俊明が第一志望の商工観光課に配属されることを知った。

千鶴の念願だった一人暮らしが始まった。

月曜日、隠岐西郷支店へ初出勤した千鶴は、支店長から朝礼で再び挨拶するように求められた。木曜日は咄嗟だったが、この挨拶は俊明と二人で考え、練りに練っていた。

「おはようございます。最初に申し上げておきますが、門脇はよそ者です。しかも既婚者ですから、隠岐で結婚相手を探し、この島に永住するつもりもありません。そして三・四年したら、たぶん転勤でこの島を離れるでしょう。その間に何ができるかと考えたら、あまり大したことはできないと思います。ただ私は女性ですから、女性の味方をします。男性たちから女性を守り、女性のために戦います。セクシャルハラスメント・男尊女卑・女性蔑視、どんな小さなことでもかまいません。どんどん私に報告してください。同じコーポに住んでいますので、男性陣の部屋のドアに貼り紙をして、警告します。それでも改善されない場合は、本店人事部へ連絡します。それから私の歓迎会は辞退します。歓迎会でお酒を飲んで喜ぶのは男性だけです。お酒の席だからと言っても、許されないこともあります。以上で簡単ですが、私の挨拶とさせていただきます」

女性行員が一斉に拍手し、その拍手はしばらく鳴りやまなかった。男性上司三人は誰も拍手せず、楠木支店長は（男に来てもらえばよかった）と後悔し、田中代理は（えらいのが来た）と警戒して、顔を歪めた。千鶴と半日付き合って、千鶴の男っぽさを感じていた浜崎代理は（面白いことが起きそうだ）と、ほくそ笑んだ。

千鶴は藤原を探したが、藤原はいなかった。後に藤原は午前十時から出勤のパートタイマーだと知った。

＊

十六日の日曜日の正午、ＪＲ出雲市駅で千鶴は両親と俊明を出迎えた。

隠岐から出雲までは日本エアシステムの航空便を千鶴は利用した。わずか三十分のフライトだった。十七日の月曜日しか俊明も千鶴も休みが取れなかったので、出雲大社の参拝と日御碕灯台から先に回り、島根県庁旅券センターと松江観光は月曜日に行くことにした。パスポートは申請から五日後には受領できたが、四月の第二週の日曜日の九日は鷲原八幡宮で流鏑馬神事が催されたため、俊明は村岡と見に行きたくて、両親は観光客が大勢来るので、店を閉めたくなく、この日になった。三人と合流した千鶴はまず出雲大社の参道の店で、名物の割り子蕎麦（山菜・とろろ芋に鶉の卵・なめこおろし）三段重ねに舌鼓を打った。

早苗は「父さんと旅行するのは、新婚旅行以来よね」と、はしゃいだ。昭和三十六年に行った二人の新婚旅行は、広島の平和公園と原爆ドームを見学して宮島に一泊、翌日は厳島神社を参拝し、岩国の錦帯橋を渡るという行程だった。広島へ行ったのは、修三のすぐ上の次男が原爆に遭い、命を落としたためだ。「穴埋めに、ハワイではもっと楽しませてやるぞ」と、修三は応じた。

日御碕灯台に登って、「ここから千鶴の住んでいる隠岐の島が見えるぞ」と、修三は早苗をからかった。

それから玉造温泉の庭園風呂で疲れを癒し、四人で夕食を済ませたのち、千鶴は久しぶりに俊明と語り合った。部屋は両親と別々だった。わずか半月あまりしか会わなかったのに、まるで一年も会わなかったような懐かしさを千鶴は覚えていた。電話では毎晩のように連絡を取っていたが、やはり顔を見て話がしたかった。

「俊くん、商工観光課の仕事はどう？　慣れた？」

「うん。慣れたというより、観光協会よりずっと仕事がやりやすい。名刺も持たせてもらってるし、役場から来ましたというだけで、何か信用されるみたいだ。それに門脇の父さん母さんはぼくが行くと、いつも歓迎してくれて、昨日は泊めてもらったよ。いけなかった？」

「いいよ、遠慮しなくて。俊くんはもう門脇さんなんだから」

「門脇って名乗るのも、呼ばれるのもだいぶ慣れたよ。でもどっちももんがまえだから、書くときつい間所と書きそうになる。……千鶴はどう？　料理は覚えた？」

「覚えたよ。朝はパンと目玉焼きとコーヒー、それから昼の弁当を作って、夜は自炊してるのよ。得意料理はカレーよ」

「すごいじゃん。何カレー？」

「……ボンカレーゴールド」

俊明はガクッと肩を落とした。大塚食品のボンカレーシリーズはレトルト食品のパイオニアである。

「ま、ごはんが炊けるようになっただけましかも。それで仕事は？」

「それはバッチシよ。最初にバーンと一発かましたからね。俊くんに教わったとおり。でもね、気になることがあるの？」

「何？」

「わたしのいま住んでる部屋なんだけど、前は男性の主任が住んでたみたいなんだけど、まるでつい昨日まで住んでたみたいに、何でも揃っているのよ。それで前の主任さんはどうされたんですかって聞いたら、誰も曖昧にしか答えてくれないの。どう思う？」

「何か、あやしいね」

「それとね。パートのおばさんがいるんだけど、むかし十年近く共銀で働いていて、それから漁師に嫁いで子どもを三人産んでね、手がかからなくなってパートに来てるんだけど、支店を仕切ってるのよ。古株だから、支店長も頭が上がんないみたい。それでね、そんなやり方は隠岐では通用しないが口癖なの。でも主任さんの言うとおりにしましょ。主任さんは偉いんだからって、嫌味ったらしく言うのよ。そのおばさんにね、一度、家に遊びに来いって誘われてるのよ」

「行ったらいいじゃん」

千鶴は藤原から「男の騙し方を知っているなら、騙されない男の見分け方も知っているはずだよね。若い漁師を家に集めるから、悪い女にどうしたら騙されないか、男たちに教えてくれ」と求められていた。口は禍の元というが、後の祭りだった。千鶴は「いずれ落ち着いたら、そのうちに伺います」としか、返事していなかった。

「そんな簡単な話じゃないのよ」

千鶴は俊明へ着いてすぐの挨拶「男をさんざん騙した」を告白した。ただし「夫も騙して婿にした」は隠した。前者が嘘で、後者が事実であるにも関わらずにである。

「そんなことを言ったの。それはヤバイなあ」

「でしょ。それで女に騙されない方法を、若い漁師に教えてくれって言うんだけど、そんなのわたしわかんないし、どうしたらいい？」

俊明は考え込んだ。しかし、女に騙された、というより相手にされなかったという表現が正鵠を得ているが、フられてばかりの俊明は考えるだけ、時間の無駄だった。

「村に聞こう。あいつは福岡で女をさんざん騙して、取っ換え引っ換えしてたから」

俊明は村岡へ部屋から外線電話をかけた。電話に出た村岡と千鶴が直接話をし、そのアドバイスを持って、千鶴は藤原の家を訪問するはずだった。

＊

「前々からお誘いいただいた件ですが、いつごろ藤原さんのお宅にお伺いしたら、よろしいでしょうか」

昼休憩の弁当の時間に千鶴が藤原へ聞いた。藤原はいつも食べきれないほどのおかずをこさえ、そのおかずを女子行員に分け与えるので、千鶴もその恩恵に預かっていた。女子更衣室で昼休憩に弁当を食べる習慣は津和野支店と同じだった。

「え、来てくれるん？　じゃあ、さっそくお父ちゃんに電話するわ。お父ちゃんはな、津和野から別嬪さんが来て、若い漁師に恋愛話をする言うたら、えらい乗り気でな。そりゃ、うちだけで聴くんはもったいない。漁協に言うて、組合の会議室で話してもらおうと言うてたんよ」

「ちょ、ちょっと、お待ちください。漁協の会議室なんて、そんなとこで、何をお話すればいいんでしょうか」

「主任さんはよそもんや。自分でそう言うたそやないの。旅の恥はかき捨てというから、いっぱい恥をかくつもりでしゃべったらええんよ」

「確かにそう申しましたけど、とても無理です」

「主任さんは清く正しく美しく、隠岐で暮らしたいんやろ。だったら、懺悔（ざんげ）せんといかんことがあるんじゃないの。時間は一時間くらいでええから」

「そ、そんな勝手に」

「これも人生勉強や。隠岐は娯楽が少ないから、若い漁師に楽しみを与えるのは慈善事業と思って主任さん、いや先生、一つ協力してください」

　藤原は千鶴に向かって軽く頭を下げた。それから何か言おうと言葉を探している千鶴を無視し、藤原は二人の女子行員に告げた。

「あんたらも門脇先生の講演を聴きにおいで」

「講演！」

　千鶴は絶句した。

「場所は都万（つま）漁協の出張所だから。いや、ちょっと狭いな。公民館を借りようかな。西郷の方が人は集まるかも」

「勝手に話を進めないでください」

　藤原も二人の女子行員も千鶴の発言を無視した。

「わたし、行きます」

「いつ、やるんですか」

「場所と日時が決まったら、支店の掲示板に張り出す。土曜か日曜の夕方にしようかな。それに、講演料も払わんといけんけど、魚と貝を冷蔵庫に入りきらんぐらい、みやげに持たすから、講演料はなしにしてくれんか。主任さんの津和野の実家にもクール宅急便で送るわ。喜ばれるやろ？」

「そりゃ、まあ」

千鶴は修三から隠岐の美味しい海産物を、海野会長宛に送ってくれと頼まれていたが、「そのうちに送るね」としか返事していなかった。

「でも、そんな講演なんて、とても無理です」

「だから言うたやろ。懺悔のつもりでしゃべってくれたらええんよ。主任さんは懺悔せんならんことがいっぱいあるみたいだし。じゃあ、そういうことで。お父ちゃんに電話しよう。お父ちゃん、いてるかな」

藤原は食べ掛けの弁当箱を閉じると、いそいそと階下へ降りていった。

「主任、がんばってください」

「主任、わたし絶対行きます」

二人の後輩行員の声が、千鶴にはまったく耳に入らなかった。

＊

午後からの業務で千鶴は仕事に身が入らず、つまらないミスばかりした。藤原の姿を探すと、「藤原さんは急用ができたそうで、早退されました」と女子行員から教えられた。

（逃げやがった）

千鶴は仮病でなく、本当に頭痛を覚え、田中代理に言って二時から早退させてもらった。藤原の電話番号を知らなかったので、教えてもらった番号を手帳にメモしてコーポに戻り、部屋に入るやすぐ電話した。

「ああ、門脇さんですか。漁から帰ったばかりだという夫が電話に出た。

「ああ、門脇さんですか。話はうちのからさっき聞きました。面白い話をしてくれるそうで、期待してます。うちのは漁協と公民館へ行くと言って出かけましたけど、帰ったら電話させましょうか」

「……いえ、結構です。電話があったことだけ、お伝えください」

電話を切った千鶴はこめかみに痛みを覚えた。

（どうしよう）

千鶴が村岡から受けたアドバイスは、「第一印象はあえて悪くしろ」「女が嫌うのはケチと不潔とせこい男だ」「女はフるのではなく、フられて別れろ」といった、大して参考にならないものだった。千鶴はこのアドバイスと、自分の「婿をもらうのが女にとって最高の結婚よ」論を展開し、最後にサービスとして替え歌「婿に来ないか」でも歌えば、充分にお茶を濁せると高をくっていた。

「男をさんざん騙した」はハッタリですと、正直に告白するつもりだった。

千鶴は俊明へ電話をした。不在とわかっていたので、留守電にメッセージを残した。「千鶴です。困ったことになったの。電話を頂戴。至急お願いします」電話を切って、また考え込んだ。藤原のことである。

千鶴は藤原をけっして嫌いではない。むしろ「この人も銀行の仕事が好きなんだ」と共感を抱いている。女子行員の噂によると、夫は組合長をしてかなりの稼ぎがあり、食うには困らないそうだが、平日の午前十時に出勤し、通常は午後五時に、五十日（ごとび）と月末は午後六時には退勤する。パートタイマーだから時給制である。賞与はないので、おカネのために働いていないのは明らかだ。しかし生き字引のように古い顧客や銀行業務に精通している。

千鶴が特に感心したのが「目配り」である。ロビーのお客さまだけでなく、カウンター内の女子行員にも目を配っている。千鶴が高齢の男性を接客した際、隠岐の方言がきつくて、発言の内容が聞き取れなかったことがある。すると、藤原が背後から忍び寄り、メモを渡してくれたことが二度あった。千鶴はそのメモにずいぶん助けられた。だから藤原が自分をイジメようとして、講演などと言い出したんじゃなく、〝純粋に〟隠岐の若い漁師に娯楽、いや教養、どっちかわかんないけど、それを与えたくて、自分を「先生」に祭り上げようとしているのは、理解できた。「地域密着、地域に愛される銀行」は支店長のお題目だが、藤原はそれを実践している。支店長にこのことを相談しても、歓迎会を辞退したし、浜崎代理には麻雀をやらないと宣言したし、田中代理には近づきたくないし。

（みんな、やってくれって言うに決まってる）

女子行員から男性上司の不当な接触に関する相談を千鶴はまだ受けてなかったが、受ければいつでも貼り紙をするつもりだった。

「部屋に帰ったら、まずドアを見る。貼り紙がなかったら、ホッとしてカギを開ける。誰かさんのせいだ」と、支店長から嫌味を言われたことがある。だから〝意趣返し〟とばかり、講演を許可するどころか、聴きに来るかもしれない。

田中代理はお気に入りの数名の女子行員だけ、下の名前に「ちゃん」を付けて呼んでいたが、そのうちの一人に「主任に言って、貼り紙をしてもらいますよ」と抗議されると、全女子行員を名字に「さん」を付けて、呼ぶようになった。千鶴の警告の効果は覿面（てきめん）だった。

（どうしよう。逃げようか）

しかし、逃げても「講師の体調不良のため講演は延期します」とでも掲示板に張り、そして触れ回り、中止にしてくれるとは絶対に思えなかった。もし逃げても、次の講演の日まで〝針の筵（むしろ）〟に座らされる。

千鶴は部屋の外へ出て、散歩しながら善後策を考えることとした。頬に当たる潮風が気持ちよかった。

「懺悔」

藤原が三度発したその言葉が脳裏から離れなかった。

（懺悔しなくちゃいけないことはいくつかある。国司のお腹を殴って、謝っていないこと。国司と別れたその夜に俊明と関係を持ったこと。婚約指輪を俊明に使いまわしたこと。手切れ金を俊明の婿入りのために使ったのに、カネの出どころを俊明に秘密にしていること。間所の家と俊明を、流産に便乗して絶縁させたこと。……でも、こんなこと、とても言えない。懺悔なんかしたくなあい）

港に停泊していた船から発せられた汽笛が千鶴の耳に届いた。千鶴は中也の詩「**頑是ない歌**」の冒頭の部分だけ覚えていたので、暗唱した。

「思えば遠く来たもんだ／十二の冬のあの夕べ／港の空に鳴り響いた／汽笛の湯気は今いづこ」
（遠くへ来た。わたしはどうせ、よそ者だ。……ええい、なるようになれだ。逃げてたまるか。大恥をかいてやる）

千鶴は覚悟を決めた。

その日の夕方に俊明からかかって来た電話に、「わたし、講演をすることになったの。俊くんのことも少しだけしゃべるよ」と話した。俊明は「じゃあぜひ、テープに録音して送ってくれ」と頼んだが、千鶴は「それだけは勘弁して」と懇願した。それからほどなく藤原から電話がかかって来た。千鶴は講師の受諾を告げた。しかし藤原は講演の詳細については千鶴へ教えなかった。

翌朝、出勤した藤原はすぐ支店長室に入るや、数分して出て来た。それから掲示板に貼り紙をした。それは以下のような内容だった。

講演会のお知らせ

日時：4月22日（土）午後5時より
場所：西郷町商工会館二階会議室
定員：60名
講師：山陰共和銀行隠岐西郷支店主任　門脇千鶴先生
演題：恋の道

＊入場無料

これを眼にした千鶴は思わず卒倒しそうになり、女子行員に抱きとめられた。

「恋の道だってえ。演歌のタイトルみたい」

別の女子行員の声が微かに千鶴の耳に届いた。

＊

会場は満員だった。最前列に漁師らしい筋骨逞しい若い男性が十数人ほど座り、家族連れもいた。赤ん坊を抱いた若い女性や、何を考えているのか小学生を連れて来た母親もいた。列の中ほどは、支店の取引先の個人事業主といった中高年の男性が占めていた。その後ろは職場の仲間が占め、支店長をはじめ主だったメンバーの顔がほとんど見えた。

千鶴は藤原に紹介されて歩みを進め、拍手で迎えられた。

（やるっきゃない。女も度胸だ）

聴衆と対峙した千鶴はまず自己紹介し、続いて語り始めた。

「まずお断りしたいのは、恋の道というタイトルは私が考えたものではありません。とても迷惑なタイトルを付けられたと、困惑しています。ただ、このタイトルに惹かれて、こちらに来られた方も多いと思うので、私の男性体験についてお話しします。私の男性体験は三人です」

最前列の若い漁師たちからどよめきが起こった。

「まず恋というものですが、私が恋をしたと言えるのは夫だけです。それ以外の二人は、恋のようなものだったと思います。順にお話します」

聴衆は水を打ったように静かになり、千鶴の次の言葉を待った。

「いわゆる初恋というものが、私にはありませんでした。男の人に憧れるという気持ちが薄く、私は母と仲が良かったので、母とおしゃべりをしていれば、それで満足でした。ただ高三の時、弓道部の一年先輩が大学に合格し、地元を離れるにあたって迫られ、彼の自宅で関係を結びました。ただ痛かったことだけしか、覚えていません。……こんな話、小学生に聞かせて大丈夫ですか」

千鶴が若い母親に問いかけた。

「大丈夫よ。いい勉強になるわ」

「学校の勉強をもっとさせろよ」

誰かのヤジに会場が沸いた。

「それで次に山口の人に、銀行に入って四年目に出会いました。この人は素敵な人で、規則を作り、それをきちんと守ってくれました。その規則の一つに必ずデート代は男性が持つというのがありました。だから私が財布を開くことはありませんでした。それなのに、私は安い店ばかり連れて行くだの、支払いにいつまで時間かけてんのと、文句を垂れるばかりの高慢ちきな、とてもいやな女でした。……あれここで、そんなことないぞってヤジは飛ばないんですか」

千鶴が聴衆を見渡したが、誰もヤジを飛ばそうとしなかった。

「いまのは忘れてください。続けます。それと規則の一つに必ず避妊するというのがありました。彼はとても妹思いで、二人の妹に出来ちゃった婚なんかしたら示しがつかないと、よく口にしていました。だから私は、この人は私と結婚を考えてつきあってくれているんだと思い、彼に惹かました。ただ彼と結婚することはできませんでした。それは私に至らぬ点があり、彼もまた思いやりに欠ける点があったからだと思います。ただ隠岐に来る前に電話をくれました。その電話にずいぶん私は励まされました。これ以上の話をお聞きになりたい方は、ご自分の体験をまずお話になれば、私もお話しします。私ばかりお話するのは、不公平ですよね。藤原さん」

突然、話を振られた藤原は面食らったが、立ち上がって聴衆に問いかけた。

「そうですよ。先生のおっしゃる通りです。誰かご自分の恋愛体験をこの場で語ってくれる人はいませんか。いたら、挙手お願いします」

誰も顔を見合わせるばかりで、挙手をする者はいなかった。

「では、次に私がはじめて恋をした夫について語ります。私は夫のことを、最初はまったく興味がありませんでした。私には三つ下の弟がいたので、年下はみんな子どもに見えて、二つ年下の夫を男性として意識することはありませんでした。それに顔がとっても不細工だったからです」

「旦那さんのことをそんなふうに言っていいの？　怒られるよ」

漁師の妻らしい人物からヤジが飛んだ。

「大丈夫です。怒られません。私は、男は顔じゃない。男は心だと思っていますから。私は夫の心、真心に惚れました。だから夫の真心について、お話したいと思いますが、お時間は大丈夫ですか」

「朝まで話してくれ。会場の延長料金は漁協で払う」

藤原の夫だった。

「わかりました。朝までは無理ですので、あと十分ほどお話しします。ひょんなことで私は夫の、もっともその時はまだ夫ではないので、彼と呼びますね。彼のアパートに誘われて行きました。去年の十二月のことです。いま思えば、魔が差したとしか思えません。そこで彼が詩人の中原中也のファンであることを知り、私も中也のファンだったので、彼が詩を暗唱するのを聴き、とても気持ちよくなりました。それから、彼はタバコを吸わず、歯並びがよくて真っ白だったので、私は酒の酔いもあって、彼とキスしました。女にはそういう何とかいうか、特に好きでもないのに、雰囲気でキスしてしまうというようなことがあるんじゃないでしょうか。藤原さんは若い頃、そんな経験がありませんか」

「お父ちゃんが来てるから、ホントのことは言えないよ」

「おい、おまえ、そんなことが昔」

「組合長、夫婦喧嘩は外でやってくれ」

誰かのヤジに会場が再びどっと沸いた。

「それで、その夜はキスだけでは終わりませんでした。ただ、私は彼のことを一晩限りと思っていました。そしたら彼から手紙が来ました。私の家の婿になりたいという内容だったので、私はとても驚きました」

それから千鶴はサザエさんを例に出し、実家から出なくてもいい、嫁姑の苦労もないと、婿の利点を列挙した。

「とは言え、婿に来てくれるなら、誰でもいいという訳ではありません。私だって選ぶ権利があります。彼を婿に来てもらおうと決めたのは、彼の真心、私を思い、私の為に自分を犠牲にしても、私を喜ばせようという真心を感じたからです。その真心に対して、私も真心で接しようと思いました。結婚は容姿や条件ではなく、相手に真心があるかどうか、そしてその真心を信じられるかどうかで決めるべきだと思います。だから夫は津和野、私は隠岐と、いま別々に住んでいますが、さみしくはありません。距離は離れても心は離れないと思っているからです。そして次に会うときが何より楽しみです。ただ、私が彼に決めたのは、真心だけではありません。体が合うからです。だから久しぶりに会うと、燃えます。芸能人の離婚の理由に性格の不一致を挙げるカップルがいますが、あれは性の不一致だと、母親から高校生の時に教わりました。だから今日ここに来られた、もう手遅れの人は別にして、まだこれから結婚される人は、お互いに真心をもって相手に接し、体の合う人を、こればっかりは結婚前に試してみないとわかりませんが、そういう素晴らしいパートナーと巡り合うことをお祈りして、私の拙い話を終わらせていただきます。なお、夫は夏休みに隠岐の島へ遊びに来る予定です。機会があればぜひ、その不細工ではなく、味のある顔を見てやってください。本日はご清聴ありがとうございました」

深々と頭を下げた千鶴は万雷の拍手を浴びた。千鶴は何ひとつ懺悔することなく、講演を乗り切った。藤原が近寄り、握手を求めた。

「主任はあたしが思うたとおおり、やっぱええ女や。今日は無理を言うて、悪かったね。これからうちで宴会を開くから、絶対に来てよ」

「はい、伺います」

千鶴は即答した。藤原組合長の運転するパジェロで、千鶴は若い漁師たちと都万へ向かったが、その車中で組合長から感謝の言葉を五回も耳にした。

＊

藤原の家へ招かれた千鶴は、漁師たちの大宴会に参加した。テーブルには海の幸が溢れんばかりだった。家庭用カラオケがあったので、十八番（おはこ）の「いい日旅立ち」の〝日本のどこかに〟を「隠岐の島に／私を待ってる人がいる」と替えて歌い、藤原夫妻を見た。二人は大喜びした。そしてまたマイクが回って来たので。替え歌の「婿に来ないか」を歌ったが、これはあまりうけなかった。

若い女性は千鶴一人で、奥さん連中は台所で酒肴の準備に忙しく、たまに座る程度だったので、千鶴はホステス役に徹しようと漁師たちにお酌して回り、もう一曲歌った。最近、覚えたばかりの小柳ルミ子の「星の砂」である。この歌の冒頭、「二度と出来ない恋を捨て、あなたあ遠く」と歌い出したとき、国司の顔がよぎった。

（俊くん、ごめん）

「いつか、いつか二人は運命（さだめ）にさかれ、私は遠く、隠岐の島」

歌の途中で「おれが慰めてやるぞ」とヤジが飛んだ。

「人妻にそんなことを言う奴は、船から突き落とすぞ」

組合長が一喝した。

「風よ吹け、波よ打て、それであなたにつぐなえるなあら」

「あなた」を歌ったとき、国司と俊明の二人の顔が同時に浮かんだ。

　カラオケの合間に、サービスしようと思って、パスポート用に撮影した俊明の顔写真の予備を藤原に見せた。するとその写真は夫に手渡され、またたく間に漁師やその奥さんたちに回覧された。全員が千鶴の「味のある顔だ」という意見に納得した。

　この日から藤原は千鶴を「主任さん」ではなく、皆と同じように主任と呼ぶようになった。翌日、藤原組合長は修三と海野会長へ、送り主は千鶴の名前にして、海産物をクール宅急便で発送した。

　千鶴は両手に抱えきれないほどの海産物を持たされてパジェロで帰路に就いたが、アルコールを受け付けない体質の漁師が運転し、後部座席に藤原と千鶴が座った。

「主任、今日は本当にありがとね」

「ご期待された内容と、だいぶ違った話だったと思うんですけど……」

「そんなの、全然かまわんがな。男性経験は三人ですって最初にズバリ言ってくれただけでも、漁師たちは大喜びよ。それに、真心の話はえかった」

「恥ずかしいです」

「いまさら恥ずかしがっても遅いっちゅうの。……そう言えば、前の主任さんはずいぶんシャイな人だった。どうして、あんなことをしたんだろ。女に真心が無かったのかねえ」

「前の主任さんって、いまのわたしの部屋に住んでた人ですか。何をしたんですか」

「あら、主任はぜんぜん知らなくって住んでたんだ。道理で、平気だったわけだ。ずいぶん度胸があるなあって、みんな噂しよるよ」

「お、教えてください」

「部屋にコレ出ない？」

藤原は両の掌を内側に反らせ、胸の前に掲げた。

「お化けですか。出ません」

「じゃ、もう成仏したのかな。わかった。みんな知ってることだから、教えてあげる。新聞にも載ったし、ワイドショーのレポーターまで来て、大変だったのよ。どんな人でしたってマイク向けられて。銀行からは何もしゃべるなって言われるし」

千鶴は唾をゴクリと飲み込んだ。酔いがかなり醒めた。

「日付も覚えてる。去年の十二月十七日の土曜日、前の主任さんはね、浦郷支店の女性行員と、西ノ島の国賀海岸の断崖絶壁から身投げしたのよ」

（その日はわたしがくにっしーに婚約を破棄され、俊くんと初めて結ばれた日だ）

「男は妻子持ちだったけど、女は独身の二つ下。隠岐高校の先輩後輩の関係だったから、焼け木杭に火が点いたってやつね。その浮気がばれて、奥さんが本土から西郷に乗り込んで来る前の日、男は島前に逃げて、女に呼び出されてか、女を呼び出してかわかんないけど、冬の日本海へドボン」

「それで、二人とも助からなかったんですか」

「助かるはずないじゃない。主任は国賀海岸へ行ったことあります？」

「いえ、まだ島後から出たことがありません」

千鶴の住む西郷町は隠岐諸島最大で島後と呼ばれる円形の島に属し、それ以外の中ノ島・西ノ島・知夫里島などは島前と呼ばれる。

「行けばわかるけど、あそこから飛び降りたら、夏でも助からないでしょうね。それで、女は遺体が見つかったけど、男は見つからなくて、捜索をあきらめたそうよ」

「そんなことがあったんですか」

（そう言えば去年の暮、テレビで共銀隠岐心中事件というのをやっていて、みんなが騒いでいたような気がする）

「でも前の主任さんは奥さんやお子さんと、どうして一緒に暮らしてなかったんですか」

俊明と別居している千鶴には、その点が気にかかった。

「奥さんはお母さんがいなくて、兄弟とは疎遠だったから、お父さんが大学病院に入院しているのを、一人でずっと看病してたそうよ」

「そうなんですか。だったら、遺された奥さんとお子さんが余計にかわいそうですね」

「ホントよねえ。でも、これだけは言える。前の主任さんは決して悪い人じゃなかった。ただ、気の弱い人だった」

「そんなことがあったから、本店人事部は女のわたしを赴任させたんでしょうか。来ないなら来なくてもいいいと思って」

「たぶん、そうかもね。でも楠木もひどいな。何にも教えなくて、そのまま住まわせるなんて。二人でとっちめて、部屋を換えるように要求しましょう」

「……いいえ、ちょっと考えさせてください」

千鶴は前の主任が心中した十二月十七日に運命的なものを感じていた。

（きっと、本当はもっと生きたかったんじゃないかしら？）

「わたし、このまま２０１に住みます」

「ええの？」

「はい、部屋で首を吊ったわけじゃないので、大丈夫です。前の主任さんには、わたしの守護霊になってくださいとお願いします」

「……主任は女傑だ。あたしゃ主任に惚れ直したよ」

コーポに着いて階段を駆け上り、ドアを開けた千鶴は真っ暗な誰もいない部屋に向かって叫んだ。

「主任さあん、あなたの分まで隠岐で生きるから、わたしを守ってよ」

第Ⅷ章　前頭取

伊丹空港の国際線出発ロビーで、津和野から来る両親と俊明、それに若松から来る真一郎と、千鶴は待ち合わせた。隠岐から伊丹までは45分間のフライトだった。ＪＴＢのハワイツアーに参加しての新婚旅行だったが、現地ではオプショナルツアーにはできるだけ参加せず、にわかハワイ通の修三のプランで日程が組まれていた。しかし真一郎の希望を修三は大きく受け入れていた。とは言え、まずは何を置いても結婚式である。これは俊明がワタナベウェディングに独自に依頼していた。

ホノルル空港到着後、現地女性からレイをかけられ、頬にキスされて喜ぶ男性三人を横目に早苗と千鶴はレイだけかけられ、トローリーバスに乗り込んだ。まず向かったのがＤＦＳ（免税店 Duty Free Shop）である。ここでティファニーの結婚指輪を買う予定だった。俊明と千鶴が店員に指輪をショーケースから出して見せてもらっていると、背後から早苗が店員に語りかけた。


「Hello, please show me another one」

「Sure, madam. Here you are」

「Can you give me any discount, OK?」

「Off course. It's my pleasure」

「How many percents down do you give me?」

「I'll give you 10% price down」

「More discount, please」

「For beautifui madam, I'll give you 15% discount. This is finish. Are you OK?」

「15％まけてくれるそうよ。どれか買ったら？」

千鶴と俊明は開いた口が塞がらなかった。

「母さん、すごいじゃない。いつ、勉強したの？」

「能ある鷹は爪隠すよ。じゃあ、父さんの買い物に付き合うから」

早苗は二人を残して、颯爽と立ち去った。

それからカメハメハ大王の像の前で記念写真を撮り、夕方になってシェラトン・ワイキキホテルに、１ツイン・１トリプルの部屋をチェックインした。部屋はいずれもオーシャンビューで、バルコニーからは眼下にプールと椰子並木、その向こうにワイキキビーチ、遠くにダイヤモンドヘッドが見えた。夕食はデイナーショーに臨み、白い貝殻を二つ胸にあて、腰に蓑をあてただけの小麦色に焼けた現地女性よるフラダンスと、筋骨隆々とした上半身が裸の男性が火の点いた棍棒を振り回すポリネシアンショーを鑑賞した。門脇家族五人はみなＤＦＳで買ったアロハシャツを着て臨んだ。

翌日の結婚式はロールスロイスの白いリムジンがホテルまで新郎新婦と親族を出迎えた。全員が貸衣装にホテルの部屋で着替えたが、千鶴はウエディングドレスのまま、ホテルのロビーをモーニング姿の俊明に手を引かれ、留袖姿の早苗に裾を持ち上げながら歩き、その後ろを礼服姿の修三と真一郎が続いた。大勢の居合わせた人から「Congratulation」「おめでとう」と声を掛けられ、祝福の拍手を浴びた。

コオリナチャペルは千鶴の希望どおり、海の見える白い教会だった。参列者は家族三人だったが、カメラマンやビデオの撮影者以外にも見知らぬ人が大勢集まり、祝ってくれた。現地ガイドにあとで聞いたら、新郎新婦だけで式を挙げるカップルも多いので、〝枯れ木も山の賑わい〟とばかりにサクラを雇うとのことだった。

バージンロードを修三と歩いた際、父は泣くかもと千鶴は思っていたが、修三は喜色満面だった。

「こんな娘でよかったら、どうかもらってください」

「いいえ、ぼくこそ、こんな男でよかったら婿にもらってください」

修三と俊明は互いに頭を下げた。

聖書を手にした白人男性の神父に拙い日本語で「病める時も健やかなる時も汝は……」と宣誓を促され、二人は指輪を交換し、短いキスを交わした。入籍はしていたが、本当の夫婦にやっとなれたと、千鶴は感激した。俊明は感激のあまり、涙を流した。

翌日からは別行動で、両親と真一郎はハワイ島へ飛び、キラウエア火山に登った。足元を流れる溶岩に男二人はビビったが、早苗はケロリとしていた。オアフ島へ戻ってからはダイヤモンドヘッドに登り、ホノルルの街並みと太平洋を一望した。新郎新婦を二人っきりにさせようという三人の配慮だったが、「ハワイでは、真一郎に山登りばかりさせられた」と、修三は帰国後にぼやいた。ただ五十歳前後の二人は立ち仕事で鍛えていたので、若い真一郎に劣らぬ健脚ぶりを見せた。

新婚の二人は街をぶらぶら歩いて買い物を楽しんだり、ワイキキビーチで泳いだりしたが、ビーチで千鶴のビキニ姿を初めて見た、俊明の喜びはＭＡＸに達し、部屋での子づくりのエネルギー源となった。

オアフ島に戻った三人と合流した二人はオプショナルツアーのホエールウォッチングに参加したが、鯨は見られず、イルカの群れをわずかに見ただけだった。

最後の日はＡＢＣストアに買い出しに出かけた。ここでも早苗の英語が威力を発揮した。その夜、コンドミニアムでバーベキューを楽しんだ。椰子の木陰で沈む夕陽を見ながらバーベキューをするのが、修三の夢だった。もう一つの夢であるゴルフはできなかったが、修三は大満足だった。バーベキューは家族五人で準備し、飲んで食べて、家族五人で片づけた。すべて俊明が仕切り、俊明は大いに株を上げた。早苗も家族の絆を感じて、大満足だった。

楽しい時間は瞬く間に過ぎ、帰国の途に就いた五人は再び伊丹空港へ戻った。空港で千鶴は俊明の兄へ、「千田鶴男」の偽名でハワイ土産のマカデミアナッツ三箱を送った。それから揃って津和野へ帰った。翌日は披露宴が計画されていた。俊明不在中の準備はすべて村岡が整えてくれていた。

披露宴では媒酌人の海野が俊明を「三国一の花婿*」と紹介した。その横には長男の夫人が座っていた。海野は二年前に妻に先立たれていた。乾杯に続き、ハワイで撮影されたビデオが流されたが、後輩の女子行員たちは熱心に見入っていた。余興では千鶴作詞の「婿に来ないか」を、千鶴を中心に女子行員たちが輪になって合唱し、会場の笑いを誘った。

「婿に来ないかあ／門脇のうちへ／銀行の仕事は／あんたにゃ無理よ／わたしは隠岐で暮らすけど／あんたは津和野で暮らしてね／幸せというやつは／離れてもあるものよ／婿に、婿に来ないか／体、体ひとつでえ」

しかし、この歌を披露したことで、二人が〝別居結婚〟することが出席者全員に知れ渡った。

次に俊明が司会の村岡に促され、千鶴を横に立て、加山雄三の「君といつまでも」を、正しく独唱した。

「二人を夕闇がつつむこの窓辺に～」

（歌、うまいんだ）

千鶴は俊明の歌を聴くのは初めてだったことに気づいた。この歌のセリフ「幸せだなあ、僕は君といる時が一番幸せなんだ……」を言い終えた俊明が左の頬に人差し指を二三度あてたので、察した千鶴がそこにキスをし、披露宴を盛り上げた。

その翌日、再び別れの日を迎えた。

駅まで両親と俊明と真一郎が千鶴を見送った。

「また、すぐ会えるじゃん」

さばさばした表情の千鶴に対して、俊明は名残惜しかった。

「できたら、すぐ教えてね」

三人に聞こえぬように、俊明が頼んだ。

「もちろん、すぐ連絡する」

「八月に会いに行くから」

「うん、待ってる」

二人の別居生活が再び始まった。

＊

俊明はやはりさびしかった。千鶴は久しぶりに会う時の喜びが大きいから、心は離れていないから大丈夫だと言うが、別れが辛かった。また二か月も三か月も会えないかと思うと、同じ列車に乗り、隠岐までついて行きたかった。門脇の家を訪ねても、歓迎はしてくれるが、話題はやはり千鶴のことばかりになる。そう思うと、足が遠のいてしまった。

村岡と飲んだり、津和野高校の弓道場へ通っても、さびしさが薄れることはなかった。千鶴のことを忘れることはできないが、想えば想うほど会いたくなるので、せめて想う時間を少しでも減らしたいと思い、商工観光課の仕事に没頭した。目標は津和野を訪れる観光客の増加である。

千鶴からは講演を行なったことで、パートのおばさんが自分を立ててくれるようになり、またお客さまからは「恋の道の主任さん」と呼ばれ、名前も覚えてもらったので仕事がやりやすくなったと、ハワイで聞かされた。俊明は自分も負けられないという思いだった。

そこで俊明は鷺舞をもっと全国の人に知ってもらいたいと考え、何かアイデアはないかと、上司の許可を得て、鷺舞保存会の会長を訪ねた。会長の話は、流鏑馬は四月の第二日曜日と流動的だが、鷺舞は昔から七月二十日と二十七日に決まっているので、動かせない。平日になることもあるので、観光客の増加にはさほど寄与しないだろうというものだった。俊明は落胆を隠せなかった。今年の二十日と二十七日は木曜日である。俊明もこのことを知ってはいたが、日程を日曜日にずらす余地があるかもしれないと考えていた。しかし、鷺舞は弥栄神社の神事だから日程を動かすことはないと、会長は俊明へ告げた。

御神幸(ごじんこう)と呼ぶ鷺舞の行列は、総代と神職を先頭に幟(のぼり)・神輿(みこし)らの四十名が歩き、最後尾を鷺舞の一行の三十名が加わる合計七十名の大行列だった。

二十日の渡御（とご）と呼ぶ往路は弥栄神社からお旅所（たびしょ）まで、二十七日の還御（かんご）と呼ぶ復路はその逆である。すなわち、弥栄神社から一週間、神様が旅に出るので、雌雄の鷺がお供するという設定である。弥栄神社は千本鳥居のすぐ下にあり、「かどわき」と目と鼻の先である。鷺舞は藩校養老館の正門前・弥栄神社・お旅所の三か所をはじめとして二十日は十一か所で、二十七日は九か所で披露される。養老館は一行の出発拠点である町民センターに隣接し、鯉の泳ぐ殿町の終点に位置する。そして行列の参加者はすべて男性である。だから人集めに苦労していることを、保存会会長は知っていた。

「それより門脇さん、あなたよかったら鷺舞役者を目指しませんか。ただ鷺舞役者はみんなが技量を認めないと任せられませんので、四・五年は無理でしょうが、まず歩くだけで誰でもできる先払（さきばらい）か、警固をしてください。人を集めるのはなかなか大変で、若いもんはあんまりいないんです。門脇さん、お歳はいくつですか」

「二十五歳です」

「ずっと津和野に住まわれるんですか」

「はい、そのつもりです」

「じゃあ四十年はできる」

「舞方は雄鷺と雌鷺の二人が演じる鷺舞役者、悪魔祓いをする赤毛の棒振二人、道化師役で腰に小太鼓を付け、撥（ばち）を持って舞う羯鼓（かんこ）二人の六人で構成されます。だから来年以降は棒振か、場を盛り上げる羯鼓を覚えてもらって、……門脇さん、学校の音楽の成績は良かったですか」

「普通です」

「じゃ、大丈夫だ、難しくないですから。囃子方の笛・小鼓・鐘・太鼓のどれか出来そうなものを覚えてもらって、それで唄方が最後を歩きますから、唄も覚えてください」

「わたしに出来ますでしょうか」

「唄は簡単です。……はしのうえにおーりーた／とーりはなんどーり／かーわささーぎーのー」

会長はもっと歌いたそうだったが、俊明が遮った。

「いい喉をしてらっしゃいますね」

「いやいや。ともかく、鷺舞のことを日本中に知ってもらうためには、ご自分が参加して、何より詳しくなることだと思われませんか」

「おっしゃる通りだと思います」

「ちょっと、待ってください」

会長はしばし席を離れたが、ファイルと紙を一枚手にするや、すぐ戻って来た。

「保存会の入会申込書です。記入をお願いします」

俊明は迷うことなく記入した。石見神楽の舞手になりたいと憧れたこともある俊明である。そんな彼に、鷺舞の舞方、特に花形である鷺舞役者になれるかもしれないチャンスが転がり込んで来たのである。

「じゃあ、これから鷺頭に挨拶に一緒に行きましょう」

鷺頭は鷺舞一行の役割を決める責任者である。鷺頭の挨拶を済ませた俊明は、月に一度お旅所で開かれる練習に参加した。俊明は喉を認められ、唄方の一員として、御神幸に参加することになった。

千鶴が流産し、救急車に乗せられたのは、渡御のスタートであり、還御のゴールである弥栄神社の駐車場だった。御神幸に鷺舞一行は供奉(ぐぶ)し、古式に即して神の舞を披露し、悪霊退散・疫病根絶を祈願する。だからこそ、俊明は舞方、特に花形である鷺舞役者を演じたかった。姉を憎む思いも、舞うことで拭い去りたかった。

二十日の渡御に俊明は参加した。十数人先を先払の村岡が歩いている。村岡は一文字編笠を被った水色の裃(かみしも)姿に草履履きである。銀行員時代の男性上司二名も警固として参加していた。俊明は白の浴衣に濃い茶色の帯を締め。雪駄履きである。俊明は唄方の一員として殿町から大鳥居とＪＲ山口線の鉄橋を潜り、稲成丁の「かどわき」の前を通過し、弥栄神社へと練り歩いた。境内にて俊明は声の限りに唄った。

「さーぎがはーしをわーたいた／しぐれのあーめにぬれ／とーりとーり／やあ」

鷺舞役者の雄鷺と雌鷺が向かい合い、白い羽を２４０度に広げた。

＊

七月四日の千鶴二十七歳の誕生日は火曜日だったので、一日の土曜日に藤原宅で誕生パーティ兼結婚報告会が開かれた。これには支店の独身女子行員も数多く参加した。しかし千鶴の誕生祝云々は実は口実で、その実態は〝集団お見合い〟だった。藤原夫妻には若い漁師と女子行員を結婚させたいという思惑があった。

隠岐の女性は高校を出るとほとんど本土へ渡って進学か就職し、本土で結婚して、隠岐には戻らない者が多かった。だから嫁不足にいつも頭を悩ませていた藤原組合長にとって、千鶴の存在はまさに女神だった。何しろ「男は顔じゃない、男は心だ」という持論と、「嫁に行くより婿を取ろう」「年下でも別居でもＯＫ」の実践者だったからである。

隠岐に残っている若い女性は長女か一人娘が多く、親の面倒を見なければならない、家を絶やしてはいけない、墓を守らなければならないという事情を抱えている者が多かった。さらに銀行という簡単には就職できない〝お堅い〟職場に勤めているのだから、藤原夫妻にとって申し分なかった。婿に行ってもかまわない次男・三男の若い漁師はいくらでもいた。Ｉターンの独身青年もいた。

藤原夫妻は何かと口実を設けては、集団お見合いを何度も開き、それまで交際したカップルはいたが、結婚までは至らなかった。集団お見合いはいつも盛り上がらず、女子行員の参加者も少なくなっていた。その最たる理由は漁師たちがあまりに口下手だったからである。それに交際するとすれば、隠岐の狭い島の中で付き合うのだから、それなりの覚悟が女性には求められる。女子行員が漁師たちを〝厳選〟している間に時間はいたずらに過ぎ、ただのカラオケ大会で終わることがしばしばだった。

しかし、今回はハワイで挙式、津和野で披露宴を挙げた千鶴の結婚報告がメインという〝建前〟だったので、ほとんどの独身女子行員が参加した。奥の中央に千鶴、その両脇を藤原夫妻が固め、男性11名、女性8名の集団お見合いが始まった。藤原家の仏間と寝室は襖を取り外せば十四畳になり、集団お見合いに充分の広さとは言えなかったが、男女が接近して座らざるを得ないので、かえって好都合だった。

藤原夫妻の意図を重々承知していた千鶴が語り出す。

「ハワイで結婚式をあげるといいよお。何たって親孝行になるから。ハワイなんて簡単には行けないでしょ。それに結婚指輪は免税店で買うといいよ。安いし、まけてくれるから。それからウエディングドレスに着替えてホテルのロビーを歩くとね、みんなが一斉に立ち上がって拍手してくれるの。そしてロールスロイスの白いリムジンに乗って教会に向かうとね、真っ青な海の見える白いチャペルがあって、白人の神父さんが日本語で宣誓を促してね、それから指輪を交換するの」

まるでワタナベウェディングの回し者のような口上で、女性たちにまず夢を見させた。と同時に、ハワイで撮影された結婚式のビデオを藤原家の家具調テレビ〝名門〟で上映し、説明した。女性陣の関心の高さが男性陣を上回ったのは披露宴と同じである。若い漁師たちは遠い世界の話と思ったのか、横目で一瞥する程度だった。それから婿取りの利点、姉さん女房の気楽さと話を進め、男性陣と女性陣の自己紹介をはさんで、男女双方から千鶴が質問を受けるという形で、お見合いは進んだ。

すぐに千鶴は女子行員から質問を受けた。

「両親もハワイに連れて行かなくちゃいけないんですか」

「連れて行くと言うけど、費用をあなたが出すの？」

「いえ、自分で出してもらいます」

「じゃあ、連れて行くって言わないいんじゃない。わたしは旅費を親に出してもらったけど、現地では別行動したわ。それでも親には感謝されたよ。要は気持ちよ、気持ち。親に出してもらって、親に感謝されるんだから、こんな安上がりな親孝行はないわよ」

「主任はさすがです。勉強になりました。まずは相手を探すことですね」

「相手だったら、目の前にいるじゃない」

「皆さんいい男ばかりだから、迷っちゃいます」

女子行員のおべんちゃらに、純朴な漁師たちは頬を緩めた。

「自分はいい男だと思う人は手を挙げてください」

千鶴の呼びかけに若い漁師の数人が勢いよく、残りの大勢は周りを見ながら、結局11名全員が挙手した。

「隠岐の島に鏡は売ってないみたいね」

千鶴のぼやきに座は笑いに包まれた。

話題が途切れると、千鶴は「最終兵器」を取り出した。俊明のパスポート用の顔写真である。さらにハワイの結婚式と津和野の披露宴で撮った写真を俊明がアルバムに整理して送ってくれていたので、それを回覧させた。ただ誰からも、俊明の容姿に関する発言は聞かれなかった。そこはみな、大人だった。

場がかなり盛り上がり、男女が席替えし、個別に話を始めるようになったのをきっかけに千鶴は中座し、台所にいた藤原へ問いかけた。

「わたしの部屋に住んでいた主任さんのお名前と住所はわかりますか」

「どうして知りたいの？」

「明日、島前に渡って、お墓参りに行きたいんです」

千鶴は女子行員から前の主任は中ノ島の出身で、通勤は困難だからコーポに住んでいたと噂で聞いていた。ただ、名前は女子行員に聞けば、住所も支店長か代理の二人に聞けばわかるだろうけど、千鶴は心中事件を知っていることを、藤原以外の誰にも知られたくなかった。

「お墓ったって、お骨（こつ）は入ってないよ」

「それでもいいんです。守護霊になってください。わたしを隠岐で守ってくださいってお願いするのに、名前も知らない、お墓に線香をあげたこともないんじゃ、守ってくれるはずはないって、ずっと気になっていたんです」

「たしかにそうかもね。名前は児玉さんよ。お墓はわからないけど、家は海士町のはずよ。お父ちゃんに聞けば、たしか実家が網元のはずだから、わかると思う。主任、明日行くの？」

「はい、そのつもりです」

「じゃあ、あたしも行く。主任一人じゃ迷子になっちゃうでしょ」

「いいんですか」

「今日来てくれたお礼よ。それからお父ちゃんに船を出させるわ。だから今日は泊まっていってよ」

「……お言葉に甘えます」

その夜、枕を並べた千鶴は藤原へ秘密を一つ打ち明けた。

「藤原さん、わたし、流産したことがあるんです」

「そうなの」

「だから、主人と約束しました。今度、妊娠したら、銀行を辞めて津和野に帰るって」

「できちゃったの？」

「いえ、まだわかりません。ただもし妊娠していたら、九月いっぱいで辞めるつもりです」

「そう、そうだよね。新婚だもんね。それがいいと思うよ。……さみしくなるけど」

「すみません」

「主任が謝ることじゃないよ。それぞれの人生なんだから。ただあたしは勝手に、主任を娘みたいに」

藤原は大学四年生を頭に三人の息子がいた。

「もう寝よう。明日は早いから」

眼がしらを熱くした藤原は顔を横に向けた。

＊

八月の盆休みに俊明が隠岐を訪れた。夕刻六時に西郷港に着いた俊明は千鶴の住むコーポの場所がわからなかったので、まず共銀西郷支店を訪ねた。従業員出入口のインターフォンを押そうとすると、それより先に五十歳前後の女性がドアを開けて中から出て来て、俊明と眼が合った。

「もしかして、門脇主任のご主人？」

「……はい、そうです」

その女性は支店内に向かって叫んだ。

「しゅにいん、愛しい愛しい旦那さまのご到着ですよお」

　千鶴は苦笑して立ち上がった。

　ドアの外に出て来た千鶴は俊明と眼が合った。披露宴の翌日以来だから、三か月弱ぶりの再会である。懐かしかった。だが、藤原が見ている。

「これ、コーポの地図とカギだから。ビール飲んでていいよ」

「わかった。これ、みなさんにお土産の源氏巻」

　二人は手にした物を交換しただけで別れた。

「あたしがコーポまで乗せてってあげる」

　藤原の運転するシビックの助手席に乗り、俊明はコーポへ向かった。コーポへは数分で着いたが、その短い間に俊明は藤原から自己紹介され、千鶴がいかに優秀で、評判もすこぶる良い女性かを聞かされた。翌日の夕飯は藤原宅で饗応する予定だと告げられた。

　俊明は部屋に入って、しばらく窓の外に広がる夜の港を眺めていたが、手持無沙汰だったので、冷蔵庫を開けてみた。食料や調味料がぎっしりと詰まっていた。流しもきちんと整理されていた。

（ちゃんと自炊してるんだ）

　千鶴から前日の電話で「着いたら、手料理を振舞うからね。期待していいよ」と聞いていた俊明は、大いに期待した。

　小一時間経って、千鶴が部屋へ帰って来た。千鶴は靴を脱ぐや、俊明に抱き着いた。

「俊くうん、会いたかったよおん」

「ぼくもだよ、千鶴」

二人は抱き合い、長いキスをした。

「料理作るけど、食べてからする。してから食べる？」

去年の暮、アパートで聞いたセリフと同じことを千鶴は口にした。

「ヒトサカリして、千鶴の手料理を食べて、貞潔じゃないことをする」

この一週間、自家発電を控えていた俊明は自信があった。

「受けて立とうじゃないの」

二人はそのままベッドに倒れ込んだ。

「脱がせて」

その言葉が俊明は聞きたかった。千鶴はこの言葉を口にすると、俊明が途端に眼を輝かせることを、経験から学んだ。

一回戦のあと、下着をつけようとする千鶴に、俊明が両手を合わせて懇願した。

「裸にエプロンだけ付けて、料理してくれる？」

「なあに、それ？　エッチなビデオで見たんでしょ」

「お願い、この通り。男の夢なんだ」

「ちっちゃい夢。もっと大きな夢を持ってよ」

しかし俊明に拝まれては、千鶴も引き受けたくなる。

「でも、久しぶりに会った旦那さまだから、サービスしちゃおうかなあ」

千鶴は前掛け式の白いエプロンだけをつけ、台所に立って料理を始めたが、お尻が丸見えだった。

俊明は自分だけ服を着て、冷蔵庫から缶ビールを取り出し、ニヤつきながら千鶴の裸身を肴に飲んだ。至福の時間だった。去年の暮に短くした千鶴の髪は、俊明好みのセミロングに戻っていた。

（毎日顔を合わせたら、こんな頼みはとても聞いてくれないだろう。離れて住むのも案外いいかも）

「やあん、油が飛んじゃう。もう、服着てもいい？」

振り向いた千鶴の乳房は俊明の掌にすっぽり収まるほどだったが、張りがあって感度が良いことを俊明は知っている。乳頭は淡く薄紅(うすくれない)に輝いていた。

「いいよ、千鶴はスタイルがいいってよくわかったから」

「俊くんのスケベ」

千鶴はパンティーを着け、ノーブラのままTシャツに腕を通し、ホットパンツを履いた。

（また脱がせてやる）

半勃起した。俊明は図に乗った。

「お風呂でさあ」

「何？」

「お風呂でね、石鹸をいっぱい千鶴の体に付けてさあ、ぼくの体を洗ってくれない？」

「はあ？　そんなことどこで覚えたの？　わかった、下関のソープで、してもらったんでしょ？」

「……ダメ？」

「いいよ、やったげる。でも、ごはんのあとでね」

俊明の歓喜は最高潮に達した。浴槽を頼まれもしないのに、俊明はいそいそと洗い、湯を貯めた。

千鶴の手料理は野菜炒め、焼魚、味噌汁、冷奴、浅漬けだった。俊明はおいしくて、いやそれより食後が楽しみで、ご飯を三杯もお替りした。それから二人でお風呂に入り、二回戦に突入した。二回戦は一回戦より時間が長かったが、貞潔じゃないことは不発に終わった。

＊

翌日、二人は定期船で西ノ島へ向かった。児玉主任の実家は中ノ島の海士町にある。先月、千鶴は藤原と児玉の実家を訪問し、仏壇に合掌して線香をあげ、近くの菩提寺で墓前に花を手向けていた。しかし、児玉が浦郷支店の女子行員と身を投げた国賀海岸の摩天崖は、隣の西ノ島にあったため、千鶴は訪れることができなかった。

摩天崖では日本海から吹き来る風で飛ばされそうになり、千鶴は俊明に体を支えられた。放牧された栗色の馬や黒毛和牛が十数頭いたが、観光客の姿はまばらだった。案内板には摩天崖の高さは257メートルとあった。柵はあるものの、それを超えて、海に身を投げるのは容易に思えた。

千鶴はこの地を訪れる前に、中也の詩集から児玉主任の心中を暗示するような不思議な詩を発見した。タイトルは「**タバコとマントの恋**」である。

「タバコとマントが恋をした／その筈だ／タバコとマントは同類で／タバコが男でマントが女だ／／或時二人が身投心中したが／マントは重いが風を含み／タバコは細いが軽かったので崖の上から海面に／到着するまでの時間が同じだった／／神様がそれをみて／全く相対界のノーマル事件だといって／天国でビラマイタ／／二人がそれをみて／お互の幸福であったことを知った時／恋は永久に破れてしまった」

千鶴はこの詩が理解できなかった。なぜタバコが男で、女がマントなのか、なぜお互いが幸福だったと知ると恋が破れるのかわからなかった。だが、俊明に解説してもらおうとは思わなかった。ただ、わかるようなわからないような、そんなもどかしさを抱いた。それより、俊明にこの崖で隠岐西郷支店の前主任が身投げ心中をしたことを知られたくなかった。児玉主任の住んでいた２０１に、いま千鶴が住んでいるからだ。

俊明には頼んでいた中也の詩「**夏の海**」の朗読を促した。俊明は詩集が風に煽られるのを防ぎながら、朗読を始めた。

「耀(かがや)く浪の美しさ／空は静かに慈(いつく)しむ／耀く浪の美しさ／人なき海の夏の昼／／」

俊明の朗読は風にかき消されそうだった。千鶴は合掌した。

「この物云わぬ風景は／見守りつつは死にゆきし／父の眼(まなこ)とおもわるる／忘れいたりしその眼／今しは見出で、なつかしき」

（児玉主任は父親だった。その子どもはどんな人生を歩むのだろう？）

千鶴はそれを思うと、会ったことのない児玉が許せなかった。児玉に自分の守護霊になってほしいなどと、調子のいいことを考えた自分が恨めしく、恥ずかしかった。

（俊くんには児玉主任のような生き方も死に方もさせない。……でも死んでしまった人は、ただ安らかに眠ってほしい）

千鶴は黙祷を捧げた。俊明が首を傾げた。

「何で掌を合わせてるの？」

「……千明にお詫びしてるの。産んでやれなくてごめんって」

また千鶴は俊明に嘘をついてしまった。俊明も合掌した。

＊

千鶴は妊娠することなく秋になり、藤原から若い漁師と女子行員の婚約が二組、正式に決まったと前後して教えられた。一組は婿入りだった。もう一組はハワイで挙式する。千鶴の影響であることは疑いようもなかった。藤原組合長の感謝の言葉を千鶴は伝えられた。

十一月の最後の金曜日、千鶴がタイムカードを押して帰宅しようとすると、それを待っていたかのように背後から楠木支店長に呼び止められ、支店長室にて、来週の月曜と火曜は休みを取るように命じられた。本店から〝個人監査〟が入るとのことだったので、千鶴は了承した。

監査、あるいは内部監査とも呼ぶが、これは支店の誰か銀行員が特定の顧客と癒着し、何らかの不正を働いていないかを調査するために、机の中やファイル、伝票その他の調査対象が関与した書類を、抜き打ちで洗いざらいチェックすることである。通常は本店から数名の検査官が派遣され、三日から五日かけて支店全員を対象とし、支店業務と並行して行われる。その際、何か疑惑が浮かんだ人物に対して行われるのが個人監査である。この場合、調査対象は有休を命じられる。ただ内部監査もなく、いきなり個人監査が行われることは珍しく、それに支店勤務一年以内の監査は異例である。

千鶴は銀行の支給する手帳の提出も求められた。手帳のカレンダー欄には♡と☽のマークを記入していたので、他人に見せたくなかったが、拒めば疑惑を招くので、やむなく支店長へ手渡した。

自分が男性上司とプライベートではいっさい交流しないのに、パートの藤原宅には招待されていることのやっかみと、例の「貼り紙」に対する対抗措置だと千鶴は感じたが、〝粗さがし〟されても何もやましい点はこれっぽっちもないので、堂々と有休を取得し、津和野へ帰省した。だがこの監査は、実はある人物の隠岐訪問に備えての布石だった。

津和野では両親から妊娠しようがしまいが、銀行を辞めて、一年で津和野へ帰ってくるように説得され、千鶴の心もかなり揺れた。俊明もその場にいたが、俊明は何も言わなかった。俊明が自分の意志を尊重してくれていることを、千鶴は身にしみて感じた。

隠岐へ戻り、出勤した千鶴は支店長から「シロ」だと短く言われ、手帳を返却された。

＊

十二月十七日の午後二時ごろ、白髪の老人がステッキを突きながら西郷支店に現れた。その老人は漁師が着るような紺色の厚手のジャンパーをまとっていたが、少しも似合っていなかった。老人の数メートル後ろには高級スーツをまとった長身の男性が眼を光らせていた。

老人はしばらくロビーに佇(たたず)んでいたが、千鶴がカウンターに座るや、その前に腰を下ろし、置いてあったパンフレットを手にして、定期預金の利子や金融商品、保険や年金について続けざまに質問した。千鶴はその質問に懇切丁寧に答えた。

「なにせ、老後が心配ですからな。いやもう手遅れかもしれませんが」

「まだまだお元気そうじゃありませんか。……隠岐には観光でお見えになったのですか」

「私が隠岐の人間じゃないとわかりましたか」

「はい。残念ながら、隠岐にはお客さまのように上品にお話しされる方はいらっしゃいません」

「そうですか。それは参りましたな。あなたは入行何年目ですか？」

（入行？　そんな言葉を銀行関係者以外が使うはずがない。この人は銀行の偉いさんだ。それをわたしにわからせようとしているんだ）

「九年目です」

「前は津和野支店におられたんですよね？」

「……はい」

「津和野は当行の源流である第五十三国立銀行のあった土地ですね」

（当行？　間違いない）

「お客さまはどうしてそんなことまでご存知……」

「恋の道というタイトルで講演されたそうですね。私も聴きたかった」

（何者？）

「ところで、今日は何の日かわかりますか」

「……亡くなられた児玉主任の命日です」

千鶴は昨夜、俊明へ電話し、「明日は二人が結ばれて一年だよね」と語ったが、俊明が覚えていなかったので、ちょっとだけ怒った。

「今日は支店で何かされましたか」

「いえ、特に何もしておりません。……お客さまはいったい」

「いや、それを聞きたかったのです。私は……ペンをお借りします。眼を瞑(つぶ)っていただけますか」

老人の言葉には有無を言わせぬ威厳があった。千鶴は素直に応じた。支店内がざわついているのを千鶴は感じた。老人は銀行名が書かれたメモ用紙に何か書くと、四つ折りにして、千鶴へ手渡した。

「このメモは誰にも見せないでください。読んだら捨ててください」

眼を開けた千鶴はメモを開くことなく、胸ポケットにしまった。老人は立ち上がり、出入口へ向かった。楠木支店長・田中代理・藤原の三人が一斉に老人に駆け寄って腰を屈(かが)め、最敬礼のポーズを取った。

「会長、支店長室にお立ち寄りください」

「いや、もう用は済んだから遠慮します。ところで支店長、今日は何の日かわかりますか」

会長の振り向きざまに発した質問に、支店長は答えられなかった。

「そちらの太った人は？」

田中代理も答えられなかった。

「藤原さんでしたね。あなた、まだ働いてくれてたんですか。あなたはわかりますか」

「はい、亡くなられた児玉主任の命日です。会長は児玉主任の一周忌で隠岐に見えられたんですか」

「そうです。私は今日、国賀海岸で花を海に手向け、それから浦郷支店に行きましたが、浦郷では朝礼で、亡くなった女子行員に黙祷を捧げたそうです。西郷支店では何かされたんですか」

「……も、申し訳ありません」

楠木支店長らの平身低頭を一瞥しただけで老人は去って行った。千鶴が周囲を見渡すと、全員が立ち上がり、頭を垂れていた。つられてロビーにいたお客さま数名も頭を下げていた。

(水戸黄門みたい)

千鶴も慌てて立ち上がり、周囲に倣った。

待たせていたタクシーに乗り込んだ会長と秘書を、外で最敬礼のまま見送った楠木が千鶴に駆け寄って来た。

「きみは会長の顔もわからず、応対したのか。前頭取だぞ」

「申し訳ありません」

頭取の顔はディスクロージャー誌に写真が掲載されているのでわかるが、前頭取は入行式で遠くから顔を見たかもしれないが、雲の上の人だからわからなかった。ましてかつては天皇と呼ばれ、いまは「上皇」と陰で呼ばれていることも知らなかった。

「失礼はなかったろうね？」

「はい、特になかったと思います」

田中代理が楠木に近寄り、何やら耳打ちした。

「会長から何かメモを渡されたようですが、何ですか。見せてください」

「いえ、メモなどいただいておりません」

(まさか身体検査はしないだろ)

「本当でしょうね」

楠木は標準語だった。千鶴はそれが奇異に思えた。

「本当です」

「だったらいいですが、本日中に会長からどんな質問をされ、どんな回答をしたかをレポートにして提出してください。あなたがいま抱えている業務は他の人に回してかまいません」

（めんどくさ）

「明日まででは いけませんか」

「今日中に、残業してでもやってください」

「……承知しました」

楠木と田中から解放された千鶴は女子トイレに駆け込んだ。ドアに内鍵を掛け、胸ポケットからメモを取り出した。それには、次のように走り書きがされていた。

「あなたに会いに来ました」

＊

その年の暮、千鶴は長めに年末年始の休暇をもらい、津和野へ帰った。俊明はすっかり門脇の家に馴染んでいた。初詣の参拝客のための源氏巻の材料の仕込みも、修三と早苗に指示され、嬉々として働いていた。

「ほんとに、いい人に婿に来てもらって、母さん嬉しい」

「俊明が来てくれたから、真一郎は帰って来んでもええ」

真一郎はご来光を見るための正月登山に行き、帰らない予定だった。

その夜は四人で鍋を囲み、二階の千鶴の部屋で初めて二人は結ばれた。俊明はそれが感激だったようだ。ただ、正月はとても忙しく、体を合わせるのは三日に一回がやっとだった。

「まだ、できないよね、赤ちゃん」

「ごめんね。ぜんぜん避妊してないのにね」

「これぱっかりは授かりものだから、しょうがないよ」

二人とも子どもが欲しかった。妊娠をきっかけに千鶴は銀行を退職し、津和野へ帰る意思に変わりはなかった。産休制度はあったものの、一年間の育休制度はまだなかった。共銀に育休制度が始まるのは平成四年からである。藤原は出産をきっかけに退職し、三男が中学生になった十八年後にパートタイマーとして銀行に復帰したそうだ。千鶴も復帰するなら、津和野支店で働きたかった。

俊明から鷺舞役者を目指しているという話を聞いた。夢を見つけた俊明を応援するためにも、妊娠して津和野へ千鶴は戻りたかった。

隠岐に戻る前夜、両親から三月で辞めることの返答を求められた。

「銀行は辞める二週間前に退職願を出せばいいから、三月半ばのぎりぎりまで考えさせて、お願い」

千鶴は両親へ訴えた。千鶴には前頭取のメモが気がかりだった。「あなたに会いに来ました」と書かれていたが、何の為に会いに来たのかは書かれておらず、まだ前頭取も口にしなかった。児玉主任の一周忌のついでに、「恋の道」という変なタイトルで講演を行った後任の女性主任の顔を、〝興味本位〟で見に来ただけだとは思えなかった。

隠岐へ戻って、千明の命日である三月十四日に電話口で、二人で黙祷を捧げた。その翌日、支店長からは何の前触れもなく、掲示板に千鶴の異動通知が貼り出された。

門脇　千鶴　殿

平成二年四月一日より本店営業部　営業課　融資チーム主任を命ず

コーポに戻った千鶴はこの人事を早速、俊明へ連絡した。俊明は驚いた。

「本店かあ、すごいじゃん。でもどうして、一年で異動になったの？」

千鶴は前頭取が隠岐を訪れ、自分を「面接」したことを話した。ただし、あのメモのことは俊明にも話さなかった。前頭取のメモの真意を、千鶴はようやく理解した。

「じゃあ、鶴の一声だね。鶴の一声で千鶴は松江へ飛ぶ」

「うまいこと言うね。でも、引っ越しが大変。いまの荷物はほとんど借り物だから」

「ちょうど、よかった。母さんからね、俊くん、二階に住んでくれない。男の人が住んでくれると、何かと安心だからと言われてたんだ。それに父さんも、おお来いって言ってくれたんだ。だから近いうちに、このアパートを引き払おうと思ってたんだよ」

隠岐に来る前は、気を遣うから、俊明との同居は勘弁してほしいと言っていた両親が、いま二階に俊明を住まわせようとしている。それは両親が俊明を実の息子のように思うようになったからだろう。しかし、それ以上に自分に津和野へ帰って来てほしいから、その受け入れ態勢を整えるためだと、千鶴は気づいた。俊明もその願いは同じなのだろう。

「だからさ、このアパートの電話も電化製品も家具もみんな松江に運ぶよ。松江の住むとこを早く決めてね。引っ越しは業者に頼むけど、ぼくはトラックの助手席に乗って松江に来る。それからぼくは服と本だけ持って、門脇の家に住む。体ひとつじゃないぞ」

　去年は〝奪取〟する予定の荷物が、俊明の提案で〝譲渡〟に変わった。

「ありがとう。でもすぐは辞めないよ。本店でどれだけ自分ができるか試したいし、会長の期待にも応えたいの。父さんと母さんには、千鶴はまだ銀行を辞めそうにないって、俊くんからも言ってくれる？」

「わかった。ま、近くなるから、いいとしようか。ぼくは毎月会いに行く。千鶴も毎月帰って来る。そしたら、最低でも月二回は会えるじゃん。週末婚じゃなくて隔週末婚でもいいよ、ぼくは」

「わかった。約束する」

　この約束を千鶴が先に破る。

　三月二十一日の春分の日、引っ越し荷物を乗せたトラックの助手席で俊明は松江へ向かい、千鶴の引っ越しを手伝った。単身者向けの賃貸マンションは本店人事部が斡旋してくれた。それから翌日が二人の結婚記念日だったので、松江名物の鱸（すずき）の奉書焼・鯛めし・蜆汁（しじみじる）を宍道湖畔のレストランで賞味し、賃貸マンションに宿泊した。その際、千鶴は本店で三年はがんばってみたいが、育休制度はまだなかったので、もし妊娠したら、その前に銀行を辞めると、俊明へ約束した。

　太宰治の言葉「選ばれたる者の恍惚と不安、我にあり」が、俊明の脳裏にあった。千鶴の恍惚を俊明は持続させてやりたかった。

　その翌日、俊明は津和野へ、千鶴は隠岐へ戻った。数日後、藤原が音頭を取り、盛大な送別会が催されたが、男性上司は誰も出席しなかった。千鶴は一度も男性上司のドアに貼り紙をすることなく、隠岐を後にした。貼り紙を張る役目は藤原に托した。

＊

「上皇と寝た女」

松江へ引っ越し、本店勤務になった千鶴は、この中傷に悩まされた。西郷支店のカウンターで前頭取からホテルの部屋番号を書いたメモを渡され、その夜に部屋を訪ねて添い寝をしたから、一年で隠岐の島から戻って来られたのだというまことしやかな噂が、本店で流れた。メモを渡されたのは事実だから、噂の発信元はわかっていた。ただ、千鶴はその噂を一笑に伏すだけで、まともに相手にしようとしなかった。

それより融資チームの主任に抜擢されたことで、男子行員を指導する立場に祭り上げられ、融資に関する知識が希薄なことの方が心配だった。窓口係ならどんな大きな支店でも、人一倍に働ける自信があったが、本店営業部は勝手が違った。まず男女比率が3：1と、男性行員の方が多かった。ここでは女性に好かれるために、男性に嫌われるという手法は通用しそうになかった。

それに独身寮には単身赴任の既婚男性は入れても、女性は入れないと断られたので、市内の単身者用賃貸マンションを借りたが、通勤の途中でいつも宍道湖が眼に入った。千鶴は時には宍道湖の湖畔に立ち、いつも心の中で叫んだ。

（噂に負けるもんか、仕事に負けるもんか、大卒に負けるもんか、男に負けるもんか、最初から総合職の女に負けるもんか、負けるもんか、負けるもんか）

千鶴には負けたくない相手がいくらでもいた。まだ銀行を辞めるつもりはなかった。ただ松江に転勤したことで俊明とは会いやすくなった。しかし隔週末婚である。会うのは月に二回である。俊明に会うと慰められたが、俊明にわからないように避妊し、危険日に会う際は膣内に射精させなかった。前頭取の期待に応えたかった。自分が色仕掛けではなく、実力で本店に呼ばれたということを証明したかった。

本店営業部に勤務して三か月後に、広報部長から社外ＰＲ季刊誌『しまとり』の「銀行員のひとりごと」というコラム欄に文章を掲載し、顔写真と略歴を掲載するので、文章を考えるようにと求められた。断ることはできなかった。銀行上層部が高卒で女性既婚者の自分を、学歴軽視、男女並びに未婚既婚平等を、社会という〝通行人〟にショーウインドウから訴えるためのマネキン人形としようとしている意図を感じたが、前頭取のためにも断りたくなかった。

あのメモは隠岐神社のお守りの中に入れている。隠岐神社は配流された後鳥羽上皇が幽閉された行在所である源福寺を起源とし、海士町にある。千鶴は藤原とともに児玉主任の実家を訪ねた際にこの神社を参拝し、お守りを買い求めていた。メモを誰にも見せないでくださいという約束は守っているが、すぐに捨ててくださいという約束はあえて破った。

そこで隠岐での集団見合いの経験を通じて学んだ話を書いた。

支店業務として地域密着のサービス・地域に愛される銀行を目指そうと唱える人がいますが、じゃ何をしたら地域密着のサービスになるのか、どうしたら地域に愛される銀行になるのか、私はずっと疑問でした。ただ、そのヒントを私は隠岐西郷支店で見つけることが出来ました。それは地域の求めるニーズにいかに銀行が応えるかにあると思います。少子高齢化や嫁不足に悩む自治体は少なくありません。ただ嫁不足という言葉は聞きますが、婿不足という言葉は聞きません。地方に住む女性は嫁に行くより、本当は婿を取りたいという女性が潜在的に少なくありません。そういった地域のお客さまのご要望にきめ細かく対応するのも、地域密着のサービス・地域に愛される銀行と言えるのではないでしょうか。

昭和五十六年入行　本店営業部営業課融資チーム主任　門脇千鶴

このコラムが掲載されたことにより、千鶴は「銀行は結婚紹介所ではない」というバッシングを受けた。また、婿にアレルギーを持つ頭の固い一部の男性からは、「小糠三合（こぬかさんごう）あるならば婿には行くな」の言い伝えを知らないのかと非難された。さらに、新人行員を辞めさせて婿にしたという〝前科〟を暴かれ、叩かれた。少子高齢化や嫁不足に対する危機意識が、本店と隠岐の島ではかなりの温度差があることに、千鶴は考えが及ばなかった。

このバッシングと共に、千鶴を悩ませたのが指導を任された四人の後輩である。四人は後輩であって部下ではない。部下が付くのは本店では部長代理以上、支店では支店長代理以上である。ただ津和野でも西郷でも、千鶴は支店長代理の部下だったという認識はない。それは千鶴が窓口業務、代理が融資と、職掌が異なっていたからである。どちらの支店でも、代理から何か業務を命じられることはほとんどなかった。

本店の融資係では四人の主任がチームリーダーだったが、女性の主任は千鶴一人だった。4チームは法人営業が2チーム（法人の本社が島根県外か県内かによって分かれる）、外国為替が1チーム、個人融資が1チームという構成である。千鶴には個人向け住宅ローンの拡大がノルマとして与えられたが、どのチームも男性三人・女性一人の合計四人と、リーダーの五人でワンチームという構成だった。

門脇組のそれぞれの特徴を述べれば、男A：地方国立大経済学部卒・四年目「都銀に落ちて、ここしか入れなかった」、男B：有名私立大経営学部卒・三年目「ディーリングがしたかったけど、融資に回された」、男C：地方公立大商学部卒・二年目「信金に入って黒いカバンを提げ、自転車で顧客回りするより、ここはまだました」、女D：地元短大文学部卒・三年目「早く結婚相手を見つけて辞めたい」といった面々だった。かっこは千鶴が手帳に書き込んだ四人の本音である。

俊明を指導した際にも感じたが、やる気のなさとプライドの高さは比例するようだった。それでいて女子を除き、融資に関する知識は豊富なので、千鶴は気が抜けなかった。変なことを口走ろうものなら、「主任はそんなことも知らないんですか」とすぐ顔に出る。口に出さないのはせめてものやさしさなのだろうが、すぐ馬鹿にする。そして揃いも揃って〝指示待ち族〟である。俊明と違うのは、俊明は（性に合わない）と思って銀行を辞めたがったが、男三人には辞めるつもりはさらさらなく、ただ男Aと男Bは（自分の居場所はここじゃない）と思っていることだった。だから最も期待できそうなのが、男Cだった。

チームメンバーは毎年、入れ替わる。数字の高かったチームリーダーから順に意見が課長に聞き入れられ、「花いちもんめ」が二月に行われる。「勝って嬉しい花いちもんめ、あの子がほしい、あの子じゃわからん、相談しましょ」と唄わんばかりの会議が課長主催で行われる。ただ真に成績優秀な「あの子」は主任に昇格したり、逆に成績下位の子は小さな支店や出張所へ送り込まれるので、この会議はあくまで三月の異動までの仮である。しかしこの仮の会議の結果は人事異動に反映され、異動発表後に正式な「花いちもんめ」が開かれる。ただ言えることは、「富める者は富み、貧しき者はさらに貧しくなる」という経済の鉄則である。だから、千鶴も数字を出さなければ、より〝カス〟が集まることになる。

千鶴は前任の主任が地方の支店へ転勤になったため、業務の引継ぎを課長より受けたが、そのままでは四位の地位は揺るぎそうになかった。千鶴は住宅販売会社や不動産屋を積極的に回り、顧客の開拓に励んだ。

そしてさらに千鶴が目指したのが検定合格と資格の取得である。すでに取得していた銀行業務検定3級（法務・財務・税務・年金アドバイザー・相続アドバイザー）の2級取得を目指した。これと並行してＦＰ（ファイナンシャルプランニング技能士）3級・2級、日商簿記2級の検定合格や、証券アナリスト、中小企業診断士、宅地建物取引主任者、社会保険労務士のいずれかの資格取得を目指した。

千鶴は門脇組の営業成績を三年以内にトップまで押し上げ、自分は支店長代理の辞令を受ける。その時は三十歳である。修三には大学に行かせたつもりで四年間の一人暮らしを許してもらった。

俊明には寂しい思いをさせるが、三十歳になっても子どもが産めないことはない。だから、もう少し我慢してもらって、自分も我慢するから見守ってほしいという思いだった。

「王や長嶋から野球教室で、きみは必ずすごいバッターになるからがんばりなさいって声をかけられたら、どんな男の子だってプロ野球選手になりたいとがんばっちゃうでしょ。わたしがいまそれなの」

千鶴の比喩に俊明は理解を示した。自分がなれなかった〝本物〟の銀行員（バンカー）に千鶴になって欲しいという気持ちもあった。

その為、俊明は約束を守り、必ず月に一度は松江に会いに来たが、千鶴は勉強や試験を理由に、津和野へ毎月一回帰るという約束を破るようになった。もう一つの理由が〝危険日〟である。千鶴はオギノ式を知っていたため、危険日には俊明と会いたくなかった。まだ妊娠したくなかった。妊娠すれば躊躇なく銀行を辞めるつもりだったが、まだ辞めたくなかった。

そして三年が過ぎたが、門脇組のノルマ達成率は二位までにしか上がらなかった。千鶴には支店長代理の昇進とそれに伴う転勤命令も出なかった。千鶴は修三との約束の四年を過ぎても、津和野へ帰ろうとしなかった。

それを知った俊明が三月末に松江を訪れた。千鶴とは正月以来の再会である。千鶴は毎月一回津和野に帰るという俊明の約束を破りがちになっていた。俊明は毎月一回、必ず松江を訪れていた。ただ、平成五年二月は初めて松江を訪れなかった。千鶴に自分に会えず、さびしい思いも抱かせるためだった。だが、何の効果もなかった。

津和野を出発する前夜、修三からは「首に縄を付けてでも連れて帰れ」、早苗からは「ちいちゃん、いい加減に帰って来て。母さんがさびしがっていると伝えてね」との言葉を聞き、松江へ向かった。

千鶴の部屋で、両親の伝言も俊明の説得を一通り聞き終えた千鶴が告げた。

「わたし、まだ銀行を辞めない。共銀初の女性支店長になりたいの。これは夢じゃなくて、目標よ」

支店の規模にもよるが、原則として部長職である支店長就任は大卒男子で勤続二十年・四十二歳が一つの目安とされる。千鶴はいま三十歳だから、仮になれたとしても十二年も先の話だということは、千鶴も俊明もわかっていた。支店長就任の前職は副支店長・出張所所長の次長職、または本店営業部調査役のいずれかであった。だから千鶴が支店長になるためには、係長職である支店長代理の次に課長職に昇進し、さらに次長職であるこれらの役職のいずれかに昇進しなければならない。

「支店長になって、何がしたいの？」

俊明の問いかけに、千鶴はためらうことなく答えた。

「女性行員の地位向上のために働きたいの」

「男性行員はどうでもいいの？」

「そんなこと言ってるんじゃないよ。男性は恵まれているけど、女性は能力ややる気があっても、なかなか銀行ってとこは認めてくれないじゃない。結婚や出産といった問題もあるし。だから女性の地位向上のためには、誰か女性がまず支店長になるしかないのよ。わたしは支店長になって、男女を公平に扱いたいの」

「それは千鶴じゃなきゃだめなの？」

「いま、支店長代理の女性はいるけど、だからまずわたしは、支店長代理になりたいの。部長に言われたわ、窓口と融資と運用は銀行業務の三本柱だって。だからわたしは融資にももっと詳しくなりたいの。男性支店長は窓口の経験が少ないから、支店業務の窓口と融資の両方に精通している女性支店長に、きみは是非なってほしいって」

「支店長代理になるまで、ずっと津和野には帰らないつもり？」

「津和野か益田、どこか通勤できる所に転勤になったら帰るわ」

「じゃ、銀行を辞めるつもりはないんだね」

「ないわ。定年まで働くつもりよ」

「千鶴は成績と昇進、言い換えれば数字と出世のために働いているの。お客さまのために働きたいって言っていた千鶴はどこへ行ったの？」

「銀行を九か月で辞めた俊くんに、仕事のことをあれこれ言われたくないわ」

「でも本店で三年がんばっても、結果が出なかったわけでしょ？」

千鶴は何も答えなかった。

「じゃ赤ちゃんはどうするの？」

「……まだ欲しくない」

避妊具は使わなかったけど、千鶴が妊娠を避けていたことに俊明は気づいていた。だが、そのことを千鶴へ言ったことはなかった。

「もう三十歳になったよね」

「高齢出産の定義がね、初産はおととしから三十五歳に引き上げられたのよ。新聞で読んだわ。それにね、去年から共銀でも育児休暇が一年間だけど、認められるようになったのよ」

「子どもを産んでも、まだ働くつもりなの？」

「そうよ。いけない？」

千鶴は妊娠すれば銀行を辞めるつもりだったが、育児休業制度が始まったことが千鶴の心境を変化させた。それに、千鶴は俊明に従いたくなかった。

「じゃあ、本当に辞めるつもりはないんだね」

「俊くん、しつこい。怒るよ」

「ぼくが怒っていないと思う？」

二人はしばし黙った。すると、千鶴が服を脱ぎ始めた。

「もう話すの、やめよう。これ以上、話すとケンカになっちゃうから。……俊くん、裸でエプロン、好きでしょ。今日、やってあげる」

裸でエプロンは、三年半前の隠岐の島の夏の夜の一回限りだった。それから俊明は再三お願いしたが、「俊くんのスケベ」の一言で一蹴されていた。

「やってくれるの？」

つい俊明は言ってしまった。「馬鹿にするな。こっちは真面目に話しているんだぞ」と言えなかった。スケベ心が勝ってしまった。

（ぼくもケンカはしたくない。だから千鶴の丸見えのお尻を見てるんだ）

俊明は自分に言い聞かせて缶ビールを口にした。ビールは隠岐で飲んだ夏の日よりはるかに苦かった。

それからは、銀行を辞めて津和野へ帰る話はもうできなくなった。

俊明は腕を上げた千鶴の手料理を褒め、お風呂に一緒に入り、そして眠る前、パジャマを着た千鶴を脱がせ、抱いた。俊明は千鶴の裸身を背後から突き刺しながら、中也の詩「細心」が脳裏を離れなかった。

「傍若無人な、そなたの美しい振舞いを／その手を、まるで男の方を見ない眼を／わたしがどんなに尊重したかは／／わたしはまるで俯（うつ）向いて／そなたを一と目も見なかったけれど／そなたは豹にして鹿／鹿にして豹に似ていた／／」

（どうしてわかってくれないんだ。ぼくがこんなにきみを愛して……）

「野卑な男達はそなたを堅い木材と感じ／節度の他に何も知らぬ男達はそなたを護謨（ゴム）と感じていた／／されば私は差上げる／どうせ此の世で報われないだろうそなたの美のために／白の手套（てぶくろ）とオリーブ色のジャケッツとを／私が死んだ時、私の抽出（ひきだし）からお取りください」

ひらがなのつの字の形をした千鶴へ、ひらがなのしの字の形をした俊明が幾度も刺激を加え、刺激を与えられる。千鶴の尻を両手で抱え、子宮に届けと祈りを込めて、俊明は膣内に射精した。

＊

津和野へ戻った俊明は修三と早苗を失望させた。それが辛かった。俊明は抗議の意思を示すべく、松江へ毎月一回会いに行くのをやめた。

いや違う。それは修三と早苗にそう言っただけだ。その実は、また会いに行っても説得できず、骨抜きにされるのがわかっていたからだ。骨抜きにされてたまるかという男の意地と、骨抜きにされてもいいから会いたいという欲望との、その葛藤に俊明は苦しんだ。

葛藤だけではない。逡巡もあった。俊明はいっそ町役場を辞め、津和野の地を離れ、松江で千鶴と一緒に暮らそうかという思いがあった。まだ二十九歳である。隠岐の島と違い、松江なら仕事が見つけやすいだろう。どうしても見つからなければ、アルバイトでもいい。収入は千鶴の半分以下になるが、そのぶん家事をがんばる。千鶴の扶養家族になる。千鶴にかつて笑われたが、奥さんになり、千鶴が転勤すれば、またその土地でバイトを探し、家事をがんばる。言うまでもなく、共銀初の女性支店長になりたいという千鶴の目標を応援するためだ。そうすれば、子どもが出来ても自分が育てられる。奥さんになって千鶴に尽くす。けっして、千鶴とやりたい時にやれるからじゃない。しかし、出来なかった。出来ない三つの大きな理由があった。

一つは仕事への未練である。もう一つは津和野への愛着である。そして血のつながらない両親への想いである。

新し物好きの町長が「ウエブサイト」という言葉をどこからか聞きつけ、総務課長に「津和野は観光資源が豊富だから、津和野のウエブサイトを作って観光客を呼ぼう」と提案した。まだ町役場にパソコンを一台も導入していないのに、である。当時はホームページという呼称は定着していなかった。

総務課長がウエブサイトについてあれこれ調べると、東京のコンピュータソフト会社が作製していることがわかったので、そこに見積もりを依頼した。すると製作費以外にプログラマーとカメラマンの出張に伴う交通費・宿泊費・日当も計上されていたので、その金額は総務課長にとっては眼玉の飛び出るような金額だった。さらに毎月のメンテナンス料金も馬鹿高いものだった。

そこで総務課長は助役へ相談した。助役が町長に進言すると、「だったら、役場の職員に作らせよう」ということになった。そこで総務課長は町勢便覧の統計収集や分析に携わっていた総務課三名と、商工観光課二名で〝勉強会〟をまず作ることにした。俊明は観光資料を収集し、開示する責任者として、「志願」してこの勉強会に加わった。勉強会はMICROSOFTがいいのか、それともAPPLEがいいのかを検討することから始まった。入門書を取り寄せて回覧し、wwwが何の略か、MS-DOSとは何かを、やっと覚えた段階である。俊明はこの仕事を続けたかった。まだプログラミングのイロハをかじった段階だった。

本年度の予算にパソコンを二台購入するという内容が組まれ、町議会の承認を得たので、四月にはマッキントッシュと富士通のパソコンFMVが運び込まれる予定だった。この購入にはウエブサイトの作製よりも、パソコンで町役場の〝人間の仕事〟がどのくらい軽減できるかを探るという試験的な意味合いが強かった。

俊明は商工観光課に設置されたFMVの前に座ることが多く、ちんぷんかんぷんのマニュアルと格闘しながらも、プログラミングのスキルを高めていく。しかし業者に頼らず、職員五人の力だけでウエブサイトを立ち上げるのは、まだまだ時間がかかりそうだった。

パソコンの操作だけではない。俊明は商工観光課内に新設された外国人観光客招致係の主査に、勤務四年目にして抜擢された。与えられた任務は英語パンフレットの改編と、ボランティア英語ガイドの育成である。英語パンフレットはすでにあったが、内容が貧弱で間違いも多かったので、これを観光協会と協力して充実したものにするように求められた。また町内の観光案内板の英語表記についても尽力するように求められた。さらに英会話のできる町民を募集し、ボランティアガイドを支援する任務が与えられた。日本語のボランティアガイドは郷土史家が中心になり、敬老会の有志を加えて活動し、その支援をすでに俊明が行っていた。

早苗は英会話をほぼマスターし、俊明とともに英検2級を取得していた。俊明が早苗に英文法を教え、早苗が俊明へリスニングを教え、お互いが苦手な分野を教え合うことで、二人とも合格した。俊明の英検2級合格を知った商工観光課課長が助役に働きかけたことで、外国人観光客誘致係が新設されることになり、俊明は主査に抜擢された。とは言え、所属は俊明一人である。上司も部下も同僚もいない。言わば俊明に力を発揮させるための新設であった。津和野は外国人観光客がまだ珍しかったので、将来を見越しての〝肩書〟である。名刺の裏に「The chief attend for foreign sightseeing guest」と印字された。

早苗は店の源氏巻を焼くショーウインドウに、「Welcome to TSUWANO. Please buy GENJIMAKI（the local cake）by speaking in English.」と貼り紙をしていた。このため、外国人観光客が源氏巻を買い求め、英語で津和野の道案内をすることもあった。俊明がボランティア英語ガイドについて相談すると、早苗は一番に登録してくれた。

次に、俊明は津和野中学・高校を訪ね、英語教諭にボランテイアガイドになってくれるように依頼したが、誰も登録してくれなかった。ただ文部省より派遣された高校のニュージーランド出身の男性ＡＬＴ（外国語指導助手Assistant Language Teacher）だけが登録してくれた。彼はＥＳＳ（English Speaking Society）の顧問をしていたので、俊明の紹介で早苗は、高校生に交じって英会話をブラッシュアップしていた。手土産として毎回、賞味期限の近づいた源氏巻を持参したので、早苗の訪問はいつも歓迎された。

もう一つの理由が津和野への愛着である。結婚当初は気の置けない職場の先輩や同僚から「奥さんが単身赴任中の門脇」と呼ばれ、からかわれることも多かったが、それも少なくなった。近所の人から「奥さんがいなくて、さびしいでしょうね」と言われたこともあったが、それもなくなった。門脇の家に婿に入ったことをみんな知っているので、自分が津和野町民になったことを歓迎してくれているように思えた。それに町役場まで徒歩五分程度という通勤時間の魅力は捨てがたかった。

津和野は森鷗外記念館や鯉の泳ぐ殿町、藩校養老館・聖マリア教会・太鼓谷稲成神社など観光資源が豊富で、俊明にとって魅力的な町だった。そして毎年、流鏑馬を村岡と見るのは楽しみだったし、鷺舞の舞方を極め、ずっと続けたいと思っていた。

さらに津和野を離れたくない最大の理由が、義理の両親の自分に対する愛情である。俊明は修三・早苗と同居して三年になる。当初はお互いに遠慮があったが、いまではすっかり打ち解け、俊明は間所ではなく、修三と早苗が実の両親だと錯覚するほど、心が通い合っているのを感じていた。二人ともまだまだ元気だが、これから齢を取っていくことはわかっていたので、その二人に「千鶴と住むから、津和野を離れる」とは、どうしても言えなかった。

修三は俊明に源氏巻の焼き方を「わしにもしものことがあったら、いけんけえ」と言って、昨年から手ほどきしていた。料理が得意だった俊明は「だし巻き卵より簡単ですね」と、すぐに覚えて、修三を驚かせた。修三が生地や餡の仕込みも教えると、俊明は筋の良さを見せ、「ええ跡継ぎができた」と、修三を喜ばせていた。

修三が俊明に源氏巻の焼き方や仕込みについて教えたのは、早苗と俊明が二人で仲良く英語の勉強を始めたのが、きっかけだった。修三も「一緒に勉強しましょう」と早苗に誘われたが、「わしはええけ」と断ったため、疎外感を抱いていた。修三は早苗にヤキモチを焼き、俊明の〝師匠〟になった。図らずも三年前の師走、俊明が千鶴へアパートで語った「思いつき」が現実になった。

早苗は研修のためにボランティア日本語ガイドに随行し、土日に店を空けることもあったので、俊明が源氏巻を焼くこともあった。「師匠より弟子の焼いた源氏巻のほうが評判いいみたいよ」と、早苗が修三をからかうと、「そんなことは絶対にない」と、修三は躍起になって否定していた。

二人に、「千鶴と暮らすために町役場を辞めたい」と相談すれば、反対されるのは俊明には容易に想像できた。反対されたら、二人を説得できる自信はまったくなかった。だから俊明は村岡にも相談せず、〝男の意地〟を通すことを一人で決めた。

ゴールデンウィークに千鶴は三年連続で津和野へ帰っていたのに、この年は試験勉強を理由に帰らなかった。それなのに俊明は店を手伝ってくれた。「父さん、母さん、ぼくが店番やりますから、休憩してください。他にもぼくにできることだったら、何でも手伝います」と言われた。それが修三と早苗にはいたたまれなかった。

俊明を見かねた二人は千鶴を説得するために、松江のマンションを訪ねた。二人は「俊明がさびしがってる」「俊くんがかわいそう」と、千鶴を何度も説得した。

「別居しているのは、わたしと俊くんの夫婦の問題だから、父さんも母さんも口を出さないで」

千鶴は頑(かたく)なだった。それより千鶴には両親に言いたいことがあった。口にしたことはなかったけど、自分が大学に行かせてもらえなかった本当の理由に千鶴は気づいていた、女だからという理由に。

「真一郎は留年して大学に五年行ったから、自分も五年間は一人暮らしを認めてください」

「真一郎は学生だけど、おまえは奥さんじゃないか。一緒にするな」

「でも真一郎は仕送りをしてもらったけど、わたしは仕送りをしているでしょ」

「ちいちゃん、仕送りなんて要らないから、津和野へ帰ってちょうだい」

「そうだ。俊明が家に入れてくれているから、おまえの仕送りは全部、貯金している」

「じゃあ、来年の三月に支店長代理になれなかったら、銀行を辞めて津和野へ帰る」

「そんなもんならんでもええ。すぐ銀行を辞めて帰れ」

「いやよ、その為にがんばっているんだから」

「だったら来年の春、その代理になれなかったら、必ず帰ってね」

千鶴は約束し、両親は取りあえず納得して、帰った。

千鶴は妊娠せず、三十一歳になり、七月二十日の鷺舞の日を迎える。平成五年のこの日は火曜日だった。

翌平成六年三月、千鶴は米子支店長代理の辞令を受け取った。

最終章　鷺　舞

最初の年は唄方だったが、翌年には舞方の一員である棒振を俊明は任された。次いで羯鼓を二年連続務め、平成五年の夏に、俊明は鷺舞役者の雌鷺に推挙された。

まず平成二年六月三十日に弥栄神社にて、紙垂を垂らし、稲束を編んだ直径二メートルほどの輪をくぐる茅輪祭が行われ、流行り病からの安泰を祈った。この場に鷺舞の関係者が集まり、俊明は鷺頭より棒振を担うように求められ、快諾した。

翌月十五日、弥栄神社の大欅の周囲に注連縄を巡らせ、打ち合わせを行った。さらに渡御の前日の十九日、殿町にある町民センターを頭屋屋敷に見立て、その一室に祭壇を設けた。頭屋とは鷺舞行事の諸事一切を受け持つ世話役のことである。祭壇の神棚には二羽の鷺の頭、台には二組の羽と飾棒二本が置かれた。

鷺の頭の上半分は桐、下半分は竹製で接合され、長さは八十五センチである。鷺の首には綿花を一枚一枚切り取り、網のように貼り付けてある。首の下は奉書紙を長めに切って役者の首を隠すようにしている。頭部の中央には黒い眼玉があり、頭部の先端の嘴から後方の羽毛までの長さは三十センチである。重さは三キロ、すべて純白である。雄鷺は嘴を閉じ、雌鷺はやや開いている。嘴の外は黒く、中は赤い。これを頭上に載せれば、鷺舞役者は頭を下げることも、振ることも容易ではない。

鷺の羽は合計で三十九枚あるが、これを一点に集めて扇形に綴ると十一キロの重さがあった。そしてこれを頑丈に首にくくると、羽は膝下まで達する。羽は大中小の三種類あるが、檜の柾板（まさいた）で先端になるほど薄くし、これに布を巻き付け、水性塗料で白色に塗る。両手と背中の部分の羽が大きいので安定感があり、均整の取れた美しさが表現でき、２４０度まで広がる。

飾棒は棒振が手にするものだが、直径４センチ、長さ１５０センチの竹の棒に青と赤の紙を巻き付け、その両端に極彩色の紙を取り付けたものである。

俊明は棒振として津和野の町を練り歩いた。棒振の特徴はその頭に被った赤熊（しゃぐま）にある。棒を振るたびに真紅のかつらが揺れた。

翌平成三年、俊明は羯鼓を任された。羯鼓は道化役である。古式ゆかしき所作により、場を盛り上げることが求められる。

この年は土曜日なので、千鶴が津和野へ帰って来ていた。千鶴を見つけた俊明は中也の詩「幻影」を、心の中で暗唱した。

「私の頭の中には、いつの頃からか／薄命そうなピエロがひとり棲んでいて／それは、紗の服なんかを着込んで／そして、月光を浴びているのでした／／ともすると、弱々しげな手付きをして／しきりと手真似をするのでしたが／その意味がついぞ通じたためしはなく／あわれげな思いをさせるばっかりでした／／」

俊明はおどけながら、この詩が頭から離れなかった。

「眼付きばかりはどこまでも、やさしそうなのでした」

（おれは、やさしいからダメなんだろうか）

千鶴が「かどわき」の店の前で微笑み、手を振ってくれた。俊明はさびしさを自分の胸の中だけにしまい、千鶴を手招きした。その意味が千鶴に通じることを祈って。

修三からは、千鶴の頬っぺたを二三発引っぱたいて、「銀行を辞めて、津和野へ帰って来い。おれが養ってやる」と言えと煽られるが、「あと一年半だけ、千鶴の好きなようにさせてあげましょう」と答えた。一生、千鶴について行くと決めた自分だから、千鶴の前に立ち、千鶴の行く手を遮るつもりはなかった。

翌年も俊明は羯鼓を任された。この日は月曜日なので、千鶴は津和野に帰って来なかった。俊明は羯鼓の面白さに目覚め、ずっと羯鼓をやりたいと思っていた。

ところが、平成五年六月三十日の茅輪祭のあとの寄り合いで、俊明は鷺舞役者の一人に推挙された。雌鷺を担っていた男性が健康上の理由で辞退したのである。鷺舞役者は炎天下で三十九枚の羽を付けて舞うため、舞方で最も体力を要する。若い俊明が鷺頭に推挙され、皆が賛同した。

「私で、大丈夫でしょうか」

「門脇さんなら大丈夫です。雄鷺の私に合わせてくれれば結構です。ただし渡御まで二十日しか練習する時間がありません。死ぬ気で覚えてください。できますか」

「や、やらせてください」

雄鷺の問いに俊明は全身全霊で答えた。

俊明ら舞方六人は囃子方・唄方と共にお旅所に集合し、練習に励んだ。俊明は時間を見つけては、役場でも外出先でも、舞の練習にいそしんだ。雄鷺の自宅を訪ね、ラジカセで唄とお囃子を流しながら、練習に励んだ。鷺頭も立ち会った。雄鷺から何度もダメ出しをされたが、渡御の前々日になってようやくＯＫが出た。

「何とか形になりましたね。本番は緊張しながらも、力まないことです」

＊

渡御の夜明け前、触れ太鼓が町中を練り歩いた。続いて午前十時に弥栄神社で大祭が行われた。ここより頭屋はお旅所へ鷺舞を二度迎えに行くが、いずれも断られる。三度目に迎えに行く途中で、鷺舞一行と出くわす。これを「二度半の儀」と呼ぶ。

頭屋と合流した俊明ら舞方は午後二時、頭屋屋敷に見立てた町民センターの一室で「頭屋屋敷の儀」に臨んだ。頭屋から舞方へ挨拶があり、御神酒（おみき）や刺鯖（さしさば）が振舞われた。

俊明は町民センターで白麻長着を着て、緋縮緬（ひぢりめん）の袴を履き、赤毛の脚絆を巻き、白足袋の小鉤（こはぜ）を留め、草履を履き、羽を首に結（ゆ）わえて外へ出た。鷺の頭は養老館の正門前で被る。門に当たるからである。ここで初回の舞を納め、一行は弥栄神社に向かった。俊明は何も考えず、ただ雄鷺に合わせてひたすら舞った。村岡が購入したばかりの旧パスポートサイズのハンディカムで録画していた。千鶴へ見せるためだ。千鶴へは連絡したが、「ごめん、どうしても行けそうにないの。がんばってね、俊くん」と、電話で言われた。

御神幸とは別に、小学四年生から六年生の女子による子鷺踊りが行列に花を添えた。子鷺の衣装は上が白、下は赤で、背中には蝶のような逆三角形の白い羽をつけ、頭には白鉢巻きの上に桃色の花飾りの輪をつけ、そこから小さな白鷺が顔を出していた。

大鳥居とＪＲ山口線の鉄橋をくぐり、弥栄神社の境内に着くと、大勢の観客の中に修三と早苗がいたとあとで聞いたが、雌鷺からはほとんど観客が見えなかった。囃子方の笛・小鼓・鐘・太鼓による伴奏に続いて、唄が始まり、俊明は雄鷺に合わせて無心に舞った。

「はしのうえにおりーたー」

雌鷺は右足から三歩前へ進んだ。

「とーりはなーんどーり」

雌鷺は右足を斜め左に引いた。

「かーわーささーぎーのー」

雌鷺は体の向きを変えた。

だがほどなく、千鶴が千本鳥居で流産し、この神社の駐車場で救急車に乗せられたことを思い出した俊明は、つい千鶴を想ってしまった。千本鳥居と千鶴には、どちらも千と鳥の漢字が入っているという、千鶴の自慢も思い出した。

(千鶴、おれはこの舞をきみに見てほしかった)

「かーわーささーぎーのー」

雌雄の鷺が右足から三歩進んで寄りあった。

「やあーかーわささぎ」

雌雄の鷺は右足を斜め左へ引いた。

（千鶴、きみはおれに会えなくてもさびしくないのか）

「さーぎがはーしをわーたいた」

雌雄の鷺が右の羽を１２０度広げては閉じる。

「さーぎがはーしをわーたいた」

（千鶴、きみの心はもうおれから離れてしまったのか）

伴奏の音が俊明の耳に達した。

雄鷺が片膝を直角に曲げながら弧を描き、雌鷺を追う。雌鷺が逃げる。

（約束の四年はもう、過ぎたじゃないか）

「しぐれのあーめにぬれ、とーりとーり」

雌雄の鷺が向かい合い、左右の羽を２４０度広げた。

（この羽で空を飛べるなら、おれはいますぐにでも松江まで飛んで、きみに会いたい）

雌雄の鷺が羽を閉じた。

千鶴の名前は広島の平和公園で見た千羽鶴が由来だと、修三から聞いたことを、俊明は思い出した。

（きみに羽がないのなら、おれは三十九枚のこの白い羽を、きみに捧げよう）

「しぐれのあーめにぬれ、とーりとーり」

（だから千鶴、津和野へ）

雄鷺と雌鷺が肩を並べる。

伴奏の音が一段と高く、俊明の耳に達した。

（津和野へ帰って、帰って来てくれ）

「やあ」

雄鷺が羽をやさしく、雌鷺の左肩の上に載せた。

………完

山陰共和銀行

平成22年4月　くにびき出張所に女性初の所長が誕生する。

平成25年4月　直江支店に女性初の支店長が誕生する。

令和2年4月現在　女性出張所所長は15名、支店長は4名、本店営業業部の女性管理職は8名である。本支店・出張所の合計は150である。

＊お断り

山陰共和銀行のモデルは実在する。しかし本作品はフィクションのため、登場人物にモデルはなく、実際の部門・職掌・役職名等は小説内容とは異なる。また新聞社・病院・料亭等の名称は仮称である。津和野にボランテイア英語ガイドもいない。さらに昭和の終わりから平成の初めにかけての物語なので調べても不明な点が多く、一部のデータは令和二年四月現在のものである点も読者は留意していただきたい。

参考資料・文献

町勢便覧（資料編）平成24年度版　津和野町発行
鷺舞と津和野踊り　矢富巌夫　著　津和野町教育委員会発行
鷺舞パンフレット　津和野町鷺舞保存会発行
Integrated Report 2019
山陰共和銀行　統合報告書２０１９（ディスクロージャー誌本編）
勝つ弓道　百発百中のポイント50　福呂淳　監修

《著者略歴》

昭和32年、福岡県に生まれる。鹿児島大学法文学部卒。旅行会社勤務・旅行代理店経営を経験。現在、学習塾講師・経営。著書「詩論・金子みすゞ―その視点の謎」「迷ったときの塾選び・広島」「広島県公立高校小論文模範解答集」シリーズ「広島中高と基町高校（共著）」・広島市在住。

ブログ「高遠信次の公式サイト」http://takatoo.blog34.fc2.com

参照した中原中也の詩

サーカス
汚れっちまった悲しみに
帰郷
恋の後悔
＊細心
生い立ちの歌
＊湖上
冬の長門峡
春日狂想
北の海
頑是ない歌
＊タバコとマントの恋
夏の海
幻影

以上十一篇の一部抜粋、＊三篇は全部引用

謝意

津和野町在住の各位、銀行関係者、中原中也記念館学芸員および山陰中央新報の記者の協力は執筆の大きな支えとなった。ここに謝意を表する。

また執筆にあたり多くのホームページを参考にしたが、特に下記の三つのサイトは参考になった。このようなサイトを作り、何かを表現しようという志ある者がいる日本は、まだまだ捨てたものではないと思う。

Banker's Lobby
https://banker-blog.com/

遺産相続ガイド
https://isansouzoku-guide.jp/

中原中也・全詩アーカイブス
http://nakahara.air-nifty.com/

あとがき

千鶴は昭和37年生まれ、俊明は昭和39年の生まれの設定で、筆者は昭和32年の生まれである。昭和の終わりから平成の初めにかけての恋愛小説を、令和のいまなぜ書くのか。それは昭和三十年から四十年代に生まれた読者には、往時を懐かしんで頂きたいからである。そしてもう一点が、昭和の終わりから平成の初めにかけて生まれた子どもたちに、両親の恋愛事情について知ってほしいからである。昭和の終わりから三十数年を経て、日本人の恋愛・妊娠・結婚に対する意識はどのように変化したのか、読者と共に考えてみたかった。

当時と令和のいまを比較して最も異なる点は携帯電話の普及であろう。ガラケーはもちろん、スマホなどという便利なツールを、誰も持っていなかった。それからワープロはあったけど、パソコンは普及していなかった。連絡はたしかに不便だったが、それでも恋愛はそれなりに、どうにか出来た。手紙が重要なツールだった。千鶴の隠岐の集団見合いでのセリフを借りれば「要は気持ちよ、気持ち」だった。

昨今、恋愛に臆病な草食系男子が増え、俊明の学生時代のように「数うちゃ当たる」方式で女性を口説く男性は少ないようだ。ただ本作品を読み終えて、俊明のようにがんばっているといいことがあると男性読者が感じるか、それとも俊明のような眼に遭うなら、恋愛は御免だと感じるかは、筆者の関知するところではない。

ただ筆者は千鶴が女性支店長になるのも、俊明が主夫になるのも、時代が十年早すぎたという思いで、この作品を書き上げたことは付記したい。
最後に、本作品を読み終えた読者にお願いしたい。願はくは本作品の冒頭に立ち返り、序章のみを再読していただきたい。そうすればなぜ早苗が自らの死期を悟ったのか、千鶴への遺書の記述、真一郎の弁解、そしてなぜ俊明が千鶴を制して喪主挨拶を代行したのか、そのいずれもご理解いただけると信じる。

コロナウイルスの一日も早い収束（終息？）を祈って

令和二年四月二十五日

高遠信次

こんやここでのひとさかり

発行日　　2020年10月12日

著　者　高遠信次

写　真　広島観光タクシーBLUEBLUE

発行所　一粒書房

〒475-0837　愛知県半田市有楽町7-148-1
TEL(0569)21-2130

編集・印刷・製本　有限会社一粒社

ISBN978-4-86431-937-9　C0093